Isabel Allende

El juego de Ripper

Isabel Allende nació en Perú donde su padre era diplomático chileno. Vivió en Chile entre 1945 y 1975, con largas temporadas de residencia en otros lugares, en Venezuela hasta 1988 y, a partir de entonces, en California. Inició su carrera literaria en el periodismo en Chile y en Venezuela. Su primera novela, *La casa de los espíritus*, se convirtió en uno de los títulos míticos de la literatura latinoamericana. A ella le siguieron otros muchos, todos los cuales han sido éxitos internacionales. Su obra ha sido traducida a treinta y cinco idiomas. En 2010, fue galardonada con el premio Nacional de Literatura de Chile, y en 2012, con el premio Hans Christian Andersen por su trilogía El Águila y el Jaguar.

EL JUEGO DE RIPPER

Isabel Allende

VINTAGE ESPAÑOL

Una división de Random House LLC

Nueva York

Para William C. Gordon,
mi socio en el amor y el crimen.

EL JUEGO DE RIPPER

«Mi madre todavía está viva, pero la matarán el Viernes Santo a medianoche», le advirtió Amanda Martín al inspector jefe y éste no lo puso en duda, porque la chica había dado pruebas de saber más que él y todos sus colegas del Departamento de Homicidios. La mujer estaba cautiva en algún punto de los dieciocho mil kilómetros cuadrados de la bahía de San Francisco, tenían pocas horas para encontrarla con vida y él no sabía por dónde empezar a buscarla.

Los chicos llamaron al primer asesinato «el crimen del bate fuera de lugar», para no humillar a la víctima con una denominación más explícita. Eran cinco adolescentes y un caballero de cierta edad que se juntaban mediante sus computadoras para participar en *Ripper*, un juego de rol.

En la mañana del 13 de octubre de 2011, a las ocho y cuarto, los alumnos de cuarto de primaria de la escuela pública Golden Hills, de San Francisco, entraron al gimnasio trotando al ritmo de los pitidos del entrenador, que los animaba desde la puerta. El gimnasio, amplio, moderno y bien equipado, construido gracias a la generosidad de un ex alumno, que había amasado una fortuna durante la burbuja inmobiliaria antes de que estallara, también se usaba para las ceremonias de graduación y espectáculos de música y teatro. La fila de niños debía dar dos vueltas completas a la cancha de baloncesto como calentamiento, pero se detuvo en el centro ante el inesperado hallazgo de una persona que yacía doblada sobre un potro de gimnasia con los pantalones enrollados en los tobillos, el trasero al aire y la empuñadura de un bate de béisbol ensartada en el recto. Los niños rodearon el cuerpo, asombrados, hasta que uno de nueve años, más atrevido que los demás, se agachó para pasar el dedo índice por una mancha oscura en el piso y determinó que si no era chocolate, debía ser sangre seca, mientras otro niño recogía un cartucho de bala y se lo echaba al bolsillo para canjearlo en el recreo por un cómic pornográfico y una mocosa filmaba el cadáver con su móvil. El entrenador, que seguía tocando el silbato con cada exhalación, se aproximó a saltitos al grupo compacto de alumnos y al ver aquel espectáculo, que no tenía la apariencia de ser una broma, sufrió una crisis de nervios. El alboroto de los alumnos atrajo a otros maestros, que los sacaron a gritos y empujones del gimnasio, se llevaron a la rastra al entrenador, le arrancaron el bate de béisbol al cadáver y lo tendieron en el piso, entonces comprobaron que tenía un hueco ensangrentado en la mitad de la frente. Lo taparon con un par de sudaderas y luego cerraron la puerta a la espera de la policía, que llegó en escasos diecinueve minutos; para entonces la escena del crimen estaba tan contaminada que era imposible determinar con precisión qué diablos había ocurrido.

Poco más tarde, en su primera conferencia de prensa, el inspector jefe Bob Martín explicó que la víctima había sido identificada. Se trataba de Ed Staton, de cuarenta y nueve años, guardia de seguridad de la escuela. «¿Qué hay del bate de béisbol?», preguntó a gritos un periodista inquisitivo y el inspector, molesto al saber que se había filtrado aquel detalle denigrante para Ed Staton y comprometedor para el establecimiento educacional, respondió que eso sería determinado por la autopsia. «¿Existe algún sospechoso? ¿El guardia era gay?» Bob Martín no hizo caso del bombardeo de preguntas y dio por concluida la conferencia, pero aseguró que el Departamento de Homicidios informaría a la prensa a medida que se fueran aclarando los hechos en la investigación, que había comenzado de inmediato y estaba a su cargo.

En la tarde del día anterior, un grupo de estudiantes del último curso había estado en el gimnasio ensayando una comedia musical de ultratumba para Halloween, algo sobre zombis y rock n'roll, pero no se enteraron de lo ocurrido hasta el día siguiente. A la hora en que según los cálculos de la policía se cometió el crimen, alrededor de la medianoche, no quedaba nadie dentro de la escuela, sólo había tres miembros de la banda de rock en el estacionamiento, cargando en una furgoneta sus instrumentos musicales. Fueron los últimos que vieron a Ed Staton con vida; atestiguaron que el guardia los saludó con la mano y se alejó en un auto pequeño alrededor de las doce y media. Se encontraban a cierta distancia de Staton y el estacionamiento no estaba iluminado, pero estaban seguros de haber reconocido el uniforme bajo el resplandor de la luna, aunque no pudieron ponerse de acuerdo sobre el color o la marca del vehículo en que se fue. Tampoco pudieron decir si había otra persona en el interior, pero la policía dedujo que el automóvil no pertenecía a la víctima, porque su todoterreno gris perla estaba a pocos metros de la furgoneta de los músicos. Los expertos barajaron la teoría de que Staton se fue con alguien que lo esperaba y después volvió a la escuela a buscar su coche.

En un segundo encuentro con la prensa el jefe de Homicidios aclaró que el turno del guardia terminaba a las seis de la mañana y que se desconocía el motivo por el cual salió de la escuela esa noche y luego regresó al edificio, donde lo acechaba la muerte. Su hija Amanda, que vio la entrevista por televisión, lo llamó por teléfono para corregirlo: no fue la muerte sino el asesino quien acechaba a Ed Staton.

Ese primer asesinato impulsó a los jugadores de *Ripper* hacia lo que habría de convertirse en una peligrosa obsesión. Los cinco adolescentes se plantearon las mismas preguntas que la policía: ¿dónde fue el guardia en el breve tiempo transcurrido entre que fue visto por los músicos y la hora en que se calculaba que murió? ¿Cómo regresó? ¿Por qué el guardia no se defendió antes de que le dieran el balazo en la frente? ¿Qué significaba el bate en aquel íntimo orificio?

Tal vez Ed Staton mereciera su fin, pero la moraleja no les interesaba a los chiquillos, que se ceñían estrictamente a los hechos. Hasta entonces el juego de rol se había limitado a crímenes ficticios en el siglo XIX, en un Londres siempre envuelto en densa bruma, donde los personajes se enfrentaban bien a malhechores armados con hacha o picahielos, bien a otros clásicos perturbadores de la paz ciudadana, pero adquirió un tinte más realista cuando los participantes aceptaron la proposición de Amanda Martín de investigar lo que estaba ocurriendo en San Francisco, también envuelto en niebla. La célebre astróloga Celeste Roko había pronosticado un baño de sangre en la ciudad y Amanda Martín decidió utilizar esa oportunidad única para poner a prueba el arte de la adivinación. Con ese fin logró el concurso de los jugadores de *Ripper* y de su mejor amigo, Blake Jackson, quien casualmente era también su abuelo, sin sospechar que la diversión se tornaría violenta y su madre, Indiana Jackson, sería una de las víctimas.

Los de *Ripper* eran un selecto grupo de frikis repartidos por el mundo, que se comunicaban por internet para atrapar y destruir al misterioso Jack el Destripador, superando obstáculos y venciendo a los enemigos que surgían en el camino. Como maestra del juego, Amanda planeaba cada aventura en función de las habilidades y limitaciones de los personajes, creados por cada jugador como su álter ego.

Un chico en Nueva Zelanda, parapléjico a raíz de un accidente y condenado a una silla de ruedas, pero con la mente libre para vagar por mundos fantásticos y vivir tanto en el pasado como en el futuro, adoptó el papel de Esmeralda, una gitana astuta y curiosa. Un adolescente de New Jersey, solitario y tímido, que vivía con su madre y en los últimos dos años sólo había salido de su pieza para ir al excusado, era sir Edmond Paddington, coronel inglés retirado, machista y petulante, muy útil en el juego por ser experto en armas y estrategias militares. En Montreal estaba una joven de diecinueve años, cuya corta vida había transcurrido en clínicas para trastornos de la alimentación, que inventó el personaje de Abatha, una psíquica capaz de leer el pensamiento, inducir recuerdos, y comunicarse con fantasmas. Un huérfano afroamericano de trece años, con un coeficiente intelectual de 156, becado en una academia para niños superdotados de Reno, escogió ser Sherlock Holmes, porque deducir y sacar conclusiones se le daba sin esfuerzo.

Amanda carecía de personaje propio. A ella le tocaba dirigir y asegurar que se respetaran las normas, pero en el asunto del baño de sangre se permitió hacer leves cambios. Por ejemplo, trasladó la acción, que tradicionalmente se situaba en Londres en 1888, a San Francisco en 2012. Además, violando el reglamento, se asignó un esbirro llamado Kabel, un jorobado de pocas luces, pero obediente y leal, encargado de ejecutar sus órdenes por disparatadas que fuesen. A su abuelo no se le escapó que el nombre del esbirro era un anagrama de Blake. A los sesenta y cuatro años, Blake Jackson estaba muy mayor para juegos de chiquillos, pero participaba en *Ripper* para compartir con su nieta algo más que películas de terror, partidas de ajedrez y los problemas de lógica con que se desafiaban mutuamente y que él ganaba a veces, previa consulta con un par de amigos suyos, profesores de filosofía y matemáticas de la Universidad de California en Berkeley.

ENERO

Lunes, 2

Boca abajo sobre la mesa de masajes, Ryan Miller dormitaba bajo la influencia benéfica de las manos de Indiana Jackson, practicante del primer grado de Reiki, según la técnica desarrollada por el budista japonés Mikao Usui en 1922. Miller sabía, porque había leído sesenta y tantas páginas al respecto, que no existe evidencia científica de que el Reiki sirva para algo, pero sospechaba que algún misterioso poder había de tener, ya que en la conferencia de obispos católicos de Estados Unidos, en 2009, fue declarado peligroso para la salud espiritual cristiana.

Indiana Jackson ocupaba la oficina número 8 en el segundo piso de la famosa Clínica Holística de North Beach, en el ombligo del barrio italiano de San Francisco. Su puerta estaba pintada de índigo, color de la espiritualidad, y las paredes de verde pálido, color de la salud. Una placa con letra cursiva, anunciaba «*Indiana, sanadora*» y más abajo sus métodos: masaje intuitivo, Reiki, imanes, cristales, aromaterapia. En la pared de la diminuta antesala colgaba una tela chillona, adquirida en una tienda asiática, con una imagen de la diosa Shakti, una joven sensual de cabello negro, vestida de rojo, cubierta de joyas de oro, con una espada en la mano derecha y una flor en la izquierda. La diosa se multiplicaba con varios brazos y manos que sostenían otros símbolos de su poder, desde un instrumento musical hasta algo que a primera vista parecía un teléfono móvil. Indiana era tan devota de Shakti, que había estado a punto de adoptar su nombre, pero su padre, Blake Jackson, la convenció de que a ninguna norteamericana alta, opulenta y rubia, con pinta de muñeca hinchable, le calzaba el nombre de una deidad hindú.

Aunque era desconfiado por la naturaleza de su trabajo y por entrenamiento militar, Miller se entregaba a los cuidados de Indiana con profundo agradecimiento y al término de cada sesión salía liviano y contento, ya fuese por efecto placebo y entusiasmo amoroso, como creía su amigo Pedro Alarcón, o por alineamiento de sus chakras, como aseguraba Indiana. Esa hora apacible era lo mejor de su vida solitaria, encontraba más intimidad en una sesión curativa con Indiana que en sus complicados retozos sexuales con Jennifer Yang, la más pertinaz de sus amantes. Era un hombre alto y fornido, con cuello y espaldas de luchador, brazos gruesos y duros como troncos, pero manos elegantes de pastelero, cabello castaño salpicado de canas y cortado a cepillo, dientes demasiado blancos para ser naturales, ojos claros, nariz quebrada y trece cicatrices visibles, contando la del muñón. Indiana Jackson sospechaba que tenía varias más, pero no lo había visto sin calzoncillos. Todavía.

—¿Cómo te sientes? —le preguntó la sanadora.

—Espléndido. El olor a postre me ha abierto el apetito.

—Es aceite esencial de naranja. Si vas a burlarte, no sé para qué vienes, Ryan.

—Para verte, mujer, para qué más.

—Entonces esto no es para ti —replicó ella, enojada.

—¿No ves que es broma, Indi?

—Naranja es un aroma juvenil y alegre, dos cualidades que te faltan, Ryan. El Reiki es tan poderoso que los practicantes del segundo nivel pueden hacerlo a distancia, sin ver al paciente, pero yo tendría que estudiar veinte años en Japón para llegar a eso.

—No lo intentes. Sin ti esto sería mal negocio.

—¡Sanar no es un negocio!

—De algo hay que vivir. Cobras menos que tus colegas de esta Clínica Holística. ¿Sabes cuánto vale una sesión de acupuntura con Yumiko, por ejemplo?

—No lo sé y no me incumbe.

—Casi el doble de lo que cuesta una contigo. Déjame que te pague más —insistió Miller.

—Preferiría que no me pagaras nada, porque eres amigo mío, pero si no me pagaras, seguramente no volverías. Tú no puedes deberle un favor a nadie, el orgullo es tu pecado.

—¿Me echarías de menos?

—No, porque nos seguiríamos viendo fuera, como siempre, pero tú me echarías de menos a mí. Admite que mis tratamientos te ayudan. Acuérdate de lo dolorido que estabas cuando viniste por primera vez. La próxima semana vamos a hacer una sesión de imanes.

—Y también masaje, espero. Tienes manos de ángel.

—Bueno, también masaje. Y vístete de una vez, hombre, que hay otro paciente esperando.

—¿No te parece curioso que casi todos tus clientes sean hombres? —preguntó Miller bajándose de la mesa.

—No son todos hombres, también tengo mujeres, niños y un caniche con reumatismo.

Miller creía que si el resto de la clientela masculina de Indiana era como él, seguramente pagaba por estar junto a ella, más que por fe en sus improbables métodos curativos. Ésa fue su única razón para acudir a la consulta número 8 la primera vez y así se lo confesó a Indiana durante la tercera sesión, para evitar malentendidos y porque la atracción del inicio había dado paso a una respetuosa simpatía. Ella se echó a reír, estaba más o menos acostumbrada a eso, y le afirmó que en dos o tres semanas, cuando viera los resultados, cambiaría de opinión. Ryan le apostó una cena en su restaurante favorito: «Si me curas, pago yo; si no, pagas tú», le dijo, esperando verla en un ambiente más propicio a la conversación que en aquel par de cuartuchos vigilados por la omnisciente Shakti.

Se habían conocido en el año 2009, en uno de los sinuosos senderos del parque estatal Samuel P. Taylor, entre árboles milenarios de cien metros de altura. Indiana había atravesado la bahía de San Francisco en ferry, con su bicicleta a bordo, y una vez en el condado de Marin había pedaleado varios kilómetros hasta ese parque, como entrenamiento para una carrera de etapas a Los Ángeles, que pensaba hacer dentro de pocas semanas. En principio, Indiana calificaba el deporte como una actividad inútil y mantenerse en forma no era su prioridad, pero en esa ocasión se trataba de una campaña contra el sida en la que su hija Amanda había resuelto participar y ella no podía permitirle ir sola.

La mujer se había detenido por un momento a tomar agua de su botella, con un pie en el suelo, sin bajarse de la bicicleta, cuando Ryan Miller pasó corriendo por su lado con Atila atado a su correa. Ella no vio al perro hasta que lo tuvo prácticamente encima y del susto se cayó, enredada en la bicicleta. Pidiendo mil disculpas, Miller la ayudó a levantarse y trató de enderezar una rueda torcida, mientras ella se sacudía el polvo, más interesada en Atila que en sus propias magulladuras, porque jamás había visto un animal tan feo: cruzado de cicatrices, con peladuras en el pecho, un hocico en el que faltaban varios dientes y asomaban dos colmillos metálicos de Drácula, y una oreja mocha, como cortada de un tijeretazo. Le rascó la cabeza con lástima y trató de besarlo en la nariz, pero Miller la detuvo bruscamente.

—¡No! No le acerques la cara. Atila es un perro de guerra —le advirtió.

—¿Qué raza es?

—Un malinois belga con pedigrí. En buen estado es más fino y fuerte que un pastor alemán, con la ventaja añadida de que tiene el lomo recto y no sufre de las caderas.

—¿Qué le pasó a este pobre animal?

—Sobrevivió a la explosión de una mina —le informó Miller, mientras mojaba su pañuelo en el agua fría del arroyo, donde la semana anterior había visto salmones saltando contra la corriente en su esforzado viaje a desovar.

Miller le pasó el trapo mojado a Indiana para que se limpiara las raspaduras de las piernas. Él llevaba pantalones largos de gimnasia, una sudadera y un chaleco de aspecto blindado, que, según explicó, pesaba veinte kilos y servía para entrenar; cuando se lo quitaba para competir le parecía ir flotando. Se sentaron a conversar entre las gruesas raíces de un árbol, vigilados por el perro, que seguía con atención cada gesto del hombre, como esperando una orden, y de vez en cuando acercaba la nariz a la mujer para olisquearla discretamente. La tarde estaba tibia, olorosa a pino y a humus, iluminada por rayos de sol que atravesaban como lanzas las copas de los árboles, se oían pájaros, murmullo de mosquitos, rumor del agua saltando entre las piedras del arroyo y brisa a través de los árboles. El escenario ideal para un primer encuentro en una novela romántica.

Miller había sido un *navy seal*, las fuerzas especiales que ejecutan las misiones más secretas y peligrosas. Había pertenecido al Seal Team 6, el mismo que en mayo de 2011 iba a asaltar la residencia de Osama bin Laden en Pakistán. Uno de sus antiguos compañeros mataría al líder de Al-Qaida, pero por supuesto Miller no sabía que eso iba a ocurrir al cabo de dos años y nadie podía haberlo predicho, excepto Celeste Roko estudiando los planetas. Se retiró en 2007, después de perder una pierna en combate, pero eso no le impedía competir en triatlón, como le dijo a Indiana. Ella, que hasta ese momento lo había mirado menos que al perro, se fijó en que una de sus piernas terminaba en una zapatilla y la otra en una paleta curva.

—Ésta es una Flex-Foot Cheetah, que se basa en el mecanismo de propulsión del guepardo, el felino más rápido del mundo —le dijo él, mostrándole la prótesis.

—¿Cómo se sujeta?

Él se subió el pantalón y ella examinó el artilugio que se ceñía al muñón.

—Es de fibra de carbono, liviana y tan perfecta que a Oscar Pistorius, un sudafricano amputado de ambas piernas, pretendían impedirle participar en los juegos olímpicos, porque con ellas llevaba ventaja a los otros atletas. Este modelo sirve para correr. Tengo otras prótesis para caminar y para ir en bicicleta —dijo el ex soldado y agregó con cierta vanidad que eran lo último en tecnología.

—¿Te duele?

—A veces, pero otras cosas me duelen más.

—¿Como qué?

—Cosas del pasado. Pero basta de hablar de mí, cuéntame algo de ti.

—No tengo nada tan interesante como una pierna biónica y mi única cicatriz no se puede mostrar. De chica me caí sentada en un alambre de púas —le confesó Indiana.

A Indiana y Ryan se les pasó el tiempo charlando de esto y aquello en el parque, bajo el escrutinio de Atila. Ella se presentó, medio en serio y medio en broma, explicando que el ocho era su número de suerte, Piscis su signo zodiacal, Neptuno su planeta regente, el agua su elemento y la traslúcida piedra luna, que señala el camino de la intuición, así como el aguamarina, que guía las visiones, abre la mente y sostiene la bondad, eran sus gemas de nacimiento. No pretendía seducir a Miller, porque llevaba cuatro años enamorada de un tal Alan Keller y había optado por la fidelidad, pero si hubiera querido, se las habría arreglado para introducir en la conversación el tema de Shakti, diosa de la belleza, el sexo y la fertilidad. La mención de estos atributos demolía la cautela de cualquier hombre —era heterosexual— en caso de que su físico exuberante hubiera sido insuficiente, pero Indiana omitía las otras características de Shakti, madre divina, energía primordial y sagrado poder femenino, porque tenían un efecto disuasivo en los varones.

En general Indiana no daba explicaciones sobre su práctica de curandera, porque se había topado con más de un cínico que la escuchaba hablar de la energía cósmica con aire condescendiente, mientras le examinaba el escote. Sin embargo, como el *navy seal* le inspiró confianza, le ofreció una versión resumida de sus métodos, aunque al ponerlos en palabras resultaban poco convincentes incluso para ella misma. A Miller le parecieron más cercanos al vudú que a la medicina, pero fingió enorme interés, ya que esa afortunada coyuntura le daba un buen pretexto para volver a verla. Le mencionó sus calambres, que lo atormentaban de noche y a veces lo petrificaban en medio de una carrera, y ella le recetó una combinación de masajes terapéuticos y batidos de banana con kiwi.

Estaban tan entretenidos, que ya empezaba a ponerse el sol cuando ella se dio cuenta de que iba a perder el ferry a San Francisco. Se puso de pie de un salto y se despidió deprisa, pero él tenía su camioneta a la entrada del parque y se ofreció a llevarla, porque vivían en la misma ciudad. El vehículo tenía un motor exagerado y gruesas ruedas de camión, rejilla en el techo, un soporte para bicicletas y un cojín de peluche rosado con pompones para el perro, que ni Miller ni Atila habrían escogido jamás; se los regaló la amante de Miller, Jennifer Yang, en un alarde de humor chino.

Tres días más tarde Miller se presentó en la Clínica Holística sólo para ver a la mujer de la bicicleta, a quien no había logrado quitarse de la cabeza. Indiana no se parecía en nada al objeto habitual de sus fantasías eróticas: prefería las mujeres pequeñas y asiáticas, como Jennifer Yang, a quien se le podría aplicar una serie de clichés —piel de marfil, cabello de seda y huesitos de lástima— y era además una ambiciosa ejecutiva de banco. Indiana, en cambio, era el prototipo de la americana grandota, saludable y de buenas intenciones, que habitualmente lo aburría, pero por alguna razón le resultó irresistible. Se la describió a Pedro Alarcón como «abundante y tentadora», adjetivos apropiados para comida con alto contenido de colesterol, como le hizo ver su amigo. Poco después, cuando se la presentó, Alarcón opinó que Indiana poseía esa sensualidad más bien cómica de las amantes de los gángsteres de Chicago en las películas de los años sesenta, con su amplia pechuga de soprano, melena rubia y un exceso de curvas y pestañas, pero Miller no recordaba a ninguna de esas divas de la pantalla anteriores a su nacimiento.

La Clínica Holística desconcertó a Miller. Esperaba algo vagamente budista y se encontró ante un feo edificio de tres pisos pintado color guacamole. No sabía que fue construido en 1930 y en su época de esplendor fue una atracción turística por su arquitectura *art déco* y sus vitrales inspirados en Klimt, pero perdió toda su prestancia en el terremoto de 1989, cuando dos de los vitrales se hicieron añicos y los dos sobrevivientes fueron subastados al mejor postor. En las ventanas instalaron esos vidrios granulados color caca de pollo que suelen emplearse en las fábricas de botones y cuarteles, y en otra de las muchas remodelaciones mal planeadas padecidas por el inmueble, el piso de mármol blanco y negro con diseño geométrico fue reemplazado por un material plástico, más fácil de limpiar. Las columnas decorativas de granito verde, importadas de la India, así como la doble puerta de laca negra, fueron vendidas a un restaurante tailandés. Sólo quedó el pasamano de hierro forjado de la escalera y dos lámparas de época, que si hubieran sido auténticas Lalique sin duda habrían sufrido la misma suerte que la puerta y las columnas. Al hall, vasto y bien iluminado en sus orígenes, le quitaron varios metros de fondo y tapiaron la conserjería para agregar oficinas dejándolo convertido en un socavón en penumbra. Sin embargo, Miller llegó cuando el sol pegaba directamente en los vidrios amarillentos y durante media hora mágica el espacio se tornaba ambarino, las paredes chorreaban caramelo líquido y el hall revivía fugazmente algo de su antiguo señorío.

El hombre subió a la oficina número 8 dispuesto a someterse a cualquier tratamiento, por estrambótico que fuese, y casi esperaba ver a Indiana ataviada de sacerdotisa, pero ella lo recibió con bata de médico, zuecos blancos y el pelo atado en la nuca con un elástico. De brujería, nada. Le hizo rellenar un extenso formulario, lo sacó al pasillo para verlo caminar de frente y de espaldas, luego lo llevó a la pieza de los tratamientos y le ordenó que se despojara de la ropa, excepto los shorts, y se tendiera en la mesa. Después de examinarlo, determinó que tenía una cadera más elevada que la otra y la columna torcida, lo cual no es raro en alguien que dispone de una sola pierna. También dijo que su energía estaba bloqueada a la altura del diafragma, había nudos en los hombros y el cuello, tensión en todos los músculos, rigidez en la nuca y un injustificable estado general de alerta. En pocas palabras, seguía siendo un *navy seal*.

Indiana le aseguró que podía ayudarlo con algunos de sus métodos, pero para que dieran resultado él debía aprender a relajarse; le recomendó acupuntura con Yumiko Sato, su vecina, dos puertas a la izquierda por el pasillo, y sin pedirle permiso cogió el teléfono y le concertó una cita con un maestro de Qigong en Chinatown, a cinco cuadras de la Clínica Holística. Él obedeció por complacerla y se llevó un par de agradables sorpresas.

Yumiko Sato era una persona de edad y género indefinidos, con el mismo corte de pelo militar que él usaba, gruesos lentes, dedos delicados de bailarina y una seriedad sepulcral, que hizo su diagnóstico tomándole el pulso y llegó a las mismas conclusiones que Indiana. Luego le advirtió que la acupuntura se emplea para tratar dolores físicos, pero no alivia los de conciencia. Miller, sobresaltado, creyó haberle entendido mal. Esa frase lo dejó intrigado y varios meses más tarde, cuando entraron en confianza, se atrevió a preguntarle qué había querido decir; y Yumiko Sato respondió impasible que sólo los tontos carecen de dolores de conciencia.

El Qigong con el maestro Xai, un anciano de Laos con expresión beatífica y barriga de buen vividor, resultó una revelación para Miller, la combinación ideal de equilibrio, respiración, movimiento y meditación, justamente lo que su cuerpo y su mente necesitaban, y lo incorporó a su rutina diaria de ejercicio.

Los calambres no se le curaron a Miller en tres semanas, como Indiana le había prometido, pero le mintió para salir a cenar con ella y pagar la cuenta, porque le pareció obvio que la situación económica de ella rayaba en la indigencia. El restaurante acogedor y bullicioso, su cocina con sabores de Vietnam e influencia francesa, y una botella californiana de pinot noir Flowers contribuyeron a iniciar una amistad que para él llegó a ser su más raro tesoro. Había vivido siempre entre hombres, su verdadera familia eran los quince *navy seals* que entrenaban con él a los veinte años y lo acompañaron en el esfuerzo físico, el terror y la exaltación del combate, así como en el tedio de las horas inertes. A varios de esos camaradas no los había vuelto a ver desde hacía años y a otros desde hacía meses, pero seguía en contacto con todos; siempre serían sus hermanos.

Antes de perder la pierna, las relaciones del ex soldado con las mujeres habían sido simples, carnales, esporádicas y tan breves, que los rostros y los cuerpos se fundían en uno solo, bastante parecido a Jennifer Yang. Fueron mujeres de paso y si se enamoró de alguna, la relación duró muy poco, porque su estilo de vida, siempre de un lado para otro y toreando a la muerte, no se prestaba a compromisos emocionales y menos aún para casarse y tener hijos. Lo suyo fue la guerra contra enemigos, algunos reales y otros inventados; en eso se le fue la juventud.

En la vida civil Miller se sentía torpe y fuera de lugar, le costaba mantener una conversación trivial y sus largos silencios resultaban ofensivos para quien lo conociera poco. En San Francisco, paraíso gay, sobraban mujeres bellas, independientes y exitosas, muy diferentes a las que antes encontraba en bares o rondando los cuarteles. Miller podía pasar por guapo, dependiendo de la luz, y su cojera, además de darle el aire sufrido de quien se ha sacrificado por la patria, era una buena excusa para iniciar una conversación. No le faltaban oportunidades para el romance, pero cuando estaba con mujeres inteligentes, que eran las que le interesaban, se preocupaba demasiado por la impresión que les causaba y terminaba aburriéndolas. Ninguna joven de California deseaba pasar el rato escuchando historias de soldados, por épicas que fuesen, en vez de ir a bailar, salvo Jennifer Yang, heredera de la legendaria paciencia de sus antepasados del Celeste Imperio y capaz de fingir que escuchaba mientras pensaba en otra cosa. Sin embargo, con Indiana Jackson se sintió cómodo desde el principio en aquel bosque de las secoyas, y unas semanas más tarde, en la cena del restaurante vietnamita, no tuvo que devanarse el cerebro buscando temas de conversación, porque a ella le bastó medio vaso de vino para volverse locuaz. El tiempo transcurrió volando y cuando vieron el reloj había pasado la medianoche; en el comedor sólo quedaban dos mozos mexicanos recogiendo las mesas con la actitud fastidiada de quienes ya cumplieron su turno y deseaban irse a casa. Esa noche, tres años atrás, Miller e Indiana se convirtieron en grandes amigos.

A pesar de su incredulidad inicial, a los tres o cuatro meses el soldado debió admitir que Indiana no era otra descocada de la Nueva Era, sino que en verdad poseía el don de sanar. Los tratamientos lo relajaban, dormía mucho mejor y sus calambres casi habían desaparecido, pero lo más valioso de esas sesiones era la paz que le producían: las manos de ella le transmitían afecto y su atenta presencia acallaba las voces del pasado.

Por su parte, Indiana se acostumbró a ese amigo fuerte y discreto, que la mantenía saludable haciéndola trotar por los incontables senderos de cerros y bosques en los alrededores de San Francisco y la sacaba de apuros financieros cuando ella no se atrevía a acudir a su padre. Se entendían bien y, aunque nunca lo pusieran en palabras, pendía en el aire la sospecha de que esa amistad podía convertirse en pasión si ella no hubiera estado amarrada a Alan Keller, su esquivo amante, y él no se hubiera impuesto expiar sus pecados mediante el recurso extremo de evitar el amor.

El verano en que su madre conoció a Ryan Miller, Amanda Martín tenía catorce años, pero aparentaba diez. Era una criatura flaca y desgarbada, con anteojos y frenillos en los dientes, que se tapaba la cara con el pelo o el capuchón de su sudadera para protegerse del ruido insoportable y la luz despiadada del mundo, tan diferente a su opulenta madre, que con frecuencia le preguntaban si era adoptada. Miller la trató desde el comienzo con formalidad y distancia, como si fuera un adulto de otro país, digamos de Singapur. No se empeñó en facilitarle demasiado las cosas durante la carrera en bicicleta a Los Ángeles, pero la ayudó en el entrenamiento y los preparativos para el viaje, ya que tenía experiencia en el triatlón, con lo que se ganó la confianza de la chica.

Los tres, Indiana, Amanda y él, salieron de San Francisco a las siete de la mañana de un viernes, junto a otros dos mil esforzados participantes, con las cintas rojas de la campaña contra el sida prendidas al pecho, acompañados por una procesión de coches y camiones de voluntarios que llevaban carpas y toda suerte de provisiones. Llegaron a Los Ángeles el viernes siguiente, con el trasero en carne viva, las piernas agarrotadas y el cerebro libre de pensamientos, como recién nacidos. Fueron siete días pedaleando por cerros y carreteras, con largos trechos de paisaje bucólico y otros de tráfico endemoniado; fáciles para Ryan Miller, a quien quince horas en bicicleta se le iban volando, y en cambio fueron un siglo de esfuerzo sostenido para la madre y la hija, quienes sólo llegaron a la meta porque él las azuzaba como un sargento cuando flaqueaban y les recargaba las pilas con bebidas electrolíticas y galletas energéticas.

Por las noches, los dos mil ciclistas caían en campamentos montados por los voluntarios en la ruta, como bandadas de pájaros migratorios en el último estado de agotamiento, devoraban cinco mil calorías, revisaban sus bicicletas, se duchaban en tráilers y se frotaban pantorrillas y muslos con bálsamo calmante. Antes de acostarse, Ryan Miller les aplicaba compresas calientes a Indiana y Amanda y las animaba con una charla inspiradora sobre las ventajas del ejercicio al aire libre. «¿Qué tiene que ver eso con el sida?», le preguntó Indiana al tercer día, cuando había pedaleado diez horas llorando por la fatiga y por todas las penas de su vida. «No sé, pregúntale a tu hija», fue la honesta respuesta de Miller.

La carrera contribuyó poco a la lucha contra la epidemia, pero solidificó la naciente amistad de Miller con Indiana y logró lo impensable para Amanda: un amigo. En total, esa chiquilla con vocación de ermitaña tenía tres amigos: su abuelo Blake, su futuro novio Bradley y el *navy seal*, Ryan Miller. Los participantes de *Ripper* no entraban en la misma categoría, porque sólo se conocían en el juego y la relación entre ellos se limitaba a los confines del crimen.

Martes, 3

Celeste Roko, la célebre astróloga de California, madrina de Amanda, hizo por televisión la profecía del baño de sangre en septiembre de 2011. Su programa diario de horóscopos y consultas astrológicas se transmitía temprano, antes del pronóstico meteorológico, y se repetía después del noticiario vespertino. Roko era una mujer de cincuenta y tantos años, muy bien llevados gracias a retoques de cirugía plástica, carismática en la pantalla y gruñona en persona, considerada elegante y guapa por sus admiradores. Se parecía a Eva Perón, con unos cuantos kilos más. El estudio de televisión contaba con una fotografía ampliada del puente del Golden Gate en un falso ventanal y un gran mapa del sistema solar con planetas que se iluminaban y movían por control remoto.

Psíquicos, astrólogos y otros practicantes de artes ocultas tienden a predecir el futuro en víspera del Año Nuevo, pero la Roko no podía esperar tres meses para advertir a la población de San Francisco lo que se le venía encima. El anuncio era de tal calibre que atrapó el interés del público, circuló como un virus por internet y provocó comentarios irónicos en la prensa local y titulares alarmistas en los tabloides, que especularon con futuros desmanes en la prisión de San Quintín, guerra entre pandillas latinas y negras y otro terremoto apocalíptico en la falla de San Andrés. Sin embargo, Celeste Roko, que proyectaba un aire de infalibilidad con su trayectoria de psicoanalista jungiana y su impresionante historial de pronósticos acertados, aseguró que se trataba de homicidios. Eso produjo un suspiro colectivo de alivio entre los creyentes de la astrología, porque era la menos truculenta de las fatalidades que se temían. Existe una posibilidad entre veinte mil de morir asesinado en el norte de California y eso es algo que suele ocurrirles a otras personas, rara vez a uno mismo.

El mismo día de la profecía, Amanda Martín y su abuelo decidieron desafiar a Celeste Roko. Estaban hartos de la influencia que la madrina ejercía en la familia con el pretexto de conocer el futuro. Era una mujer impetuosa y poseedora de esa certeza inconmovible que caracteriza a quienes reciben mensajes provenientes del universo o de Dios. Nunca consiguió dirigirle el destino a Blake Jackson, que era inmune a la astrología, pero lograba bastante con Indiana, que la consultaba antes de tomar decisiones y se guiaba por los dictados del horóscopo. En varias ocasiones las lecturas astrales interfirieron con los mejores planes de Amanda; los planetas decidían, por ejemplo, que no era el momento propicio para que le compraran una patineta, pero en cambio sí lo era para tomar clases de ballet, y ella terminaba llorando de humillación con un tutú rosado.

Al cumplir trece años, Amanda descubrió que su madrina no era infalible. Los planetas ordenaron que ella debía ir a una escuela secundaria pública, pero su formidable abuela paterna, doña Encarnación Martín, insistió en que se apuntara a un colegio católico privado. Por una vez Amanda estaba del lado de su madrina, porque la idea de una escuela mixta resultaba menos aterradora que las monjas, pero doña Encarnación derrotó a Celeste Roko con el cheque de la matrícula, sin sospechar que las monjas eran liberales y feministas, usaban pantalones, se peleaban con el Papa y en la clase de ciencias enseñaban el uso apropiado de condones con ayuda de una banana.

Amanda, azuzada por su escéptico abuelo, que rara vez osaba enfrentarse a Celeste cara a cara, dudaba que hubiera relación entre las estrellas del firmamento y la suerte de los seres humanos; la astrología era tan improbable como la magia blanca de su madre. La profecía les brindó al abuelo y la nieta la oportunidad de desprestigiar a los astros, porque una cosa es predecir que la semana es propicia para la correspondencia epistolar y otra cosa es un baño de sangre en San Francisco; eso no se da todos los días.

Cuando Amanda, el abuelo y los compinches de *Ripper* transformaron ese juego en un método de investigación criminal no imaginaron en qué se metían. Veinte días después del anuncio de la astróloga ocurrió el homicidio de Ed Staton, que podía atribuirse a la casualidad, pero como tuvo características inusuales —el bate en aquel sitio— Amanda decidió iniciar un archivo con la información publicada en los medios, la que logró sonsacarle a su padre, quien conducía la investigación a puerta cerrada, y la que obtuvo su abuelo por sus propios medios.

Blake Jackson, farmacéutico de profesión, amante de la literatura y escritor frustrado hasta que pudo dar forma de relato a los turbulentos sucesos anunciados por Celeste Roko, describió a su nieta Amanda en su libro como estrambótica de aspecto, tímida de carácter y magnífica de cerebro, una forma florida de hablar que lo distinguía entre sus colegas farmacéuticos. La crónica de esos hechos fatídicos terminó siendo más extensa de lo que él se había propuesto, aunque sólo abarcaba unos meses y algún *flash back*, como los llaman. La crítica fue despiadada con el autor, acusándolo de realismo mágico, un estilo literario pasado de moda, pero nadie logró probar que hubiera tergiversado los acontecimientos en aras de lo esotérico, cualquiera podía verificarlos en el Departamento de Policía de San Francisco y en la prensa del momento.

En enero de 2012, Amanda Martín tenía diecisiete años y estaba en el último año de la secundaria, contaba con padres divorciados, Indiana Jackson, sanadora, y Bob Martín, inspector de policía, con una abuela mexicana, doña Encarnación, y un abuelo viudo, el mencionado Blake Jackson. En el libro de Jackson también figuraban otras personas que aparecían y desaparecían, sobre todo desaparecían, a medida que el autor avanzaba en la escritura. Amanda era hija única y muy consentida, pero el abuelo creía que apenas se graduara de la secundaria y fuera lanzada sin preámbulos al mundo, ese problema se resolvería solo. Era vegetariana porque no cocinaba; cuando tuviera que hacerlo adoptaría una dieta menos complicada. Fue lectora voraz desde muy corta edad, con los peligros que esa costumbre conlleva. Los asesinatos habrían ocurrido de todos modos, pero ella no se habría visto involucrada si no hubiera leído novelas policiales de autores escandinavos con tanto ahínco que se le desarrolló una reprobable curiosidad por la maldad en general y el homicidio premeditado en particular. Su abuelo estaba lejos de aprobar la censura, pero le inquietaba que ella leyera esos libros a los catorce años. Amanda lo calló con el argumento de que él también las estaba leyendo y Blake debió limitarse a prevenirla contra el pavoroso contenido, con el predecible resultado de que el interés de ella por devorarlos se redobló. El hecho de que el padre de Amanda, Bob Martín, fuera el jefe del Departamento de Homicidios de San Francisco contribuyó a la perniciosa afición de la chiquilla, porque se enteraba de cuanta fechoría ocurría en la ciudad, un lugar idílico que no invitaba al crimen, pero si éste proliferaba en países tan civilizados como Suecia o Noruega, no se podía esperar que San Francisco, fundado por aventureros codiciosos, predicadores polígamos y mujeres de virtud negociable, atraídos por la fiebre del oro a mediados del mil ochocientos, quedara exento.

La chica estaba interna en una escuela para niñas, una de las últimas en un país que había optado por el revoltijo de géneros, donde se las arregló para sobrevivir cuatro años en estado de invisibilidad entre sus compañeras, pero no así entre las maestras y las pocas religiosas que quedaban. Sacaba buenas notas, pero las hermanas, santas mujeres, nunca la vieron estudiar y sabían que pasaba buena parte de la noche insomne frente a su computadora, ocupada en misteriosos juegos y lecturas. Se cuidaban de preguntarle qué leía con tanto gusto, porque sospechaban que era lo mismo que ellas saboreaban a escondidas. Eso explicaría la morbosa fascinación de la chica por armas, drogas, venenos, autopsias, formas de tortura y de disponer de cadáveres.

Amanda Martín cerró los ojos, respiró a pleno pulmón el aire límpido de esa mañana de invierno; por la fragancia picante de los pinos supo que el coche avanzaba por la avenida del parque y por el olor a excremento, que pasaban frente a las caballerizas. Calculó que eran las ocho y veintitrés minutos; dos años antes había renunciado al reloj para cultivar el hábito de adivinar la hora, igual como calculaba temperaturas y distancias, y también afinó el paladar para identificar ingredientes sospechosos en la comida. Catalogaba a la gente a través del olfato: Blake, su abuelo, olía a bondad, una mezcla de chaleco de lana y manzanilla; Bob, su padre, a reciedumbre: metal, tabaco y loción de afeitar; Bradley, a sensualidad, es decir, a sudor y cloro; Ryan Miller olía a confianza y lealtad, olor a perro, el mejor olor del mundo. Y en cuanto a Indiana, su madre, olía a magia, porque estaba impregnada de las fragancias de su oficio.

Una vez que el Ford del 95 del abuelo, con los ronquidos asmáticos del motor, dejó atrás las caballerizas, Amanda calculó tres minutos y dieciocho segundos y abrió los ojos frente a la puerta de la escuela. «Llegamos», afirmó Jackson, como si ella no lo supiera. El abuelo, que se mantenía en forma jugando al squash, levantó la mochila llena de libros y subió al segundo piso con agilidad, mientras su nieta lo hacía penosamente con el violín en una mano y la computadora portátil en la otra. El piso estaba vacío, el resto de las internas se incorporaría al anochecer para comenzar las clases al día siguiente, después de las vacaciones de Navidad y Año Nuevo. Otra de las manías de Amanda consistía en ser la primera en llegar a todas partes para reconocer el terreno antes de que aparecieran los enemigos potenciales. Le molestaba compartir su pieza con otras alumnas: la ropa tirada, el bochinche, el olor a champú, barniz de uñas y golosinas rancias, el incesante parloteo y los dramas sentimentales de envidias, chismes y traiciones de los que ella estaba excluida.

—Mi papá cree que el homicidio de Ed Staton es una *vendetta* entre homosexuales —dijo Amanda a su abuelo antes de despedirse.

—¿En qué basa su teoría?

—En el bate de béisbol metido… ya sabes dónde —le recordó ella, enrojeciendo ante el recuerdo del vídeo que había visto en internet.

—No adelantemos conclusiones, Amanda. Todavía hay demasiadas incógnitas en el aire.

—Exactamente. Por ejemplo, ¿cómo entró el asesino?

—Ed Staton debía cerrar puertas y ventanas y conectar la alarma cuando terminaban las actividades en la escuela. Como ninguna cerradura fue forzada, es de suponer que el autor del hecho se escondió en la escuela antes de que Staton la cerrara —aventuró Blake Jackson.

—De haber sido homicidio premeditado, el asesino habría matado a Staton antes de que se fuera, porque no podía saber que iba a regresar.

—Tal vez no fue premeditado, Amanda. Alguien entró a la escuela con intención de robar y el guardia lo sorprendió en el acto.

—Según mi papá, en los años que lleva en el Departamento ha visto delincuentes que se asustan y reaccionan con violencia, pero nunca le ha tocado uno que se quede en la escena del crimen y se dé tiempo para ensañarse con la víctima de esa manera.

—¿Qué más dice Bob?

—Ya sabes cómo es mi papá, tengo que extraerle la información a tirones. Opina que no es tema para una chiquilla de mi edad. Es un troglodita.

—Algo de razón tiene: esto es un poco sórdido, Amanda.

—Es de dominio público, salió en la televisión y si te da el estómago puedes ver en internet lo que filmó una niña con el móvil cuando descubrieron el cuerpo.

—¡Vaya! ¡Qué presencia de ánimo! Los chicos de hoy ven tanta violencia, que ya nada les espanta. En mi tiempo… —comentó Blake Jackson con un suspiro.

—Éste es tu tiempo. Me carga cuando hablas como viejo. ¿Averiguaste lo del reformatorio para muchachos, Kabel?

—Tengo que trabajar, no puedo dejar la farmacia tirada, pero lo haré apenas pueda.

—Apúrate o tendré que cambiar de esbirro.

—Hazlo, a ver quién te aguanta.

—¿Me quieres, abuelo?

—No.

—Yo tampoco —dijo ella y le echó los brazos al cuello.

Blake Jackson hundió la nariz en la mata de pelo crespo de su nieta, aspirando su olor a ensalada —le había dado por lavárselo con vinagre— y pensó que dentro de pocos meses ella partiría a la universidad y él no estaría cerca para protegerla; todavía no se había ido y ya la estaba echando de menos. Recordó en vertiginosa sucesión las etapas de esa corta vida, a la niña arisca y desconfiada, encerrada durante horas bajo una carpa improvisada con sábanas, donde sólo entraban el amigo invisible que la acompañó por varios años, llamado Salve-el-Atún, su gata Gina y él, si tenía la suerte de ser invitado a tomar té de mentira en tacitas enanas de plástico. «¿A quién habrá salido esta mocosa?», había preguntado Blake Jackson cuando Amanda lo venció al ajedrez a los seis años. No podía ser a Indiana, que flotaba en la estratosfera predicando paz y amor medio siglo después de los hippies, y menos a Bob Martín, quien por esos entonces todavía no había leído un libro completo. «No te preocupes, hombre, muchos niños son geniales en la infancia y después se pasman. Tu nieta descenderá al nivel de idiotez general cuando le estallen las hormonas», le aconsejó Celeste Roko, que se presentaba en su casa en cualquier momento sin anunciarse y a quien Blake temía como a Satanás.

Por una vez la astróloga se equivocó, porque en la adolescencia Amanda no se pasmó y el único cambio notable provocado por las hormonas fue en su apariencia. A los quince años pegó un estirón y alcanzó una estatura normal, le pusieron lentes de contacto, le quitaron los frenillos, aprendió a domar la melena crespa y emergió una muchacha delgada, de facciones delicadas, con el cabello oscuro de su padre y la piel traslúcida de su madre, sin la menor conciencia de ser bonita. A los diecisiete años todavía arrastraba los pies, se mordía las uñas y se vestía con hallazgos de las tiendas de ropa usada, que modificaba según la inspiración del momento.

Después de que su abuelo la dejara, Amanda se sintió dueña del espacio por algunas horas. Le faltaban tres meses para graduarse en esa escuela, donde había sido feliz, excepto por el trasiego del dormitorio, y para irse a Massachusetts, al MIT, donde estudiaba Bradley, su novio virtual, quien le había hablado del Media Lab, paraíso de imaginación y creatividad, justamente lo que ella deseaba. Era el hombre perfecto: un bicho raro como ella, con sentido del humor y nada feo, que le debía a la natación sus espaldas anchas y su saludable bronceado, y a los productos químicos de las piscinas su pelo color verde limón. Podía pasar por australiano. Amanda había decidido casarse con él en un futuro remoto, pero no se lo había anunciado todavía. Por el momento se comunicaban por internet para jugar al go, hablar de temas herméticos y comentar libros.

Bradley era un fanático de la ciencia ficción, que a Amanda la deprimía, porque por lo general el planeta se cubría de ceniza y las máquinas controlaban a la humanidad. Ella, que había leído muchas de esas novelas entre los ocho y once años, optaba por la fantasía, que sucedía en épocas ficticias, cuando la tecnología era mínima y la distinción entre héroes y villanos sumamente clara, un género que Bradley consideraba infantil y adictivo. Él se inclinaba por el pesimismo contundente. Amanda no se atrevía a confesarle que se había devorado los cuatro volúmenes de *Crepúsculo* y los tres de *Millenium*, porque él no perdía tiempo con vampiros ni psicópatas.

Los dos jóvenes intercambiaban románticos correos electrónicos, salpicados de ironía para evitar cursilerías, y besos virtuales, nada demasiado atrevido. En diciembre las hermanas habían expulsado del colegio a una alumna que subió a la internet un vídeo de sí misma masturbándose despatarrada y desnuda; a Bradley no le llamó la atención en absoluto, porque un par de novias de sus amigos habían hecho circular escenas semejantes. A Amanda le sorprendió que su compañera de clase estuviera completamente depilada y no hubiera tomado la precaución de cubrirse la cara, pero más le sorprendió la drástica reacción de las hermanas, que tenían reputación de ser muy tolerantes.

Para hacer tiempo antes de chatear con Bradley, Amanda se dedicó a clasificar la información recopilada por su abuelo sobre «el crimen del bate fuera de lugar» y otras noticias de sangre, que coleccionaba desde que su madrina diera la voz de alerta por televisión. Los jugadores de *Ripper* seguían dándole vueltas a diversos interrogantes respecto a Ed Staton, pero ella ya estaba planeando otro tema para el próximo juego: los asesinatos de Doris y Michael Constante.

Matheus Pereira, un pintor de origen brasileño, era otro de los enamorados de Indiana Jackson, pero en su caso se trataba de amor platónico, porque el arte lo consumía hasta los huesos. Sostenía que la creatividad se alimenta de energía sexual y puesto a elegir entre la pintura y seducir a Indiana, quien no parecía dispuesta a la aventura, escogió lo primero. Además, la marihuana lo mantenía en un estado de permanente placidez que no se prestaba a iniciativas galantes. Eran buenos amigos, se veían casi a diario y se protegían mutuamente en caso de necesidad. A él solía molestarlo la policía y a ella algunos clientes que se propasaban o el inspector Martín, que se creía con derecho a averiguar en qué andaba su ex mujer.

—Me preocupa Amanda; ahora está obsesionada con crímenes —comentó Indiana al artista, mientras lo masajeaba con esencia de eucalipto para aliviarle la ciática.

—¿Se ha aburrido de los vampiros? —le preguntó Matheus.

—Eso fue el año pasado. Esto es más grave, son crímenes verdaderos.

—La niña salió a su padre.

—No sé en qué anda, Matheus. Eso es lo malo con internet. Cualquier pervertido puede meterse con mi hija y yo ni me enteraría.

—Nada de eso, Indi. Éstos son unos mocosos que se divierten jugando. El sábado vi a Amanda en el Café Rossini; estaba desayunando con tu ex marido. Ese tipo me tiene ojeriza, Indiana.

—No es cierto. Bob te ha salvado de la cárcel en más de una ocasión.

—Porque tú se lo has pedido. Te estaba contando de Amanda. Estuvimos conversando un poco y me explicó en qué consiste el juego, parece que se llama *Ripper*, o algo así. ¿Sabías que a uno de los muertos le metieron un bate de béisbol…?

—¡Sí, Matheus, lo sé! —lo interrumpió Indiana—. Justamente a eso me refiero. ¿Te parece normal el interés de Amanda por algo así de macabro? Otras chicas de su edad andan pendientes de actores de cine.

Pereira vivía en la azotea de la Clínica Holística, en un agregado sin permiso municipal, y para fines prácticos era el administrador del edificio. El ático, que él llamaba su estudio, recibía espléndida luz para pintar y cultivar, sin fines de lucro, plantas de marihuana destinadas a su consumo personal, que era mucho, y el de sus amigos.

A fines de la década de los noventa, después de pasar por varias manos, el inmueble fue adquirido por un inversionista chino con buen ojo comercial, que tuvo la idea de crear un centro de salud y serenidad, como otros que prosperan en California, tierra de optimistas. Pintó el exterior y puso el letrero de Clínica Holística en la fachada, para distinguirlo de las pescaderías de Chinatown; el resto lo hicieron los inquilinos, que fueron ocupando los apartamentos del segundo y tercer piso, todos practicantes de artes y ciencias curativas. Los locales del primer piso, que daban a la calle, eran un estudio de yoga y una galería de arte respectivamente. El primero también ofrecía clases de danza tántrica, muy populares, y el segundo, con el nombre inexplicable de Oruga Peluda, exhibía obras de artistas locales. Viernes y sábados por la noche la galería se animaba con músicos aficionados y vino áspero en vasos de papel, gratis. Quien anduviese en busca de drogas ilegales podía conseguirlas en la Oruga Peluda a precio de ganga, bajo las narices de la policía, que toleraba ese tráfico de hormiga mientras fuera discreto. Los dos pisos superiores estaban ocupados por pequeños consultorios compuestos de una sala de espera, donde apenas cabían un escritorio escolar y un par de sillas, y otra habitación destinada a los tratamientos. El acceso a los consultorios del segundo y tercer piso estaba limitado por la falta de ascensor, grave inconveniente para algunos pacientes, pero eso tenía la ventaja de excluir a los más achacosos, que de todos modos no se habrían beneficiado demasiado con la medicina alternativa.

El pintor había vivido en ese inmueble durante treinta años sin que ninguno de los sucesivos dueños hubiera logrado desalojarlo. El inversionista chino ni siquiera lo intentó, porque le convenía que alguien se quedara después de las horas de oficina. En vez de pelearse con Matheus Pereira, lo nombró superintendente, le entregó un duplicado de las llaves de todas las oficinas y le ofreció un sueldo simbólico para que atrancara la puerta principal por la noche, apagara las luces, sirviera de contacto con los inquilinos y lo llamara en caso de desperfectos o emergencias.

Los cuadros del brasileño, inspirados en el expresionismo alemán, se exhibían de vez en cuando en la Oruga Peluda sin éxito de ventas y decoraban el hall de entrada del edificio. Esas angustiosas figuras distorsionadas, hechas a brochazos iracundos, chocaban con los vestigios de *art déco* y con la misión de la Clínica Holística de brindar bienestar físico y emocional a los clientes, pero nadie se atrevía a proponer que las quitaran por temor a herir al artista.

—La culpa es de tu ex marido, Indi. ¿De dónde crees que saca Amanda el gusto por el crimen? —dijo Matheus al despedirse.

—Bob está tan preocupado como yo por esta nueva tontería de Amanda.

—Peor sería que anduviera drogada…

—¡Mira quién habla! —se rió ella.

—Exacto. Soy una autoridad en la materia.

—Mañana, entre dos clientes, te puedo dar un masaje de diez minutos —le ofreció ella.

—Me has atendido gratis durante años, mujer. Te voy a regalar uno de mis cuadros.

—¡No, Matheus! De ninguna manera puedo aceptarlo. Estoy segura de que un día tus cuadros serán muy valiosos —dijo Indiana, procurando disimular el pánico en la voz.

Miércoles, 4

A las diez de la noche Blake Jackson terminó de leer la novela de turno y fue a la cocina a preparar avena con leche, que le traía recuerdos de infancia y lo consolaba cuando se sentía agobiado por la imbecilidad de la raza humana. Algunas novelas lo afectaban de esa manera. Los miércoles por la tarde estaban reservados para su partida de squash, pero esa semana el amigo que jugaba con él estaba de viaje. Se instaló frente al plato, aspirando el delicado olor a miel y canela, y llamó a Amanda al móvil, sin temor a despertarla, porque a esa hora debía de estar leyendo. La pieza de Indiana quedaba lejos, era imposible que oyera la conversación, pero él hablaba en susurros por exceso de precaución. Era preferible que su hija ignorara en qué andaba él con la nieta.

—¿Amanda? Soy Kabel.

—Te conozco la voz. Desembucha.

—Es sobre Ed Staton. Aprovechando la agradable temperatura de este hermoso día, hizo 22 °C, como en verano…

—Al grano, Kabel, no dispongo de toda la noche para el calentamiento global.

—Me fui a tomar una cerveza con tu papá y averigüé algunas cosas que te pueden interesar.

—¿Qué cosas?

—El reformatorio donde trabajaba Staton antes de venir a San Francisco se llama Boys Camp y queda en pleno desierto de Arizona. Staton estuvo allí varios años, hasta que lo expulsaron en agosto de 2010, a raíz de un escándalo causado por la muerte de un chico de quince años. No es el primer caso, Amanda, tres muchachos han muerto en los últimos ocho años, pero el reformatorio sigue funcionando. En cada ocasión el juez se ha limitado a suspenderle la licencia temporalmente, mientras se lleva a cabo la investigación.

—¿Cómo murieron esos niños?

—Por disciplina paramilitar en manos inexpertas o sádicas. Negligencia, abuso, tortura. A los niños los golpean, les obligan a hacer ejercicio hasta que pierden el conocimiento, les racionan la comida y las horas de sueño. El chico que murió tenía pulmonía, hervía de fiebre y se desmayaba, pero lo obligaron a correr con los demás a pleno sol, con ese calor de Arizona que es como un horno, y cuando se desplomó, lo patearon en el suelo. Estuvo enfermo dos semanas antes de morir. Después se descubrió que tenía dos litros de pus en los pulmones.

—Y Ed Staton era uno de esos sádicos —dedujo Amanda.

—Tenía un largo historial en Boys Camp. Su nombre aparece en varios informes contra el reformatorio por abusos con los internos, pero no lo echaron hasta 2010. Por lo visto a nadie le importa la suerte de esos infelices muchachos. Parece un novelón de Charles Dickens.

—*Oliver Twist*. Sigue, no te vayas por las ramas.

—A Ed Staton trataron de despedirlo discretamente, pero fue imposible, porque la muerte del niño causó cierto revuelo. A pesar de eso lo contrataron en la escuela Golden Hills de San Francisco. Raro, ¿no te parece? ¡Cómo no iban a conocer sus antecedentes!

—Debía de tener buenas conexiones.

—Nadie se tomó el trabajo de averiguar su pasado. El director de Golden Hills estaba satisfecho con el tipo porque sabía imponer disciplina, pero algunos alumnos y maestros lo describen como un matón, uno de esos seres cobardes que se arrastran ante la autoridad, pero que si tienen una pizca de poder, hacen alarde de crueldad. Por desgracia el mundo está lleno de gente de esa calaña. Al final el director le asignó un turno de noche, para evitar problemas. Ed Staton empezaba su turno a las ocho de la noche y se iba a las seis de la mañana.

—Tal vez lo mató alguien que estuvo en ese reformatorio y sufrió en manos de Staton.

—Tu papá está examinando esa posibilidad, aunque sigue aferrado a la teoría de la reyerta entre homosexuales. Staton era aficionado a la pornografía gay y usaba los servicios de escoltas.

—¿Qué?

—Escoltas, así les llaman a los hombres que se prostituyen. Los escoltas habituales de Staton eran dos jóvenes portorriqueños, tu papá los ha interrogado, pero tienen buenas coartadas. Y respecto a la alarma de la escuela, diles a los de *Ripper* que normalmente Ed Staton la conectaba por la noche, pero esa vez no lo hizo. Tal vez salió con prisa, pensando que la conectaría cuando regresara.

—Sé que estás guardando lo mejor para el final —dijo la nieta.

—¿Yo?

—¿Qué es, Kabel?

—Algo bastante curioso, que también le intriga a tu papá —dijo Blake Jackson—. En el gimnasio hay pelotas, guantes y bates de béisbol, pero el bate que emplearon con Staton no pertenecía a la escuela.

—¡Ya sé lo que me vas a decir! ¡El bate es de un equipo de Arizona!

—¿Los Diablos de Arizona, por ejemplo? En ese caso la conexión con Boys Camp sería obvia, Amanda, pero no lo es.

—¿De dónde es?

—Tiene un sello de la Universidad Estatal de Arkansas.

Según Celeste Roko, que había estudiado la carta astral de todas sus amistades y parientes, el carácter de Indiana Jackson correspondía a su signo zodiacal, Piscis. Eso explicaría su propensión al esoterismo y su impulso irrefrenable de socorrer a cuanto ser en desgracia se cruzara en su camino, incluso a aquellos que no lo solicitaban ni lo agradecían. Carol Underwater era el blanco ideal para la errática compasión de Indiana.

Se conocieron una mañana de diciembre de 2011; Indiana estaba encadenando su bicicleta en la calle y vio con el rabillo del ojo a una mujer apoyada en un árbol cercano como si fuera a desmayarse. Corrió a ayudarla, la sostuvo, se la llevó a pasitos cortos a la Clínica Holística y la ayudó a subir la escalera hasta la oficina número 8, donde la desconocida se dejo caer, exhausta, en una de las dos frágiles sillas de la recepción. Cuando recuperó el aliento, le dio su nombre y le contó que padecía de un cáncer agresivo y la quimioterapia estaba resultando peor que la enfermedad. Conmovida, Indiana le ofreció su camilla de masaje para que se tendiera un rato, pero la otra contestó con voz vacilante que le bastaba con la silla y que si no era mucha molestia, le vendría bien algo caliente de beber. Indiana la dejó sola y partió a la carrera a comprarle una tisana, lamentando que en su reducida consulta no hubiera un hornillo para hervir agua. A la vuelta encontró a la mujer bastante repuesta, incluso había hecho un patético intento de arreglarse un poco y se había pintado los labios; la boca color ladrillo le daba un aire grotesco a ese rostro verdoso y crispado por la enfermedad, donde los ojos oscuros resaltaban como botones en la cara de un muñeco. Tenía treinta y seis años, según dijo, pero la peluca de rizos fosilizados le echaba encima diez más.

Así comenzó una alianza basada en la desgracia de una y la vocación samaritana de la otra. En repetidas oportunidades Indiana le ofreció sus métodos para fortalecer el sistema inmunológico, pero Carol se las ingeniaba para postergarlos. Al principio Indiana sospechó que tal vez no podía pagarle y se dispuso a atenderla gratis, como hacía con otros pacientes en apuros, pero ante las repetidas disculpas de Carol dejó de insistir; era consciente de que mucha gente todavía desconfía de la medicina alternativa. Ambas compartían el gusto por el sushi, los paseos por el parque y las películas románticas, así como el respeto por los animales, que en Carol Underwater se traducía en vegetarianismo como el de Amanda, pero hacía una excepción con el sushi, mientras que Indiana se limitaba a protestar por el sufrimiento de los pollos en criaderos y los ratones en laboratorios, así como por el uso de pieles en la moda. Una de sus organizaciones favoritas era Gente en Favor del Tratamiento Ético de los Animales, que el año anterior había hecho una petición al alcalde de San Francisco para cambiarle el nombre al Tenderloin, porque era inadmisible que un barrio de la ciudad se llamara como el solomillo de un vacuno maltratado y sería mejor darle el nombre de un vegetal. El alcalde no respondió.

A pesar de los ideales comunes, la amistad resultaba forzada, porque Indiana trataba de mantener cierta distancia, ya que Carol se le pegaba como caspa. La mujer se sentía impotente y desamparada, su vida era una suma de abandonos y engaños, se creía aburrida, sin atractivo, talento o habilidad social, y sospechaba que su marido se había casado con ella para obtener el visado americano. Indiana le había sugerido que revisara ese guión de víctima y lo cambiara, porque el primer paso para sanar consistía en desprenderse de la energía negativa y el resentimiento; necesitaba una historia positiva que la conectara con la totalidad del universo y la luz divina, pero Carol seguía aferrada a su desgracia. Indiana temía verse succionada por el insondable vacío de esa mujer, que se quejaba por teléfono a horas ingratas, se instalaba en su consulta a esperarla durante horas y le regalaba bombones finos, que debían de costarle un porcentaje significativo de su cheque del seguro social, y que ella consumía calculando las calorías y sin verdadero placer, porque prefería el chocolate negro con chile picante, como el que compartía con su enamorado, Alan Keller.

Carol carecía de hijos y parientes, pero contaba con un par de amigas, a quienes Indiana no conocía, que la acompañaban a la quimioterapia. Sus temas obsesivos eran su marido, un colombiano deportado por tráfico de drogas, a quien ella estaba tratando de traer de vuelta a su lado, y su cáncer. Por el momento la enfermedad no le producía dolor, pero el veneno inyectado en sus venas la estaba matando. Tenía un color ceniciento, poca energía y la voz débil, pero Indiana abrigaba la esperanza de que mejoraría, porque su olor era distinto al de otros pacientes de cáncer que ella había tratado en su consulta. Además, su propia sensibilidad para sintonizar con las enfermedades ajenas no funcionaba con Carol, y eso le parecía buen signo.

Un día, conversando de esto y aquello en el Café Rossini, Carol confesó su terror a morir y su esperanza de que Indiana la guiara, una responsabilidad que ésta no se sentía capaz de asumir.

—Tú eres una persona muy espiritual, Indi —le dijo Carol.

—¡No me asustes, mujer! La gente supuestamente espiritual que conozco es santurrona y roba libros esotéricos en las librerías —se rió Indiana.

—¿Crees en la reencarnación? —le preguntó Carol.

—Creo en la inmortalidad del alma.

—Si es cierto lo de la reencarnación, significa que he malgastado esta vida y voy a reencarnarme en una cucaracha.

Indiana le prestó sus libros de cabecera, una ecléctica mezcla de sufismo, platonismo, budismo y psicología moderna, pero se abstuvo de decirle que llevaba nueve años estudiando y recién daba los primeros pasos en el camino inacabable de la superación, le faltaban eones para experimentar la plenitud del Ser y liberar su alma de conflicto y sufrimiento. Esperaba que su instinto de curandera no le fallara, que Carol se recuperara de su cáncer y que le alcanzara el tiempo en este mundo para lograr el estado de iluminación al que aspiraba.

Ese miércoles de enero, Carol e Indiana habían quedado en encontrarse en el Café Rossini a las cinco de la tarde, aprovechando que un cliente había cancelado su sesión de Reiki y aromaterapia. La cita fue propuesta por Carol, quien le adelantó por teléfono a su amiga que había comenzado la radioterapia, después de pasar un par de semanas de alivio al término de la quimioterapia. Ella fue la primera en llegar, vestida con su atuendo étnico usual, que apenas disimulaba su cuerpo desgarbado y su mala postura: pantalón y túnica de algodón, de estilo vagamente marroquí, zapatillas de tenis, collar y pulseras de semillas africanas. Danny D'Angelo, uno de los meseros, que la había atendido varias veces, la recibió con la exuberancia que algunos clientes habían aprendido a temer. El hombre se jactaba de ser amigo de medio mundo en North Beach, en especial de los parroquianos del Café Rossini, donde había servido tantos años que ya nadie recordaba el local sin su presencia.

—Mira, querida, ese turbante que llevas puesto te queda mucho mejor que la peluca —fue su saludo a Carol Underwater—. La última vez que viniste me dije: Danny, tu deber es aconsejarle a esta persona que se quite el jodido zorro muerto de la cabeza, pero la verdad es que no me atreví.

—Tengo cáncer —le informó ella, ofendida.

—Pues claro, linda, cualquiera se da cuenta. Pero te verías bien calva. Ahora se usa. ¿Qué te sirvo?

—Un té de manzanilla y una *biscotti*, pero voy a esperar a Indiana.

—Indiana es como la jodida Madre Teresa, ¿no es cierto? Yo le debo la vida —dijo Danny, listo para sentarse a la mesa a contarle algunas anécdotas de su querida Indiana Jackson, pero el local estaba lleno y el dueño le hacía señas para que se apurara en servir las otras mesas.

Por las ventanas Danny divisó a Indiana cruzando Columbus Avenue en dirección al Café y voló a prepararle un capuchino doble coronado de crema, como a ella le gustaba, para recibirla en la puerta con la taza en la mano. «¡Saluden a la reina, plebeyos!», anunció a voz en cuello, como siempre hacía, y los clientes, acostumbrados a ese ritual, obedecieron. Indiana le dio un beso en la mejilla y llevó su capuchino a la mesa de Carol.

—De nuevo ando con náuseas, sin fuerzas para nada, Indi. No sé qué hacer, lo único que quiero es tirarme del puente —suspiró Carol.

—¿De qué puente? —preguntó Danny D'Angelo, que iba pasando con una bandeja para otra mesa.

—Es una manera de hablar, Danny —le riñó Indiana.

—Te lo pregunto, querida, porque si piensas saltar del Golden Gate no te lo recomiendo. Han puesto una rejilla y cámaras de seguridad para desalentar a los suicidas. Vienen bipolares y depresivos de todo el mundo a lanzarse de ese jodido puente, es una atracción turística. Y todos saltan por el mismo lado, hacia la bahía. No se tiran por el lado del mar por miedo a los tiburones.

—¡Danny! —exclamó Indiana, pasándole una servilleta de papel a Carol para que se sonara la nariz.

El mesero siguió con su bandeja, pero al par de minutos ya estaba de vuelta, atento a la conversación, mientras Indiana procuraba consolar a su desafortunada amiga. Le entregó un medallón de cerámica para colgarse al cuello y tres frascos oscuros con aceites de niauli, lavanda y menta; le explicó que los aceites esenciales son remedios naturales y se absorben por la piel en cosa de minutos, ideales para quien no puede soportar una medicina por vía oral. Debía poner dos gotas de niauli en el medallón y usarlo a diario contra las náuseas, unas gotas de lavanda en la almohada y frotarse la menta en la planta de los pies para levantar el ánimo. ¿Sabía que les ponen menta en los testículos a los toros viejos para…?

—¡Indi! —la interrumpió Carol—. ¡No quiero ni pensar en lo que debe ser eso! ¡Pobres toros!

En ese momento se abrió la puerta de madera y vidrio biselado, antigua y a mal traer, como casi todo en el Café Rossini, para dar paso a Lulu Gardner, que iniciaba su ronda habitual por el barrio. Todos menos Carol Underwater conocían a esa diminuta viejecita, sin dientes, arrugada como una manzana seca, con la punta de la nariz pegada a la barbilla, bonete y capa de Caperucita Roja, que existía desde los tiempos olvidados de los *beatniks* y se proclamaba fotógrafa oficial de la vida en North Beach. La pintoresca anciana aseguraba que había retratado a los antiguos habitantes del barrio a comienzos del siglo XX, cuando empezó a poblarse de inmigrantes italianos después del terremoto de 1906, y por supuesto, a algunos personajes inolvidables, como Jack Kerouac, que según ella escribía muy bien a máquina; a Allen Ginsberg, su poeta y activista preferido; a Joe Dimaggio, el legendario jugador de béisbol que vivió allí en los años cincuenta con su mujer, Marilyn Monroe; a las bailarinas de striptease del Condor Club, que formaron una cooperativa en los sesenta; en fin, virtuosos y pecadores, todos protegidos por San Francisco de Asís, patrono de la ciudad, desde su capilla en la calle Vallejo. Lulu andaba apoyada en un bastón tan alto como ella, con una cámara Polaroid de esas que ya no se usan y un gran álbum bajo el brazo.

Circulaban toda suerte de rumores sobre Lulu, que ella jamás desmentía: decían que parecía mendiga, pero tenía millones escondidos en alguna parte, que sobrevivió en un campo de concentración y que perdió al marido en Pearl Harbor. Sólo se sabía con certeza que era judía practicante, pero celebraba la Navidad. El año anterior Lulu había desaparecido misteriosamente y después de tres semanas sin verla en las calles del barrio, los vecinos la dieron por muerta y decidieron rendirle un homenaje póstumo. En un sitio prominente del parque Washington pusieron una fotografía ampliada de la centenaria Lulu Gardner y a su alrededor la gente dejó flores, muñecos de peluche, reproducciones de fotos tomadas por ella, sentidos poemas y mensajes. El domingo al atardecer, cuando se habían juntado espontáneamente docenas de personas con velas encendidas para darle un reverente último adiós, Lulu Gardner llegó al parque preguntando quién se había muerto, lista para retratar a los deudos. Sintiéndose burlados, varios vecinos no le perdonaron que siguiera viva.

La fotógrafa avanzó con pasitos de baile, al ritmo lento de los *blues* en el altoparlante, canturreando y ofreciendo sus servicios de mesa en mesa. Se acercó a Indiana y Carol, observándolas con ojillos lacrimosos; antes de que las mujeres alcanzaran a rehusar, Danny D'Angelo se colocó entre las dos, agachado para quedar a la altura de ellas, y Lulu Gardner apretó el obturador. Carol Underwater, sorprendida por el fogonazo del flash, se puso de pie con tanta violencia que se cayó la silla. «¡No quiero tus jodidas fotos, vieja bruja!», gritó, tratando de arrebatarle la cámara. Lulu retrocedió aterrada y Danny D'Angelo se interpuso para detener a Carol. Indiana trató de tranquilizar a su amiga, extrañada de esa reacción tan exagerada, mientras se elevaba un murmullo de desaprobación entre los parroquianos del local, incluso entre los ofendidos por el asunto de la resurrección. Carol, abochornada, se dejó caer en su silla, con la cara entre las manos. «Estoy con los nervios en carne viva», sollozó.

Jueves, 5

Amanda esperó que sus compañeras de pieza se cansaran de comentar el posible divorcio de Tom Cruise y se durmieran, y enseguida llamó a su abuelo.

—Son las dos de la mañana, Amanda. Me despertaste. ¿A qué horas duermes tú, chiquilla?

—Duermo en clase. ¿Me traes noticias?

—Fui a hablar con Henrietta Post —bostezó el abuelo.

—¿La vecina que encontró los cuerpos de los Constante? —preguntó la chica.

—La misma.

—¿Y qué estabas esperando para llamarme? —le reprochó su nieta.

—A que amaneciera.

—Han pasado varias semanas desde el asesinato. ¿No fue en noviembre?

—Sí, Amanda, pero no pude ir antes. No te preocupes, la mujer se acuerda de todo. El susto casi la despacha al otro mundo, pero no le impidió grabarse en la memoria hasta el último detalle de lo que vio ese día, el más espantoso de su vida, según me dijo.

—Cuéntame todo, Kabel.

—No puedo. Es muy tarde y tu mamá llegará en cualquier momento.

—Es jueves, mi mamá está con Keller.

—No siempre se queda toda la noche con él. Además, tengo que dormir. Pero te voy a mandar mis notas de la conversación con Henrietta Post y lo que le sonsaqué a tu papá.

—¿Lo tienes escrito?

—Algún día voy a escribir un libro —le explicó el esbirro—. Escribo lo que me parece interesante, nunca se sabe qué me puede servir en el futuro.

—Escribe tus memorias, todos los viejos lo hacen —le propuso la nieta.

—Sería un plomazo, a mí no me ha pasado nada digno de contarse, soy el viudo más aburrido del mundo.

—Cierto. Mándame las notas de los Constante. Buenas noches, esbirro. ¿Me quieres?

—No.

—Yo tampoco.

Minutos más tarde Amanda tenía en su correo el recuento de la visita de Blake Jackson al primer testigo del homicidio de los Constante.

El 11 de noviembre alrededor de las 10.15 de la mañana, Henrietta Post, que vive en la misma calle, estaba paseando a su perro cuando notó que la puerta de la casa de los Constante estaba abierta de par en par, algo inusual en ese barrio, donde han tenido problemas con pandillas y traficantes de drogas. Henrietta Post tocó el timbre para advertirles a los Constante, a quienes conoce bien, y como nadie acudió, entró llamándolos. Recorrió la sala, donde el televisor estaba encendido, el comedor y la cocina, luego subió la escalera con dificultad, porque tiene setenta y ocho años y sufre del corazón. Le inquietó el silencio de esa casa, que siempre está llena de vida; en más de una ocasión ella misma se había quejado por el bochinche.

No encontró a nadie en los dormitorios de los niños y avanzó por el corto pasillo hacia la habitación principal, llamando a los dueños de casa con el poco aliento que le quedaba. Golpeó tres veces la puerta antes de atreverse a abrirla y asomarse. Dice que la pieza estaba en penumbra, con las persianas y cortinas cerradas, fría y con el aire cargado, como si no se hubiese ventilado en varios días. Dio un par de pasos dentro del cuarto, ajustando la vista, y enseguida retrocedió murmurando disculpas, porque vio el bulto de la pareja en la cama matrimonial.

La vecina iba a retirarse discretamente, pero el instinto le advirtió que había algo anormal en la quietud de esa casa y en el hecho de que los Constante no respondieran a sus llamados y estuvieran durmiendo a media mañana en un día de semana. Volvió a entrar en la pieza, tanteando la pared en busca del interruptor y encendió la luz. Doris y Michael Constante estaban de espaldas, tapados hasta el cuello con el cobertor, rígidos y con los ojos abiertos. La mujer lanzó un grito ahogado, sintió una patada en el pecho y creyó que el corazón se le había reventado. No logró reaccionar hasta que oyó los ladridos de su perro, entonces deshizo el camino del pasillo, bajó la escalera a tropezones y avanzó sujetándose en los muebles hasta el teléfono de la cocina.

Llamó al 911 exactamente a las 10.29 de la mañana repitiendo varias veces que sus vecinos estaban muertos, hasta que la operadora la interrumpió para hacerle tres o cuatro preguntas pertinentes e indicarle que se quedara donde estaba y no tocara nada, que acudiría ayuda de inmediato. Siete minutos más tarde acudieron dos patrulleros, que se encontraban en el área, y poco después una ambulancia y refuerzos policiales. Los paramédicos no pudieron hacer nada por los Constante, pero se llevaron al hospital a Henrietta Post con taquicardia y la presión por las nubes.

El inspector jefe, Bob Martín, se presentó alrededor de las once, cuando ya habían acordado la calle, acompañado por la médica forense, Ingrid Dunn y un fotógrafo del Departamento de Homicidios. Martín se colocó guantes de goma y subió con la médica a la habitación de los Constante. Su primera impresión al ver a la pareja en la cama fue que se trataba de un doble suicidio, pero debía esperar el veredicto de la doctora Dunn, quien observó meticulosamente las partes visibles de los Constante, sin moverlos. Martín dejó que el fotógrafo hiciera su trabajo, mientras llegaba el resto del equipo forense, luego la médica ordenó que subieran las camillas y se llevaran la pareja al depósito. La escena le pertenecía a la policía, pero los cuerpos eran suyos.

Doris y Michael, muy respetados en la comunidad, eran miembros activos de la Iglesia Metodista y en su casa se llevaban a cabo frecuentes reuniones de Alcohólicos Anónimos. Una semana antes de la noche fatal, Michael había celebrado entre amigos sus catorce años de sobriedad con una fiesta en su patio con hamburguesas y salchichas, regadas con ponche de fruta. Parece que hubo una pelea entre Michael y uno de los asistentes, pero nada serio.

Los Constante, que no tenían hijos, obtuvieron en 1991 una licencia como padres temporales para niños huérfanos o de alto riesgo, que los tribunales les asignaban. Había tres niños de diferentes edades viviendo con ellos, pero la noche del 10 de noviembre, cuando ocurrió el crimen, estaban solos, porque el Servicio de Protección de la Infancia se los había llevado a una excursión de cuatro días al lago Tahoe. La casa estaba desordenada, sucia, y la presencia de los niños era evidente a juzgar por las pilas de ropa por lavar, zapatos y juguetes tirados, camas sin hacer. En el refrigerador había pizzas y hamburguesas congeladas, bebidas gaseosas, leche, huevos y también una botella cerrada de un licor desconocido.

La autopsia reveló que Doris, de cuarenta y siete años, y Michael de cuarenta y ocho, murieron de una sobredosis de heroína inyectada en una vena del cuello y fueron marcados a fuego en las nalgas después de muertos.

El teléfono despertó de nuevo a Blake Jackson diez minutos más tarde.

—Esbirro, tengo una pregunta —dijo su nieta.

—¡Amanda, ya me tienes harto! ¡Renuncio a ser tu esbirro! —exclamó el abuelo.

Un silencio fúnebre siguió a esas palabras.

—¿Amanda? —inquirió el abuelo al cabo de unos segundos.

—¿Sí? —respondió ella con voz trémula.

—Estaba bromeando. ¿Cuál era tu pregunta?

—Explícame lo de las quemaduras en los traseros.

—Lo descubrieron en el depósito, cuando les quitaron la ropa —dijo el abuelo—. Olvidé mencionar en mis notas que en el baño se encontraron dos jeringas usadas con rastros de heroína y un pequeño soplete de butano, que seguramente fue empleado para las quemaduras, todo limpio de huellas dactilares.

—¿Se te olvidó mencionarlo, dices? ¡Eso es fundamental!

—Pensaba agregarlo, pero me distraje. Me parece que esos objetos fueron dejados a propósito, como una burla, nítidamente colocados sobre una bandeja y cubiertos con una servilleta blanca.

—Gracias, Kabel.

—Buenas noches, maestra.

—Buenas noches. Ya no te llamaré más. Que duermas bien.

Era una de esas noches con Alan Keller que Indiana anticipaba como una novia, aunque ya habían establecido una rutina con pocas sorpresas y hacían el amor al ritmo de una vieja pareja. Cuatro años juntos: ya eran una vieja pareja. Se conocían bien, se amaban sin prisa y se daban tiempo para reírse, comer y conversar. Según Keller, hacían el amor sin sobresaltos, como un par de bisabuelos; según Indiana, eran bisabuelos depravados. No tenían de qué quejarse, porque después de probar algunas maromas habituales en la industria de la pornografía, que lo dejaron a él con dolor de espalda y a ella de mal genio, y de explorar casi todo lo que una imaginación sana podía ofrecer sin incluir a terceras personas o animales, habían ido reduciendo el repertorio a cuatro opciones convencionales. Dentro de eso había algunas variantes, pero pocas, que llevaban a cabo en el hotel Fairmont una o dos veces por semana, según se lo exigiera el cuerpo.

Indiana le contó a Alan Keller, mientras esperaban las ostras y el salmón ahumado que habían pedido al servicio de habitaciones, la tragedia de Carol Underwater y los torpes comentarios de Danny D'Angelo. Keller lo conocía, porque a veces esperaba a Indiana en el Café Rossini, y porque el año anterior Danny había vomitado aparatosamente en su Lexus nuevo, cuando lo trasladaba —a pedido de Indiana— al servicio de emergencia del hospital. Tuvo que hacer lavar el coche varias veces para quitarle las manchas y disipar la fetidez.

En el desfile anual de los gay en junio, Danny anduvo perdido, no fue a trabajar y nadie supo de él hasta seis días más tarde, cuando una llamada anónima con acento hispano le comunicó a Indiana que su amigo se encontraba en pésimas condiciones, enfermo y solo en su pieza, y más valía que fuese a socorrerlo si no quería verlo muerto. Danny vivía en un mísero inmueble del Tenderloin, barrio bravo donde hasta la policía temía entrar de noche. Desde sus comienzos había atraído a vagabundos y delincuentes y se caracterizaba por el licor, las drogas, los burdeles y los clubes de mala reputación. Era el corazón del pecado, como lo llamaba Danny con cierta altivez, como si vivir allí mereciera una medalla al valor. El edificio, construido en los años cuarenta, estuvo destinado a marineros, pero con el paso del tiempo degeneró en refugio de desamparados, enfermos o adictos. En más de una ocasión Indiana había estado allí para llevarle comida y medicinas a su amigo, quien solía quedar como un guiñapo tras los excesos de alguna parranda insalubre.

Apenas recibió la llamada anónima, Indiana fue una vez más a socorrer a Danny. Subió los cinco pisos a pie por una escalera pintarrajeada con palabrotas y dibujos obscenos, pasando junto a varias puertas entreabiertas, covachas de ebrios devorados por la miseria, ancianos dementes y muchachos que se prostituían a cambio de drogas. La pieza de Danny, oscura y hedionda a vómito y pachuli ordinario, contaba con una cama en un rincón, un ropero, una tabla de planchar, un coqueto tocador con pollerín de raso, un espejo roto y una colección de potes de maquillaje. Había una docena de zapatos de tacos altos alineados y dos percheros, donde colgaban como pajarracos desmayados sus vestidos emplumados de cantante de cabaret. No entraba luz natural, porque la única ventana tenía veinte años de mugre pegada en los vidrios.

Indiana encontró a Danny tirado sobre la cama, a medio vestir con el disfraz de criada francesa que había lucido en el desfile gay, inmundo, ardiendo de fiebre y deshidratado, con una combinación de pulmonía y brutal intoxicación de alcohol y drogas. En el edificio había sólo un baño por planta, que usaban veinte inquilinos, y la debilidad del enfermo le impedía arrastrarse hasta allí. No respondió cuando Indiana trató de incorporarlo para darle agua y lavarlo, tarea imposible para ella sola. Por eso llamó a Alan Keller.

Muy a su pesar, Keller intuyó que Indiana lo había llamado como último recurso, porque su padre tenía el automóvil en reparación y seguramente Ryan Miller, ese hijo de puta, estaba de viaje. Le convenía el acuerdo tácito de limitar su relación con Indiana a encuentros placenteros, pero le ofendía comprobar que ella había organizado su existencia sin él. Indiana andaba siempre corta de dinero, aunque jamás lo mencionaba, pero si él pretendía auxiliarla, ella lo rechazaba en tono de broma; en cambio acudía a su padre y, aunque Keller no tenía pruebas, podía jurar que aceptaba de Ryan Miller lo que le rehusaba a él. «Soy tu amante, no tu mantenida», le contestaba Indiana cuando él le ofrecía pagar la renta del consultorio o la cuenta del dentista de Amanda. Para su cumpleaños quiso comprarle un escarabajo Volkswagen, amarillo patito o rojo barniz de uñas, que a ella le encantaban, pero Indiana se lo rechazó de plano con el pretexto ecológico de que le bastaban el transporte colectivo y la bicicleta. Tampoco permitió que le diera una tarjeta de crédito o le abriera una cuenta en el banco y no le gustaba que le comprara ropa, porque creía —y con razón— que él pretendía refinarla. A Indiana le parecía ridícula la costosa lencería de seda y encaje que él le daba, pero se la ponía para complacerlo, como parte de sus juegos eróticos. Keller sabía que apenas él se descuidaba, ella se la regalaba a Danny, quien posiblemente la apreciaba como era debido.

Keller admiraba la integridad de Indiana, pero le irritaba que no lo necesitara, se sentía empequeñecido y mezquino ante esa mujer más dispuesta a dar que a recibir. En los años que llevaban juntos, ella le había pedido ayuda en muy raras oportunidades, por eso respondió de inmediato cuando lo llamó desde la pieza de Danny D'Angelo.

El Tenderloin era territorio de pandillas filipinas, chinas y vietnamitas, de robos, asaltos y homicidios, donde Keller había estado muy rara vez, aunque quedaba en el centro de San Francisco, a pocas cuadras de los bancos, oficinas, corporaciones, tiendas y restaurantes de lujo que él frecuentaba. Su idea del Tenderloin era anticuada y romántica: 1920, salones de juego clandestino, campeonatos de boxeo y bares ilegales, burdeles, mala vida. Recordaba que fue el escenario de una de las novelas de Dashiell Hammett, tal vez *El halcón maltés*. No sabía que después de la guerra del Vietnam se llenó de refugiados asiáticos, por la renta barata y la proximidad de Chinatown, y que en los apartamentos hechos para un solo habitante vivían hasta diez personas. Al ver mendigos tirados por el suelo con sus sacos de dormir y carritos del mercado atiborrados de bultos, hombres de extraña catadura acechando en las esquinas y mujeres greñudas, sin dientes, hablando solas, comprendió que no convenía dejar el auto en la calle y buscó un estacionamiento de pago.

Le costó un poco encontrar el edificio de Danny, porque los números habían sido borrados por la intemperie y el desgaste, y no se atrevió a preguntar. Por fin dio con el lugar, que resultó ser más sucio y miserable de lo que esperaba. En su ascenso al quinto piso se topó con borrachos, vagabundos y tipos con pinta de delincuentes en los umbrales de sus guaridas o deambulando por los pasillos, y temió que lo asaltaran o que le cayera encima un piojo. Pasó entre ellos deprisa, sin mirarlos a la cara, venciendo el impulso de taparse la nariz, consciente de lo absurdos que resultaban sus zapatos italianos de gamuza y su chaqueta inglesa de gabardina en aquel ambiente. El trayecto hasta la pieza de Danny le pareció peligroso y, cuando llegó, la fetidez lo detuvo en seco en la puerta.

A la luz de la solitaria ampolleta que colgaba del techo vio a Indiana inclinada sobre la cama, lavándole la cara al otro con un trapo mojado. «Tenemos que llevarlo al hospital, Alan. Hay que ponerle camisa y pantalones», le ordenó. A Keller se le llenó la boca de saliva y lo sacudió una arcada, pero no era cosa de flaquear como un cobarde en ese momento. Evitando mancharse ayudó a Indiana a lavar a ese hombre delirante y vestirlo. Danny era delgado, pero en las condiciones en que se encontraba resultaba pesado como un cordero muerto. Entre los dos lo levantaron y lo llevaron medio en volandas y medio a la rastra por el largo pasillo y por la escalera, peldaño a peldaño, hasta la planta baja, ante las miradas burlonas de los inquilinos que encontraron al paso. En la puerta del inmueble sentaron a Danny en el pavimento, junto a unos cubos de basura, al cuidado de Indiana, mientras él corría un par de cuadras a buscar su coche. Cuando el enfermo vomitó un chorro de bilis en el asiento de su Lexus dorado, a Keller se le ocurrió que podrían haber llamado a una ambulancia, pero esa solución no se le pasó por la cabeza a Indiana, porque habría costado mil dólares y Danny carecía de seguro.

D'Angelo estuvo hospitalizado una semana, hasta que pudieron controlarle la pulmonía, la infección intestinal y la presión, y pasó otra semana en la casa del padre de Indiana, a quien le tocó el papel de renuente enfermero hasta que el otro pudo valerse solo y regresar a su cuchitril y su trabajo. Por entonces Blake Jackson lo conocía muy poco, pero aceptó ir a buscarlo al hospital cuando lo dieron de alta, porque su hija se lo pidió, y por la misma razón le dio hospedaje y lo cuidó.

Lo primero de Indiana Jackson que atrajo a Alan Keller fue su aspecto de sirena rozagante, luego se prendó de su carácter optimista; en resumen, le gustaba porque era lo opuesto de las mujeres flacas y ansiosas que normalmente frecuentaba. Jamás habría dicho que estaba enamorado, qué cursilería, no había necesidad de ponerle nombre a ese sentimiento. Le bastaba con disfrutar el tiempo que compartía con ella, siempre previamente acordado, nada de sorpresas. En las sesiones semanales con su psiquiatra, un judío proveniente de Nueva York practicante de budismo zen como casi todos los psiquiatras de California, Keller había descubierto que la quería mucho, lo cual no era poco decir, ya que se jactaba de estar a salvo de la pasión, que sólo apreciaba en la ópera, donde ese impulso torcía los destinos del tenor y la soprano. La hermosura de Indiana le provocaba un placer estético más persistente que el deseo carnal, su frescura lo conmovía y la admiración que ella le manifestaba se había convertido en una droga adictiva de la cual le sería difícil prescindir. Pero era consciente del abismo que los separaba: ella pertenecía a un medio inferior. Su cuerpo abundante y su abierta sensualidad, que tanto lo complacían en privado, lo sonrojaban en público. Indiana comía con gusto, untaba el pan en la salsa, se chupaba los dedos y repetía el postre, ante el asombro de Keller, acostumbrado a las mujeres de su clase, para quienes la anorexia era una virtud y la muerte resultaba preferible al horroroso flagelo de la obesidad. A los ricos se les ven los huesos. Indiana estaba lejos de ser gorda, pero las amistades de Keller no apreciarían su perturbadora belleza de lechera flamenca ni su simpleza, que a veces rayaba en la vulgaridad. Por eso evitaba llevarla donde pudieran encontrarse con alguien conocido y en las escasas oportunidades en que lo hacía, por ejemplo a un concierto o al teatro, le compraba ropa adecuada y le pedía que se peinara con moño. Indiana accedía con la actitud juguetona de quien se disfraza, pero al poco rato el discreto vestido negro empezaba a apretarle el cuerpo y mortificarle el ánimo.

Uno de los mejores regalos de Keller fue suscribirla a un arreglo floral por semana para su consultorio, un elegante ikebana de una floristería de Japantown, que entregaba puntualmente en la Clínica Holística un joven alérgico al polen, de guantes blancos y mascarilla de cirujano. Otro fino presente fue una cadena de oro con una manzana cubierta de pequeños diamantes para reemplazar el collar de perro que ella solía ponerse. Indiana esperaba impaciente el ikebana de los lunes, le deleitaba la frugal disposición de un tallo torcido, dos hojas y una flor solitaria, en cambio usó la manzana sólo un par de veces para complacer a Keller y luego la guardó en su estuche de terciopelo en el fondo de su cómoda, porque en la voluminosa geografía de su escote parecía un bicho perdido. Además, había visto un documental sobre los diamantes de sangre en las terribles minas de África. Al principio Keller pretendió renovarle todo el vestuario, cultivarle un estilo aceptable y enseñarle modales, pero Indiana se le encabritó con el argumento irrefutable de que cambiar para complacer a un hombre era mucho trabajo; sería más práctico que él buscara una mujer a su gusto.

Con su vasta cultura y su aspecto de aristócrata inglés, Alan Keller era una carta de triunfo en sociedad, el soltero más deseable de San Francisco, como lo catalogaban sus amigas, porque además de encanto, se le atribuía fortuna. El monto de sus haberes era un misterio, pero vivía muy bien, aunque sin excesos, invitaba poco y usaba la misma ropa gastada por años, nada de andar a la moda o con la marca del diseñador a la vista, como los nuevos ricos. El dinero lo aburría, porque siempre lo había tenido, y ocupaba su posición social por inercia, gracias al respaldo de su familia, sin inquietarse por el futuro. Carecía de la rudeza empresarial de su abuelo, quien hizo una fortuna en tiempos de la prohibición de alcohol, de la flexibilidad moral de su padre, que la aumentó con negocios turbios en Asia, o de la codicia visionaria de sus hermanos, que la mantenían especulando en la Bolsa.

En la suite del hotel Fairmont, con cortinas de satén color barquillo, muebles clásicos de patas torneadas, lámparas de cristal y elegantes grabados franceses en las paredes, Alan Keller recordó el desagradable episodio con Danny D'Angelo, que corroboraba una vez más su convicción de que le sería imposible convivir con Indiana. Le faltaba tolerancia para gente de carácter desordenado, como D'Angelo, para la fealdad y la pobreza, también para la bondad indiscriminada de Indiana, que vista desde cierta distancia parecía una virtud, pero si a uno le tocaba de cerca era un incordio. Esa noche Keller estaba sentado en un sillón, todavía vestido, con una copa de vino blanco en la mano, el sauvignon blanc que producía en su viña sólo para él, sus amigos y tres restaurantes caros en San Francisco, esperando que llegara la comida, mientras Indiana se remojaba en el jacuzzi.

Desde su sillón podía observarla desnuda en el agua, con su mata indómita de crespos rubios sujeta con un lápiz en lo alto de la cabeza y algunos mechones enmarcándole la cara, la piel enrojecida, las mejillas arreboladas, los ojos brillantes de gusto, con la expresión encantada de una niña en un carrusel. Lo primero que ella hacía cuando se daban cita en el hotel era preparar el jacuzzi, que a su parecer era la culminación de la decadencia y el lujo. Él no la acompañaba en el agua, porque el calor le subía la presión —tenía que cuidarse de un infarto— y prefería observarla desde la comodidad del sillón. Indiana le estaba contando algo de Danny D'Angelo y una tal Carol, una mujer con cáncer que había aparecido en el panorama de sus extrañas amistades, pero el ruido de los remolinos de agua le impedía oírla bien. El tema no le interesaba en absoluto, sólo deseaba admirarla reflejada en el gran espejo biselado detrás de la bañera, anticipando el momento en que llegarían las ostras y el salmón, descorcharía una segunda botella de su sauvignon blanc y ella saldría del agua, como Venus del mar. Entonces él la arroparía con una toalla, envolviéndola en sus brazos, y besaría esa piel joven, húmeda, acalorada; después iniciarían los juegos del amor, esa lenta danza conocida. Eso era lo mejor de la vida: la anticipación del placer.

Sábado, 7

Los jugadores de *Ripper*, incluyendo a Kabel, quien era sólo un humilde esbirro bajo las órdenes de su ama, sin voz en el juego, se habían puesto de acuerdo para juntarse por Skype y a la hora precisa se encontraron frente a sus pantallas, con los dados y naipes reglamentarios en manos de la maestra. Eran las ocho de la tarde para Amanda y Kabel en San Francisco y para Sherlock Holmes en Reno, las once de la noche para sir Edmond Paddington en New Jersey y Abatha en Montreal, y las cinco de la tarde del día siguiente para Esmeralda, que vivía en el futuro, en Nueva Zelanda. Al principio sólo se comunicaban a través de un chat privado en internet, pero cuando empezaron a investigar los crímenes propuestos por Amanda Martín, optaron por la videoconferencia. Estaban tan familiarizados con los personajes creados por cada uno, que antes de comenzar solía producirse una pausa de asombro al verse las caras. Era difícil reconocer a la tumultuosa gitana Esmeralda en aquel chico en silla de ruedas, al célebre detective de Conan Doyle en el niño negro con una gorra de béisbol, y al coronel de las antiguas colonias inglesas en el esmirriado adolescente con acné y agorafobia encerrado en su cuarto. Sólo la muchacha con anorexia de Montreal se parecía a Abatha, la psíquica, un ser esquelético, más espíritu que materia. Los chicos saludaron por turnos a la maestra del juego y le plantearon sus inquietudes sobre la sesión anterior, en que había adelantado muy poco en el caso de Ed Staton.

—Veamos qué hay de nuevo sobre «el crimen del bate fuera de lugar» antes de hablar de los Constante —propuso Amanda—. Según mi papá, Ed Staton no se defendió, no había rastros de lucha ni hematomas en el cadáver.

—Eso puede indicar que conocía al asesino —dijo Sherlock Holmes.

—Pero no explica que Staton estuviera de rodillas o sentado cuando recibió el tiro en la cabeza —dijo la maestra.

—¿Cómo sabemos eso? —preguntó Esmeralda.

—Por el ángulo de entrada de la bala. Le dispararon muy cerca, a unos cuarenta centímetros; la bala quedó dentro del cráneo, no hay orificio de salida. El arma era una pequeña pistola semiautomática.

—Es muy común, compacta, fácil de disimular en un bolsillo o en una cartera de mujer; no es un arma seria. Un criminal curtido usa normalmente armas más letales que ésa —intervino el coronel Paddington.

—Así será, pero le sirvió para eliminar a Staton. Después el asesino lo colocó de través sobre el potro de gimnasia… y ya sabemos qué hizo con el bate de béisbol.

—No sería fácil bajarle los pantalones y subir el cuerpo al potro. Staton era alto y pesado. ¿Por qué lo hizo? —preguntó Esmeralda.

—Un mensaje, una clave, una advertencia —susurró Abatha.

—El bate es un arma corriente. Según las estadísticas, se emplea con frecuencia en casos de violencia doméstica —anotó el coronel Paddington con su pretencioso acento británico.

—¿Por qué el asesino llevó un bate en vez de usar uno de la escuela? —insistió Esmeralda.

—No sabía que en el gimnasio había bates y llevó el que tenía en su casa —sugirió Abatha.

—Eso indicaría una conexión del asesino con Arkansas, o bien se trata de un bate especial —intervino Sherlock.

—¿Permiso para hablar? —pidió Kabel.

—Adelante —dijo la maestra del juego.

—Era un bate común de aluminio, de ochenta centímetros de largo, el tipo que usan estudiantes de secundaria de catorce a dieciséis años. Liviano, fuerte, durable.

—El misterio del bate de béisbol… —murmuró Abatha—. Intuyo que el asesino lo escogió por razones sentimentales.

—¡Ja! ¡Así es que nuestro hombre es un sentimental! —se burló sir Edmond Paddington.

—Nadie practica sodomía por motivos sentimentales —dijo Sherlock Holmes, el único que evitaba eufemismos.

—¿Qué sabes tú de eso? —le preguntó Esmeralda.

—Depende del sentimiento —intervino Abatha.

Los siguientes quince minutos se les fueron discutiendo diversas posibilidades, hasta que la maestra consideró que bastaba de Ed Staton, debían investigar «el doble crimen del soplete», como lo había bautizado, ocurrido el 10 de noviembre del año anterior. Enseguida le ordenó a su esbirro que planteara los hechos. Kabel les leyó sus notas y agregó los adornos necesarios para enriquecer el relato, como buen aspirante a escritor.

En ese escenario, los muchachos comenzaron a jugar. Todos estuvieron de acuerdo en que *Ripper* había evolucionado a algo mucho más interesante que el juego original y no podían verse limitados por las decisiones de los dados y los naipes, que antes determinaban los movimientos. Decidieron abocarse simplemente a la solución de los casos mediante lógica, excepto Abatha, quien estaba autorizada para emplear métodos psíquicos. Tres de los jugadores se dedicarían al análisis de los homicidios, Abatha recurriría a los espíritus, Kabel investigaría y Amanda se encargaría de coordinar el esfuerzo de los demás y planear la acción.

A diferencia de su nieta, que no veía a Alan Keller con buenos ojos, Blake Jackson lo apreciaba y tenía la esperanza de que su aventura amorosa con Indiana llegara al matrimonio. A su hija le vendría bien algo de estabilidad, pensaba, necesitaba un hombre prudente que la cuidara y protegiera, en pocas palabras, otro padre, porque él no iba a durarle eternamente. Keller era sólo nueve años menor que él y seguramente tenía algunas manías que se irían acentuando en la vejez, como le ocurre a todo el mundo, pero comparado con otros hombres del pasado de Indiana, podía ser calificado de príncipe azul. De partida, era el único con quien él podía mantener una conversación de corrido sobre libros o cualquier aspecto de la cultura, los anteriores habían sido todos del tipo atlético, músculos de toro y cerebro del mismo animal, empezando por Bob Martín. Su hija no era gusto de intelectuales; había que agradecer al cielo la oportuna aparición de Keller.

De chica, Amanda solía preguntarle a Blake por sus padres, porque era demasiado lista para tragarse la versión almibarada de su abuela Encarnación. La chiquilla tenía alrededor de tres años cuando Indiana y Bob se separaron, no recordaba la época en que vivió con ellos bajo el mismo techo y le costaba imaginarlos juntos, a pesar de la elocuencia de doña Encarnación. Esa abuela, católica de rosario diario, llevaba quince años sufriendo por el divorcio de su hijo y acudiendo con regularidad al santuario de San Judas Tadeo, patrón de la esperanza en casos difíciles, a prenderle velas para que la pareja se reconciliara.

Blake quería a Bob Martín como el hijo que nunca tuvo. No podía evitarlo, su ex yerno lo conmovía con sus espontáneos gestos de cariño, su dedicación absoluta a Amanda y su leal amistad con Indiana, sin embargo no deseaba que San Judas Tadeo obrara el milagro de la reconciliación. Ese par sólo tenía en común a la hija; separados se llevaban como buenos hermanos, juntos acabarían a golpes. Se habían conocido en la escuela secundaria, ella de quince años y él de veinte. Bob tenía edad sobrada para haberse graduado y a cualquier otro estudiante lo habrían expulsado a los dieciocho años, pero él era el capitán del equipo de fútbol americano, mimado por el entrenador y una pesadilla para los maestros, que lo soportaban por ser el mejor atleta que había tenido la escuela desde su fundación en 1956. Bob Martín, guapo y vanidoso, provocaba amores violentos en las niñas, que lo acosaban con proposiciones apasionadas y amenazas de suicidio, y una mezcla de temor y admiración en los muchachos, que celebraban sus proezas y bromas pesadas, pero se mantenían a sensata distancia, porque en un cambio de humor Bob podía tumbarlos de un papirotazo. La popularidad de Indiana equivalía a la del capitán del equipo de fútbol, con su cara de ángel, cuerpo de mujer formada y la virtud irresistible de ir por la vida con el corazón en la mano. Ella era un modelo de inocencia y él tenía reputación de demonio. Parecía inevitable que se enamoraran, pero si alguien esperaba que ella ejerciera buena influencia sobre él, se llevó un chasco, porque ocurrió lo contrario: Bob siguió siendo el bárbaro de siempre y ella se perdió en el amor, el alcohol y la marihuana.

Al poco tiempo Blake Jackson notó que a su hija la ropa le

quedaba estrecha y andaba lloriqueando. La interrogó sin piedad hasta que ella confesó que no menstruaba desde hacía tres o cuatro meses, tal vez cinco, no estaba segura, porque sus ciclos eran irregulares y ella nunca había llevado la cuenta. Jackson se agarró la cabeza con las manos, desesperado; su única disculpa por haber ignorado los síntomas evidentes del embarazo de Indiana, tal como hizo la vista gorda cuando ella llegaba a la casa tambaleándose por el alcohol o flotando en una nube de marihuana, era la grave enfermedad de Marianne, su mujer, que acaparaba toda su atención. Cogió a su hija de un brazo y la arrastró a una serie de visitas, empezando por un ginecólogo, quien confirmó que el embarazo estaba avanzado y ya no se podía pensar en un aborto, luego el director de la escuela y finalmente a confrontar al seductor.

La casa de los Martín, en el barrio de la Misión, sorprendió a Blake Jackson, porque esperaba algo mucho más modesto. Su hija sólo le había adelantado que la madre de Bob trabajaba haciendo tortillas y él se había preparado para enfrentarse a una familia de inmigrantes de escasos recursos. Al saber que Indiana llegaría con su padre, Bob se evaporó sin dejar rastro y le tocó a su madre sacar la cara por él. Blake se encontró ante una mujer madura y hermosa, enteramente vestida de negro, pero con las uñas y los labios pintados de rojo encendido, que se presentó como Encarnación, viuda de Martín. Por dentro la casa era acogedora, con muebles sólidos, alfombras gastadas, juguetes tirados en el suelo, fotografías de familia, una estantería con trofeos deportivos y dos gatos gordos echados en el sofá de felpa verde. En una silla presidencial de respaldo alto y patas de león estaba instalada la abuela de Bob, una dama derecha como una estaca, toda de negro, como su hija, con el pelo gris en un moño tan apretado que de frente parecía pelada. Los miró de arriba abajo sin responder a su saludo.

—Estoy desolada por lo que ha hecho mi hijo, señor Jackson. He fallado como madre, no he logrado inculcarle sentido de responsabilidad a Bob. ¿De qué sirven estos trofeos si no se tiene decencia, digo yo? —preguntó retóricamente la viuda, señalando la estantería con las copas del fútbol.

El padre aceptó la tacita de café retinto que trajo una empleada de la cocina y se sentó en el sofá lleno de pelos de los gatos. La hija se quedó de pie, las mejillas rojas, abochornada, sujetándose la blusa a dos manos para taparse la barriga, mientras doña Encarnación procedía a darles una síntesis de la historia familiar.

—Mi madre aquí presente, que Dios la guarde, fue maestra en México, y mi padre, que Dios lo perdone, fue un irresponsable que la dejó al poco de casados para tentar fortuna en Estados Unidos. Ella recibió sólo un par de cartas, luego pasaron meses sin noticias y entretanto nací yo, Encarnación, a sus órdenes. Mi madre vendió lo poco que tenía y emprendió un viaje tras los pasos de mi padre, conmigo en los brazos. Recorrió California albergándose en casas de familias mexicanas que se apiadaron de nosotras, hasta que llegó a San Francisco, donde se enteró que su marido estaba preso por haber liquidado a un hombre en una riña. Fue a visitarlo a la prisión y le pidió que se cuidara, enseguida se arremangó y se puso a trabajar. Aquí como maestra carecía de futuro, pero sabía cocinar.

Jackson pensó que la abuela del solemne sillón no entendía inglés, dado que su hija se refería a ella en tono de leyenda, como si estuviera muerta. Doña Encarnación siguió explicando que había crecido agarrada a las faldas de su madre, trabajando desde niña. Quince años más tarde, cuando el padre cumplió su condena y salió de la prisión, avejentado, enfermo y cubierto de tatuajes, fue deportado, como mandaba la ley, pero su mujer no lo acompañó de vuelta a México, porque para entonces se le había secado el amor y tenía un exitoso negocio de venta de tacos y otros platos populares en el corazón del barrio latino de la Misión. Poco después la niña Encarnación conoció a José Manuel Martín, mexicano de segunda generación, que tenía voz de ruiseñor, una banda de mariachis y ciudadanía americana. Se casaron y él se incorporó al negocio de comida de su suegra. Los Martín alcanzaron a tener cinco hijos, tres restaurantes y una fábrica de tortillas antes de que él muriera de repente.

—La muerte encontró a José Manuel, que Dios lo tenga en su santo seno, cantando rancheras —concluyó la viuda y agregó que sus hijas manejaban los negocios de los Martín y los otros dos hijos trabajaban en sus profesiones, todos eran buenos cristianos, apegados a la familia. Bob, el hijo menor, era el único que le había dado problemas, porque tenía sólo dos años cuando ella enviudó y al chico le había faltado la mano firme del padre.

—Perdóneme, señora —suspiró Blake Jackson—. En realidad no sé para qué hemos venido, porque ya no hay nada que hacer, el embarazo de mi hija está muy avanzado.

—¿Cómo que no hay nada que hacer, señor Jackson? ¡Bob debe asumir su responsabilidad! En nuestra familia nadie anda por allí sembrando bastardos. Perdone la palabra, pero no hay otra y es mejor entenderse con claridad. Bob tendrá que casarse.

—¿Casarse? ¡Pero si mi hija tiene quince años! —exclamó Jackson, poniéndose de pie de un salto.

—En marzo voy a cumplir dieciséis —apuntó Indiana en un susurro.

—¡Tú te callas! —le gritó su padre, que nunca le había levantado la voz.

—Mi madre tiene seis bisnietos, que son también mis nietos —dijo la viuda—. Las dos hemos ayudado a criarlos, tal como haremos con el crío que viene en camino, con el favor de Dios.

En la pausa que siguió a esta declaración, la bisabuela se levantó del trono, avanzó hacia Indiana con paso decidido, la examinó con expresión severa y le preguntó en buen inglés.

—¿Cómo te llamas, hija?

—Indi. Indiana Jackson.

—Ese nombre no me suena. ¿Hay alguna santa Indiana?

—No lo sé. Me pusieron así porque mi mamá nació en el estado de Indiana.

—¡Ah! —exclamó la mujer, perpleja. Se acercó y le palpó el vientre cuidadosamente—. Esto que llevas adentro es una niña. Ponle un nombre católico.

Al día siguiente Bob Martín se presentó en la vieja casa de los Jackson en Potrero Hill con traje oscuro, corbata de funeral y un ramito de flores agónicas, acompañado por su madre y uno de sus hermanos, que lo llevaba cogido del brazo con una zarpa de carcelero. Indiana no apareció, porque había estado llorando la noche entera y se hallaba en un estado lastimoso. Para entonces Blake Jackson se había resignado a la idea del casamiento, porque no había logrado convencer a su hija de que existían soluciones menos definitivas. Había recurrido a todos los argumentos de uso corriente, menos al recurso mezquino de amenazarla con mandar a prisión a Bob Martín por violación de una menor. La pareja se casó discretamente en el Registro Civil, después de prometerle a doña Encarnación que lo haría por la iglesia apenas Indiana, criada por padres agnósticos, fuese bautizada.

Cuatro meses más tarde, el 30 de mayo de 1994 nació una niña, tal como había adivinado la abuela de Bob. Después de varias horas de laborioso esfuerzo, la criatura emergió del vientre de su madre para caer en las manos de Blake Jackson, quien cortó el cordón umbilical con las tijeras que le pasó el médico de guardia. Luego llevó a su nieta, envuelta en una manta rosada y con un gorro metido hasta las cejas, a presentarla a los Martín y a los compañeros de la escuela, que habían acudido en masa con peluches y globos. Doña Encarnación se echó a llorar como si se tratara de un sepelio: era su única nieta, los otros seis contaban poco porque eran varones. Se había preparado durante meses, tenía una cuna de vuelos almidonados, dos maletas de vestidos primorosos y un par de aros de perlas para colocarle en las orejas a la niña apenas se descuidara la madre. Los dos hermanos de Bob llevaban horas buscándolo para que se presentara al nacimiento de su hija, pero era domingo, el flamante padre andaba celebrando una victoria con su equipo de fútbol y no dieron con él hasta el amanecer.

Apenas Indiana salió de la sala de parto y pudo sentarse en una silla de ruedas, su padre la llevó con la recién nacida al cuarto piso, donde la otra abuela agonizaba.

—¿Cómo se va a llamar? —preguntó Marianne en voz casi inaudible.

—Amanda. Significa «la que debe ser amada».

—Muy bonito. ¿En qué idioma?

—En sánscrito, pero los Martín creen que es un nombre católico —le explicó su hija, quien desde muy joven soñaba con la India.

Marianne pudo ver a su nieta muy pocas veces antes de morir. Entre suspiros le dio a Indiana su último consejo. «Vas a necesitar mucha ayuda para criar a la niña, Indi. Cuentas con tu papá y la familia Martín, pero no dejes que Bob se lave las manos. Amanda necesita un padre y Bob es un buen muchacho, sólo le falta madurar.» Tenía razón.

Domingo, 8

Menos mal que existe internet, pensó Amanda Martín, mientras se preparaba para la fiesta, porque si les preguntaba a otras chicas del colegio quedaría como una idiota. Había oído hablar de *raves*, delirantes reuniones clandestinas de jóvenes, pero no pudo imaginarlas hasta que las buscó en la red, donde averiguó hasta la forma apropiada de vestirse. Encontró lo necesario entre su ropa, sólo tuvo que arrancarle las mangas a una remera, acortar una falda a tijeretazos irregulares y comprar un tubo de pintura fosforescente. La idea de pedirle permiso a su padre para ir a la fiesta era tan descabellada que no se le ocurrió, jamás se lo daría y si llegaba a enterarse aparecería con un escuadrón de la policía a arruinar la diversión. Le dijo que no necesitaba transporte, que iría al colegio con una amiga, y a él no le llamó la atención que volviera al internado con un atuendo de carnaval, porque ésa era la facha habitual de su hija.

Amanda cogió un taxi, que la dejó a las seis de la tarde en Union Square, donde se dispuso a esperar un rato largo. A esa hora ya debía estar en el internado, pero había tomado la precaución de avisar que llegaría el lunes por la mañana, así evitaba que llamaran a sus padres. Había dejado su violín en el dormitorio, pero no pudo librarse de la pesada mochila. Pasó quince minutos observando la atracción del momento en la plaza: un joven pintado de oro desde los zapatos hasta el pelo, inmóvil como estatua, con quien los turistas posaban para hacerse fotos. Después se fue a dar vueltas por Macy's, entró en un baño y se dibujó rayas en los brazos con la pintura. Afuera ya estaba oscuro. Para hacer tiempo fue a un sucucho de comida china y a las nueve volvió a la plaza, donde quedaba poca gente, sólo algunos turistas rezagados y mendigos estacionales que llegaban de regiones más frías a pasar el invierno en California, acomodándose para la noche en sus sacos de dormir.

Se sentó debajo de un farol a jugar al ajedrez en su teléfono móvil, arropada con el cárdigan de su abuelo, que le calmaba los nervios. Miraba la hora cada cinco minutos, preguntándose ansiosa si la pasarían a buscar, como le había prometido Cynthia, una compañera de clase que la había martirizado por más de tres años y de pronto, sin explicación, la invitó a la fiesta y además le ofreció transporte a Tiburón, a cuarenta minutos de San Francisco. Incrédula, porque era la primera vez que la incluían, Amanda aceptó de inmediato.

Si al menos Bradley, su amigo de infancia y futuro marido, estuviera con ella, se sentiría más segura, pensaba. Había hablado con él un par de veces a lo largo del día, sin mencionarle sus planes por temor a que intentara disuadirla. A Bradley, como a su padre, era mejor contarle los hechos después del desastre. Echaba de menos al niño que Bradley fue, más cariñoso y divertido que el tipo pedante en que se convirtió cuando empezó a afeitarse. De chicos jugaban a estar casados y otros laboriosos pretextos para satisfacer una curiosidad insaciable, pero apenas él entró en la adolescencia, un par de años antes que ella, esa estupenda amistad dio un giro para lo peor. En la secundaria Bradley se destacó como campeón de natación, consiguió chicas de anatomía más interesante y empezó a tratarla a ella como a una hermana menor; pero Amanda tenía buena memoria, no había olvidado los juegos secretos en el fondo del jardín y estaba esperando ir al MIT en septiembre para recordárselos a Bradley. Entretanto evitaba inquietarlo con detalles como esta fiesta.

En el refrigerador de su madre solía encontrar caramelos y bizcochos mágicos, obsequios del pintor Matheus Pereira, que Indiana olvidaba durante meses, hasta que se cubrían de pelos verdes e iban a dar al tarro de basura. Amanda los había probado para ponerse a tono con el resto de su generación, pero no veía la gracia de andar con la mente en blanco, eran horas perdidas que estarían mejor empleadas jugando a *Ripper*; sin embargo, esa tarde de domingo, acurrucada en el gastado cárdigan de su abuelo bajo el farol de la plaza, pensó con nostalgia en los bizcochos de Pereira, que la habrían ayudado a dominar el pánico.

A las diez y media Amanda estaba a punto de echarse a llorar, segura de que Cynthia la había engañado por simple maldad. Cuando se corriera la voz de su humillante plantón, sería el hazmerreír de la escuela. No voy a llorar, no voy a llorar. En el instante en que echaba mano del móvil para llamar a su abuelo y pedirle que fuera a buscarla, se detuvo una furgoneta en la esquina de las calles Geary y Powell, alguien asomó medio cuerpo por la ventanilla y le hizo señas.

Con el corazón encabritado, Amanda acudió corriendo. Dentro había tres muchachos envueltos en una nube de humo, volados como cometas, incluso el que manejaba. Uno de ellos desocupó el asiento delantero y le indicó que se sentara junto al chofer, un joven de pelo negro, muy guapo en su estilo gótico. «Hola, soy Clive, el hermano de Cynthia», se presentó, apretando el acelerador a fondo antes de que ella alcanzara a cerrar la puerta. Amanda se acordó de que Cynthia se lo había presentado en el concierto de Navidad que la orquesta del colegio les ofrecía a las familias de las alumnas. Clive llegó con sus padres, de traje azul, camisa blanca y zapatos lustrados, muy diferente al loco de ojeras moradas y palidez sepulcral que tenía al lado en ese momento. A la salida del concierto Clive la felicitó por su solo de violín con una formalidad exagerada, burlona. «Espero volver a verte», le dijo con un guiño al despedirse y ella pensó que le había oído mal, porque hasta ese momento ningún muchacho la había mirado dos veces, que ella supiera. Dedujo que él debía ser la causa de la extraña invitación de Cynthia. Esa nueva versión espectral de Clive y su errática conducta al volante la inquietaron, pero al menos se trataba de alguien conocido a quien podría pedirle que al día siguiente la llevara a tiempo al colegio.

Clive iba dando alaridos de enajenado y bebiendo de una petaca que pasaba de mano en mano, pero logró atravesar el puente del Golden Gate y seguir por la autopista 101 sin estrellar el vehículo ni llamar la atención de la policía. En Sausalito, Cynthia y otra chica subieron al coche, se acomodaron en sus asientos y empezaron a beber del mismo frasco, sin darle ni una mirada a Amanda ni responder a su saludo. Clive le pasó el licor a Amanda con un gesto perentorio y ella no se atrevió a rechazarlo. Con la esperanza de relajarse un poco, se tomó un trago de aquel líquido, que le dejó la garganta ardiendo y los ojos llenos de lágrimas; se sentía torpe y fuera de lugar, como siempre le ocurría en un grupo, y además ridícula, porque ninguna de las otras chicas iba disfrazada como ella. Era tarde para cubrirse los brazos pintarrajeados, porque antes de subirse al auto había puesto el cárdigan de su abuelo en la mochila. Trató de ignorar los cuchicheos sarcásticos en los asientos traseros. Clive tomó la salida de Tiburón y manejó zigzagueando por el largo camino a la orilla de la bahía, luego subió una colina y empezó a dar vueltas en busca de la dirección. Cuando por fin llegaron, Amanda comprobó que se trataba de una residencia privada, aislada de las casas vecinas por un muro de aspecto impenetrable, y que había docenas de coches y motocicletas en la calle. Descendió de la furgoneta con las rodillas temblorosas y siguió a Clive a través de un jardín en penumbra. A los pies de los peldaños que conducían a la puerta, debajo de un arbusto, escondió su mochila, pero se aferró al móvil como a un salvavidas.

En el interior había varias docenas de jóvenes, unos agitándose al son de música estridente, otros bebiendo y algunos tirados en la escalera, entre latas de cerveza y botellas que rodaban por el suelo. Nada de luces láser ni colores psicodélicos, sólo una casa desnuda, sin muebles de ninguna clase, con algunos cajones de embalaje en la sala; el aire era denso como tapioca, irrespirable de humo, y flotaba un olor repugnante, mezcla de pintura, marihuana y basura. Amanda se detuvo, incapaz de moverse, aterrada, pero Clive la apretó contra su cuerpo y comenzó a estremecerse al ritmo frenético de la música, arrastrándola hacia la sala, donde cada uno bailaba por su cuenta, perdido en su propio mundo. Alguien le pasó un vaso de papel con una bebida de piña y alcohol, que ella liquidó de tres tragos, con la boca seca. Empezó a ahogarse de miedo y claustrofobia, como le ocurría en la infancia, cuando se escondía en su improvisada carpa para escapar de los inmensos peligros del mundo, de la contundente presencia de los humanos, de los olores opresivos y los sonidos atronadores.

Clive la besó en el cuello, buscando su boca, y ella le respondió con un golpe del móvil en la cara, que casi le partió la nariz; eso no lo desanimó en su intento. Desesperada, Amanda se desprendió de las manos que indagaban en el escote de la remera y debajo de su corta falda y trató de abrirse paso. Ella, que sólo admitía contacto físico con su familia inmediata y algunos animales, se vio arrastrada, invadida, estrujada por otros cuerpos y se puso a gritar y gritar, pero la música a todo volumen se tragó sus alaridos. Estaba en el fondo del mar, sin aire y sin voz, muriéndose.

Amanda, que se jactaba de saber la hora sin necesidad de reloj, no pudo calcular cuánto tiempo estuvo en esa casa. Tampoco supo si volvió a toparse con Cynthia y Clive durante esa noche, ni cómo logró atravesar el gentío y atrincherarse entre varios cajones de embalaje, sobre los cuales habían instalado el equipo de música. Allí se quedó durante una eternidad, encogida adentro de uno de los cajones, doblada en cien partes, como acróbata, tiritando sin control, con los párpados apretados y las manos en los oídos. No se le ocurrió escapar a la calle, ni acudir a su abuelo o llamar a sus padres.

En algún momento llegó la policía con un escándalo de sirenas, rodeó la propiedad e irrumpió en la casa, pero para entonces Amanda estaba tan consternada, que habrían de pasar varios minutos antes de que se diera cuenta de que el bochinche de los jóvenes y la música había sido reemplazado por órdenes, pitidos y gritos. Se atrevió a abrir los ojos y asomarse un poco entre las tablas de su escondite, entonces vio los rayos de luz de las linternas y las piernas de la gente arreada por los uniformados. Algunos trataron de escapar, pero la mayoría obedeció la orden de salir y alinearse en la calle, donde los cachearon en busca de armas o drogas y comenzaron a interrogarlos, separando a los menores de edad. Todos contaron la misma historia: habían recibido una invitación vía texto o facebook de algún amigo, no sabían a quién pertenecía la casa ni que estuviera desocupada y en venta, tampoco pudieron explicar cómo fue abierta.

La muchacha permaneció muda en su escondrijo y nadie buscó entre los cajones, aunque dos o tres policías recorrieron la casa de arriba abajo abriendo puertas y revisando rincones para asegurarse de que no quedaba nadie rezagado. Poco a poco se estableció la calma en el interior, las voces y el ruido llegaban de afuera, entonces Amanda pudo pensar. En silencio y sin la presencia amenazadora de la gente sintió que retrocedían las paredes y podía volver a respirar. Decidió esperar a que todos se fueran para salir del escondrijo, pero en ese momento oyó la voz autoritaria de un oficial dando instrucciones de cerrar la casa y montar guardia hasta que acudiera un técnico a sustituir la alarma.

Hora y media más tarde la policía había arrestado a los intoxicados, había dispersado a otros, después de tomarles los datos, y se había llevado a los menores de edad a la comisaría, donde tendrían que esperar a sus padres. Entretanto un empleado de la compañía de seguridad atrancó puertas y ventanas y restituyó la alarma y el detector de movimiento. Amanda se encontró encerrada en el caserón vacío y oscuro, donde el olor nauseabundo de la fiesta persistía, sin poder desplazarse ni tratar de abrir una de las ventanas, porque se dispararía la alarma. Con la intervención de la policía su situación parecía imposible de resolver: no podía acudir a su madre, que no disponía de coche para ir a buscarla, ni a su padre, que pasaría por la vergüenza de tener que dar la cara a sus colegas por culpa de la estupidez de su hija, y menos a su abuelo, que jamás le perdonaría que hubiera ido a ese lugar sin avisarle. Un solo nombre le vino a la mente, la única persona que la ayudaría sin hacerle preguntas. Marcó el número una y otra vez, hasta que se descargó su móvil, sin obtener más respuesta que el contestador automático. Ven a buscarme, ven a buscarme, ven a buscarme. Después volvió a acurrucarse en su cajón, helada de frío, a esperar que amaneciera, rogando para que acudiera alguien a liberarla.

Entre las dos y tres de la madrugada, el teléfono celular de Ryan Miller vibró repetidamente, lejos de su cama, enchufado a la pared mientras se cargaba la batería. Hacía un frío polar en su *loft*, un espacioso piso habilitado en una antigua imprenta, con paredes de ladrillos, piso de cemento y una red de tubos metálicos en el techo, amueblado con lo esencial, sin cortinas, alfombras ni calefacción. Miller dormía en calzoncillos, tapado con una frazada eléctrica y con una almohada sobre la cabeza. A las cinco de la madrugada, Atila, a quien las noches invernales se le hacían interminables, saltó sobre la cama para advertirle que era hora de comenzar los ritos matutinos.

El hombre, acostumbrado a la vida militar, se levantó de forma automática, aún confundido por las imágenes de un sueño inquietante, y tanteó el suelo junto a la cama en busca de su prótesis, que se colocó en la oscuridad. Atila ladró alegremente, empujándolo a cabezazos, y él respondió al saludo con un par de palmadas en el lomo del perro, luego encendió la luz, se puso una sudadera y calcetines gruesos y fue al baño. Al salir encontró a Atila esperándolo con fingida indiferencia, pero traicionado por el movimiento incontrolable de la cola, una rutina que se repetía idéntica todos los días. «Ya voy, compañero, ten paciencia», le dijo Miller, secándose la cara con una toalla. Midió la comida de Atila y se la puso en el plato, mientras el animal, abandonando toda simulación, iniciaba la exagerada coreografía con que recibía su desayuno, pero sin acercarse al plato hasta que Miller se lo autorizó con un gesto.

Antes de comenzar los lentos ejercicios de Qigong, su media hora diaria de meditación en movimiento, Miller le echó una mirada al teléfono, entonces advirtió las llamadas de Amanda, tantas que no intentó contarlas. Ven a buscarme, estoy escondida, vino la policía, no puedo salir, estoy encerrada, ven a buscarme, no le digas nada a mi mamá, ven a buscarme... Al marcar el número de la niña y comprobar que no había señal, el corazón alcanzó a darle un brinco en el pecho antes de que lo invadiera la calma conocida, la calma aprendida en el entrenamiento militar más duro del mundo. Concluyó que la hija de Indiana estaba en un embrollo, pero nada mortal: no había sido raptada ni se hallaba en verdadero peligro, aunque debía de estar muy asustada si fue incapaz de explicar qué le pasaba o dónde estaba.

Se vistió en cosa de segundos y se instaló frente a sus computadoras. Contaba con las máquinas y programas más sofisticados, similares a los del Pentágono, que le permitían trabajar a la distancia en cualquier parte. Ubicar el área de un celular que había repicado dieciocho veces fue tarea fácil. Llamó al cuartel de policía de Tiburón, se identificó, pidió hablar con el jefe y le preguntó si habían tenido algún problema esa noche. El oficial, creyendo que buscaba a uno de los jóvenes detenidos, le informó de la fiesta y mencionó la dirección, quitándole importancia, porque no era la primera vez que ocurría algo semejante y no hubo vandalismo. Todo estaba en orden, dijo, habían restaurado la alarma y se le había dado aviso a la agencia inmobiliaria encargada de la venta de la casa para que enviaran un servicio de limpieza. Seguramente no habría cargos contra los chicos, pero esa decisión no le correspondía a la policía. Miller le agradeció y un instante más tarde tenía en su pantalla una vista aérea de la casa y el mapa para llegar. «¡Vamos, Atila!», le dijo al perro, que no podía oírlo, pero por la actitud del hombre comprendió que no se trataba de salir a trotar por el barrio: era un llamado a la acción.

Mientras se apresuraba en dirección a su camioneta, llamó a Pedro Alarcón, quien a esa hora probablemente estaba preparando clases y tomando mate. Su amigo mantenía intactas algunas costumbres del Uruguay, su país de origen, como ese brebaje verde y amargo que a Miller le parecía pésimo. Era puntilloso en los detalles: sólo usaba el mate y la bombilla de plata heredados de su padre, hierba importada de Montevideo y agua filtrada, a una temperatura exacta.

—Vístete, te voy a recoger en once minutos, trae lo necesario para desarmar una alarma —le anunció Miller.

—¿Tan temprano, hombre? ¿De qué se trata?

—Entrada ilegal —respondió Miller.

—¿Qué clase de alarma?

—De una casa, no debe de ser complicada.

—Al menos no vamos a robar un banco —suspiró Alarcón.

Estaba oscuro y todavía no había comenzado el tráfico del lunes cuando Ryan Miller, Pedro Alarcón y Atila cruzaron el puente del Golden Gate. Las luces amarillentas alumbraban la estructura de hierro rojo, que parecía suspendida en el vacío, y de lejos llegaba el lamento profundo de la bocina del faro, guiando a las embarcaciones en la niebla. Poco más tarde, cuando llegaron a la zona residencial de Tiburón, el cielo empezaba a clarear, ya circulaban algunos coches y los deportistas madrugadores salían a trotar. Pensando que en ese barrio elegante los vecinos recelaban de los extraños, el *navy seal* estacionó la camioneta a una cuadra de distancia y fingió que paseaba al perro, mientras vigilaba.

Pedro Alarcón se aproximó a la casa con paso firme, como si lo hubiera enviado el dueño, manipuló con un palillo metálico el candado del portón, tarea de niños para ese Houdini capaz de abrir una caja fuerte con los ojos cerrados, y lo abrió en menos de un minuto. La seguridad era la especialidad de Ryan Miller, trabajaba para agencias militares y gubernamentales que lo contrataban para proteger información. Su tarea consistía en introducirse en la mente de alguien que deseaba robar ese material, pensar como el enemigo, imaginar las múltiples posibilidades de hacerlo y luego diseñar el modo de impedirlo. Al ver a Alarcón con su palillo, pensó que cualquiera con destreza y determinación podía quebrar los códigos de seguridad más complicados, ése era el peligro del terrorismo: la astucia de un solo individuo camuflado en la multitud, contra la fuerza titánica de la nación más poderosa del mundo.

Pedro Alarcón era un uruguayo de cincuenta y nueve años, que había salido exiliado de su país en 1976, durante una cruenta dictadura militar. A los dieciocho años se había unido a los tupamaros, guerrilleros de izquierda que llevaban a cabo una lucha armada contra el gobierno del Uruguay, convencidos de que sólo con violencia se podría cambiar el sistema de abuso, corrupción e injusticia imperante. Entre otras formas de lucha ponían bombas, robaban bancos y secuestraban gente, hasta que fueron aplastados por los militares. Muchos murieron peleando, otros fueron ejecutados o acabaron presos y torturados, el resto escapó del país. Alarcón, que se había iniciado en la vida adulta armando bombas caseras y violando cerraduras con los tupamaros, tenía enmarcado un viejo afiche de los años setenta, amarillento por el paso del tiempo, con una fotografía de él y otros tres compañeros por cuya captura los militares habían ofrecido recompensa. En la foto él aparecía como un muchacho pálido de barba y melena larga con expresión sorprendida, muy diferente al hombre de pelo gris, pequeño y enjuto, pura fibra y hueso, sabio e imperturbable, con la habilidad manual de un ilusionista, que Miller conocía.

El uruguayo era profesor de Inteligencia Artificial en la Universidad de Stanford y competía en triatlón con Ryan Miller, veinte años más joven. Aparte del interés por la tecnología y los deportes, ambos eran de pocas palabras, por eso se llevaban bien. Vivían con frugalidad, eran solteros y si alguien les preguntaba, decían que estaban muy curtidos para creer en las lindezas del amor y amarrarse a una sola mujer, habiendo tantas de buena voluntad en este mundo, pero en el fondo sospechaban que estaban solos por simple mala suerte. Según Indiana Jackson, envejecer sin pareja era para morirse de pena y ellos estaban de acuerdo, pero jamás lo habrían admitido.

En pocos minutos Pedro Alarcón abrió la cerradura de la puerta principal, descubrió la forma de desconectar la alarma y ambos entraron en la casa. Miller encendió la luz del móvil y sujetó la correa de Atila, que tiraba, acezando, con los colmillos a la vista y un gruñido seco atascado en la garganta, listo para el combate.

En un fogonazo, como tantos que solían golpearlo en los momentos menos oportunos, Ryan Miller se encontró en Afganistán. Una parte de su cerebro podía procesar lo que le ocurría: síndrome post traumático, con su secuela de imágenes retrospectivas, terrores nocturnos, depresión, ataques de llanto o de ira. Había logrado superar la tentación de suicidarse, el alcoholismo y las drogas, que casi lo destruyeron unos años antes, pero sabía que los síntomas podían regresar en cualquier momento, no debía descuidarse jamás, ésos eran sus enemigos ahora.

Oyó la voz de su padre: ningún hombre digno de llevar el uniforme lloriquea por haber cumplido órdenes ni culpa al ejército por sus pesadillas, la guerra es para los fuertes y los valientes, si te asusta la sangre, busca otro empleo. Una parte de su cerebro repasó las cifras que conocía de memoria, 2,3 millones de combatientes americanos en Irak y Afganistán en la última década, 6.179 muertos y 47.000 heridos, la mayoría con daño catastrófico, 210.000 veteranos en tratamiento por el mismo síndrome que sufría él, aunque ese número no reflejaba la epidemia que asolaba a las Fuerzas Armadas; se calculaban en 700.000 los soldados con problemas mentales o daño cerebral. Pero otra parte de la mente de Ryan Miller, la parte que no podía controlar, estaba atrapada en esa noche en particular, esa noche en Afganistán.

El grupo de *navy seals* avanza en un terreno desértico, aproximándose a una aldea al pie de altas montañas. Las órdenes son allanar casa por casa, desmantelar un grupo terrorista que supuestamente opera en la región y tomar prisioneros para ser interrogados. El objetivo final es el esquivo fantasma de Osama bin Laden. Es una misión nocturna para sorprender al enemigo y minimizar el daño colateral: de noche no hay mujeres en el mercado ni niños jugando sobre el polvo. Es también una misión secreta, que requiere rapidez y discreción, la especialidad de su grupo, entrenado para operar en el calor insufrible del desierto, el hielo ártico, las corrientes submarinas, las cumbres más abruptas, la pestilencia de la selva. Hay luna y la noche está clara, Miller puede divisar el perfil de la aldea a la distancia y al acercarse distingue una docena de casas de barro, un pozo y corrales de animales. Se sobresalta con el balido de una cabra en el silencio espectral de la noche, siente el hormigueo en las manos y en la nuca, la corriente de adrenalina en las arterias, la tensión de cada músculo, la presencia de los otros hombres que avanzan con él y son parte de él: dieciséis camaradas y un solo corazón. Así se lo remachó el instructor en el primer entrenamiento, durante la semana infernal, la famosa *hell week*, en que debieron sobrepasar el límite del esfuerzo humano, la prueba definitiva que sólo el quince por ciento de los hombres resistió; ésos son los invencibles.

—Hey, Ryan, ¿qué te pasa, hombre?

La voz venía de lejos y repitió su nombre dos veces antes de que él pudiera regresar de aquella aldea en Afganistán a la mansión desocupada en el pueblo de Tiburón, California. Era Pedro Alarcón, sacudiéndolo. Ryan Miller salió del trance, tragó una bocanada de aire, tratando de espantar los recuerdos y concentrarse en el presente. Oyó a Pedro llamando a Amanda un par de veces sin levantar la voz, para no asustarla, y entonces se dio cuenta de que había soltado a Atila. Lo buscó con el rayo de luz y lo vio correteando de un lado a otro con la nariz pegada al suelo, confundido por la mezcla de olores. Estaba entrenado para descubrir explosivos y cuerpos humanos, tanto vivos como muertos, y con dos golpecitos en el cuello él le había indicado que se trataba de buscar a una persona. Miller no lo llamó, porque el perro era sordo, pero corrió a coger la correa y con el tirón Atila se detuvo, alerta, interrogándolo con sus ojos inteligentes. El hombre le hizo seña de quedarse quieto y esperó a que se calmara antes de permitirle continuar su pesquisa. Lo siguió de cerca, sujetándolo con fuerza, porque el animal mantenía una actitud de expectante agresividad, a la cocina, la lavandería y finalmente la sala, mientras Alarcón aguardaba en la puerta principal. Atila lo condujo rápidamente hacia las cajas de embalaje, husmeando entre las tablas, con los dientes a la vista.

Miller alumbró el interior de uno de los cajones, que Atila arañaba, y al fondo vio una figura encogida que lo lanzó de nuevo al pasado y por un instante fueron dos criaturas agazapadas en un agujero, tiritando, una niña de cuatro o cinco años, con un pañuelo amarrado en la cabeza y expresión de terror en sus enormes ojos verdes, abrazada a un bebé. El gruñido de Atila y el tirón de la correa lo devolvieron a la realidad de ese momento, en ese lugar.

Agotada de llorar, Amanda se había quedado dormida en el interior del cajón, encogida como un gato para darse algo de calor. Atila identificó de inmediato el olor conocido de la muchacha y se sentó en los cuartos traseros, esperando instrucciones, mientras Miller la despertaba. Ella se enderezó torpemente, acalambrada y encandilada por la luz en la cara, sin saber adónde estaba, y tardó unos segundos en recordar sus circunstancias. «Soy yo, Ryan, todo está bien», le susurró Miller, ayudándola a desdoblarse y salir. Al reconocerlo, ella le echó los brazos al cuello y se aplastó contra el amplio pecho del hombre, que le daba palmaditas de consuelo en la espalda, murmurando una retahíla de palabras cariñosas que nunca le había dicho a nadie, conmovido hasta el alma, como si no fuera esa chiquilla mimada quien lo mojaba con su llanto, sino la otra niña, la de los ojos verdes, y su hermanito, los niños que él debió rescatar del agujero con delicadeza y transportar en brazos, para que no vieran nada de lo que había ocurrido. Envolvió a Amanda en su chaqueta de cuero y, sosteniéndola, atravesaron el jardín, recogieron la mochila que ella había dejado entre las matas, y llegaron hasta la camioneta, donde esperaron a que Pedro Alarcón cerrara la casa.

Amanda estaba congestionada de llanto y con un resfrío que había comenzado un par de días antes y se desencadenó con furia esa noche. Miller y Alarcón consideraron que no estaba en condiciones de ir al colegio, pero como ella insistió, pasaron por una farmacia a comprarle un remedio y alcohol para quitarle la pintura fluorescente de los brazos, luego se fueron a desayunar a la única cafetería que encontraron abierta —piso de linóleo, mesas y sillas de plástico— donde había buena calefacción y un delicioso olor a tocino frito en el aire. Los únicos otros parroquianos eran cuatro hombres con overoles y cascos de construcción. Les tomó el pedido una muchacha de pelo erizado con gel, como un puerco espín, uñas azules y expresión somnolienta, que parecía haber estado allí toda la noche.

Mientras esperaban la comida, Amanda les hizo prometer a sus salvadores que no dirían una palabra a nadie de lo sucedido. Ella, la maestra de *Ripper*, experta en vencer malhechores y planear peligrosas aventuras, había pasado la noche dentro de un cajón de embalaje, atorada de lágrimas y mocos. Con un par de aspirinas, un tazón de chocolate caliente y panqueques con miel por delante, la aventura que les contó a borbotones resultaba patética; sin embargo Miller y Alarcón no se burlaron de ella ni le ofrecieron consejos. El primero atacó metódicamente sus huevos con salchichas y el segundo hundió la nariz en su taza de café, pobre sustituto del mate, para disimular la sonrisa.

—¿De dónde eres tú? —le preguntó Amanda a Alarcón.

—De aquí.

—Tienes acento de otra parte.

—Es del Uruguay —intervino Miller.

—Es un país chico en Sudamérica —agregó Alarcón.

—Este semestre tengo que hacer una presentación sobre un país de mi elección para la clase de Justicia Social. ¿Te importa que escoja el tuyo?

—Sería un honor, pero mejor buscas uno en África o Asia, porque en el Uruguay nunca pasa nada.

—Por eso mismo me sirve, será fácil. Parte de la presentación es una entrevista a alguien de ese país, posiblemente en vídeo. ¿Puedes hacerlo?

Intercambiaron teléfonos y direcciones electrónicas y quedaron de acuerdo en juntarse a fines de febrero o comienzos de marzo para filmar la entrevista. A las siete y media de ese acontecido amanecer, los dos hombres depositaron a la muchacha frente a la puerta del colegio. Al despedirse, ella les plantó un beso tímido en la mejilla a cada uno, se acomodó la mochila a la espalda y partió cabizbaja, arrastrando los pies.

Lunes, 9

El secreto mejor guardado de Alan Keller era su disfunción eréctil, que había sufrido desde la juventud como una permanente humillación y lo había hecho evitar la intimidad con mujeres que lo atraían, por temor a fallar, y con prostitutas, porque la experiencia lo dejaba deprimido o enojado. Con su psiquiatra desmenuzó por años el complejo de Edipo, hasta que ambos se aburrieron de hablar de lo mismo y pasaron a otros temas. Para compensar, se propuso conocer a fondo la sensualidad femenina y aprender lo que debieron enseñarle en la escuela, si el sistema educativo se ocupara menos de la reproducción de la mosca y más de la humana, como decía. Aprendió formas de hacer el amor sin confiar en una erección, supliendo con destreza lo que le faltaba en potencia. Más tarde, cuando ya tenía reputación de seductor, se popularizó el Viagra y ese problema dejó de atormentarlo. Iba a cumplir cincuenta y un años cuando Indiana apareció en su vida como un ventarrón primaveral, dispuesta a barrer cualquier resabio de inseguridad. Durante varias semanas salió con ella sin avanzar más allá de besos lentos, preparando el terreno con encomiable paciencia, hasta que ella se cansó de preámbulos, lo cogió de la mano sin advertencia y lo condujo con determinación a su cama, un somier con cuatro patas bajo un absurdo toldo de seda con campanitas.

Indiana vivía en un apartamento encima del garaje de la casa de su padre, en una zona de Potrero Hill que nunca llegó a ponerse de moda, cerca de la farmacia donde Blake Jackson se había ganado la vida durante veintinueve años. Podía llegar en bicicleta a su trabajo por terreno casi plano —había sólo una colina de por medio—, una ventaja en San Francisco, ciudad de cerros. A pie, con paso rápido, le tomaba una hora; en la bicicleta no más de veinte minutos. Su apartamento tenía dos entradas: una escalera de caracol que comunicaba con la casa de Blake, y una puerta que daba a la calle, a la cual se accedía por una empinada escalera exterior de tablas gastadas y resbalosas en invierno, que su padre todos los años se hacía el propósito de reemplazar. Consistía en dos habitaciones de buen tamaño, un balcón, medio baño y una cocinilla empotrada. Más que una vivienda era un taller, que la familia llamaba la cueva de la bruja, donde aparte de la cama, el baño y la cocinilla, todo el espacio se usaba para el arte y los materiales de la aromaterapia. El día que llevó a Keller a su cama, se hallaban solos, porque Amanda estaba en el internado y Blake Jackson jugando al squash, como todos los miércoles por la noche. No había peligro de que regresara temprano, porque después del juego se iba de parranda con sus amigos a comer cerdo con repollo y beber cerveza en un tugurio alemán, hasta que los echaban al amanecer.

A los cinco minutos en esa cama, Keller, que no llevaba consigo la mágica píldora azul, se mareó con la mezcla de aceites aromáticos y ya no pudo pensar. Se abandonó en las manos de esa mujer joven y contenta, que obró el prodigio de excitarlo sin drogas, sólo con risa y travesuras. No alcanzó a dudar ni a temer, la siguió deslumbrado adonde ella quiso llevarlo y al final del paseo regresó a la realidad muy agradecido. Y ella, que había tenido varios amantes y podía comparar, también quedó agradecida, porque ése fue el primero más interesado en satisfacerla a ella que en darse gusto. Desde entonces era Indiana quien buscaba a Keller, lo llamaba por teléfono para picanearlo con su deseo y su humor, le proponía citas en el Fairmont, lo celebraba y halagaba.

Keller nunca había detectado falsedad o manipulación en ella. Indiana tenía una actitud franca, parecía rendida de amor, encandilada y alegre. Le resultaba fácil quererla; sin embargo evitaba amarrarse a ella, se consideraba un transeúnte en este mundo, un viajero de paso que no se detenía a profundizar en nada excepto el arte, que le ofrecía permanencia. Había tenido conquistas, pero ningún amor serio hasta que se topó con Indiana, la única mujer que lo había retenido. Estaba convencido de que ese amor duraba porque lo mantenían separado del resto de la existencia de ambos. Indiana se contentaba con poco y a él le convenía ese desprendimiento, aunque le parecía sospechoso; creía que las relaciones humanas son trueques en los cuales el más listo sale ganando. Llevaban cuatro años juntos sin mencionar el futuro y aunque no tenía intención de casarse, le ofendía que ella tampoco se lo planteara, ya que se consideraba buen partido para cualquier mujer, en especial una sin recursos, como Indiana. Existía el problema de la diferencia de edad entre ambos, pero conocía a varios cincuentones que andaban con mujeres veinte años menores. Lo único que Indiana le exigió desde el comienzo, en aquella primera noche inolvidable bajo el toldo de la India, fue lealtad.

—Me haces muy feliz, Indi —le dijo en un arranque de sinceridad poco frecuente, encandilado por lo que acababa de experimentar sin recurrir a píldoras—. Espero que sigamos juntos.

—¿Como pareja? —le preguntó ella.

—Como enamorados.

—O sea, una relación exclusiva.

—¿Quieres decir monógama? —se rió él.

Era un animal sociable, disfrutaba de la compañía de gente interesante y refinada, en especial de las mujeres, que gravitaban naturalmente hacia él, porque sabía apreciarlas. Era el invitado indispensable en las fiestas que salían en las páginas sociales, conocía a todo el mundo, estaba al tanto de chismes, escándalos, celebridades. Se las daba de Casanova para provocar expectación en las mujeres y envidia en los hombres, pero las aventuras sexuales le complicaban la existencia y le daban menos placer que una conversación chispeante o un buen espectáculo. Indiana Jackson acababa de demostrarle que había excepciones.

—Pongámonos de acuerdo, Alan. Tiene que ser recíproco, así ninguno de los dos se sentiría engañado —le propuso ella con inesperada seriedad—. Sufrí mucho con los amoríos y las mentiras de mi ex marido y no quiero volver a pasar esa experiencia.

Él optó sin vacilar por la monogamia porque no iba a cometer la torpeza de anunciarle que eso estaba a la cola de sus prioridades. Ella estuvo de acuerdo, pero le advirtió que si la traicionaba, todo se acabaría entre ellos.

—Y puedes estar tranquilo respecto a mí, porque si estoy enamorada, la fidelidad se me hace fácil —agregó.

—Entonces tendré que mantenerte enamorada —respondió él.

En la penumbra de la habitación, apenas alumbrada por velas, Indiana desnuda, sentada en la cama con las piernas recogidas y el cabello alborotado, era una obra de arte que Keller observaba con ojos de experto. Pensó en *El rapto de las hijas de Leucipo* de Rubens, que estaba en la Pinacoteca de Munich —los senos redondos de claros pezones, las caderas pesadas, hoyuelos infantiles en codos y rodillas—, sólo que esta mujer tenía los labios hinchados de besos y la expresión inequívoca del deseo satisfecho. Voluptuosa, decidió, sorprendido de la reacción de su propio cuerpo, que respondía con una prontitud y firmeza que no recordaba haber tenido antes.

Un mes más tarde comenzó a espiarla, porque no podía creer que esa bella joven, en el ambiente libertino de San Francisco, le fuera fiel simplemente por haber empeñado su palabra. Tanto lo alteraron los celos, que contrató a un detective privado, un tal Samuel Hamilton Jr., con instrucciones de vigilar a Indiana y llevar la cuenta de los hombres que la rondaban, incluso los pacientes de su consulta. Hamilton era un hombrecito con el aspecto inocuo de un vendedor de electrodomésticos, pero poseía la misma nariz de sabueso que había hecho célebre a su padre, un reportero de prensa que resolvió varios crímenes en San Francisco en los sesenta y fue inmortalizado en las novelas policiales del escritor William C. Gordon. El hijo era una réplica casi idéntica de su padre, chaparrito, pelirrojo, medio calvo, observador, tenaz y paciente en la lucha contra el hampa, pero como vivía a la sombra de la leyenda del viejo no había podido desarrollar su potencial y se ganaba la vida como podía. Hamilton siguió a Indiana durante un mes sin obtener nada interesante y Keller quedó satisfecho por un tiempo, pero la calma le duró poco y pronto recurrió de nuevo al mismo detective y así el ciclo de sospechas se repetía con vergonzosa regularidad. Por suerte para él, Indiana nada sospechaba de esas maquinaciones, aunque se topaba tan a menudo con Samuel Hamilton en los lugares más inesperados, que se saludaban al pasar.

Martes, 10

El inspector jefe Bob Martín llegó a la residencia de los Ashton, en Pacific Heights, a las nueve de la mañana. Con treinta y siete años, era muy joven para ocupar el puesto de jefe del Departamento de Homicidios, pero nadie cuestionaba su competencia. Había terminado la secundaria a duras penas, distinguiéndose sólo en los deportes, y llevaba una semana festejando su graduación con sus amigotes, sin acordarse de que estaba recién casado y su mujer había dado a luz a una niña, cuando su madre y su abuela lo pusieron a lavar platos en uno de los restaurantes de la familia, codo a codo con los inmigrantes mexicanos más pobres, la mitad de ellos ilegales, para que supiera lo que era ganarse la vida sin un título o un oficio. Cuatro meses bajo la tiranía del par de matriarcas fueron suficientes para sacudirle la pereza; hizo dos años de estudios superiores y entró en la Academia de Policía. Había nacido para llevar uniforme, portar armas y gozar de autoridad, aprendió a ser disciplinado, era incorruptible, corajudo y obstinado, tenía un físico capaz de intimidar a cualquier delincuente y una lealtad a toda prueba con el Departamento y sus compañeros.

Desde el coche habló por el móvil con su infalible asistente, Petra Horr, quien le dio la información básica sobre la víctima.

Richard Ashton era un psiquiatra conocido por un par de libros publicados en los años noventa: *Desórdenes sexuales en preadolescentes* y *Tratamiento de la sociopatía juvenil* y más recientemente por su participación en una conferencia en que expuso las ventajas de la hipnosis en el tratamiento de niños autistas. La conferencia circuló como virus en internet, porque coincidió con la noticia de que el autismo había aumentado en forma alarmante en los últimos años, y porque Ashton hizo una demostración digna de Svengali en la conferencia: para acallar los murmullos de duda entre el público y probar lo susceptibles que somos a la hipnosis, les pidió a los participantes que cruzaran las manos detrás de la cabeza; momentos después, dos tercios de los asistentes no pudieron soltar las manos, por mucho que tiraran y se retorcieran, hasta que Ashton rompió el trance hipnótico. Bob Martín no recordaba haber oído el nombre de ese hombre y menos los títulos de sus libros. Petra Horr le comentó que los admiradores de Ashton lo consideraban una eminencia en psiquiatría de niños y adolescentes, pero sus críticos lo acusaban de ser neonazi, de distorsionar los hechos para probar sus teorías y de usar métodos ilegales con pacientes discapacitados y menores de edad. Agregó que el hombre aparecía con frecuencia en la prensa y la televisión, siempre por temas polémicos, y le mandó un vídeo, que el inspector vio en su móvil.

—Échele una mirada, jefe, si quiere ver a la esposa. Ashton se casó en terceras nupcias con Ayani —dijo Petra.

—¿Quién es ésa?

—¡Ay, jefe! ¡No me diga que no sabe quién es Ayani! Es una de las modelos más famosas del mundo. Nació en Etiopía. Es la que denunció la práctica de la mutilación genital femenina.

En la pequeña pantalla de su teléfono Bob Martín reconoció a esa mujer exquisita de pómulos altos, ojos adormecidos y cuello largo, que había visto en las tapas de algunas revistas, y se le escapó un silbido de admiración.

—¡Lástima que yo no la conociera antes! —exclamó.

—Ahora que está viuda, puede intentarlo. Mirándolo bien, usted no está nada mal. Si se afeitara ese bigote de narcotraficante que usa, se le podría considerar guapo.

—¿Está coqueteando conmigo, señorita Horr?

—No se asuste, jefe, usted no es mi tipo.

El inspector detuvo el coche frente a la residencia de Ashton y cortó la llamada con su asistente. La casa era invisible tras un muro alto pintado de blanco, por encima del cual asomaban las copas de los árboles perennes del jardín. Por fuera la residencia no tenía nada de ostentosa, pero la dirección en Pacific Heights indicaba claramente la elevada posición social de sus dueños. El doble portón de hierro para automóviles estaba cerrado, pero la puerta de peatones se encontraba abierta de par en par. En la calle Bob Martín vio un carro de paramédicos y maldijo entre dientes la eficacia de esos servidores públicos, que a menudo eran los primeros en llegar y entraban en estampida a prestar primeros auxilios sin esperar a la policía. Uno de los oficiales lo condujo por un jardín tupido y descuidado hasta la casa, una monstruosidad de cubos de hormigón y vidrio sobrepuestos de manera irregular, como desplazados por un terremoto.

En el jardín había varios policías esperando instrucciones, pero el inspector sólo tuvo ojos para la figura fantástica de un hada morena que avanzaba en su dirección levitando entre velos azules, la mujer que acababa de ver en su teléfono. Ayani era casi tan alta como él, todo en ella era vertical, tenía piel color madera de cerezo, la postura erecta de una caña de bambú y los movimientos ondulantes de una jirafa, tres metáforas que se le ocurrieron de inmediato a Martín, un hombre muy poco dado a giros poéticos. Mientras él la miraba embobado, fijándose en que estaba descalza y vestida con una túnica de seda en colores de agua y cielo, ella le tendió una mano delgada de uñas sin barniz.

—Señora Ashton, supongo… Soy el inspector jefe Bob Martín, del Departamento de Homicidios.

—Puede llamarme Ayani, inspector. Fui yo quien llamó a la policía —dijo la modelo, notablemente serena, dadas las circunstancias.

—Cuénteme lo que pasó, Ayani.

—Richard no durmió en casa anoche. Hoy fui al estudio temprano a llevarle café y…

—¿A qué hora?

—Deben haber sido entre las ocho y cuarto y las ocho veinticinco.

—¿Por qué su marido no durmió en casa?

—Richard se quedaba muchas noches trabajando o leyendo en su estudio. Era noctámbulo, yo no me inquietaba si no volvía, a veces no me daba cuenta, porque tenemos habitaciones separadas. Hoy estábamos de aniversario, cumplíamos un año de casados, y quise darle una sorpresa, por eso le llevé café en vez de que lo hiciera Galang, como es habitual.

—¿Quién es Galang?

—El mozo. Galang vive aquí, es filipino. También tenemos una cocinera y una asistenta que vienen por horas.

—Necesito hablar con los tres. Continúe, por favor.

—Estaba oscuro, las cortinas estaban corridas. Encendí la luz y entonces lo vi… —balbuceó la bella mujer y por un momento flaqueó su impecable compostura, pero se repuso rápidamente y le indicó a Martín que la siguiera.

El inspector les ordenó a los patrulleros que pidieran refuerzos y acordonaran la casa para impedir el paso a los curiosos y a la prensa, que sin duda se dejaría caer pronto, dado el renombre de la víctima. Siguió a la modelo, que lo llevó por un sendero lateral a una construcción adyacente a la vivienda principal, en el mismo estilo ultramoderno. Ayani le explicó que su marido recibía allí a los pacientes de su consulta privada; el estudio tenía una entrada separada y no había conexión interna con la casa.

—Se va a enfriar, Ayani, vaya a abrigarse un poco y póngase zapatos —le dijo Bob Martín.

—Me crié descalza, estoy acostumbrada.

—Entonces espere afuera, por favor. No tiene por qué volver a ver esto.

—Gracias, inspector.

Martín la vio alejarse flotando por el jardín y se acomodó los pantalones, avergonzado de su inoportuna reacción, muy poco profesional, que por desgracia le ocurría con frecuencia. Se sacudió de la cabeza las imágenes provocadas por la diosa africana y entró al estudio, que consistía en dos amplias habitaciones. En la primera, las paredes estaban cubiertas de estanterías de libros y las ventanas protegidas por gruesas cortinas de lino crudo, había un sillón, un sofá de cuero color chocolate y una mesa antigua de madera tallada. Sobre la moqueta beige de muro a muro vio dos alfombras persas gastadas, cuya calidad resultaba evidente incluso para alguien tan poco experto en decoración como él. Hizo un inventario mental del plumón y la almohada sobre el sofá, pensando que allí dormía el psiquiatra, y se rascó la cabeza sin comprender por qué Ashton prefería el estudio en vez de la cama de

Ayani. «Si fuera yo…», especuló por un instante, pero enseguida volvió su atención a su deber de policía.

Sobre la mesa vio una bandeja con una cafetera y una taza limpia y dedujo que cuando Ayani la dejó allí todavía no había visto a su marido. Pasó a la otra pieza, que estaba dominada por un gran escritorio de caoba. Aliviado, comprobó que los paramédicos se habían abstenido de invadir el estudio; les bastó una mirada para evaluar la situación y retrocedieron, respetando la escena del crimen. Disponía de unos minutos antes de que llegara en masa su equipo forense. Se colocó guantes de goma y comenzó su primera inspección.

El cuerpo de Richard Ashton estaba de espaldas en el suelo, junto a su escritorio, maniatado y amordazado con cinta adhesiva de embalaje. Vestía pantalón gris, camisa celeste, un cárdigan desabotonado de cachemira azul y estaba descalzo. Los ojos desorbitados mostraban una expresión de absoluto terror, pero no había señales de que hubiera luchado por su vida, todo estaba en orden, excepto un vaso de agua derramado sobre el escritorio. Algunos papeles y un libro se habían mojado, la tinta de los documentos estaba un poco corrida y Bob Martín los movió cuidadosamente para quitarlos del agua. Observó el cuerpo sin tocarlo; debía ser fotografiado y examinado por Ingrid Dunn antes de que él pudiera meter mano. No encontró heridas visibles ni sangre. Echó una mirada alrededor en busca de un arma, pero como aún desconocía la causa de la muerte, se limitó a una revisión somera.

La peculiar capacidad de Indiana de curar por presencia y somatizar males ajenos se manifestó en la infancia y debió soportarla como una cruz hasta que pudo darle uso práctico. Aprendió los fundamentos de anatomía, obtuvo una licencia de fisioterapeuta y cuatro años después abrió su consulta en la Clínica Holística, con ayuda de su padre y su ex marido, que financiaron la renta de los primeros tiempos, hasta que pudo formar su clientela. Según su padre, ella poseía un sónar de murciélago para adivinar a ciegas la ubicación e intensidad del malestar de sus pacientes. Con ese sónar hacía un diagnóstico, decidía el tratamiento y verificaba los resultados, pero para sanar le servían más su buen corazón y su sentido común.

Su forma de somatizar era caprichosa, se manifestaba de diversas maneras, a veces sucedía y otras no, pero en su ausencia recurría a la intuición, que no le fallaba cuando se trataba de la salud ajena. Le bastaban una o dos sesiones para determinar si el cliente mejoraba y en caso contrario lo enviaba a algún colega de la Clínica Holística especializado en acupuntura, homeopatía, hierbas, visualización, reflexología, hipnosis, terapia musical y de danza, nutrición natural, yoga u otra disciplina de las muchas que hay en California. En muy contadas ocasiones había remitido a alguien a un médico, porque quienes llegaban hasta ella ya habían probado casi todos los recursos de la medicina tradicional.

Indiana empezaba por escuchar la historia del nuevo cliente y darle así oportunidad de desahogarse, a veces eso bastaba: un oído atento obra prodigios. Enseguida les imponía las manos, porque creía que la gente necesita ser tocada; había curado a enfermos de soledad, de pena o de arrepentimiento con simples masajes. Si el mal no es mortal, decía, el cuerpo casi siempre se cura solo. Su papel consistía en darle tiempo al cuerpo y facilitar el proceso; su medicina no era para gente impaciente. Empleaba una combinación de prácticas que ella llamaba sanación integral y que su padre, Blake Jackson, llamaba brujería, término que podía espantar a los clientes, incluso en una ciudad tan tolerante como San Francisco. Indiana aliviaba los síntomas, negociaba con el dolor, procuraba eliminar la energía negativa y fortalecer al paciente.

Eso era lo que hacía en ese momento con Gary Brunswick, que yacía de espaldas sobre la mesa, cubierto con una sábana, con media docena de poderosos imanes en el torso y los ojos cerrados. Estaba adormecido por el aroma de vetiver, que invitaba al reposo, y el sonido casi inaudible de una grabación de agua, brisa y pájaros. Sentía la presión de las palmas de Indiana en su cráneo y calculaba con pesar que estaban llegando al final de la sesión. Ese día necesitaba más que nunca la influencia de esa mujer. La noche anterior había sido agobiadora, amaneció con resaca como de borrachera, aunque no bebía alcohol, y llegó a la consulta de Indiana con una jaqueca insoportable, que ella había logrado aliviar con sus métodos mágicos. Durante una hora ella había visualizado una cascada de polvo sideral descendiendo desde algún punto lejano del cosmos y pasando a través de sus manos para cubrir al paciente.

Desde noviembre del año anterior, cuando Brunswick llegó a su consulta por primera vez, Indiana había utilizado diversos métodos con tan escasos resultados, que empezaba a descorazonarse. Él insistía en que los tratamientos lo aliviaban, pero ella podía captar su malestar con la certeza de una radiografía. Creía que la salud depende del equilibrio armonioso entre cuerpo, mente y espíritu, y como no detectaba nada anormal en el físico de Brunswick, atribuía sus síntomas a su mente atormentada y su alma prisionera. El hombre le había asegurado que tuvo una infancia feliz y una juventud normal, de modo que podía ser algo que se arrastraba desde vidas anteriores. Indiana estaba esperando la ocasión de plantearle delicadamente la necesidad de limpiarse el karma. Había un tibetano muy experto en eso.

Era un tipo complicado. Indiana lo supo desde el principio, antes de que él abriera la boca en la primera sesión, porque sintió una corona de hierro comprimiéndole el cráneo y un saco de piedras en la espalda: ese infeliz llevaba encima una carga monumental. Migraña crónica, determinó, y él, sorprendido por lo que parecía clarividencia, le explicó que sus dolores de cabeza se habían agravado tanto en el último año que le impedían hacer su trabajo de geólogo. Esa profesión requería buena salud, dijo, debía arrastrarse por cuevas, trepar montañas y acampar al aire libre. Tenía veintinueve años, era de rostro agradable, insignificante de cuerpo, con el pelo muy corto para disimular una calvicie prematura y ojos grises tras lentes de montura negra, poco favorecedores. Acudía a la oficina número 8 los martes, siempre con rigurosa puntualidad, y si estaba muy necesitado solicitaba un segundo tratamiento en la semana.

Solía llevarle a Indiana obsequios discretos, como flores o libros de versos; pensaba que las mujeres aprecian la poesía rimada con temas de naturaleza —pájaros, nubes, arroyos— y ése había sido el caso de Indiana antes de conocer a Alan Keller, quien en materia de arte y literatura era despiadado. Su amante la había iniciado en la tradición japonesa del haiku y el moderno gendai, pero en secreto ella también apreciaba los poemas azucarados.

Brunswick se vestía con vaqueros, botas de gruesa suela de goma y chaqueta de cuero con remaches metálicos, un atuendo que contrastaba con su vulnerabilidad de conejo. Como hacía con todos sus clientes, Indiana había intentado conocerlo a fondo para descubrir el origen de su malestar, pero el hombre era una página en blanco. No sabía casi nada de él y lo poco que averiguaba se le olvidaba apenas él se iba.

Al final de la sesión de ese martes, Indiana le dio un frasquito con esencia de geranio para recordar los sueños.

—Yo no sueño, pero me gustaría soñar contigo —dijo Brunswick en su habitual tono taciturno.

—Todos soñamos, pero pocos le dan importancia —replicó ella, sin hacer caso de su insinuación—. Hay gente, como los aborígenes australianos, para quienes la vida soñada es tan real como la vida despierta. ¿Has visto las pinturas de los aborígenes? Pintan sus sueños, son cuadros increíbles. Yo tengo una libreta en mi mesa de noche y apunto los sueños más significativos apenas me despierto.

—¿Para qué?

—Para recordarlos, porque me muestran el camino, me ayudan en mi trabajo y me aclaran dudas —le explicó ella.

—¿Has soñado conmigo?

—Sueño con todos mis pacientes. Te aconsejo que escribas tus sueños, Gary, y que medites —dijo ella, fingiendo de nuevo no haberlo oído.

Al comienzo, Indiana había dedicado un par de sesiones completas a instruir a Brunswick sobre los beneficios de la meditación: vaciar la mente de pensamientos, inhalar a fondo, llevando el aire hasta la última célula del cuerpo, y exhalar soltando la tensión. Le había recomendado que cuando le diera un ataque de migraña buscara un sitio tranquilo y meditara durante quince minutos para relajarse, observando sus síntomas con curiosidad, en vez de oponerles resistencia. «El dolor, como todas las sensaciones, es una puerta para entrar al alma —le dijo—. Pregúntate qué sientes y qué te niegas a sentir. Presta atención a tu cuerpo. Si te concentras en eso, verás que el dolor cambia y algo se abre adentro de ti, pero te advierto que la mente no te dará tregua, va a tratar de distraerte con ideas, imágenes y recuerdos, porque está cómoda en su neurosis, Gary. Es importante que te des tiempo para conocerte, estar a solas y callado, sin televisión, móvil o computadora. Prométeme que lo harás, aunque sea cinco minutos diarios.» Pero por muy hondo que Brunswick respirara y por muy intensamente que meditara, seguía siendo un nudo de nervios.

Indiana se despidió del hombre, oyó sus botas alejándose por el pasillo en dirección a la escalera y se desplomó en su silla con un suspiro, extenuada por la energía negativa que transmitía ese infeliz y por sus insinuaciones románticas, que empezaban a fastidiarla en serio. En su trabajo la compasión era indispensable, pero había pacientes a los que deseaba retorcerles el pescuezo.

Miércoles, 11

El teléfono de Blake Jackson recogió media docena de llamadas de su nieta, mientras él corría como enajenado detrás de una pelota de squash. Cuando terminó la última partida, recuperó el aliento, se lavó y se vistió. Ya habían dado las nueve de la noche y su amigote estaba hambriento de comida alsaciana y cerveza.

—¿Amanda? ¿Eres tú?

—¿Quién va a ser? Marcaste mi móvil —replicó su nieta.

—¿Me llamaste?

—Claro, abuelo, por eso me estás devolviendo la llamada.

—¡Bueno, caramba! ¿Qué diablos quieres, mocosa? —reventó Blake.

—Quiero saber lo del psiquiatra.

—¿Psiquiatra? ¡Ah! El que mataron hoy.

—Hoy ha salido en el noticiario, pero lo mataron antes de ayer por la noche o ayer en la mañana. Averigua todo lo que puedas.

—¿Cómo?

—Habla con mi papá.

—¿Por qué no le preguntas tú?

—Lo haré apenas lo vea, pero entretanto tú puedes ir avanzando en la investigación. Llámame mañana con los detalles.

—Tengo que trabajar y no puedo molestar a tu papá a cada rato.

—¿Quieres seguir jugando a *Ripper* o no?

—Ajá.

El hombre estaba lejos de ser supersticioso, pero sospechaba que el espíritu de su mujer se las había arreglado para entregarle a Amanda. Antes de morir, Marianne le aseguró que siempre velaría por él y lo ayudaría a encontrar consuelo en la soledad. Él creyó que se refería a una posible segunda esposa, pero se trataba de Amanda. En verdad no tuvo tiempo de llorar a la mujer que tanto quiso, porque se le fueron los primeros meses de viudez ocupado en el afán de darle de comer a la nieta, hacerla dormir, cambiarle pañales, bañarla, mecerla. Ni siquiera de noche echaba de menos el calor de Marianne en la cama, porque la niña sufría de cólicos y chillaba a pleno pulmón. Sus gritos desesperados aterraban a Indiana, que acababa llorando a la par, mientras él se paseaba en pijama con la criatura en brazos recitando equivalencias químicas que había memorizado en la Escuela de Farmacia. En esa época Indiana era una chiquilla de dieciséis años, inexperta en su nuevo oficio de madre y deprimida porque estaba gorda como ballenato y su marido no servía de mucho. Cuando por fin a Amanda se le pasaron los cólicos, le vino la crisis de los primeros dientes y después la varicela, que la cocinó de fiebre y la cubrió de ronchas hasta en los párpados.

Ese abuelo razonable se sorprendía preguntándole en voz alta al fantasma de su mujer qué podía hacer con esa criatura imposible y la respuesta le llegó encarnada en Elsa Domínguez, una inmigrante guatemalteca, que le envió su consuegra, doña Encarnación. Elsa estaba copada de trabajo, pero sintió lástima por Jackson, con su casa hecha un chiquero, una hija inútil, un yerno ausente y una nieta llorona y malcriada; por eso abandonó a otros clientes y se dedicó a esa familia. Se presentaba en su viejo automóvil, vestida con zapatillas y ropa de gimnasia, de lunes a viernes, durante las horas en que Blake Jackson iba a la farmacia e Indiana a la escuela secundaria, impuso orden y consiguió transformar al ser enajenado que era Amanda en una niña más o menos normal. Le hablaba en español, la obligaba a comer el contenido completo del plato, le enseñó a dar sus primeros pasos, después a cantar, bailar, pasar la aspiradora y poner la mesa. Cuando Amanda cumplió tres años y sus padres finalmente se separaron, le llevó de regalo una gata atigrada para que la acompañara y fortaleciera su salud. En su pueblo los niños se criaban con animales y agua sucia, dijo, por eso no se enfermaban como los americanos, que sucumbían ante la primera bacteria que les caía encima. Su teoría acabó siendo acertada, porque Gina, la gata, le curó el asma y los cólicos a Amanda.

Viernes, 13

Indiana terminó con su último paciente de la semana, un caniche con reumatismo que le partía el corazón y al que atendía gratis, porque pertenecía a una de las maestras del colegio de su hija, eternamente endeudada por culpa de un marido adicto al juego, y a las seis y media cerró la oficina número 8. Se encaminó al Café Rossini, donde la aguardaban su padre y su hija.

Blake Jackson había ido a buscar a su nieta al colegio, como cada viernes. Esperaba toda la semana ese momento en que tendría a Amanda cautiva en su coche y procuraba prolongarlo conduciendo por donde hubiera más tráfico. Abuelo y nieta eran compinches, secuaces, socios en el crimen, como les gustaba decir. Durante los cinco días que la chica estaba en el internado se comunicaban casi a diario y aprovechaban los ratos disponibles para jugar al ajedrez o a *Ripper*. Por teléfono comentaban las noticias que él seleccionaba para ella, con énfasis en las curiosidades: la cebra de dos cabezas que nació en el zoológico de Beijing, el gordo de Oklahoma que murió asfixiado en sus propios pedos, los discapacitados mentales que estuvieron varios años presos en un sótano, mientras sus raptores cobraban su seguro social. En los últimos meses sólo comentaban los crímenes locales.

Al entrar en la cafetería, Indiana comprobó con una mueca de disgusto que Blake y Amanda estaban sentados con Gary Brunswick, a quien no esperaba hallar junto a su familia. En North Beach, donde estaban prohibidas las cadenas comerciales para impedir la muerte lenta de los pequeños negocios, que tanto carácter le daban al barrio italiano, se podía beber excelente café en una docena de antiguos locales. Los residentes escogían el suyo y se mantenían leales; la cafetería definía quién era quién. Brunswick no vivía en North Beach, pero había frecuentado tanto el Café Rossini en los últimos meses que ya lo consideraban cliente habitual. Pasaba algunos ratos ociosos en una mesa junto a la ventana, enfrascado en su computadora, sin hablar con nadie, salvo Danny D'Angelo, quien coqueteaba con él sin pudor sólo para saborear su expresión de terror, como le confesó a Indiana. Le divertía que el tipo se encogiera de vergüenza en la silla cuando él le acercaba los labios a la oreja y le preguntaba en susurros indecentes qué deseaba tomar.

Danny había notado que si el geólogo estaba en la cafetería, Indiana bebía su capuchino de pie en la barra y se despedía apurada, no quería ofender a su paciente sentándose en otra mesa y no siempre tenía tiempo para instalarse a conversar con él. En realidad no eran conversaciones, parecían más bien interrogatorios en los que él hacía preguntas banales y ella respondía con la mente ausente: que en julio cumpliría treinta y cuatro años, que estaba divorciada desde los diecinueve y su ex marido era policía, que una vez fue a Estambul y siempre había querido llegar hasta la India, que su hija Amanda tocaba el violín y quería adoptar una gata, porque la suya había muerto. El hombre la escuchaba con inusitado interés y ella bostezaba con disimulo, pensando que ese hombrecillo existía detrás de un velo, era una imagen difusa en una acuarela desteñida. Y allí estaba en ese momento, en amigable reunión con su familia, jugando al ajedrez con Amanda sin tablero ni piezas.

D'Angelo los había presentado: por un lado el padre y la hija de Indiana, por otro uno de sus pacientes. Gary calculó que el abuelo y la nieta deberían esperar por lo menos una hora a que concluyera la sesión de Indiana con el caniche y como sabía que a Amanda le gustaban los juegos de mesa, porque la madre se lo había comentado, la desafió a una partida de ajedrez. Se sentaron ante la pantalla, mientras Blake cronometraba el tiempo en el reloj de dos caras, que siempre se echaba al bolsillo cuando salía con Amanda. «Esta chiquilla es capaz de jugar con varios contrincantes simultáneamente», le advirtió Blake a Brunswick. «Yo también», replicó él. Y en verdad resultó ser un jugador mucho más astuto y agresivo de lo que su aspecto timorato permitía suponer.

De brazos cruzados, impaciente, Indiana buscó otra mesa donde sentarse, pero estaban todas ocupadas. En un rincón vio a un hombre de aspecto conocido, aunque no podía identificarlo, enfrascado en un libro de bolsillo, y le preguntó si podía compartir su mesa. Atolondrado, el tipo se puso de pie tan bruscamente que se le cayó el libro al suelo y ella lo recogió, una novela policial de un tal William C. Gordon, que ella había visto entre los muchos libros, buenos y malos, que su padre acumulaba. El hombre, que había adquirido ese color berenjena de los pelirrojos abochornados, le señaló la otra silla.

—Nos hemos visto antes, ¿verdad? —dijo Indiana.

—No he tenido el gusto de ser presentado, pero nos hemos cruzado varias veces. Soy Samuel Hamilton Jr., a sus gratas órdenes —respondió él formalmente.

—Indiana Jackson. Perdone, no quiero interrumpir su lectura.

—No me interrumpe en absoluto, señorita.

—¿Está seguro de que no nos conocemos? —insistió ella.

—Seguro.

—¿Usted trabaja por aquí?

—A veces.

Y así siguieron charlando de nada, mientras ella bebía su café y esperaba que se desocuparan su padre y su hija, que no tardaron más de diez minutos, porque Amanda jugaba con Brunswick contra el reloj. Cuando terminó la partida, Indiana se llevó la sorpresa de que ese piojo le había ganado a su hija. «Me debes la revancha», le dijo Amanda a Gary Brunswick al despedirse, picada, porque estaba acostumbrada a ganar.

El antiguo restaurante Cuore d'Italia, inaugurado en 1886, debía su fama a la autenticidad de su cocina y al hecho de que fue el escenario de una matanza de gángsteres en 1926. La mafia italiana se había reunido en el gran comedor a saborear la mejor pasta de la ciudad, beber buen vino ilegal y repartirse el territorio de California, en un ambiente de cordialidad, hasta que un grupo sacó ametralladoras y eliminó a sus rivales. En pocos minutos quedaron más de veinte jefes del crimen tendidos en el suelo y el local hecho una asquerosidad. De aquel desagradable incidente sólo se conservaba el recuerdo, pero eso bastaba para atraer a los turistas, que acudían con morbosa curiosidad a probar la pasta y fotografiar la sala del crimen, hasta que el local se quemó y el restaurante se instaló en otra parte. El rumor persistente en North Beach era que la mujer del dueño lo roció con gasolina y le prendió fuego para fregar a su marido infiel, pero la compañía de seguros no pudo probarlo. El nuevo Cuore d'Italia contaba con flamante mobiliario y conservaba el ambiente original con enormes cuadros de paisajes idealizados de la Toscana, jarrones de loza pintada y flores de plástico.

Cuando llegaron Blake, Indiana y Amanda, ya los estaban esperando Ryan Miller y Pedro Alarcón. El primero los había invitado para celebrar un contrato de su empresa, un buen pretexto para encontrarse con Indiana, a quien no había visto en varios días. Había estado en Washington DC, en reuniones de trabajo con el secretario de Defensa y jefes de la CIA discutiendo los programas de seguridad que estaba desarrollando con ayuda de Pedro Alarcón, cuyo nombre evitaba mencionarles, porque había sido guerrillero hacía treinta y cinco años y para algunos, todavía con la mentalidad de la guerra fría, guerrillero era sinónimo de comunista, mientras que para otros más al día con la historia contemporánea, guerrillero equivalía a terrorista.

Al ver a Indiana con sus absurdas botas, los vaqueros gastados en las rodillas, el chaquetón ordinario, y una blusa estrecha que apenas contenía sus senos, Miller sintió esa mezcla de deseo y ternura que ella siempre le provocaba. La mujer venía del trabajo, cansada, con el pelo recogido en una cola y sin maquillaje, pero era tal su alegría de estar viva y de habitar en su cuerpo, que de otras mesas varios hombres se volvieron instintivamente a admirarla. Era su manera seductora de caminar, sólo en África las mujeres se mueven con esa desfachatez, decidió Miller, irritado al notar la primitiva reacción masculina. Se preguntó de nuevo, como tantas veces antes, cuántos hombres andarían por el mundo turbados por el recuerdo de ella, amándola en secreto, cuántos andarían sedientos de su cariño o anhelando ser redimidos de culpas y dolores por sus hechizos de bruja buena.

Incapaz de seguir cargando solo con la incertidumbre, el desaliento y los súbitos arranques de esperanza del amor callado, Miller finalmente le había confesado a Pedro Alarcón que estaba enamorado. Su amigo recibió la noticia con una expresión divertida y le preguntó qué estaba esperando para comunicárselo a la única persona a quien podría interesarle semejante bobería. No era una bobería, esta vez la cosa iba en serio; nunca había sentido nada tan intenso por nadie, le aseguró Miller. ¿No habían quedado en que el amor era un riesgo innecesario?, insistió Alarcón. Sí, y por eso él llevaba tres años luchando por mantener bajo control la atracción que sentía por Indiana, pero a veces el flechazo del amor producía una herida incurable. Un largo escalofrío sacudió a Pedro Alarcón ante semejante declaración dicha en tono solemne. Se quitó los lentes y los limpió lentamente con el borde de su camiseta.

—¿Te has acostado con ella? —le preguntó.

—¡No!

—Ése es el problema.

—Tú no entiendes nada, Pedro. No estamos hablando de sexo, eso se consigue en cualquier parte, sino de verdadero amor. Indiana tiene un amante, un tal Keller, llevan varios años juntos.

—¿Y?

—Si yo tratara de conquistarla, la perdería como amiga. Sé que para ella la fidelidad es muy importante, hemos hablado de eso. No es el tipo de mujer que anda con un hombre y coquetea con otros, ésa es una de sus virtudes.

—Déjate de mariconerías, Miller. Mientras esté soltera, tienes licencia de caza. Así es la vida. Tú, por ejemplo, no tienes derecho de propiedad sobre Jennifer Yang. Al primer descuido puede venir un tipo más despabilado y te la quita. Lo mismo puedes hacerle tú a Keller.

Al otro no le pareció oportuno contarle que su relación con Jennifer Yang había terminado, al menos así lo esperaba, aunque ella todavía era capaz de darle alguna sorpresa desagradable. Era una mujer vengativa, único defecto que se le podía reprochar, en todo lo demás sobresalía como la mejor de las conquistas del *navy seal*: bonita, inteligente, moderna, sin el menor deseo de casarse o tener hijos, con un buen sueldo y la obsesión erótica de ser esclava. Inexplicablemente, esa joven ejecutiva del banco Wells Fargo se excitaba con la obediencia, la degradación y el castigo. Jennifer era el sueño de cualquier hombre razonable, pero a Miller, que tenía gustos simples, le había costado tanto adaptarse a las reglas del juego, que ella le pasó un libro publicado recientemente para que se informara. Se trataba de una novela con un título sobre el color beige, o tal vez era gris, no estaba seguro, muy popular entre las mujeres, con el argumento tradicional de las novelas románticas más una dosis de pornografía suave, sobre la relación sadomasoquista entre una virgen inocente de labios turgentes y un multimillonario guapo y mandón. Jennifer subrayó en la novela el contrato que especificaba las diversas formas de maltrato que la virgen —una vez que dejara de serlo— debía soportar: látigo, garrote, palos, violación y cualquier otra forma de penitencia que a su amo se le ocurriera, siempre que no dejara cicatrices ni salpicara demasiado las paredes. A Miller no le quedó claro a cambio de qué la protagonista se sometía a esos extremos de violencia doméstica, pero Jennifer le hizo ver lo obvio: sufriendo, la ex virgen llegaba al paroxismo del placer sin sentido de culpa.

Entre Miller y Yang las cosas no funcionaron tan bien como en el libro, él nunca tomó en serio su papel y a ella se le escabullía el orgasmo si él le pegaba con un periódico enrollado y atacado de risa. Su frustración era muy comprensible, pero que se aferrara a Ryan Miller con desesperación de náufrago, no lo era. Una semana antes, cuando él le había pedido que dejaran de verse por un tiempo, eufemismo de uso universal para despachar al amante, Jennifer armó una escena de tal dramatismo, que Miller se arrepintió de habérselo dicho en un elegante salón de té, donde todo el mundo se enteró, incluso el pastelero, que se asomó a averiguar qué pasaba. Por una vez a él no le sirvió de nada el entrenamiento de *navy seal*. Pagó la cuenta apurado y sacó a Jennifer del salón sin ninguna habilidad, a empujones y pellizcos, mientras ella se resistía a sollozo partido. «¡Sádico!», le gritó una mujer de otra mesa y Jennifer, quien a pesar de la gravedad de su estado emocional mantenía cierta lucidez, le contestó por encima del hombro: «¡Ojalá lo fuera, señora!».

Ryan Miller consiguió meter a Jennifer en un taxi y antes de salir corriendo en dirección contraria, alcanzó a oírla gritar por la ventanilla una retahíla de maldiciones y amenazas, entre las que le pareció distinguir el nombre de Indiana Jackson. Cabía preguntarse cómo se enteró Jennifer de la existencia de Indiana; debía de ser mediante el horóscopo chino, porque él nunca se la había mencionado.

Atila estaba esperando a los invitados junto a Miller y Alarcón en la puerta del Cuore d'Italia, con su capa de servicio, que le permitía entrar a todas partes. Miller la había conseguido como herido de guerra, aunque no necesitaba los servicios del perro, sólo su compañía. A Indiana le pareció extraño que su hija, siempre reacia al contacto físico con cualquier persona ajena a su familia inmediata, saludara al *navy seal* y al uruguayo con besos en las mejillas y se sentara entre los dos en la mesa. Atila aspiró con deleite el olor a flores de Indiana, pero se colocó entre la silla de Miller y la de Amanda, que le rascaba distraídamente las cicatrices mientras estudiaba el menú. Era una de las pocas personas a quien los colmillos de titanio y el aspecto de lobo aporreado de Atila no le impresionaban.

Indiana, quien nunca había recuperado su figura de soltera, pero no andaba pendiente de unos kilos de más o de menos, pidió ensalada césar, *gnocchi* con *ossobuco* y peras caramelizadas; Blake se limitó a *linguini* con mariscos; Ryan Miller cuidaba su dieta y optó por lenguado a la plancha y Pedro Alarcón por el filete más grande del menú, que nunca sería tan bueno como los de su país, mientras Amanda, para quien la carne de cualquier tipo era un pedazo de animal muerto y las verduras la aburrían, pidió tres postres, una Coca-Cola y más servilletas de papel para sonarse, porque tenía un resfrío escandaloso.

—¿Me averiguaste lo que te pedí, Kabel? —le preguntó a su abuelo.

—Más o menos, Amanda, pero ¿por qué no comemos antes de hablar de cadáveres?

—No vamos a hablar con la boca llena, pero entre plato y plato me puedes ir contando.

—¿De qué se trata? —interrumpió Indiana.

—Del homicidio de los Constante, mamá —dijo Amanda, pasándole un trozo de pan bajo la mesa al perro.

—¿De quiénes?

—Te lo he contado como mil veces, pero tú no me oyes.

—No le des comida a Atila, Amanda. Sólo come lo que yo le doy, para evitar que lo envenenen —le advirtió Miller.

—¿Quién lo va a envenenar? No seas paranoico, hombre.

—Hazme caso. El gobierno se gastó veintiséis mil dólares en entrenar a Atila, no me lo eches a perder. ¿Qué tienen que ver esos homicidios contigo?

—Eso mismo me pregunto yo. No veo por qué esta chiquilla anda pendiente de muertos que no conocemos —suspiró Indiana.

—Kabel y yo estamos investigando por nuestra cuenta el caso de Ed Staton, un tipo que le metieron un bate de béisbol por atrás…

—¡Amanda! —la interrumpió su madre.

—¿Qué pasa? Salió en internet, no es ningún secreto. Eso fue en octubre. También tenemos a los Constante, una pareja asesinada un mes después de Staton.

—Y un psiquiatra que mataron el martes —agregó Blake.

—¡Por Dios, papá! ¿Para qué le sigues la corriente a la chiquilla? ¡Esta manía es peligrosa! —exclamó Indiana.

—No tiene nada de peligroso, es un experimento. Tu hija pretende, ella sola, poner a prueba la eficacia de la astrología —le explicó su padre.

—No estoy yo sola, también estás tú, Esmeralda, sir Edmond Paddington, Abatha y Sherlock —lo corrigió la nieta.

—¿Quiénes son ésos? —preguntó Alarcón, quien hasta entonces masticaba su vacuno con profunda concentración, ajeno al parloteo de la mesa.

—Los de *Ripper*, un juego de rol. Yo soy Kabel, el sirviente de la maestra del juego —le informó Blake.

—No eres mi sirviente, eres mi esbirro. Tú cumples mis órdenes.

—Eso es un sirviente, Amanda —aclaró el abuelo.

—Contando el homicidio de Ed Staton en octubre, el de los Constante en noviembre y el psiquiatra el martes, llevamos sólo cuatro muertos interesantes desde que mi madrina hizo el anuncio. Estadísticamente, eso no es un baño de sangre. Necesitamos varios asesinatos más —agregó Amanda.

—¿Como cuántos? —preguntó Alarcón.

—Yo diría que por lo menos cuatro o cinco.

—No se puede tomar la astrología al pie de la letra, Amanda, hay que interpretar los mensajes —dijo Indiana.

—Supongo que para Celeste Roko la astrología es una herramienta de la intuición, como podría ser el péndulo para un hipnotizador —sugirió Alarcón.

—Para mi madrina no es ningún péndulo, es una ciencia exacta. Pero si así fuera, las personas nacidas al mismo tiempo en el mismo lugar, digamos un hospital público de Nueva York o Calcuta, donde pueden nacer varios niños simultáneamente, tendrían destinos idénticos.

—Hay misterios en el mundo, hija. ¿Cómo vamos a negar todo lo que no podemos explicar o controlar? —le rebatió Indiana, empapando su pan en aceite de oliva.

—Tú eres demasiado crédula, mamá. Crees en la aromaterapia, en tus imanes, y hasta en la homeopatía de ese ventrílocuo amigo tuyo.

—Veterinario, no ventrílocuo —la corrigió su madre.

—Bueno, lo que sea. La homeopatía equivale a disolver una aspirina en el océano Pacífico y recetarle quince gotas al paciente. Kabel, dame los hechos. ¿Qué sabemos del psiquiatra?

—Muy poco todavía, estoy dedicado a los Constante.

Mientras Indiana y Ryan Miller cuchicheaban entre ellos, Amanda interrogó a su abuelo ante el oído atento de Pedro Alarcón, que parecía fascinado por el juego que Amanda describía. Entusiasmado, Blake Jackson sacó la carpeta de notas de su maletín y la puso sobre la mesa, disculpándose por no haber avanzado como debía en el caso del psiquiatra; el esbirro tenía mucho trabajo en la farmacia, era temporada de gripe, pero había recopilado casi todo lo que hasta ese momento había aparecido en los medios de comunicación sobre los Constante y había conseguido autorización de Bob Martín, quien todavía lo llamaba suegro y no podía negarle nada, para revisar los archivos del Departamento de Policía, incluso los documentos que no estaban a disposición del público. Le pasó un par de páginas a Amanda con la síntesis del informe forense y otra con lo que les sonsacó a los dos detectives asignados al caso, a quienes conocía desde hacía años, porque eran colegas de su ex yerno.

—Ni Staton ni los Constante se defendieron —le dijo a su nieta.

—¿Y el psiquiatra?

—Parece que tampoco.

—Los Constante estaban drogados con Xanax cuando les inyectaron la heroína. Es un medicamento que se usa contra la ansiedad y según la dosis, produce sueño, letargo y amnesia —explicó el abuelo.

—¿Eso significa que estaban dormidos? —le preguntó Amanda.

—Eso cree tu papá —replicó el abuelo.

—Si el homicida tenía acceso al Xanax, podría ser médico, enfermero o incluso un farmacéutico, como tú —dijo la chica.

—No necesariamente. Cualquiera puede obtener una receta o comprarlo en el mercado negro. Cada vez que han asaltado mi farmacia ha sido para robar ese tipo de medicamento. Además, se consigue en internet. Si se puede comprar un rifle semiautomático o los materiales para preparar una bomba y recibirlos por correo, no hay duda de que se puede comprar Xanax.

—¿Hay algún sospechoso? —preguntó el uruguayo.

—Michael Constante tenía muy mal carácter. Una semana antes de morir tuvo una pelea que terminó a golpes con Brian Turner, un electricista que pertenece a su grupo de Alcohólicos Anónimos. La policía tiene a Turner en el punto de mira, por su pasado turbio: varios delitos menores, un cargo de felonía, tres años en prisión. Tiene treinta y dos años y está sin trabajo —le informó Blake.

—¿Violento?

—Parece que no. Sin embargo, agredió a Michael Constante con una botella de gaseosa. Otras personas lograron sujetarlo.

—¿Se sabe la causa de la pelea?

—Michael acusó a Turner de andar tras su esposa, Doris. Pero es difícil de creer, porque Doris era catorce años mayor y excepcionalmente fea.

—Para todo hay gusto… —insinuó Alarcón.

—Los marcaron a fuego después de muertos —le dijo Amanda al uruguayo.

—¿Cómo determinaron que fue después de muertos?

—Por el color de la piel, el tejido vivo reacciona de forma diferente. Se supone que las marcas fueron producidas por el soplete que hallaron en el baño —le explicó Blake Jackson.

—¿Para qué sirven esos sopletes? —preguntó Amanda, cuchareando su tercer postre.

—Para cocinar. Por ejemplo, usaron uno para la *crème brûlée* que te estás comiendo. Sirve para quemar el azúcar de la superficie. Se venden en tiendas de artículos de cocina y cuestan entre veinticinco y cuarenta dólares. Yo nunca he usado uno de ésos, claro que de cocinar sé bien poco —comentó el abuelo—. Me parece raro que los Constante tuvieran algo así, porque en su cocina había sólo comida basura, no imagino a esa gente haciendo *crème brûlée*. El soplete estaba casi nuevo.

—¿Cómo lo sabes? —le preguntó la nieta.

—La cápsula de butano estaba prácticamente vacía, pero el metal del soplete parecía nuevo. Creo que no pertenecía a los Constante.

—El asesino pudo haberlo llevado, tal como llevó las jeringas. ¿Dijiste que había una botella de licor en el refrigerador? —preguntó Amanda.

—Sí. Se lo deben de haber regalado a los Constante, pero hay que ser muy desatinado para regalarle eso a un alcohólico rehabilitado —dijo Blake.

—¿Qué clase de licor?

—Una especie de vodka o de aguardiente de Serbia. Aquí no se vende, pregunté en varios lugares y nadie lo conoce.

Al oír mencionar a Serbia, Ryan Miller se interesó en la conversación y les contó que había estado en los Balcanes con su grupo de *navy seals* y podía asegurarles que ese licor debía de ser más tóxico que la trementina.

—¿Qué marca era? —preguntó.

—Eso no sale en el informe. ¿Qué importa la marca?

—¡Todo importa, Kabel! Averígualo —le ordenó Amanda.

—Entonces, supongo que también necesitas la marca de las jeringas y del soplete. Y ya que estamos en esto, la del papel de excusado —dijo Blake.

—Exacto, esbirro. No te distraigas.

Domingo, 15

Alan Keller pertenecía a una familia influyente desde hacía más de un siglo en San Francisco, primero por su fortuna y luego por antigüedad y vinculaciones. Tradicionalmente, los Keller habían donado sumas importantes al Partido Demócrata en cada elección, tanto por ideal político como por la ventaja de obtener conexiones, sin las cuales sería muy difícil ser alguien en la ciudad. Alan era el menor de los tres hijos de Philip y Flora Keller, una pareja de nonagenarios que aparecía con regularidad en las páginas sociales, dos momias algo deschavetadas y decididas a vivir para siempre. Sus descendientes, Mark y Lucille, manejaban los bienes de la familia excluyendo al menor, a quien consideraban el artista del lote por ser el único capaz de apreciar la pintura abstracta y la música atonal.

Alan no había trabajado ni un solo día en su vida, pero había estudiado historia del arte, publicaba sesudos artículos en revistas especializadas y de vez en cuando asesoraba a conservadores de museos y coleccionistas. Había tenido amores cortos, nunca se casó y la idea de reproducirse y contribuir al exceso de población del planeta no le preocupaba, porque el número de sus espermatozoides era tan bajo, que podía considerarse insignificante. No necesitaba una vasectomía. En vez de criar hijos prefería criar caballos, pero no lo hacía porque era un pasatiempo muy caro, como le informó a Indiana a poco de conocerla, y agregó que la Orquesta Sinfónica se beneficiaría de su herencia, si es que quedaba algo después de su muerte, ya que pensaba disfrutar de la vida sin fijarse en gastos. Eso era inexacto: estaba obligado a controlar sus gastos, que siempre sumaban más que sus ingresos, como le machacaban sus hermanos a cada rato.

Su falta de talento para los negocios se prestaba a bromas de los amigos y reproches de su familia. Se arriesgaba en aventuras comerciales fantasiosas, como una viña en Napa, adquirida por capricho después de haber recorrido en globo los viñedos de Borgoña. Era buen catador y la viticultura se había puesto de moda, pero ignoraba lo más elemental de ella, de modo que su escasa producción apenas se distinguía en el mundillo competitivo de esa industria y dependía de administradores poco fiables.

Estaba orgulloso de su propiedad, cercada de rosas, con una casa estilo hacienda mexicana, donde lucía su colección de obras de arte latinoamericano, desde figuras incaicas de barro y piedra, mal habidas en el Perú, hasta un par de pinturas de formato mediano de Botero. En su casa de Woodside tenía el resto. Era un coleccionista perseverante, capaz de cruzar el mundo para conseguir una pieza única de porcelana francesa o jade chino, pero rara vez necesitaba hacerlo, para eso contaba con varios proveedores.

Vivía en una mansión campestre construida por su abuelo cuando todavía Woodside era zona rural, varias décadas antes de que se convirtiera en refugio de millonarios del Silicon Valley que llegó a ser en los años noventa. El caserón impresionaba por fuera, pero por dentro estaba decrépito, nadie se había ocupado de darle una mano de pintura o reemplazar las cañerías desde hacía cuatro décadas. Alan Keller deseaba venderlo, porque el terreno era muy valioso, pero sus padres, dueños legítimos, se aferraban a esa propiedad por razones inexplicables, ya que jamás iban de visita. Alan les deseaba muchos años más de vida, pero no podía menos que calcular cuánto mejoraría su situación si Philip y Flora Keller optaran por descansar en paz. Cuando se vendiera la casa y él recibiera su parte, o cuando heredara, pensaba comprar un ático moderno en San Francisco, más conveniente para un soltero de sociedad como él que esa añosa mansión rural, donde ni siquiera podía ofrecer un cóctel por temor a que se deslizara una rata entre los pies de los invitados.

Indiana no conocía esa residencia ni el viñedo de Napa, porque él no se los había mostrado y a ella le daba pudor insinuarle que lo hiciera. Suponía que en el momento oportuno él tomaría la iniciativa. Amanda decía, cuando se tocaba el tema, que Keller se avergonzaba de su madre y la perspectiva de tener a ese hombre de padrastro no le gustaba nada. Indiana no le hacía caso, su hija era demasiado joven y celosa para apreciar las cualidades de Alan Keller: sentido del humor, cultura, refinamiento. No tenía por qué decirle que además era un amante experto; Amanda todavía creía que sus padres eran asexuados, como las bacterias. La chiquilla admitía que Keller, a pesar de su avanzada edad, era agradable a la vista; se parecía a un actor inglés con buen pelo y buen porte que fue sorprendido en Los Ángeles retozando con una prostituta en un coche, cuyo nombre siempre se le olvidaba porque no salía en las películas de vampiros.

Gracias a su amante, Indiana había ido a Estambul y estaba aprendiendo a apreciar la buena cocina, el arte, la música y las películas antiguas en blanco y negro o las extranjeras, que él debía explicarle porque ella no alcanzaba a leer los subtítulos. Keller era un compañero entretenido, que no se molestaba cuando lo confundían con su padre y que le daba libertad, tiempo y espacio para dedicarles a su familia y a su trabajo, le abría horizontes, era un amigo exquisito en los detalles, pendiente de halagarla y darle placer. Otra mujer se habría preguntado por qué la excluía de su círculo social y no la había presentado a ningún miembro del clan Keller, pero Indiana, carente de toda malicia, lo atribuía a los veintidós años de diferencia de edad entre ellos. Creía que Alan, tan considerado, deseaba evitarle el fastidio de mezclarse con gente mayor y a su vez se sentía fuera de lugar en el ambiente juvenil de ella. «Cuando tú tengas sesenta años, Keller será un anciano de ochenta y dos con marcapasos y Alzheimer», le hizo ver Amanda, pero ella confiaba en el futuro: podría ser que para entonces él estuviera como un pimpollo y fuese ella quien sufriera del corazón y padeciera demencia senil. La vida está llena de ironías, mejor gozar lo que se tiene ahora, sin pensar en un mañana hipotético, pensaba.

El amor de Alan Keller con Indiana había transcurrido sin mayores altibajos, aislado de los sinsabores cotidianos y protegido de la curiosidad ajena, pero en los últimos meses a él se le habían complicado las finanzas y su salud estaba deteriorándose, eso interfería con las rutinas de su existencia y la placidez de su relación con Indiana. Su incompetencia para manejar dinero le producía cierto orgullo, porque lo diferenciaba del resto de su familia, pero no podía seguir ignorando sus malas inversiones, las pérdidas que daba su viñedo, la caída de sus acciones y el hecho de que su capital en obras de arte era inferior a lo imaginado. Acababa de descubrir que su colección de jades no era tan antigua ni tan valiosa como le hicieron creer. Además, en su revisión médica anual le habían detectado un posible cáncer de próstata, que lo sumió en estado de terror durante cinco días, hasta que su urólogo lo salvó de esa agonía con nuevos exámenes de sangre. El laboratorio debió admitir que los resultados previos se habían confundido con los de otro paciente. Al cumplir cincuenta y cinco años, las dudas de Keller respecto a su salud y virilidad, dormidas desde que conoció a Indiana y volvió a sentirse joven, habían vuelto a molestarlo. Estaba deprimido. Faltaba en su pasado algo que pudiera destacarse en su epitafio. Había recorrido dos terceras partes del trayecto de su vida, calculaba los años que le quedaban hasta convertirse en una réplica de su padre, temía el deterioro físico y mental.

Se le habían acumulado deudas y era inútil recurrir a sus hermanos, que administraban los fondos familiares como si fueran los únicos dueños y le restringían el acceso a su parte con el argumento de que él sólo producía gastos. Les había rogado que vendieran la propiedad de Woodside, ese dinosaurio imposible de mantener, y la respuesta era que no fuera mal agradecido, disponía gratis de la casa. Su hermano mayor se había ofrecido a comprarle la viña en Napa para ayudarlo a salir a flote, como decía, pero Alan sabía que sus motivos estaban lejos de ser altruistas: pretendía apoderarse de la propiedad a precio de ganga. Con los bancos le había ido mal, su crédito estaba seco y ya no bastaba jugar al golf con un gerente para resolver el asunto de forma amistosa, como antes de la crisis económica. De pronto su existencia, envidiable hasta hacía poco, se había complicado y se sentía atrapado como una mosca en una telaraña de inconvenientes.

Su psiquiatra le diagnosticó una crisis existencial pasajera, frecuente en los hombres de su edad, y le recetó testosterona y más píldoras para la ansiedad. Con tantas preocupaciones había descuidado a Indiana y ahora los celos lo acosaban sin darle respiro, lo cual también era normal, según el psiquiatra, a quien no le había confesado que volvió a contratar a Samuel Hamilton Jr., el detective privado.

No quería perder a Indiana. La idea de quedarse solo o de empezar de nuevo con otra mujer lo desalentaba, no tenía edad para citas románticas, estrategias de conquista, escaramuzas y concesiones en materia sexual, un fastidio. Su relación con ella era cómoda, incluso tenía la suerte de ser detestado por Amanda, aquella mocosa malcriada. Eso lo eximía de responsabilidades hacia ella. Pronto Amanda se iría a la universidad y su madre podría dedicarle más tiempo a él, pero Indiana andaba distraída y distante, ya no tomaba la iniciativa para las citas de amor ni estaba disponible cuando a él se le antojaba, tampoco mostraba la admiración de antaño, lo contradecía y aprovechaba cualquier excusa para discutir. Keller no deseaba una mujer sumisa, eso lo habría aburrido a muerte, pero tampoco podía andar pisando huevos para evitar una confrontación con su amante; para peleas tenía suficiente con sus empleados y parientes.

El cambio de actitud de Indiana era culpa de Ryan Miller, no cabía otra explicación, aunque su investigador privado le había asegurado que no existían razones concretas para tal acusación. Bastaba ver a Miller, con su nariz quebrada y su pinta de bruto, para adivinar que era peligroso. Imaginaba a ese gladiador en la cama con Indiana y le daba náusea. ¿Lo limitaría el muñón de la pierna? Quién sabe, más bien podía ser un capital a su favor: las mujeres son curiosas, se excitan con las cosas más raras. No podía plantearle sus sospechas a Indiana, los celos eran indignos de un hombre como él, humillantes, algo que escasamente podía discutir con su psiquiatra. Según Indiana, el soldado era su mejor amigo, lo cual de por sí resultaba intolerable, porque ese papel le correspondía a él, pero estaba seguro de que una amistad platónica entre un hombre como Miller y una mujer como ella era imposible. Necesitaba saber qué ocurría cuando estaban solos en la oficina número 8, en sus frecuentes paseos al bosque, o en el *loft* de Miller, donde ella no tenía por qué ir.

Los informes de Samuel Hamilton Jr. eran demasiado vagos. Había perdido confianza en ese hombre, quizá estuviera protegiendo a Indiana. Hamilton había tenido la desfachatez de darle consejos, le dijo que en vez de espiar a Indiana tratara de reconquistarla, como si a él no se le hubiera ocurrido, pero ¿cómo hacerlo con Ryan Miller de por medio? Debía encontrar la manera de alejarlo o eliminarlo. En un momento de debilidad se lo había insinuado al detective, seguramente él tenía contactos y por el precio adecuado podía encontrar un gatillo alegre, uno de esos pandilleros coreanos, por ejemplo, pero Hamilton fue terminante. «No cuente conmigo, si quiere un asesino a sueldo, consígalo usted.» Resolver el asunto a tiros no pasaba de ser una humorada, nada más lejos de su forma de ser y además, si de balazos se tratara, Miller era de cuidado. ¿Qué haría si tuviera pruebas irrefutables de la infidelidad de Indiana? La pregunta era como un moscardón zumbando en su oído, no lo dejaba en paz.

Debía reconquistar a Indiana, como dijo el detective. Ese término le erizaba la piel, «reconquistarla», como en las telenovelas, pero en fin, algo debía hacer, no podía quedarse de brazos cruzados. A su psiquiatra le aseguró que podía seducirla, como hizo al principio de su relación, podía ofrecerle mucho más que ese amputado, la conocía mejor que nadie y sabía hacerla feliz, no en vano había pasado cuatro años refinándole los sentidos y dándole el placer que ningún otro hombre sabría darle y mucho menos un soldado tosco como Miller. El psicoanalista lo escuchaba sin opinar y a Keller sus propios argumentos, repetidos en cada sesión, le sonaban cada vez más huecos.

El domingo a las seis de la tarde, en lugar de esperar a Indiana en una suite del hotel Fairmont para cenar en privado, ver una película y hacer el amor, como acostumbraban, Keller decidió sorprenderla con un cambio. La recogió en la casa de su padre y la llevó a ver «Maestros de Venecia», en el museo De Young, cincuenta cuadros prestados por un museo de Viena. No había querido ver la exposición en medio de una multitud y gracias a su amistad con el director del museo consiguió una visita guiada cuando el De Young estaba cerrado. Silencioso y sin visitantes, el moderno edificio parecía un templo futurista de vidrio, acero y mármol, con grandes espacios geométricos llenos de luz.

El guía que le asignaron resultó ser un joven con mal cutis y con un texto memorizado, a quien Keller hizo callar de inmediato con su autoridad de historiador del arte. Indiana llevaba un vestido azul, estrecho y corto, que revelaba más de lo que cubría, su mismo chaquetón color arena de siempre, que se quitó adentro del museo, y sus gastadas botas de imitación piel de reptil que Keller había intentado en vano reemplazar por algo más presentable, pero que ella insistía en usar porque le resultaban cómodas. El guía quedó boquiabierto al saludarla y no se recuperó en el resto de la visita. A las preguntas de ella balbuceaba respuestas poco convincentes, perdido en los ojos azules de esa mujer que le pareció deslumbrante, mareado con su aroma pecaminoso de almizcle y flores, excitado por sus crespos amarillos, desordenados como si acabara de salir de la cama, y por el bamboleo desafiante de su cuerpo.

Si no estuviera pasando por un bajón emocional, a Keller le habría divertido una reacción como la del guía, que le había tocado presenciar con cierta frecuencia en el pasado. Normalmente le gustaba ir acompañado por una mujer que otros deseaban, pero en esa ocasión no estaba de humor para distracciones, porque se proponía recuperar la admiración de Indiana. Molesto, se interpuso entre ella y el guía y cogiéndola del brazo con más firmeza de la necesaria, la condujo de cuadro a cuadro, describiéndole la época del Cinquecento y la importancia de Venecia, una república independiente que ya llevaba mil años de existencia como centro comercial y cultural cuando esos maestros pintaron sus obras, y le demostró, señalando los detalles en los cuadros, cómo la invención del óleo había revolucionado la técnica de la pintura. Ella era una alumna aplicada, dispuesta a absorber lo que él quisiera enseñarle, desde el *Kama Sutra* hasta la forma de comer una alcachofa y con mayor razón los temas de arte.

Una hora más tarde se encontraron en la última sala ante un enorme lienzo, que Keller deseaba mostrarle a Indiana de forma especial: *Susana y los viejos* de Tintoretto. El cuadro estaba expuesto solo en una pared y había un asiento donde pudieron instalarse y observarlo con calma, mientras él contaba que el tema de Susana había sido interpretado por varios pintores del Renacimiento y el Barroco. Era la pornografía de la época: se prestaba para mostrar el desnudo femenino y la lujuria masculina. Los hombres ricos encargaban los cuadros para colgarlos en sus aposentos y por una propina el pintor le ponía a Susana la cara de la amante del mecenas.

—Según la leyenda, Susana era una virtuosa mujer casada, que fue sorprendida por dos viejos libidinosos cuando estaba bañándose junto a un árbol en su jardín. Como ella rehusó sus insinuaciones, los viejos la acusaron de tener amores con un joven. La pena por adulterio femenino era la muerte —dijo Keller.

—¿Femenino solamente? —le preguntó Indiana.

—Por supuesto. Ésta es una historia bíblica y por lo tanto machista, que figura en el Libro de Daniel de la versión griega de la Biblia.

—¿Y qué pasó entonces?

—El juez interrogó separadamente a los ancianos, que no pudieron ponerse de acuerdo sobre el tipo de árbol bajo el cual estaba la bella. Uno dijo que se trataba de un alerce y el otro de un roble, o algo así. Quedó en evidencia que mentían y de ese modo se restituyó la reputación de la noble Susana.

—Espero que los chismosos fueran castigados —apuntó Indiana.

—Según una versión de la historia, fueron ejecutados, pero en otra versión sólo recibieron una reprimenda. ¿Cuál prefieres, Indiana?

—Ni tanto ni tan poco, Alan. No apruebo la pena de muerte, pero hay que hacer justicia. ¿Qué te parece cárcel, una multa y que le pidieran perdón públicamente a Susana y su marido?

—Eres muy indulgente. A Susana la habrían ejecutado si no hubiera probado su inocencia. Lo justo sería que ese par de vejetes cachondos recibieran un castigo equivalente —alegó Keller por llevarle la contra, ya que tampoco era partidario de la pena de muerte salvo en casos muy particulares.

—Diente por diente, ojo por ojo… Con ese criterio estaríamos todos tuertos y con dentadura postiza —replicó ella, de buen talante.

—En fin, la suerte de los mentirosos no es lo que importa ¿verdad? —dijo Keller, dirigiéndose por primera vez al guía, quien asintió, mudo—. Los ancianos lujuriosos son casi irrelevantes, están en la parte oscura del lienzo. El foco de interés es Susana, sólo ella. Observe la piel de esa joven, cálida, suave, iluminada por el sol de la tarde. Fíjese en su cuerpo mórbido y su postura lánguida. No se trata de una doncella, sabemos que es casada, que ha sido iniciada en los misterios de la sexualidad. Tintoretto logra el equilibrio preciso entre la doncella inocente y la mujer sensual, ambas coexisten en Susana en ese momento fugaz, antes de que el paso del tiempo imprima su marca en ella. Ese instante es mágico. Mírela, hombre, ¿no le parece que la lascivia de los viejos es justificable?

—Sí, señor…

—Susana está segura de su atractivo, ama su cuerpo, es perfecta como un durazno recién sacado de la rama, todo fragancia, color y sabor. La bella no imagina que ya ha comenzado el inevitable proceso de madurar, envejecer y morir. Fíjese en los tonos del cabello, oro y cobre, en la gracia de las manos y el cuello, en la expresión abandonada de su rostro. Es obvio que viene de hacer el amor y está recordando, complacida. Sus movimientos son lentos, desea prolongar el placer del baño, del agua fresca y la brisa tibia del jardín, se acaricia, siente el leve temblor de sus muslos, de la húmeda y palpitante hendidura entre sus piernas. ¿Se da cuenta de lo que digo?

—Sí, señor…

—A ver, Indiana, dime ¿a quién te recuerda la Susana del cuadro?

—No tengo idea —replicó ella, extrañada del comportamiento de su amante.

—¿Y a usted, joven? —le preguntó Keller al guía, con una expresión de inocencia que contrastaba con el sarcasmo de su tono.

Las cicatrices de acné del guía se encendieron como cráteres en su rostro de adolescente pillado en falta y clavó los ojos en el suelo, pero Keller no pensaba dejarlo escapar.

—Vamos, hombre, no sea tímido. Examine el cuadro y dígame a quién se parece la hermosa Susana.

—En realidad, señor, no sabría decirle —balbuceó el pobre tipo, listo para salir corriendo.

—¿No sabe o no se atreve a decirlo? Susana se parece mucho a mi amiga Indiana, aquí presente. Mírela. Tendría que verla en el baño, desnuda como Susana… —dijo Keller, poniendo un brazo posesivo en los hombros de su amante.

—¡Alan! —exclamó ella y, apartándolo de un empujón, salió de la sala con pasos rápidos, seguida de cerca por el tembloroso guía.

Keller alcanzó a atrapar a Indiana en la puerta del edificio y llevarla a su automóvil, entre ruegos y disculpas, tan desconcertado como ella por lo que había hecho. Fue un impulso absurdo y se arrepintió apenas lo hubo dicho. No supo qué le pasó, un arranque de locura, porque en su sano juicio no cometería una vulgaridad semejante, tan ajena a su carácter, le dijo.

El cuadro, fue culpa del cuadro, pensó. El contraste entre la juventud y hermosura de Susana y el aspecto repulsivo de los hombres que la espiaban le provocó escalofríos. Se vio a sí mismo como uno de esos viejos rijosos, loco de deseo por una mujer inalcanzable que él no merecía, y sintió un amargo sabor de bilis en la garganta. La pintura no lo sorprendió, la había visto en Viena y reproducida en sus libros de arte, pero en la luz y el silencio del museo solitario lo golpeó como si hubiera enfrentado su propia calavera en el espejo. Desde una distancia de casi quinientos años, Tintoretto le revelaba sus más oscuros terrores: decadencia y muerte.

Se quedaron discutiendo en el estacionamiento, vacío a esa hora, hasta que Keller logró convencer a Indiana de que fueran a cenar para hablar con tranquilidad. Terminaron en una discreta mesa de rincón en uno de sus restaurantes favoritos, un local pequeño, escondido en un pasaje de la calle Sacramento, con un original menú italiano y excelente carta de vinos. Después del primer vaso de un *dolcetto* piamontés y con el ánimo apaciguado, ella le hizo ver cuán degradada se sintió en el museo, expuesta como una buscona ante los ojos del guía.

—No te creía capaz de tanta crueldad, Alan. En los años que llevamos juntos nunca me mostraste ese lado tuyo. Me sentí castigada y creo que ese pobre joven también.

—No lo tomes así, Indi. ¿Cómo voy a querer castigarte? Al contrario, no sé cómo premiarte por todo lo que me das. Pensé que te halagaría la comparación con la bella Susana.

—¿Con esa gorda?

Keller se echó a reír, ella se contagió y la ingrata escena del museo perdió de súbito su gravedad. Keller había reservado para el postre la sorpresa que le tenía preparada: un viaje de dos semanas a la India en las condiciones que ella escogiera, un sacrificio que él estaba dispuesto a hacer por amor, a pesar de sus recientes dificultades económicas y de que la miseria milenaria de la India lo asustaba. Podrían alojarse en alguno de los palacios de los maharajás, convertidos en hoteles de lujo, con camas de pluma y seda, con sirvientes privados, o dormir en el suelo de un *ashram* entre escorpiones, como ella quisiera, le ofreció. El deleite espontáneo de Indiana disipó su temor de que el disgusto del museo hubiera arruinado la sorpresa: la mujer lo besó con exageración, ante la mirada divertida del mozo que traía los platos. «¿Estás tratando de hacerte perdonar algo?», le preguntó Indiana, radiante, sin sospechar cuán profético sería ese comentario.

Lunes, 16

Los de *Ripper* pasaron varios días sin jugar, porque Abatha había estado en un hospital, amarrada a una cama, recibiendo alimento por un tubo conectado al estómago. Su enfermedad progresaba y con cada gramo de peso que perdía, daba otro paso hacia el mundo de los espíritus, donde deseaba habitar. Lo único que lograba distraerla de la firme decisión de desaparecer era el juego de *Ripper* y el propósito de resolver los crímenes de San Francisco. Apenas salió de Cuidados Intensivos y fue instalada en una pieza privada, vigilada día y noche, pidió su computadora portátil y llamó a sus únicos amigos, cuatro adolescentes y un abuelo que no conocía en persona. Esa noche, seis pantallas en diversos puntos del mundo se pusieron en contacto para el nuevo juego, que la maestra había denominado «el crimen del electrocutado».

Amanda empezó por darles los resultados de la autopsia, que había encontrado en un sobre en el apartamento de su padre y había fotografiado con su celular.

—Ingrid Dunn le dio el primer vistazo al cuerpo de Richard Ashton a las nueve y diez de la mañana y estimó que la muerte se había producido entre ocho y diez horas antes, eso significa que debió ocurrir cerca de la medianoche del lunes, aunque unos minutos más o menos carecen de importancia a estas alturas de la investigación. Todavía no existen pistas sobre el autor o el motivo del crimen. Mi papá ha asignado varios detectives a este caso.

—Revisemos lo que hay —pidió el coronel Paddington.

—Tienes permiso para hablar, Kabel. Cuenta lo que sabemos —le ordenó Amanda a su abuelo.

—Richard Ashton murió electrocutado con un *táser*. En la autopsia encontraron señales de punción en torno a las cuales la piel estaba irritada, enrojecida.

—¿Qué es un *táser*? —preguntó Esmeralda.

—Un arma que usa la policía para disuadir o controlar a personas agresivas o disolver motines. Tiene el tamaño de una pistola grande y dispara descargas eléctricas mediante electrodos unidos a filamentos conductores —explicó el coronel Paddington, experto en armas.

—¿Se puede matar con eso?

—Depende de cómo se use. Hay varios casos en que la persona ha muerto, pero no es frecuente. El *táser* ataca el sistema nervioso central con una poderosa descarga eléctrica que paraliza los músculos y noquea a la víctima, incluso desde una distancia de varios metros. Imaginen lo que sucede con varias descargas.

—También depende de la víctima. El *táser* puede matar a alguien con insuficiencia cardíaca, pero no era el caso de Ashton —agregó Amanda.

—Digamos que el primer golpe eléctrico inmovilizó a Ashton; entonces el asesino le ató las manos y le tapó la boca con cinta adhesiva, luego le aplicó descargas hasta matarlo —especuló Sherlock Holmes.

—¿El *táser* puede disparar más de una descarga? —preguntó Esmeralda.

—Hay que recargarlo, eso demora unos veinte segundos —aclaró Paddington.

—Entonces usó dos —dijo Abatha.

—¡Eso es, Abatha! El asesino tenía más de un *táser* y le aplicó varias descargas seguidas a Ashton, sin darle tiempo de recuperarse, hasta que le falló el corazón —dijo Sherlock Holmes.

—Electrocutado… una ejecución, como la silla eléctrica —agregó Abatha.

—¿Cómo se consigue un *táser*? —preguntó Esmeralda.

—Aparte del que usa la policía, existe un modelo de uso civil, para autodefensa; pero no es barato, cuesta alrededor de quinientos dólares —explicó Paddington.

—Según las notas de mi papá, el psiquiatra estaba descalzo. Encontraron sus zapatos debajo del escritorio, pero no los calcetines —dijo Amanda.

—¿Andaba sin calcetines en invierno? —apuntó Esmeralda.

—Ayani, su mujer, anda descalza. Dice mi papá… dice el inspector Martín, que Ayani tienes pies de princesa. Bueno, eso no nos interesa. La alfombra del estudio de Ashton estaba húmeda en una parte, posiblemente con agua de un vaso que se dio vuelta, aunque la mancha no se hallaba cerca del escritorio.

—Elemental, amigos míos. El agua es buena conductora de electricidad. El asesino le quitó los zapatos a la víctima y le mojó los calcetines para electrocutarlo —dedujo Sherlock.

—Yo vi algo así en una película. Al preso condenado a muerte no lo mojaron antes de ejecutarlo en la silla eléctrica y prácticamente se cocinó —dijo Amanda.

—¡No deberías ver ese tipo de películas! —exclamó Kabel.

—Era para menores, no tenía sexo.

—No creo que fuera indispensable mojarle los pies a Ashton, pero tal vez el asesino no lo sabía. Después se llevó los calcetines para despistar, confundir a la policía y ganar tiempo. Buena estrategia —dijo el coronel Paddington.

—No tenía para qué molestarse con eso —explicó Amanda—. La policía va a perder mucho tiempo examinando pistas. El estudio de Ashton estaba atiborrado de muebles, alfombras, cortinas, libros, etc. y se aseaba sólo una vez por semana. La empleada tenía instrucciones de no tocar ninguno de sus papeles. Había tal profusión de huellas, pelos, escamas de piel, hilachas, que será prácticamente imposible determinar cuáles son relevantes.

—Veremos qué dicen los exámenes de ADN —dijo Abatha.

—Le pregunté sobre eso a mi papá —intervino Amanda—. Dice que se examina el ADN en menos del uno por ciento de los casos, porque es un procedimiento caro, complicado y el Departamento tiene recursos limitados. A veces lo financia una compañía de seguros o los herederos, si hay una buena razón para hacerlo.

—¿Quién hereda a Ashton? —preguntó Esmeralda.

—Su mujer, Ayani.

—No hay que escarbar mucho para dar con el motivo de un homicidio, casi siempre es dinero —dijo Sherlock Holmes.

—Permiso para hablar —pidió Kabel.

—Otorgado.

—Aunque tomen muestras, seguramente no sirven de nada si no hay con qué compararlas. Es decir, hay que encontrar muestras que correspondan al ADN de alguien que haya sido arrestado y cuyo ADN esté registrado. De todos modos, la policía está investigando a toda la gente que estuvo en el estudio desde que se limpió por última vez antes de la muerte de Ashton.

—La tarea que tenemos para la próxima semana será proponer teorías sobre este caso, ya saben, lo habitual: motivo, oportunidad, sospechosos, método. Y no se olviden todo lo que nos falta averiguar sobre Ed Staton y los Constante —los instruyó la maestra del juego al despedirse.

—Entendido —replicaron al unísono los otros jugadores.

Galang entró en el salón con el café. En la bandeja llevaba un jarro con mango largo de cobre labrado, dos tazas diminutas y un frasquito de cristal, como un perfumero. Dejó la bandeja sobre la mesa y se retiró.

—¿Agua de rosas? —preguntó Ayani, vertiendo café denso como petróleo en las tacitas.

Bob Martín, que no había oído hablar de agua de rosas y estaba acostumbrado a jarros de medio litro de café aguado, no supo qué responder. Ayani vertió unas gotas del frasco en la taza y se la pasó, explicándole que Galang había aprendido a hacer el café árabe como a ella le gustaba: hervía tres veces el café con azúcar y semillas de cardamomo en la jarra de cobre y esperaba que la borra se fuera al fondo antes de servirlo. Martín probó ese brebaje dulce y espeso pensando en la dosis de cafeína que se estaba echando al cuerpo a las cinco de la tarde y lo mal que dormiría esa noche. La señora Ashton vestía un caftán negro bordado con hilos dorados, que la cubría hasta los pies y sólo dejaba a la vista sus manos elegantes, su cuello de gacela y ese rostro famoso que perturbaba su imaginación desde el momento en que la vio. Llevaba el pelo recogido en la nuca con dos palillos, grandes argollas de oro en las orejas y un brazalete de hueso en la muñeca.

—Perdone que vuelva a molestarla, Ayani.

—Al contrario, inspector, es un placer hablar con usted —dijo ella, sentándose en uno de los sillones con la tacita en la mano.

Bob Martín volvió a admirar sus pies delgados, con anillos de plata en varios dedos, perfectos a pesar del hábito de andar descalza, que había notado la primera vez que la vio en el jardín, aquel martes memorable de la muerte de Ashton, cuando ella entró en su vida. Entrar no era el verbo apropiado, porque eso todavía no ocurría; Ayani era un espejismo.

—Le agradezco que venga a mi casa. Le confieso que en la comisaría me sentí acosada, pero supongo que a todo el mundo le pasa lo mismo. Me extraña que esté usted trabajando hoy, ¿no es feriado?

—Es el día de Martin Luther King, pero para mí no hay feriados. Si no le importa, vamos a revisar algunos puntos de su declaración —le propuso Bob Martín.

—Usted piensa que maté a Richard.

—No he dicho eso. Recién hemos comenzado la investigación, sería prematuro hacer conjeturas.

—Sea franco, no es necesario andar con rodeos, inspector. Siempre las sospechas recaen en el cónyuge y con mayor razón en este caso. Supongo que ya sabe que soy la única heredera de Richard.

Bob Martín ya lo sabía. Petra Horr, su asistente, para quien no había secretos, le había dado bastante información sobre los Ashton.

Ayani iba a cumplir cuarenta años, aunque parecía de veinticinco, y su carrera de modelo, que había comenzado muy joven, estaba terminada. Los modistos y fotógrafos se cansan del mismo rostro, pero ella duró más que otras porque el público la identificaba: era negra en una profesión de blancas, exótica, diferente. Bob pensaba que esa mujer seguiría siendo la más hermosa del mundo a los setenta. Durante algún tiempo Ayani fue una de las modelos mejor pagadas, favorita del mundo de la moda, pero dejó de serlo cinco o seis años atrás. Sus ingresos se secaron y no tenía ahorros, porque gastaba sin medida y había ayudado a su extensa familia en una aldea de Etiopía. Antes de casarse con Ashton hacía malabarismos con tarjetas de crédito y préstamos de amigos y bancos para mantener las apariencias y ser vista. Debía vestirse como antes, cuando los diseñadores le regalaban ropa, y aparecer en las discotecas y fiestas de la jet set. Se trasladaba en limusina donde podía ser fotografiada, pero vivía modestamente en un apartamento de un solo ambiente en la parte menos deseable de Greenwich Village. Había conocido a Richard Ashton en una gala destinada a recaudar fondos para la campaña contra la mutilación genital femenina, en la que ella hizo el discurso inaugural; ése era su tema y aprovechaba toda oportunidad de exponer los horrores de esa práctica, de la cual ella fue víctima en la infancia. Ashton, como el resto de la concurrencia, quedó conmovido por la hermosura de Ayani y su franqueza para contar su propia experiencia.

A Bob Martín le intrigaba saber qué vio ella en Richard Ashton, un hombre rudo, arrogante, corto de piernas, barrigón y con ojos abultados de sapo. El psiquiatra contaba con cierta fama en el mundillo de su profesión, pero eso no podía haber impresionado a esa mujer que se codeaba con verdaderas celebridades. Petra Horr opinaba que no había que buscarle cinco pies al gato, la razón era clara: Richard Ashton era tan rico como feo.

—Entiendo que usted y su marido se conocieron en Nueva York en diciembre de 2010 y se casaron un mes más tarde. Para él era su tercer matrimonio, pero para usted era el primero. ¿Qué la indujo a dar ese paso con un hombre que escasamente conocía? —le preguntó Bob Martín.

—Su cerebro. Era un hombre brillante, inspector, cualquiera puede decírselo. Me invitó a comer al día siguiente de conocernos y pasamos cuatro horas absortos en la conversación. Me propuso que escribiéramos un libro juntos.

—¿Qué clase de libro?

—Sobre mutilación genital femenina; mi parte consistiría en relatar mi caso y realizar una serie de entrevistas a víctimas, sobre todo en África. La parte de él sería el análisis de las consecuencias físicas y psicológicas de esa práctica, que afecta a ciento cuarenta millones de mujeres en el mundo y deja secuelas para toda la vida.

—¿Llegaron a escribirlo?

—No. Estábamos en la etapa de planificar el libro y juntar el material cuando… cuando Richard murió —dijo Ayani.

—Comprendo. Aparte del libro, debe de haber habido otros aspectos del doctor Ashton que la enamoraron —sugirió Bob Martín.

—¿Enamorarme? Seamos realistas, inspector, yo no soy el tipo de mujer que se deja arrastrar por emociones. El romanticismo y la pasión se dan en el cine, pero no en la vida de una persona como yo. Nací en una aldea de chozas de barro, mi infancia transcurrió acarreando agua y cuidando cabras. A los ocho años una vieja inmunda me mutiló y estuve a punto de morir por la hemorragia y la infección. A los diez años mi padre empezó a buscarme marido entre hombres de la edad de él. Me libré de una vida de trabajo y miseria, como la de mis hermanas, porque me descubrió un fotógrafo americano y le pagó a mi padre para que me permitiera venir a Estados Unidos. Soy una persona práctica, no me hago ilusiones sobre el mundo, la humanidad o mi propio destino y mucho menos me ilusiono con el amor. Me casé con Richard por su dinero.

La declaración le pegó a Bob Martín en el pecho como una pedrada. No deseaba darle la razón a Petra Horr.

—Se lo repito, inspector, me casé con Richard para vivir cómoda y tener seguridad.

—¿Cuándo hizo su testamento el doctor Ashton?

—El día antes de casarnos. Por consejo de mi abogado, lo puse como condición. El contrato estipula que a su muerte yo heredo todos sus bienes, pero sólo cincuenta mil dólares en caso de divorcio. Esa cifra era una propina para Richard.

El inspector tenía en el bolsillo la lista de bienes de Richard Ashton, que Petra le había entregado: la mansión de Pacific Heights, un apartamento en París, una cabaña de cinco habitaciones en un centro de esquí en Colorado, tres automóviles, un yate de diecisiete metros de eslora, inversiones por varios millones de dólares y los derechos de sus libros, que le aportaban un ingreso modesto, pero continuo, porque eran texto obligado en psiquiatría. Además, había un seguro de vida de un millón de dólares a nombre de Ayani. Los hijos de los matrimonios anteriores de Richard Ashton recibirían una cifra nominal de mil dólares cada uno y si disputaban las disposiciones del testamento no obtendrían nada. Lógicamente, esa cláusula perdía validez si lograban probar que Ayani era responsable de la muerte de su padre.

—En pocas palabras, inspector, lo mejor que podía ocurrirme era enviudar, pero yo no maté a mi marido. Como sabe, no puedo tocar ni un dólar de la herencia que me corresponde antes de que usted encuentre al asesino —concluyó Ayani.

Viernes, 20

Blake Jackson había organizado su horario en la farmacia para estar libre los viernes por la tarde e ir a buscar a su nieta al internado a las tres, hora en que terminaba la semana escolar. La llevaba a su casa o a la de Bob Martín, según los turnos establecidos, y como ese fin de semana le tocaba con él, disponían de dos días completos de ocio y camaradería, tiempo sobrado para jugar al *Ripper*. La vio salir del colegio entre el tropel de alumnas, arrastrando sus bultos, con el pelo desordenado, buscándolo con esa expresión ansiosa que a él siempre lo conmovía. Cuando Amanda era pequeña él solía esconderse sólo para ver la sonrisa de enorme alivio de su nieta al encontrarlo. No quería pensar en lo que iba a ser su vida cuando ella abandonara el nido. Amanda lo besó y entre los dos echaron en la cajuela la mochila, la bolsa de ropa sucia, los libros y el violín.

—Tengo una idea para tu libro —dijo la nieta.

—¿Cuál?

—Una novela policial. Escoge cualquiera de los crímenes que estamos investigando, lo exageras un poco, lo haces bien sangriento, le metes algo de sexo, mucha tortura y persecuciones en coche. Yo te ayudo.

—Se necesita un héroe. ¿Quién sería el detective?

—Yo —dijo Amanda.

En la casa ya estaban Elsa Domínguez, que había llegado con un pollo a la cacerola, e Indiana lavando las toallas y sábanas de su consulta en la vieja lavadora de su padre, en vez de en la lavandería automática del sótano de la Clínica Holística, como hacían los inquilinos de las otras oficinas. Cuatro años antes, cuando Amanda había empezado la secundaria en el internado, Elsa decidió reducir sus horas de trabajo e iba sólo dos veces al mes a limpiar, pero visitaba a Blake Jackson con frecuencia. Con discreción, la buena mujer dejaba en el refrigerador recipientes de plástico con sus platillos preferidos, lo llamaba por teléfono para recordarle que se cortara el pelo, sacara la basura y cambiara sus sábanas, detalles que a Indiana y Amanda no se les ocurrían.

Si Celeste Roko lo visitaba, Blake Jackson se encerraba en el baño y llamaba a Elsa pidiendo socorro, asustado ante la posibilidad de quedarse solo con la pitonisa, porque poco después de que él enviudara ella le había notificado que las cartas astrales de ambos eran particularmente compatibles y, ya que estaban solos y libres, no sería mala idea juntarse. En esas ocasiones Elsa acudía a toda prisa, servía té y se instalaba en la sala a acompañar a Blake hasta que Celeste se daba por vencida y se retiraba con un portazo.

Elsa tenía cuarenta y seis años y aparentaba sesenta, padecía de dolor de espalda crónico, artritis y venas varicosas, pero no le fallaba el buen humor y andaba siempre cantando himnos religiosos entre dientes. Nadie la había visto sin blusa o remera de mangas largas, porque la avergonzaban las cicatrices de los machetazos que recibió cuando los soldados mataron a su marido y a dos de sus hermanos. Llegó sola a California a los veintitrés años, dejando cuatro niños chicos con parientes en un pueblo fronterizo de Guatemala, trabajó de sol a sol para mantenerlos y luego los trajo a su lado uno por uno, cabalgando de noche en los techos de los trenes, cruzando México en camiones y arriesgando la vida para pasar la frontera por senderos clandestinos, convencida de que si la existencia como inmigrante ilegal era dura, peor sería en su país. El mayor de sus hijos se incorporó al ejército con la esperanza de hacer carrera y obtener la ciudadanía estadounidense, iba por el tercer turno en Irak y Afganistán y no había visto a su familia en dos años, pero en sus breves comunicaciones telefónicas se manifestaba muy satisfecho. Sus dos hijas, Alicia y

Noemí, tenían vocación de empresarias y se las habían arreglado para obtener permisos de trabajo; Elsa estaba segura de que saldrían adelante y en un futuro, si había una amnistía para los inmigrantes clandestinos, tendrían la residencia. Las dos muchachas dirigían a un grupo de mujeres latinas indocumentadas, en uniformes rosados, que limpiaban casas. Ellas las transportaban a sus empleos en camionetas también rosadas con el curioso nombre de «Cenicientas Atómicas» pintado en la carrocería.

Amanda descargó sus bultos en el vestíbulo, besó a su madre y a Elsa, que la llamaba «mi ángel» y la había mimado por todo lo que no pudo mimar a sus propios hijos cuando eran pequeños. Mientras Indiana y Elsa doblaban ropa recién salida de la secadora, ella empezó una partida de ajedrez a ciegas desde la cocina con su abuelo, que estaba frente al tablero en la sala.

—Han desaparecido una camisa de dormir, sostenes y bragas de mi ropero —anunció Indiana.

—No me mires a mí, mamá. Yo uso talla 2 y tú apenas entras en la talla 10. Además no me pondría ni muerta algo con encaje, porque pica —replicó Amanda.

—No te estoy acusando, pero alguien me sacó ropa interior.

—Será que la perdiste… —sugirió Elsa.

—¿Dónde, Elsa? Sólo me saco las bragas en mi casa —le contestó Indiana, aunque eso era inexacto, pero si las hubiera dejado en una habitación del Fairmont se habría dado cuenta antes de llegar al ascensor—. Me faltan un sostén rosado y otro negro, dos bragas también rosadas y mi camisa de dormir fina, no alcancé a ponérmela ni una sola vez, la tenía reservada para una ocasión importante.

—¡Qué raro, niña! Tu apartamento siempre queda cerrado.

—Alguien entró, estoy segura. Esa persona también se metió con mis frascos de aromaterapia, pero creo que no se llevó ninguno.

—¿Te los desordenó? —le preguntó Amanda, súbitamente interesada.

—Los alineó en orden alfabético y ahora no puedo encontrar nada. Yo tengo mi propio orden.

—Es decir, tuvo tiempo de sobra para escarbar en tus cajones, sacar la ropa que le gustó y ordenar tus frascos. ¿Se llevó algo más? ¿Te fijaste en la cerradura de la puerta, mamá?

—No se llevó nada más, me parece. La cerradura está intacta.

—¿Quién tiene llave de tu puerta?

—Varias personas: Elsa, mi papá y tú —replicó Indiana.

—Y Alan Keller, aunque él no te va a robar la misma lencería ridícula que te regala —masculló Amanda entre dientes.

—¿Alan? No tiene llave, nunca viene aquí.

En la sala Blake Jackson movió un caballo, se lo notificó a gritos a su nieta y ella le contestó en la misma forma que iba a darle mate en tres.

—Mi papá también tiene llave de tu apartamento —le recordó su hija a Indiana.

—¿Bob? ¿Por qué iba a tenerla? ¡Yo no tengo llave del suyo!

—Tú se la diste para que te instalara el televisor, cuando te fuiste a Turquía con Keller.

—Pero, Amanda, cómo se te ocurre sospechar de tu papá, niña por Dios. Tu papá no es ningún ladrón, es policía —intervino Elsa Domínguez, desconcertada.

En principio Indiana estaba de acuerdo con ella, aunque le entraban algunas dudas, porque Bob Martín era imprevisible.

Solía darle disgustos, más que nada porque violaba los acuerdos que hacían respecto a Amanda, pero en general la trataba con la consideración y el cariño de un hermano mayor. También le daba conmovedoras sorpresas, como en su último cumpleaños, cuando le mandó una torta a la consulta. Sus colegas de la Clínica Holística acudieron provistos de champán y vasos de papel, encabezados por Matheus Pereira, a brindar por ella y compartir la torta. Al partirla con un cortapapeles, Indiana descubrió adentro una bolsita de plástico con cinco billetes de cien dólares, suma nada despreciable para su ex marido, cuyo único ingreso era su sueldo de policía, y fabulosa para ella. Sin embargo, ese mismo hombre que había mandado a hacer la torta con el tesoro adentro era capaz de introducirse en su apartamento sin permiso.

En los tres años que estuvieron casados y convivieron bajo el techo de Blake Jackson, Bob la controlaba como un maniático y después del divorcio pasó un buen tiempo antes de que se resignara a mantener cierta distancia y respetar su privacidad. Había madurado, pero todavía tenía el carácter dominante y agresivo del capitán de equipo que había sido y que tanto lo había ayudado en su carrera en el Departamento de Policía. De joven sufría arrebatos de ira y destrozaba lo que cayera en sus manos; durante esas crisis Indiana abrazaba a su hija y corría a refugiarse en la casa de algún vecino hasta que llegara su padre, al que había llamado de urgencia a la farmacia. En presencia de su suegro, Bob se calmaba de inmediato, prueba de que en realidad no perdía la cabeza por completo. El vínculo entre ambos hombres llegó a ser muy fuerte y se mantuvo intacto cuando Bob e Indiana se divorciaron. Blake siguió tratándolo con la autoridad de un padre benévolo y a su vez Bob era servicial como un buen hijo. Iban juntos a partidos de fútbol, a ver películas de acción y tomar unos tragos en el Camelot, el bar preferido de ambos.

Antes de conocer a Ryan Miller, su ex marido era la segunda persona, después de su padre, a quien Indiana acudía en caso de necesidad, segura de que resolvería el problema, aunque de paso la apabullara con consejos y reproches. Admiraba sus cualidades y lo quería mucho, pero Bob era capaz de gastarle esa broma, podía haberle sustraído su ropa interior para demostrar lo fácil que resultaba robarle. Llevaba tiempo insistiendo en la necesidad de cerraduras nuevas y una alarma.

—¿Recuerdas que me prometiste una gata? —le preguntó Amanda a su madre, interrumpiendo sus cavilaciones.

—A fines de agosto vas a ir a la universidad, hija. ¿Quién se hará cargo de la gata cuando te vayas?

—El abuelo. Ya lo hablamos y él está de acuerdo.

—A mister Jackson le vendrá bien tener un animalito. Va a estar muy solo sin su nieta —suspiró Elsa.

Domingo, 22

El apartamento de Bob Martín estaba en el decimoquinto piso de uno de los edificios que habían brotado como hongos en los últimos años al sur de Market Street. Pocos años antes ésa era una zona portuaria insalubre, con almacenes y bodegas; ahora se extendía a lo largo del embarcadero y era uno de los barrios mejor valorados de la ciudad, con restaurantes, galerías de arte, clubes nocturnos, lujosos hoteles e inmuebles residenciales, a pocas cuadras del distrito financiero y Union Square. El inspector había comprado su apartamento cuando el proyecto estaba en la etapa de planificación, antes de que el precio se fuera a las nubes, con una hipoteca que lo mantendría endeudado hasta el fin de sus días. El edificio era una torre impresionante y, según Celeste Roko, una mala inversión, porque se iba a venir abajo en el próximo terremoto. Los planetas no pudieron indicarle, sin embargo, cuándo sería eso. Desde el ventanal de la sala se podía admirar la bahía salpicada de veleros y el Bay Bridge.

Amanda, con plumas ensartadas en el pelo, medias a rayas amarillas y el eterno cárdigan de su abuelo con agujeros en los codos, comía con su padre en taburetes altos frente a la repisa de granito negro de la cocina. Una de las ex novias de Bob Martín, arquitecta de jardines, le decoró el apartamento con incómodos muebles ultramodernos y una selva de plantas, que se murieron de melancolía apenas ella se fue. Sin las plantas, el ambiente resultaba inhóspito como un sanatorio, excepto la habitación de Amanda, llena de cachivaches y con las paredes tapizadas de afiches de grupos musicales y de sus héroes, Tchaikovsky, Stephen Hawking y Brian Greene.

—¿Viene hoy La Polaca? —le preguntó la chica a su padre. Estaba acostumbrada a sus caprichos amorosos, que duraban poco y no dejaban huella, salvo un desastre de plantas muertas.

—Tiene nombre, se llama Karla, lo sabes perfectamente. No vendrá hoy, le han quitado las muelas del juicio.

—Mejor así. No me refiero a las muelas. ¿Qué quiere esa mujer contigo, papá? ¿Una visa americana?

Bob Martín dio un puñetazo sobre el granito de la repisa y se lanzó a una arenga sobre el respeto filial, mientras se sobaba la mano machucada. Amanda siguió comiendo imperturbable.

—¡Siempre le declaras la guerra a mis amigas!

—No exageres, papá… En general las tolero de lo más bien, pero ésta me da tiritones, tiene risa de hiena y corazón de acero.

En fin, no vamos a pelear por eso. ¿Cuánto tiempo llevas con ella? Mes y medio, creo. En un par de semanas La Polaca se habrá esfumado y yo estaré más tranquila. No quiero que esa mujer te explote —declaró Amanda.

Bob Martín no pudo evitar una sonrisa, quería a esa hija suya más que nada en este mundo, más que su propia vida. Le desordenó de un manotazo las plumas de indio y se dispuso a servirle el postre. Había que admirar el juicio de Amanda en materia de novias transitorias, que había probado ser bastante más de fiar que el suyo propio. No pensaba decírselo, pero su aventura con Karla ya no daba para más. Sacó el helado de coco del refrigerador y lo sirvió en copas de vidrio negro, escogidas por la arquitecta de jardines, mientras la chica enjuagaba los dos platos de la pizza.

—Estoy esperando, papá.

—¿Qué?

—No te hagas el tonto. Necesito detalles del crimen del psiquiatra —le exigió Amanda, ahogando su helado en sirope de chocolate.

—Richard Ashton. Fue el martes 10.

—¿Seguro?

—Por supuesto que estoy seguro. Tengo los antecedentes en mi escritorio, Amanda.

—Pero no se puede determinar la hora exacta de la muerte, hay un margen de varias horas, según leí en un libro sobre cadáveres. Tienes que leerlo, se llama *Tieso*, o algo así.

—¡Qué cosas lees, hija!

—Peores cosas de las que te imaginas, papá. El psiquiatra debe de ser importante, porque tú te reservas los mejores casos, no pierdes tiempo con muertos de pacotilla.

—Si a los diecisiete eres tan cínica, prefiero no pensar cómo serás a los treinta —comentó el inspector con un suspiro dramático.

—Fría y calculadora, como La Polaca. Sigue contándome.

Resignado, Bob Martín la llevó a su computadora, le mostró fotografías de la escena y del cuerpo y le dio a leer sus apuntes con el detalle de la ropa de la víctima y el informe médico, que ella ya había fotografiado con su móvil en su visita anterior.

—Su mujer lo encontró por la mañana. Tendrías que verla, Amanda, es increíble, la mujer más bella que he visto en mi vida.

—Ayani, la modelo. Ha salido en las noticias más que la víctima. Su foto está en todos lados, anda enteramente vestida de luto como esas viudas antiguas, imagínate qué ridiculez —comentó Amanda.

—No es ninguna ridiculez. Tal vez ésa es la costumbre de su país.

—En su lugar, yo estaría contenta de haber enviudado de ese marido tan horroroso y de haber quedado rica. ¿Qué te pareció Ayani? Me refiero a su personalidad.

—Aparte de ser espectacular, tiene mucho control sobre sus emociones. Estaba bastante tranquila el día del crimen.

—¿Tranquila o aliviada? ¿Dónde estaba ella a la hora en que mataron a su marido? —le preguntó Amanda, pensando en la información que le exigirían los jugadores de *Ripper*.

—Ingrid Dunn calcula que Ashton llevaba muerto entre ocho y diez horas, más o menos, todavía no tenemos los resultados definitivos de la autopsia. Su mujer estaba durmiendo en la casa.

—Qué conveniente….

—El empleado de la casa, Galang, me dijo que ella toma somníferos y tranquilizantes; me imagino que por eso parecía impasible al día siguiente. Y por el trauma, claro.

—No puedes estar seguro de que esa noche Ayani se tomara el somnífero.

—Galang se lo llevó con una taza de chocolate, como siempre, pero no la vio tragárselo, si eso es lo que estás insinuando.

—Ella es la principal sospechosa.

—Eso sería en una película policial. En la vida real me guío por mi experiencia. Tengo olfato para estas cosas, por eso soy buen policía. No hay ninguna prueba contra Ayani y mi olfato me dice…

—No permitas que el físico de la principal sospechosa interfiera con tu olfato, papá. Pero tienes razón, hay que estar abiertos a otras posibilidades. Si Ayani planeaba matar a su marido habría preparado una coartada más creíble que esas pastillas para dormir.

Miércoles, 25

Al llegar a la casa de su padre por la noche, Indiana revisó el correo y entre las cuentas y la propaganda política encontró una lujosa revista destinada por suscripción a los miembros más distinguidos de ciertas tarjetas de crédito, que ella había visto algunas veces en el consultorio de su dentista. La casa estaba en silencio, era la noche del squash y del tugurio alemán de su padre. Llevó la revista con el resto de la correspondencia a la cocina, puso a hervir agua para hacer té y se sentó a hojearla distraídamente. Se fijó en que había una página marcada con un clip y se encontró con el artículo que habría de trastornar las rutinas de su vida.

En la revista, Alan Keller aparecía en su viñedo recibiendo a sus huéspedes con una mujer rubia colgada del brazo, a quien la descripción al pie de la fotografía identificaba como Geneviève van Houte, baronesa belga, representante de varios diseñadores de moda europeos. Indiana leyó con cierta curiosidad hasta el tercer párrafo, donde se enteró de que Geneviève vivía en París, pero se especulaba que pronto sería residente en San Francisco, convertida en esposa de Alan Keller. El artículo detallaba la fiesta en honor al director de la Sinfónica, las opiniones de varios invitados sobre el inevitable enlace, que la pareja no desmintió, y el pedigrí de la Van Houte, cuya familia ostentaba la baronía desde el siglo XVII. En la página siguiente vio otras cuatro fotografías de Alan Keller con la misma mujer en diferentes lugares, un club en Los Ángeles, un crucero en Alaska, una fiesta de gala y tomados del brazo en una calle de Roma.

Aturdida, con un golpeteo en las sienes y las manos temblorosas, Indiana se fijó en que Geneviève llevaba pelo corto en un par de imágenes y largo en las otras y que en Alaska Alan Keller llevaba puesto el suéter beige de cachemira que a ella le gustaba tanto, que él se lo quitó para regalárselo. Como eso había sucedido a las pocas semanas de conocerlo, la conclusión ineludible era que su amante y esa baronesa compartían una larga historia. Volvió a leer el artículo e inspeccionar las fotografías buscando alguna clave que desmintiera los hechos, pero no pudo hallarla. Colocó la revista sobre la mesa, encima del sobre con los folletos del viaje a la India, y se quedó sentada, con la vista fija en el lavaplatos, mientras la tetera con agua hirviendo silbaba en la hornilla.

Hacía quince años que no sentía el desgarro de una traición. Casada con Bob Martín soportó su conducta de adolescente atolondrado, sus latas de cerveza por el suelo, sus amigotes despatarrados frente al televisor y sus pataletas violentas, pero sólo decidió divorciarse cuando fue imposible seguir ignorando sus infidelidades. Tres años después del divorcio Bob todavía le pedía una segunda oportunidad, pero ella había perdido la confianza en él. En los años siguientes tuvo varios amores que terminaron sin rencor, porque ningún otro hombre la engañó ni la dejó. Si el entusiasmo se enfriaba, ella encontraba una forma delicada de alejarse. Tal vez Alan Keller no era el compañero ideal, tal como le repetían a menudo su hija, su ex marido y Ryan Miller, pero hasta entonces no había dudado de su lealtad, que para ella era el fundamento de la relación que compartían. Esas dos páginas a color en papel satinado de la revista probaban que se había equivocado.

Para poder sanar a otros cuerpos, Indiana había aprendido a conocer bien el suyo, y del mismo modo que sintonizaba intuitivamente con sus pacientes, lo hacía consigo misma. Alan Keller decía que ella se relacionaba con el mundo a través de los sentidos y emociones, vivía en una época anterior al teléfono, en un universo mágico, confiada en la bondad de la gente; estaba de acuerdo con Celeste Roko, quien sostenía que en una encarnación anterior Indiana había sido delfín y en la próxima volvería al mar, porque no estaba hecha para tierra firme, le faltaba el gen de la precaución. A eso se sumaban varios años en una senda espiritual que contribuía a hacerla desprendida de lo material y libre de mente y corazón. Pero nada de eso atenuó el golpe de ver a Alan Keller y Geneviève van Houte en la revista.

Se fue a su apartamento, encendió la calefacción y se tendió en su cama a observar sus sentimientos en la oscuridad, respirar atentamente y convocar al *qi*, la energía cósmica que procuraba transmitirles a sus pacientes, el *prana*, la fuerza que sostenía la vida, uno de los aspectos de Shakti, su deidad protectora. Sentía una garra en el pecho. Lloró un rato largo y por fin, después de la medianoche, la venció la fatiga y durmió inquieta por unas horas.

Indiana despertó temprano después de una noche de sueños tormentosos que no lograba recordar. Se frotó unas gotas de neroli, la flor del naranjo, en las muñecas, para serenarse, y bajó a la cocina de su padre a prepararse una tisana de manzanilla con miel y aplicarse hielo en los párpados hinchados. Sentía el cuerpo molido, pero después de la tisana y veinte minutos de meditación se le aclaró la mente y pudo examinar su situación con cierto distanciamiento. Segura de que ese estado zen le iba a durar poco, decidió actuar antes de que volvieran a dominarla las emociones y llamó a Alan Keller para citarlo a la una de la tarde en su banco favorito del parque Presidio, donde solían encontrarse. La mañana transcurrió sin drama, absorta en su trabajo, al mediodía cerró la consulta, pasó a tomarse un capuchino donde Danny D'Angelo y se fue al parque en bicicleta. Llegó con diez minutos de adelanto y se instaló a esperar con la revista en el regazo. Se había disipado por completo el efecto calmante de la manzanilla y el neroli.

Alan Keller apareció puntualmente, sonriendo ante la novedad de que ella lo hubiera llamado, como en los tiempos felices de sus amores, cuando la premura del deseo barría con toda reticencia. Convencido de que su táctica de sorprenderla con el viaje a la India había tenido éxito, se sentó a su lado y trató de abrazarla, bromeando, pero ella se apartó y le pasó la revista. Keller no necesitó abrirla, conocía el contenido, que no lo había preocupado hasta ese instante, porque la posibilidad de que cayera en manos de Indiana era mínima. «Supongo que no crees estos chismes, Indi. Pensé que eras una mujer inteligente, no me desilusiones», dijo en tono liviano. Era la táctica menos acertada.

La media hora siguiente se le fue tratando de convencerla de que Geneviève van Houte era sólo una amiga, que se conocieron cuando él hizo el doctorado en Historia del Arte en Bruselas y se mantenían en contacto por mutua conveniencia: él la introducía en círculos cerrados de la alta sociedad y ella lo respaldaba y asesoraba en sus inversiones, pero jamás habían considerado la posibilidad de casarse, qué idea absurda, esos rumores eran ridículos. Luego procedió a detallar sus vicisitudes financieras más recientes, mientras Indiana lo escuchaba encerrada en un silencio pétreo, porque su realidad se medía dólar a dólar y la de él en cientos de miles.

El año anterior, cuando paseaban de la mano en Estambul, había surgido el tema del dinero y cómo gastarlo. Ella no se había sentido tentada con ninguno de los cachivaches bizantinos del bazar y más tarde, en el mercado de las especias, olió todo lo que estaba a la vista, pero sólo compró unos gramos de cúrcuma. En cambio Keller había pasado la semana regateando por alfombras antiguas y jarrones otomanos y lamentándose después por el precio. En esa ocasión Indiana le preguntó cuánto era suficiente, cuándo se decía basta, para qué acumulaba más cosas y cómo obtenía el dinero sin trabajar. «Nadie se hace rico trabajando», le contestó él, divertido, y le dio una clase sobre la distribución de la riqueza y cómo las leyes y religiones se encargaban de proteger los bienes y privilegios de quienes poseían más, en desmedro de los pobres, para concluir que el sistema era de una injusticia garrafal, pero por suerte él pertenecía al grupo de los afortunados.

En el banco del parque Indiana recordó aquella conversación, mientras él le explicaba cuánto debía en impuestos, tarjetas de crédito y otras cosas, que sus últimas inversiones habían fracasado y que no podría contener por más tiempo a sus acreedores con promesas y con el prestigio de su apellido.

—No sabes lo desagradable que es ser rico sin dinero —suspiró Keller a modo de conclusión.

—Debe de ser mucho peor que ser pobre de frentón. Pero no estamos aquí por eso, sino por nosotros. Veo que nunca me has querido como yo a ti, Alan.

Recuperó la revista, le entregó el sobre del viaje a la India, se colocó el casco y se fue en la bicicleta, dejando atrás a su amante, que se quedó sorprendido y furioso, admitiendo para sus adentros que acababa de decirle a Indiana una verdad a medias: era cierto que no pensaba casarse con Geneviève, pero había omitido decirle que mantenía con ella una *amitié amoureuse* desde hacía dieciséis años.

Keller y la belga se veían poco, porque ella viajaba constantemente entre Europa y varias ciudades de Estados Unidos, pero se juntaban cuando coincidían en el mismo lugar. Geneviève era fina y divertida, podían pasar parte de la noche desafiándose mutuamente en juegos intelectuales cuyas claves sólo ellos conocían, salpicados de ironía y maldad, y si ella se lo pedía, él sabía complacerla en la cama sin cansarse con ayuda de un par de adminículos eróticos, que ella siempre llevaba en su maletín de viaje. Tenían afinidad y pertenecían a esa clase social sin fronteras cuyos miembros se reconocen en cualquier rincón del planeta, habían viajado por el mundo y estaban a sus anchas en un lujo que les parecía natural. Ambos eran melómanos apasionados, la mitad de la música que él poseía se la había regalado Geneviève, y de vez en cuando se encontraban en Milán, Nueva York o Londres para la temporada lírica. Era notable el contraste entre esa amiga, a quien Plácido Domingo y Renée Fleming solían invitar personalmente a sus representaciones, e Indiana Jackson, que nunca había ido a la ópera hasta que él la llevó a escuchar *Tosca*. En esa ocasión ella no se impresionó con la música, pero acabó sollozando en su hombro con el melodrama.

Fastidiado, Keller decidió que no había violado ningún acuerdo con Indiana, lo suyo con Geneviève no era amor, estaba harto de malentendidos y de sentirse culpable por nimiedades, en buena hora había terminado esa relación que ya se arrastraba demasiado. Sin embargo, al verla alejarse en la bicicleta, se le ocurrió preguntarse cómo habría reaccionado él si la situación hubiera sido al revés y la amistad amorosa fuera de Indiana y Miller. «¡Ándate al diablo, estúpida!», masculló, sintiéndose grotesco. No pensaba verla nunca más, qué escena de tan mal gusto, eso jamás sucedería con una mujer como Geneviève. Quitarse a Indiana de la cabeza, olvidarla, eso era lo que correspondía, y de hecho, ya había empezado a olvidarla. Se secó los ojos con el dorso de la mano y echó a andar a zancadas impetuosas hacia su coche.

Esa noche la pasó en vela vagando por el caserón de Woodside con abrigo y guantes encima del pijama, porque el poco calor de la calefacción se lo tragaban las corrientes de aire que con silbido inquietante se colaban por los resquicios de las maderas. Terminó su mejor botella de vino, mientras rumiaba múltiples razones para despedirse de Indiana definitivamente: lo ocurrido probaba una vez más la estrechez de criterio y vulgaridad de esa mujer. ¿Qué pretendía? ¿Que él renunciara a sus amistades y su círculo social? Las breves escaramuzas con Geneviève eran insignificantes, sólo alguien con tan poco mundo como Indiana podía armar un lío por semejante banalidad. Ni siquiera recordaba haberse comprometido a serle fiel. ¿Cuándo fue eso? Debió de ser en un momento de ofuscación, si lo hizo fue una formalidad, más que una promesa. Eran incompatibles, lo supo desde el principio, y su error fue alimentar las falsas esperanzas de Indiana.

El vino le cayó pésimo. Amaneció con acidez de estómago y dolor de cabeza. Después de dos analgésicos y una cucharada de leche de magnesia se sintió mejor y pudo desayunar café con tostadas y mermelada inglesa. El ánimo le alcanzó para echar una mirada somera al periódico. Tenía planes para ese día y no pensaba cambiarlos. Se dio una ducha larga para borrar los efectos de la mala noche y creyó haber recuperado su habitual ecuanimidad, pero cuando fue a afeitarse comprobó que le habían caído encima diez años más de sopetón y que desde el espejo lo miraba uno de los viejos del cuadro de Tintoretto. Se sentó en el borde de la bañera, desnudo, a examinar las venas azules de sus pies, llamando a Indiana y maldiciéndola.

Sábado, 28

La bahía de San Francisco amaneció cubierta por la bruma lechosa que suele envolverla, borrando los contornos del mundo. La neblina descendía rodando desde las cimas de los cerros, como una lenta avalancha de algodón, cubriendo el resplandor de aluminio del agua. Era uno de aquellos días típicos, con una diferencia de varios grados entre ambos extremos del puente Golden Gate: en San Francisco sería invierno y cuatro kilómetros más al norte habría sol de otoño. Para Ryan Miller, la mayor ventaja de ese lugar era el clima bendito, que le permitía entrenar todo el año al aire libre. Había participado en cuatro ironman: 3,86 kilómetros nadando, 180,25 kilómetros en bicicleta y 42,2 kilómetros corriendo, con un promedio mediocre de catorce horas, pero en cada ocasión la prensa lo había llamado «un ejemplo de superación», lo cual lo enfurecía, porque el muñón de su pierna era tan común entre los veteranos de guerra que no valía la pena mencionarlo. Al menos sus prótesis eran excelentes, en eso aventajaba a otros amputados, que carecían de recursos propios y debían conformarse con las prótesis comunes. Su cojera era leve y habría podido bailar tango si hubiera tenido más sentido del ritmo y menos temor de hacer el ridículo; nunca fue buen bailarín. A su entender, un ejemplo de superación era Dick Hoyt, un padre que participaba en el triatlón cargando a su hijo discapacitado, ya adulto y tan pesado como él. El hombre nadaba arrastrando un bote de goma con el muchacho adentro, lo llevaba en bicicleta amarrado a un asiento delantero y corría empujando su silla de ruedas. Cada vez que a Miller le tocaba verlo competir, el testarudo amor de ese padre, que contrastaba con la severidad del suyo, le arrancaba lágrimas.

Su jornada había comenzado, como siempre, a las cinco de la madrugada con un rato dedicado al Qigong. Eso lo anclaba para el resto del día y casi siempre lograba reconciliarlo con su conciencia. Había leído en un libro sobre samuráis una frase que adoptó como su lema: un guerrero sin práctica espiritual es sólo un asesino. Enseguida preparó su desayuno, un batido verde y espeso con suficientes proteínas, fibra y carbohidratos como para sobrevivir en la Antártida, y llevó a Atila a correr, para que no se apoltronara. El perro ya no era tan joven, tenía ocho años, pero le sobraba energía y después de haber servido en la guerra se aburría con su apacible existencia en San Francisco. Lo habían adiestrado para defender y atacar, detectar minas y terroristas, disuadir enemigos, lanzarse en paracaídas, nadar en aguas heladas y otras ocupaciones sin cabida en la sociedad civil. Estaba sordo y ciego de un ojo, pero compensaba sus limitaciones con un sentido del olfato notable, incluso para un perro. Con Miller se entendía por señas, adivinaba sus intenciones y le obedecía si se trataba de una orden que a su parecer era relevante; de lo contrario se refugiaba en la sordera para no hacer caso.

Después de correr durante una hora, hombre y perro regresaron acezando y Atila se echó en un rincón, mientras Miller se sometía a las máquinas de ejercicio, repartidas como macabras esculturas por su *loft*, un gran espacio desnudo donde había una cama ancha, televisor, equipo de música y una mesa rústica, que usaba de comedor, oficina y taller. En una enorme consola estaban las computadoras que lo conectaban directamente con las agencias de gobierno, a las que vendía sus servicios. No tenía a la vista fotografías, diplomas, adornos… nada personal, como si acabara de llegar o estuviera a punto de partir, pero en las paredes estaba desplegada su colección de armas, que se entretenía desarmando y limpiando.

Su vivienda ocupaba todo el segundo piso de una antigua imprenta en el barrio industrial de San Francisco, con suficiente espacio para su alma inquieta, y provisto de un amplio garaje y un ascensor industrial, una jaula de hierro en la que podía subir un tanque, de ser necesario. Había escogido ese *loft* por su tamaño y porque le gustaba la soledad. Era el único inquilino del edificio y a las seis de la tarde y los fines de semana nadie circulaba por las calles de ese barrio.

Día por medio Miller nadaba en una piscina olímpica y los otros lo hacía en la bahía. Aquel sábado llegó al Parque Acuático, donde podía estacionar gratis en la calle durante cuatro horas, y se dirigió con Atila al Dolphin Club. Hacía frío y a esa hora temprana sólo había unas cuantas personas trotando, que surgían de pronto en la espesa neblina, como apariciones. El perro iba con correa y bozal, por precaución: todavía podía correr cincuenta kilómetros a la hora, era capaz de desgarrar un chaleco antibala con sus fauces y una vez que cerraba las mandíbulas sobre una presa no había forma de que la soltara. A Miller le había costado un año adaptarlo a la ciudad, pero temía que si el perro era provocado o sorprendido, pudiera atacar y si ocurriera eso tendría que recurrir a la eutanasia. Había adquirido ese compromiso cuando le entregaron a Atila, pero la idea de sacrificar a su camarada de armas y su mejor amigo le resultaba intolerable. Le debía la vida. Cuando lo hirieron en un asalto en Irak en el 2007, destrozándole la pierna, alcanzó a aplicarse un torniquete antes de desmayarse, y habría muerto sin la intervención de Atila, que lo arrastró más de cien metros bajo intensa metralla y luego se le echó encima para protegerlo con su cuerpo hasta que llegó ayuda. En el helicóptero de rescate Miller llamaba a su perro y siguió llamándolo en el avión que lo condujo a un hospital americano en Alemania.

Meses más tarde, durante el largo padecimiento de la rehabilitación, Miller averiguó que a Atila le habían asignado un nuevo entrenador y estaba sirviendo con otro equipo de *navy seals* en una zona tomada por Al-Qaida. Alguien le mandó una fotografía en la que no reconoció al perro, porque lo habían afeitado enteramente, excepto una raya en el lomo, como a un mohicano, para darle un aspecto aún más terrorífico. Le siguió la pista, valiéndose de sus hermanos del Seal Team 6, que solían mandarle noticias, y así se enteró de que en noviembre de 2008 el perro fue herido.

Para entonces Atila había participado en innumerables asaltos y acciones de rescate, había salvado muchas vidas y se estaba convirtiendo en una leyenda entre los *navy seals*. Pero un día iba en una caravana con su entrenador y varios hombres cuando detonó una mina en el camino. La explosión destrozó un par de vehículos y dejó un saldo de dos muertos y cinco heridos, además de Atila. Estaba en tan malas condiciones, que lo creyeron muerto, pero lo recogieron junto a los demás, porque no se abandona a un compañero en la batalla, ése es un principio sagrado. Atila recibió atención médica y sobrevivió a sus heridas, aunque ya no servía en combate, y fue condecorado; Ryan Miller tenía en una caja una fotografía de la breve ceremonia y la medalla de Atila entre las suyas.

Al saber que el perro había sido dado de baja, Miller comenzó el engorroso proceso de ingresarlo a Estados Unidos y adoptarlo, venciendo varios obstáculos burocráticos. El día en que por fin pudo ir a buscarlo a la base militar, Atila lo reconoció de inmediato, se le tiró encima y ambos rodaron por el suelo, jugando como hacían antes.

El Dolphin Club, de natación y remo, existía desde 1877 y desde entonces mantenía una amistosa rivalidad con el club de al lado, el South End, en la misma vetusta construcción de madera, separado por un tabique y una puerta sin llave. Ryan le hizo una muda seña a Atila y éste se deslizó sigiloso a esconderse en los vestuarios, junto a un gran letrero amarillo que prohibía llevar perros, mientras él ascendía la escalera hacia el mirador, una salita circular con dos sillones desvencijados y una mecedora. Allí estaba Frank Rinaldi, el administrador, quien con sus ochenta y cuatro años a cuestas era siempre el primero en llegar, instalado en su mecedora para gozar del mejor espectáculo de la ciudad: el puente del Golden Gate iluminado por la luz del amanecer.

—Necesito voluntarios para limpiar los baños. Anótate en la lista, muchacho —fue su bienvenida.

—Lo haré. ¿Vas a nadar hoy, Frank?

—¿Qué crees? ¿Que me voy a quedar sentado junto a la estufa el resto del día? —gruñó el viejo.

No era el único octogenario que desafiaba las aguas heladas de la bahía. Acababa de morir un miembro del club que a los noventa y seis años se metía en el agua, el mismo que al cumplir sesenta nadó desde Alcatraz con grilletes en los pies y arrastrando un bote. Rinaldi, como Ryan Miller y Pedro Alarcón, pertenecía al Club Polar, cuyos miembros completaban sesenta y cuatro kilómetros a nado durante la temporada de invierno. Cada uno anotaba su cuota del día en una hoja cuadriculada fijada a la pared con cuatro chinchetas. Para calcular la distancia recorrida había un mapa del Parque Acuático y un cordel con nudos, método primitivo que nadie consideraba necesario cambiar. La cuenta de los kilómetros, como todo en el club, se fiaba al honor y el sistema funcionaba a la perfección desde hacía ciento treinta y cinco años.

En los vestuarios Ryan Miller se puso el bañador y antes de bajar a la playa le hizo un cariño en el lomo a Atila, que se dispuso a esperarlo agazapado en su rincón, con la nariz entre las patas delanteras, procurando pasar inadvertido. En la playa se encontró con Pedro Alarcón, quien se le había adelantado, pero no quería mojarse, porque andaba con gripe. Tenía un bote preparado para salir a remar, estaba abrigado con un pesado chaquetón, gorro y bufanda, y llevaba el mate en una mano y su termo de agua caliente bajo el brazo. Se saludaron con un gesto casi imperceptible.

Alarcón empujó el bote, se subió a él de un salto y desapareció en la neblina, mientras Miller se colocaba la gorra color naranja y las gafas, se desprendía de la prótesis, que dejó tirada en la arena, seguro de que nadie la tocaría, y se lanzaba al mar. Sintió el golpe de agua fría como una súbita paliza, pero enseguida la euforia de nadar lo elevó al cielo. En momentos como ése, ingrávido, desafiando las corrientes traicioneras y soportando la temperatura de 8 °C, que hacía crujir sus huesos, impulsado por los músculos poderosos de los brazos y la espalda, volvía a ser el de antes. A las pocas brazadas dejó de sentir frío y se concentró en su respiración, en la velocidad y la dirección, guiándose por las boyas, que apenas distinguía a través de las gafas protectoras y la bruma.

Los dos hombres entrenaron durante una hora y volvieron al mismo tiempo a la playa. Alarcón arrastró su bote a tierra y le alcanzó la prótesis a Miller.

—No estoy en buena forma —masculló éste, dirigiéndose al club apoyado en el hombro del otro y cojeando, porque le molestaba el muñón entumecido.

—Las piernas contribuyen sólo un diez por ciento al impulso en el agua. Tienes muslos de caballo, hombre. No los malgastes nadando. En el triatlón tienes que reservarlos para la bicicleta y la carrera.

Los interrumpió un silbido de Frank Rinaldi en lo alto de la escalera para anunciarles que tenían una visita. A su lado estaba Indiana Jackson con dos vasos de papel en la mano, la nariz colorada y los ojos llorosos por el trayecto en bicicleta, su medio habitual de transporte.

—Les traje lo más decadente que encontré: chocolate caliente con sal marina y caramelo, de Ghirardelli —dijo.

—¿Pasa algo? —le preguntó Ryan, alarmado ante su presencia en el club, donde nunca antes ella había puesto los pies.

—Nada urgente…

—Entonces deja que Miller entre en la sauna por un rato. Algunos imprudentes se han muerto de hipotermia en estas aguas —le dijo Rinaldi.

—Y otros han sido devorados por tiburones —se burló Miller.

—¿Es cierto? —preguntó ella.

Rinaldi le explicó que no se habían visto tiburones en mucho tiempo, pero años atrás había entrado un león marino al Parque Acuático. Le mordió las piernas a catorce personas y persiguió a diez más, que a duras penas alcanzaron a ponerse a salvo. Los expertos opinaron que estaba protegiendo su harén, pero Rinaldi estaba convencido de que el animal tenía daño cerebral provocado por algas tóxicas.

—¿Cuántas veces te he dicho que no puedes traer a tu perro al club, Miller?

—Muchas, Frank, y cada vez te he explicado que Atila es un animal de servicio, como los perros de ciegos.

—¡Quisiera saber qué servicio presta esa bestia!

—Me calma los nervios.

—Los miembros del Dolphin se quejan, Miller. Tu perro puede morder a alguien.

—¡Cómo va a morder si tiene puesto un bozal, Frank! Además, sólo ataca si se lo ordeno.

Ryan se dio una breve ducha caliente y se vistió deprisa, sorprendido de que Indiana se acordara de que los sábados a esa hora entrenaba en el club. Creía que ella andaba siempre volada. Su amiga era un poco lunática, se le escapaban los detalles cotidianos, se extraviaba en las calles, era incapaz de llevar la cuenta de sus gastos, perdía el teléfono y la cartera, pero inexplicablemente lograba ser puntual y ordenada en su trabajo. Cuando se sujetaba el pelo con un elástico y se ponía la bata blanca que usaba en su consulta, se transformaba en la hermana razonable de la otra mujer, la de melena salvaje y ropa estrecha. Ryan Miller amaba a las dos: la amiga distraída y alocada que alegraba su existencia y a quien deseaba proteger, la misma que bailaba embriagada de ritmo y piña colada en un club latino, donde los llevaba el pintor brasileño, mientras él la observaba desde una silla, y la otra mujer, la curandera sobria y seria que aliviaba sus dolores musculares, la hechicera de esencias ilusorias, imanes para enderezar las fuerzas del universo, cristales, péndulos y velas. Ninguna de las dos sospechaba ese amor que él sentía, como una planta trepadora que iba envolviéndolo.

Le hizo una seña a Atila para que permaneciera en su rincón y se reunió en el mirador con Indiana, que lo esperaba sola, porque Alarcón y Rinaldi ya se habían ido. Se instalaron en los aporreados sillones frente a los ventanales, acompañados por un alboroto de gaviotas, observando el paisaje lechoso y las puntas de las altas torres del puente asomando entre la niebla, que comenzaba a disiparse.

—¿A qué debo el placer de tu visita? —preguntó Ryan, esforzándose por beber el chocolate casi frío, con la crema apelotonada como engrudo, que ella le había traído.

—Supongo que ya sabes que se acabó todo entre Alan y yo.

—¡No me digas! ¿Cómo pasó? —le pregunto Miller, sin disimular su satisfacción.

—¡Y todavía me lo preguntas! Tú fuiste la causa. Me mandaste esa revista. Estaba tan segura del amor de Alan… ¿cómo puedo haberme equivocado tanto con él? Cuando vi las fotos fue como si me hubieran golpeado, Ryan. ¿Por qué lo hiciste?

—Yo no te he mandado nada, Indi, pero si eso ha servido para que te desprendieras de ese vejete, en buena hora.

—No es viejo, tiene cincuenta y cinco años y se ve estupendamente. Y no es que me importe, ya no está en mi vida —anunció ella, sonándose con un pañuelo de papel.

—Cuéntame qué fue lo que pasó.

—Primero, júrame que no fuiste tú quien me mandó el recorte.

—¡Parece que no me conocieras! —exclamó Miller, enojado—. Yo no ando con subterfugios, actúo de frente. Jamás te he dado motivos para sospechar de mi honradez, Indiana.

—Cierto, Ryan. Perdóname, estoy muy confundida. Encontré esto en mi correo —dijo ella, pasándole un par de hojas dobladas por la mitad, que él leyó rápidamente y se las devolvió.

—La Van Houte se parece a ti —fue el comentario desatinado que se le ocurrió.

—¡Somos idénticas! Sólo que ella tiene veinte años más, pesa diez kilos menos y se viste de Chanel —replicó ella.

—Tú eres mucho más bonita.

—No puedo con la deslealtad, Ryan. Es más fuerte que yo.

—Hace un segundo me acusabas a mí de traicionarte.

—Al contrario, pensé que me habías enviado el artículo por lealtad, por hacerme un favor, para abrirme los ojos.

—Sería un cobarde si no te lo dijera a la cara, Indiana.

—Sí, por supuesto. Necesito saber quién lo hizo, Ryan. No me llegó por correo, el sobre venía sin estampilla. Alguien se tomó la molestia de ponerlo en mi buzón.

—Puede haber sido cualquiera de tus admiradores, Indi, y lo hizo con la mejor intención: para que supieras la clase de tipo que es Alan Keller.

—Esa persona la dejó en mi casa, no en la clínica, sabe dónde vivo y tiene información sobre mi vida privada. ¿Te conté que se me han perdido algunas prendas de ropa interior? Estoy segura de que alguien entró en mi apartamento, tal vez ha entrado más de una vez, no tengo cómo saberlo. Es fácil subir a mi apartamento sin que te vean desde la calle, porque la escalera queda en un costado de la casa disimulada por un pino frondoso. Amanda se lo contó a Bob y ya sabes cómo es de posesivo, llegó sin avisar acompañado de un cerrajero y cambió las chapas de las puertas de la casa de mi papá y de mi apartamento. Desde entonces no ha desaparecido nada más, pero a veces tengo la sensación de que alguien ha estado adentro, no te lo puedo explicar, su presencia queda en el aire, como un fantasma. Creo que alguien me está espiando, Ryan...

Lunes, 30

A lo largo de los tres años en que Denise West acudía a la Clínica Holística se había convertido en la paciente más querida de varios de los practicantes. Los lunes por la tarde, aunque hubiera tormenta, los dedicaba a su salud y al arte, tenía cita con Indiana Jackson para Reiki, drenaje linfático y aromaterapia, con Yumiko Sato para acupuntura, David McKee le administraba sus dulces píldoras de homeopatía y para concluir una tarde feliz, tomaba clase de pintura con Matheus Pereira. Nunca faltaba, aunque debía viajar hora y media en el mismo ruidoso camión en que llevaba los productos de su pequeña granja a los mercados callejeros. Salía temprano, porque estacionar el camión en North Beach era un desafío, y siempre les llevaba alguna delicia de su huerto a los médicos del alma, como los llamaba: limones, lechugas, cebollas, ramos de narcisos, huevos frescos.

Denise tenía sesenta años y aseguraba que estaba viva gracias a la Clínica Holística, donde le habían devuelto la salud y el optimismo después de un accidente en que acabó con seis huesos partidos y contusión cerebral. En la Clínica descargaba sus frustraciones políticas y sociales —era anarquista— y recibía suficiente energía positiva para mantenerse combativa el resto de la semana. Sus médicos del alma le tenían inmenso cariño, incluso Matheus Pereira, aunque el estilo pictórico de Denise lo ponía nervioso. Los cuadros de Pereira eran grandes lienzos de seres torturados y brochazos en colores primarios, mientras que ella pintaba pollitos y corderos, temas que sólo se justificaban porque vivía de la agricultura y la crianza de animales, ya que no tenían nada que ver con su carácter de amazona. A pesar de las diferencias en estilo, la clase transcurría con buen humor por parte de ambos. Denise le pagaba rigurosamente cincuenta dólares por clase, que Pereira aceptaba con sentido de culpa, porque lo único que ella había aprendido en tres años era a preparar telas y limpiar pinceles. Para Navidad, la mujer distribuía sus obras de arte entre sus amistades, incluso entre sus médicos del alma; Indiana poseía una colección de pollos y corderos en el garaje de su padre y Yumiko recibía el regalo con ambas manos y profundas inclinaciones, de acuerdo con la etiqueta de su país, aunque luego lo hacía desaparecer discretamente. Sólo David McKee apreciaba esos óleos y los colgaba en su oficina, porque era veterinario de profesión, aunque sus aciertos homeopáticos habían resultado tan notables que toda su clientela era humana, con excepción del caniche con reumatismo, que también era paciente de Indiana.

Fueron Ryan Miller y Pedro Alarcón quienes llevaron a Denise West a la Clínica Holística por primera vez y se la entregaron a Indiana con la esperanza de que pudiera ayudarla. Denise y Alarcón eran grandes amigos; habían sido amantes una breve temporada, pero ninguno de los dos lo mencionaba y fingían haberlo olvidado. Los huesos de Denise habían soldado tras varias operaciones complicadas, pero quedó con las rodillas y las caderas débiles y la sensación ingrata de tener una lanza clavada en el espinazo, inconvenientes que no limitaban sus actividades y que ella soportaba con puñados de aspirinas y tragos de ginebra. Andaba cansada por falta de sueño y rabiosa con el mundo, hasta que el esfuerzo combinado de los médicos del alma y la distracción de la pintura al óleo obraron el prodigio de devolverle la alegría que años antes había seducido a Pedro Alarcón.

Al término de la sesión de ese lunes con Indiana, Denise descendió de la camilla con un suspiro de dicha, se vistió con los pantalones de pana, la camisa de leñador y las botas de hombre que siempre usaba, y esperó a Ryan Miller, quien tenía cita con Indiana después de ella. Gracias a los tratamientos holísticos podía subir al segundo piso, aferrada al pasamanos *art déco*, pero jamás habría podido ascender por la escalera de buque que conducía al ático, de modo que la clase de pintura se llevaba a cabo en la oficina número 3, desocupada desde hacía varios años. El inversionista chino, dueño del inmueble, no había logrado alquilarla, porque allí se habían suicidado dos inquilinos: el primero se ahorcó discretamente y el otro se voló la cabeza de un pistoletazo, con el consecuente escándalo de sangre y sesos. Más de un practicante de medicina alternativa se había interesado en ese local, que estaba bien ubicado y contaba con el respaldo de la prestigiosa Clínica Holística, pero desistía al conocer la historia. En North

Beach se rumoreaba que en la oficina número 3 penaban los suicidas, pero Pereira, que vivía en el edificio, nunca había visto nada sobrenatural.

A menudo Ryan Miller, que veía a Indiana los lunes, pasaba después de su sesión a buscar a Denise a la clase de pintura y la acompañaba hasta su camión. También él tenía la suerte de recibir óleos de animales domésticos para Navidad, que iban a dar a la subasta anual de un refugio para mujeres víctimas de abuso, donde eran debidamente apreciados.

Miller salió de la consulta de Indiana en paz con el mundo y consigo mismo, llevándose la imagen de ella y la sensación viva de sus manos en el cuerpo. En el pasillo se cruzó con Carol Underwater, con quien se había topado varias veces en la clínica.

—¿Cómo está, señora? —le preguntó por cortesía, anticipando la respuesta, que siempre tenía el mismo cariz.

—Con cáncer, pero todavía viva, como ve.

Después de la sesión con Miller, a Indiana se le esfumó la serenidad que la invadía en su trabajo, cuando estaba absorta en la intención de sanar, y volvió a sumirse en la tristeza de su romance frustrado y el vago temor de sentirse observada, del que no lograba desprenderse. A las pocas horas de separarse de su amante en el parque se le había pasado el enojo y había comenzado el duelo por haberlo perdido; nunca había llorado tanto por amor. Se preguntaba cómo no percibió los indicios de que algo andaba mal. Alan tenía el alma ausente, estaba preocupado y deprimido, se habían distanciado. En vez de indagar, ella optó por darle tiempo y espacio, sin sospechar que la causa fuera otra mujer. Recogió las sábanas y toallas, ordenó su pequeño consultorio y anotó un par de observaciones sobre el estado de salud de Denise West y Ryan Miller, tal como hacía con cada paciente.

Ese día le tocó a Carol Underwater consolar a Indiana, una novedad en esa amistad, en la que ella había adoptado el papel de víctima. El domingo se había enterado de lo ocurrido con Keller cuando llamó a Indiana para invitarla al cine, notó que estaba angustiada y la obligó a desahogarse. Indiana la vio entrar con un canasto bajo el brazo y, conmovida con la bondad de esa mujer que podía morirse en poco tiempo y tenía razones más serias que las suyas para desesperarse, se arrepintió de las múltiples ocasiones en que le fallaba la paciencia con ella. La vio sentada en la silla de la recepción, con su pesada falda, chaquetón color tierra, pañuelo en la cabeza y el canasto en las rodillas, y decidió que cuando Carol terminara con la radioterapia y se sintiera mejor, la llevaría a sus tiendas favoritas de ropa usada y le compraría algo más juvenil y femenino. Se consideraba una experta en materia de ropa usada, se le había afinado el ojo y solía descubrir inapreciables tesoros enterrados entre trapos inútiles, como sus botas de culebra, el colmo de la elegancia, que podía usar sin escrúpulos, porque ningún reptil había sido despellejado; eran de plástico, hechas en Taiwán.

—Me da pena por ti, Indi. Sé que estás sufriendo, pero pronto verás que esto es una bendición para ti. Mereces un hombre mucho mejor que Alan Keller —dijo Carol.

Su voz era vacilante y quebradiza, hablaba en susurros espasmódicos, como si le faltara aire o se le confundieran las ideas, la voz de las rubias tontas del cine antiguo en el cuerpo de una campesina de los Balcanes, como la describió Alan Keller después de conocerla, en la única oportunidad en que se encontraron los tres en el Café Rossini. Indiana, que debía esforzarse para oírla, apenas podía disimular la irritación que le producía esa forma de hablar, que atribuía a la enfermedad, tal vez Carol tenía dañadas las cuerdas vocales.

—Hazme caso, Indiana, Keller no te convenía.

—En el amor nadie piensa en la conveniencia, Carol. Alan y yo estuvimos juntos cuatro años y fuimos felices, al menos eso creía.

—Es mucho tiempo. ¿Cuándo pensaban casarse?

—Nunca hablamos de eso.

—¡Qué extraño! Los dos son libres.

—No teníamos apuro. Yo pensaba esperar que Amanda se fuera a la universidad.

—¿Por qué? ¿Tu hija no se llevaba bien con él?

—Amanda no se lleva bien con nadie que esté conmigo o con su padre, es celosa.

—No llores, Indiana. Pronto habrá una cola de pretendientes en tu puerta y espero que esta vez seas más selectiva. Keller es cosa del pasado, como si estuviera muerto, no te acuerdes más de él. Mira, traje un regalo para Amanda, dime qué te parece.

Colocó el canasto sobre el escritorio y levantó el trapo que lo cubría. Adentro, en un nido improvisado con una bufanda de lana, había un animal diminuto durmiendo.

—Es una gatita —dijo.

—¡Carol! —exclamó Indiana.

—Me dijiste que tu hija quería una gata…

—¡Qué regalo maravilloso! Amanda va a estar feliz.

—No me costó nada, me la dieron en la Sociedad Protectora de Animales. Tiene seis semanas, está sana y le pusieron las vacunas. No molesta en nada. ¿Puedo entregársela personalmente a tu hija? Me gustaría conocerla.

Martes, 31

El inspector jefe estaba en su oficina, sentado en su silla ergonómica, un extravagante regalo de sus subalternos cuando cumplió quince años en el Departamento de Policía, los pies sobre
el escritorio y las manos en la nuca. Petra Horr entró sin llamar,
como siempre, con una bolsa de papel y un café. Antes de conocerla, Bob Martín pensaba que ese nombre tan sonoro no le
calzaba a esa mujercita de aspecto infantil, pero después cambió de opinión. Petra tenía treinta años, era muy baja y delgada,
con la cara en forma de corazón, frente ancha y mentón puntia-
gudo, la piel pecosa y el pelo corto, erizado con gel y teñido de
negro en la raíz, naranja al medio y amarillo en las puntas, como
un gorro de piel de zorro. De lejos parecía una niña y de cerca
también, pero apenas abría la boca la ilusión de fragilidad desaparecía. Depositó la bolsa en el escritorio y le pasó el vaso con
café a Martín.

—¿Cuántas horas lleva sin echarse nada en el buche, jefe? Le
va a dar hipoglucemia. Bocadillo de pollo orgánico en pan integral. Muy sano. Coma.

—Estoy pensando.

—¡Vaya novedad! ¿En quién?

—En el caso del psiquiatra.

—O sea, en Ayani —suspiró Petra teatralmente—. Y ya que la
menciona, jefe, le aviso que tiene una visita.

—¿Ella? —preguntó el inspector bajando los pies del escritorio y acomodándose la camisa.

—No. Un joven de lo más chulo. El mozo de los Ashton.

—Galang. Hazlo pasar.

—No. Primero cómase eso, el gigoló puede esperar.

—¿Gigoló? —repitió el inspector, dándole un mordisco al bocadillo.

—¡Ay, jefe! ¡Qué inocente es usted! —exclamó Petra y salió.

Diez minutos más tarde Galang se encontró sentado frente al inspector, con el escritorio de por medio. Bob Martín lo había interrogado un par de veces en la casa de los Ashton, donde el joven filipino usaba pantalón negro y camisa blanca de mangas largas, un discreto uniforme que contribuía, junto a su expresión impenetrable y su actitud sigilosa de felino, a hacerlo invisible. Sin embargo, el hombre que se presentó en el Departamento de Policía nada tenía de invisible: esbelto, atlético, con el cabello negro cogido en una corta cola en la nuca, como un torero, manos cuidadas y sonrisa fácil de dientes muy blancos. Se quitó el impermeable azul marino y, al ver el forro, con el clásico diseño escocés negro y beige, Bob Martín reconoció la marca Burberry, que él jamás podría costear con su salario. Se preguntó cuánto ganaría ese hombre o si alguien le compraba la ropa. Galang, con su porte elegante y su rostro exótico, podía posar para un anuncio de colonia masculina, una fragancia sensual y misteriosa, pensó, pero Petra lo corregiría: para eso posaría desnudo y sin afeitarse.

Martín repasó mentalmente la información disponible: Galang Tolosa, treinta y cuatro años, nacido en Filipinas, inmigró a Estados Unidos en 1995, un año de estudios superiores, trabajó en un Club Med, en gimnasios y un Instituto de Programación Corporal Consciente. Le preguntó a Petra qué carajo era eso y ella le explicó que en teoría se trataba de masaje con atención e intención positiva, que supuestamente producía cambios benéficos en los tejidos del cuerpo. Brujería como la de Indiana, concluyó Bob, cuya idea de masaje era un salón sórdido con muchachas asiáticas en pantaloncitos cortos, con los senos al aire y guantes de goma.

—Disculpe que le quite tiempo, inspector jefe. Venía pasando y pensé venir a conversar con usted —dijo el filipino, sonriendo.

—¿De qué?

—Voy a serle muy franco, inspector. Tengo visa de residente y estoy optando a la ciudadanía estadounidense, no puedo verme envuelto en un caso policial. Me preocupa que el asunto del doctor Ashton me traiga problemas —dijo Galang.

—¿Se refiere al homicidio del doctor Ashton? Hace bien en preocuparse, joven. Usted estaba en la casa, tenía acceso al estudio, conocía los hábitos de la víctima, no tiene coartada y, si escarbamos un poco, seguramente encontraremos un motivo. ¿Desea agregar algo a sus declaraciones previas? —El tono amable del policía contrastaba con la amenaza implícita en sus palabras.

—Sí... Bueno, eso que usted acaba de mencionar: el motivo. El doctor Ashton era un hombre difícil y yo tuve algunos enfrentamientos con él —balbuceó Galang. La sonrisa había desaparecido.

—Explíquese.

—El doctor trataba mal a la gente, sobre todo cuando bebía. Su primera esposa y también la segunda lo acusaron de maltrato en los juicios de divorcio, puede comprobarlo, inspector.

—¿Alguna vez actuó violentamente contra usted?

—Sí, tres veces, pero fue porque yo traté de proteger a la señora.

El inspector dominó su curiosidad y esperó a que el otro continuara a su debido tiempo, observando su expresión facial, sus gestos, sus tics casi imperceptibles. Estaba acostumbrado a las mentiras y a las verdades a medias, se había resignado a la idea de que casi todo el mundo miente, unos por vanidad, para presentarse bajo una luz favorable, otros por temor y la mayoría simplemente por hábito. En cualquier interrogatorio policial la gente se pone nerviosa, aunque sea inocente, y a él le correspondía interpretar las respuestas, descubrir la falsedad, adivinar las omisiones. Sabía por experiencia que las personas ansiosas por complacer, como Galang, no soportan una pausa incómoda y si se les da rienda hablan más de lo que deben.

No esperó mucho: treinta segundos más tarde el filipino le soltó una perorata que tal vez había preparado, pero que se le enredó en la urgencia de parecer convincente. Había conocido a Ayani en Nueva York hacía una década, dijo, eran amigos cuando ella estaba en el apogeo de su carrera, más que amigos eran como hermanos, se ayudaban, se veían casi a diario. Con la crisis económica empezó a faltarles trabajo a los dos y a finales de 2010, cuando ella conoció a Ashton, su situación era prácticamente desesperada. Apenas Ashton y Ayani se casaron, ella lo trajo a San Francisco como mayordomo, un empleo muy por debajo de sus calificaciones, pero él quería alejarse de Nueva York, donde tenía algunos líos de dinero y de otras clases. Su sueldo era bajo, pero Ayani lo compensaba pasándole algo a espaldas de su marido. Para él fue muy duro ver sufrir a su amiga, Ashton la trataba como reina en público y como basura en privado. Al principio la torturaba psicológicamente, en eso era insuperable, y después también la golpeaba. Varias veces él vio a Ayani con magulladuras, que ella trataba de esconder con maquillaje. Galang procuraba ayudarla, pero a pesar de la confianza que se tenían, ella se negaba a mencionar ese aspecto de su matrimonio, le daba vergüenza, como si la violencia de su marido fuera culpa de ella.

—Peleaban mucho, inspector —concluyó.

—¿Por qué peleaban?

—Por cosas sin importancia, porque a él no le gustaba un plato de comida, porque ella llamaba por teléfono a su familia en Etiopía, porque al doctor Ashton le daba rabia que a ella la reconocieran adonde fuera y a él no. Por una parte quería lucirse del brazo de Ayani y por otra pretendía mantenerla encerrada. En fin, por esas cosas.

—¿Y también por usted, señor Tolosa?

La pregunta tomó a Galang por sorpresa. Abrió la boca para negarlo, lo pensó mejor y asintió en silencio, angustiado, frotándose la frente con la mano. Richard Ashton no toleraba su amistad con Ayani, dijo, sospechaba que ella le compraba cosas y le pasaba dinero, sabía que él le guardaba los secretos a ella, desde los gastos y las salidas, hasta las amistades que Ashton le prohibía. El psiquiatra los ponía a prueba a ambos, humillándolo a él delante de Ayani, o maltratándola a ella hasta que él no podía más y lo enfrentaba.

—Mire, inspector, le confieso que a veces me hervía la sangre, apenas podía controlarme para no tumbarlo de un puñetazo. No sé cuántas veces tuve que ponerme en medio para separarlo de su mujer, tenía que empujarlo y sujetarlo, como a un niño malcriado. En una ocasión tuve que encerrarlo en el baño hasta que se calmara, porque persiguió a la señora con un cuchillo de la cocina.

—¿Cuándo fue eso?

—El mes pasado. Recientemente la situación había mejorado; pasaban por un buen momento, estaban en paz y volvieron a hablar del libro que pensaban escribir. Ayani… la señora Ashton estaba contenta.

—¿Algo más?

—Eso sería todo, inspector. Quería explicarle la situación antes de que las empleadas de la casa se lo contaran a su manera. Supongo que esto me hace sospechoso, pero debe creerme, yo no tuve nada que ver con la muerte del doctor Ashton.

—¿Tiene un arma?

—No, señor. No sabría usarla.

—¿Y sabría usar un bisturí?

—¿Un bisturí? No, claro que no.

Cuando Galang Tolosa salió de su oficina, el inspector llamó a su asistente.

—¿Qué opinas sobre lo que escuchaste detrás de la puerta, Petra?

—Que la señora Ashton tenía motivos de sobra para deshacerse de su marido y el mozo para ayudarla.

—¿Crees que Ayani sea el tipo de mujer capaz de electrocutar a su marido con un *táser*?

—No. Ella le habría puesto una víbora etíope en la cama. Pero creo que Galang Tolosa olvidó mencionar un detalle.

—¿Cuál?

—Que Ayani y él son amantes. ¡Momento, jefe, no me interrumpa! La relación de esos dos tiene muchos matices, son cómplices y confidentes, ella lo protege y él debe de ser el único hombre que la conoce hasta la última fibra y es capaz de darle placer sexual.

—¡Jesús! ¡Qué perversiones se te ocurren, mujer!

—A mí se me ocurren pocas, pero Galang debe de tener un amplio repertorio. Si quiere, le explico exactamente qué tipo de mutilación genital sufrió Ayani a los ocho años: ablación de los labios y el clítoris. No es un secreto, ella misma lo ha dicho. Puedo conseguirle un vídeo, para que vea lo que les hacen a las niñas, con un cuchillo mellado o una hojilla de afeitar oxidada, sin anestesia.

—No, Petra, no será necesario —suspiró Bob Martín.

FEBRERO

Jueves, 2

A las numerosas obligaciones de Blake Jackson se sumó Salve-el-Atún, la gata que había regalado Carol Underwater a su nieta y que daba bastante trabajo, pero debía admitir que el animalito resultó ser buena compañía, tal como había predicho Elsa Domínguez. Amanda eligió el nombre en homenaje a Salve-el-Atún, su amigo invisible de la infancia, y a nadie en la familia le pareció contradictorio que la gata se alimentara de atún en lata. Blake llamaba a Amanda todas las noches al internado para darle un informe completo.

—¿Cómo está Salve-el-Atún, abuelo? La echo mucho de menos —dijo Amanda.

—Está destrozando la tapicería de los muebles a arañazos.

—No importa, de todos modos los muebles están muy viejos. ¿Cómo te va con tu libro?

—Nada todavía. Le estoy dando vueltas en la cabeza a tu idea de una novela policial.

—Hoy estuve pensando en eso —replicó la nieta—. Estamos estudiando el auto sacramental. ¿Sabes qué es eso?

—Ni idea.

—Eran dramas morales en forma teatral de la Edad Media, como alegorías didácticas en que se representaba la lucha entre el bien y el mal. Siempre triunfaba el bien, pero lo más interesante era el mal, porque sin vicio, pecado y maldad, el auto sacramental no atraía público.

—¿Qué tiene que ver eso con mi libro?

—La fórmula de la novela policial es parecida. El mal está encarnado por un criminal que desafía a la justicia, sale perdiendo, recibe su castigo y triunfa el bien, así queda todo el mundo contento. ¿Entiendes?

—Más o menos.

—Hazme caso, viejo. Si te ciñes a la fórmula, no tienes cómo perderte. Después te daré más consejos, ahora tenemos que empezar con *Ripper*. ¿Estás listo?

—Listo. Hasta pronto —dijo el abuelo y colgó.

Minutos más tarde estaban todos los jugadores frente a sus computadoras y la maestra del juego dio comienzo a la sesión.

—Vamos a postergar a Staton y los Constante por el momento y nos vamos a concentrar en Richard Ashton. Kabel tiene algunas noticias para nosotros. Tienes permiso para hablar, esbirro.

—La noche de su muerte, a Richard Ashton le tallaron una esvástica en el pecho, la cruz gamada, un símbolo que se ha encontrado en muchas culturas a través de los tiempos, desde los aztecas hasta los celtas y los budistas, pero que sobre todo se identifica con los nazis.

—Sabemos eso, Kabel —lo interrumpió su nieta.

—Lo leí en el informe de Ingrid Dunn. El papá de Amanda, es decir, el inspector Martín, me dio una autorización escrita para revisar los archivos del Departamento de Homicidios en el caso de los Constante y Ed Staton, con la misma carta pedí el archivo de Richard Ashton y me lo prestaron. Según Ingrid Dunn, le tallaron la esvástica con un bisturí número 11 de hoja triangular y punta afilada. Es muy común y fácil de obtener, se usa para cortes de precisión y ángulos rectos. La esvástica estaba tan bien dibujada, que posiblemente el autor usó una plantilla.

—Yo no vi nada de eso en la prensa —dijo sir Edmond Paddington.

—El inspector retuvo la información, es un as en la manga, puede servir para identificar al asesino y no conviene divulgarlo todavía. Al levantar el cuerpo no vieron la esvástica, porque Ashton estaba con camiseta, camisa y cárdigan; la descubrieron al desvestirlo en el depósito de cadáveres.

—¿No tenía sangre en la ropa? —preguntó Esmeralda.

—El corte era relativamente superficial y lo hicieron un buen rato después de la muerte. Los cadáveres no sangran.

—¿Dónde exactamente hicieron la esvástica?

—En la foto se ve arriba, sobre el esternón —dijo Amanda.

—El asesino debió quitarle el cárdigan y la camisa, de otro modo no podía sacar los brazos de Ashton de la camiseta para subírsela hasta el cuello y tallar el símbolo en la parte superior del pecho. Después tuvo que vestirlo —dijo Sherlock Holmes.

—La esvástica es un mensaje —dijo Abatha.

—¿Quiénes conocían sus hábitos y sabían que Ashton dormía en el estudio? —preguntó Esmeralda.

—Sólo su mujer y el mayordomo —explicó Amanda.

—Ayani no le tallaría una esvástica a su marido, por muy muerto que estuviera —opinó Abatha.

—¿Por qué no? Pudo hacerlo para despistar. Es lo que habría hecho yo —la rebatió Esmeralda.

—Tú eres una gitana, serías capaz de cualquier cosa. Pero una dama jamás cometería un acto tan repugnante, además no tendría fuerzas para mover el cuerpo de esa forma. Tiene que haber sido el mayordomo —aseguró Paddington, fiel al carácter machista de su personaje.

Todos se echaron a reír ante la solución clásica —el mayordomo— y enseguida plantearon la posibilidad de un crimen ideológico, ya que Ashton tenía reputación de nazi. Sherlock Holmes les hizo ver el paralelismo con Jack el Destripador, que mutilaba a sus víctimas con un bisturí.

—Una de las teorías sobre el célebre asesino de Londres es que tenía conocimientos médicos —les recordó.

—Yo no especularía con eso. No se requiere ser médico para tallar un símbolo sencillo con una plantilla y un bisturí. Es muy simple, hasta una mujer puede hacerlo —dijo sir Edmond Paddington.

—No sé… me viene una imagen a la mente, es como una visión o una corazonada… Creo que los tres casos que estamos investigando están relacionados de alguna manera —dijo Abatha, que de tanto ayunar sufría alucinaciones.

Se les acababa el tiempo y Amanda cerró la sesión con instrucciones de buscar posibles conexiones entre los casos, como había sugerido Abatha. Tal vez no se trataba de un simple baño de sangre, como había predicho Celeste Roko, sino de algo bastante más interesante: un asesino en serie.

Sábado, 4

Bob Martín no tenía horario y a veces trabajaba dos días seguidos sin dormir. Para él no existían feriados ni vacaciones, pero se las arreglaba para estar con su hija el mayor tiempo posible durante los fines de semana que le correspondían con ella. En semanas alternas, su ex suegro dejaba a la chica en su apartamento o en su oficina el viernes por la noche, después de que ella hubiera cenado con su madre, luego la recogía el domingo para llevarla al internado, en caso de que él no pudiera hacerlo. Desde su divorcio, quince años atrás, había acarreado tantas veces con su hija a la escena de algún delito, por no tener con quién dejarla, que toda la policía de San Francisco la conocía. Lo más cercano a una amiga que la chica tenía era Petra Horr, a quien le sonsacaba la información policial que él trataba de ocultarle. Según Indiana, él era culpable del morboso interés por el crimen que manifestaba la niña, pero Bob creía que se trataba de una vocación de nacimiento; Amanda terminaría siendo abogada, investigadora, policía, o en el peor de los casos, delincuente. Triunfaría a ambos lados de la ley. Ese sábado, le había permitido dormir hasta tarde, mientras él iba al gimnasio y a dar una vuelta por su oficina, luego la recogió al mediodía para llevarla a comer a su lugar favorito, el Café Rossini, donde se hartaba de carbohidratos y azúcar. Ése era otro punto de controversia con Indiana.

Amanda lo esperaba vestida con un sarong enrollado en el cuerpo en forma poco tradicional y con chanclas. Como él le hizo ver que estaba lloviendo, se puso una bufanda y un gorro boliviano de lana que le tapaba las orejas con dos trenzas multicolores. La chiquilla acomodó a Salve-el-Atún en un bolso de Guatemala, regalo de Elsa Domínguez, donde habitualmente transportaba a la gata. El animalito era de una discreción admirable: acurrucado en la bolsa, podía aguantar horas sin chistar en sitios que le estaba vedados. En el Café Rossini, todos menos el dueño conocían el contenido del bolso, pero Danny D'Angelo les había advertido que si denunciaban a Salve-el-Atún se las tendrían que ver con él. El mesero los recibió con su habitual exageración y no necesitó preguntar qué iban a comer, porque siempre era lo mismo: *omelette* de queso y café para el inspector, selección de pastelería y un tazón de chocolate caliente con un cerro de crema para la hija. Les trajo el pedido y se excusó por no poder conversar con ellos un rato; el local estaba lleno y había gente en la calle esperando mesa, como ocurría los fines de semana.

—El abuelo vio el informe de la autopsia de Richard Ashton, papá. Tú no me dijiste nada de la esvástica. ¿Sabes algo más sobre el caso que no me hayas contado?

—Para tu tranquilidad, hija, la belleza de Ayani no ha interferido con mi olfato de policía, como temías. Ayani encabeza la lista de sospechosos. La hemos interrogado a fondo y también a los empleados de la casa. La novedad es que aparecieron los calcetines perdidos.

—¡No me digas!

—Sí, de la forma más extraña. Fíjate que la señora Ashton recibió por correo un paquete con un libro y los calcetines de su marido. El paquete pasó por muchas manos en el correo, pero el contenido no tiene huellas digitales, fue manipulado con guantes o bien lo limpiaron meticulosamente.

—¿Qué clase de libro? —preguntó la chica.

—Una novela, *El lobo estepario*, del autor suizo-alemán Hermann Hesse, un clásico publicado en 1928, anterior al nazismo. Uno de los psicólogos del Departamento lo está estudiando en busca de alguna clave, que debe de existir. Si no, ¿para qué se lo iban a enviar a Ayani?

—¿Crees que una sola persona puede haber cometido los tres crímenes?

—¿A cuáles te refieres?

—Los únicos interesantes que tenemos entre manos, papá: Staton, los Constante y Ashton.

—¡Qué dices, chiquilla! No tienen nada en común.

—Los tres ocurrieron en San Francisco.

—Eso no significa nada. Los asesinos en serie escogen siempre al mismo tipo de víctima, en general tienen una motivación sexual y repiten su método. En estos crímenes las víctimas son muy diferentes, el modo de operar varía y el arma usada tampoco es la misma. Tengo a todo el Departamento investigándolos.

—¿Separadamente? Alguien debería verlos en conjunto.

—Ése soy yo. Pero estos casos no están ligados, Amanda.

—Hazme caso y no pierdas de vista la posibilidad de un asesino en serie, papá. Este tipo de crimen es muy raro.

—En eso tienes razón. La mayoría de los homicidios que nos toca resolver son por disputas entre pandilleros, riñas, drogas. El último asesino en serie de por aquí es Joseph Nasso, acusado de matar mujeres entre 1977 y 1994. Tiene setenta y ocho años, lo van a juzgar en el condado de Marin.

—Sí, tengo todo eso en mi archivo. Nasso rechazó un abogado, va a defenderse solo. No se arrepiente de lo que hizo, está orgulloso —dijo Amanda—. Si estos homicidios fueron cometidos por la misma persona, creo que también está orgulloso y dejó señales o pistas para marcar su territorio.

—¿Eso dice el manual? —se burló el inspector.

—Espera, lo tengo aquí —dijo ella, leyéndole la información que encontró en su móvil—. Escucha: en general los asesinos en serie en Estados Unidos son hombres blancos, entre veinticinco y treinta y cinco años, aunque también hay de otras razas, de clase media o baja, actúan solos, buscan gratificación psicológica, han sufrido de negligencia o abuso sexual y emocional en la infancia, han tenido problemas con la ley, como robo o vandalismo. Son pirómanos y sádicos, torturan animales. Tienen baja autoestima, carecen por completo de empatía hacia sus víctimas, es decir, son psicópatas. A veces son locos que sufren alucinaciones, creen que Dios o el Diablo los ha mandado a eliminar homosexuales, prostitutas o gente de otra raza o religión. La motivación sexual, a la que te referiste, incluye tortura y mutilación de las víctimas, eso les da placer. Por ejemplo, Jeffrey Dahmer pretendía convertir los cadáveres de los hombres y los muchachos que asesinaba en zombis, les perforaba el cráneo y les echaba ácido, incluso practicaba canibalismo para…

—¡Basta, Amanda! —exclamó Bob Martín, lívido.

—Una sola cosa más, papá…

—¡No! Ya sé todo eso, lo estudiamos en la Academia, pero a ti no te incumbe.

—Por favor, óyeme. Hay algo que no me calza. La mayoría de los asesinos en serie tienen bajo coeficiente intelectual y poca educación. Yo creo que en este caso el tipo es brillante.

—También podría ser una mujer, aunque no es frecuente —dijo Bob Martín.

—Muy cierto, podría ser mi madrina.

—¿Celeste? —preguntó su padre, sorprendido.

—Para cumplir su profecía y probar que los astros no se equivocan —argumentó la chica con un guiño.

El inspector jefe esperaba que esa obsesión de su hija por el crimen pasaría pronto, como había pasado la de dragones, calabozos y vampiros. Eso aseguraba la psicóloga Florence Levy, que había atendido a Amanda en la infancia y a quien él acababa de consultar por teléfono. Según ella, era sólo otra manifestación de la curiosidad insaciable de la niña, otro de sus juegos intelectuales. Como padre, le preocupaba ese nuevo pasatiempo de Amanda, pero como detective comprendía mejor que nadie la fascinación por el crimen y la justicia.

Indiana sostenía que no hay «bueno» ni «malo»; la maldad es una distorsión de la bondad natural, una expresión del alma enferma. Para ella el sistema judicial era una forma de venganza colectiva con la que la sociedad castigaba a los transgresores, los encarcelaba y tiraba lejos la llave, sin intentar redimirlos, aunque admitía de mala gana que existían algunos criminales incurables a quienes había que encerrar para evitar que hicieran daño a otras personas. La ingenuidad de su ex mujer lo exasperaba. En teoría a él no deberían importarle las tonterías que ella pudiera discurrir, pero plantaba sus ideas absurdas en la cabeza a Amanda y no la protegía como se debía, ni siquiera tomaba las precauciones mínimas de cualquier madre normal. Indiana seguía siendo la misma niña romántica que se enamoró de él a los quince años. Cuando nació Amanda ambos eran un par de mocosos, pero desde entonces él había madurado, adquirido experiencia, se había curtido, se había convertido en un hombre admirable en algunos aspectos, como decía Petra Horr cuando se tomaba más de dos cervezas; en cambio Indiana seguía estancada en una pubertad eterna.

En mi profesión me toca ver demasiados horrores, pensaba, qué ilusión puedo tener respecto a los seres humanos, son capaces de cometer las peores atrocidades, hay poca gente decente en este jodido mundo, con razón las cárceles están llenas a reventar, aunque es cierto que la carne de prisión son los pobres, drogadictos, alcohólicos y delincuentes de poca monta, mientras que los mafiosos, los especuladores, las autoridades corruptas y, en fin, la flor y nata del crimen a gran escala, a ésos rara vez les echan el guante, para qué me voy a engañar, pero igual debo hacer mi trabajo; ciertos delitos me sacan de quicio, me dan ganas de hacer justicia por mi propia mano, pedofilia, prostitución infantil, tráfico humano y para qué hablar de violencia doméstica. ¿Cuántas mujeres he visto asesinadas por amantes o maridos? ¿Cuántos niños golpeados, violados, abandonados? Y cada vez hay menos seguridad en las calles de San Francisco. Las prisiones son el negocio privado más rentable de California y sin embargo el delito va en aumento. Para Indiana eso es prueba definitiva de que el sistema no funciona, pero ¿cuál es la alternativa? Sin ley y orden reinaría el terror en la sociedad. Miedo. La raíz de la violencia es el miedo. Supongo que existen algunos seres que han alcanzado un estado superior de conciencia, como el Dalai Lama, y nada temen, pero yo no conozco a ninguno y creo que vivir sin miedo es estúpido, el colmo de la imprudencia. No digo que el Dalai Lama sea estúpido, por supuesto, sus razones tendrá ese santo monje para andar siempre sonriendo, pero yo, como padre y policía, estoy plenamente consciente de la violencia, la perversidad y el vicio y debo preparar a mi hija para eso. ¿Cómo hacerlo sin destruir su inocencia?

Pero a ver, seamos realistas, concluyó. ¿De cuál inocencia estoy hablando? A los diecisiete años Amanda estudia con detalle horrendos asesinatos, como si planeara cometerlos.

Domingo, 5

Ryan Miller fue a buscar a Indiana a su casa en Potrero Hill a las nueve de la mañana como habían acordado, sin hacer caso del desalentador pronóstico meteorológico de la televisión, con el plan optimista de llevar las bicicletas y pasar el día paseando por los bosques y cerros del oeste de Marin. El agua de la bahía estaba encrespada, el cielo color plomo y soplaba un viento helado capaz de desanimar a cualquiera menos testarudo y enamorado que Miller. Se disponía a conquistar a Indiana con la fiera determinación que antes le servía en la guerra, pero tenía que avanzar de a poco. No era cosa de lanzarse al ataque, porque podía asustarla e incluso perder la extraordinaria amistad que habían forjado. Debía darle tiempo para reponerse de Keller, aunque no pensaba darle mucho, porque ya había sido muy considerado y, tal como decía Pedro Alarcón, podía aparecer otro más listo y se la arrebataba. Mejor ni contemplar esa posibilidad, porque tendría que matarlo, pensaba con cierta euforia, lamentando que las reglas del combate no fuesen aplicables en esa circunstancia. ¡Cuánto más fácil sería dar cuenta del rival sin ceremonia! Sentía que había estado presente en la vida de Indiana durante una eternidad, aunque eran sólo tres años, y que la conocía mejor que a sí mismo. Ahora se le presentaba una oportunidad, pero ella no estaba lista para un nuevo amor, parecía deprimida. Seguía trabajando como siempre, pero incluso él, que se consideraba el menos perceptivo de sus pacientes, incapaz de apreciar las sutilezas del Reiki o los imanes, se daba cuenta de que le faltaba la energía de antes.

Indiana lo aguardaba con café recién hecho, que bebieron de pie en la cocina. Tenía pocos deseos de salir bajo amenaza de tormenta, pero le dio lástima defraudar a Miller, que llevaba hablando de esa excursión toda la semana, y a Atila, instalado junto a la puerta en actitud expectante. Enjuagó las tazas, le dejó una nota a su padre, avisándole que volvería por la tarde y quería ver a Amanda antes de que se la llevara al internado, se puso un chaquetón y ayudó a Miller a colocar su bicicleta en la camioneta. Después se instaló en la cabina entre él y Atila, que jamás cedía su puesto junto a la ventanilla.

El viento silbaba entre los cables del puente, sacudiendo a los escasos vehículos que circulaban a esa hora. No se veían los veleros habituales del domingo ni a los turistas llegados de lejos para cruzar a pie el puente del Golden Gate. La esperanza de que al otro lado estuviera despejado, como solía ocurrir, se esfumó rápidamente, pero Miller no hizo caso de la sugerencia de Indiana de postergar el paseo, siguió por la autopista 101 hasta la avenida Sir Francis Drake y por allí hacia el parque estatal Samuel P. Taylor, donde se habían conocido.

En esos cuarenta y tantos minutos la tempestad se desató con implacable furia, los nubarrones oscuros se cargaron de electricidad y a la luz blanca de los relámpagos los árboles doblados por el viento parecían espectros. Dos veces tuvieron que detenerse, porque la catarata de lluvia impedía ver más allá del parabrisas, pero apenas amainaba un poco, Miller seguía adelante, sorteando curvas resbaladizas y ramas arrancadas de cuajo, con riesgo de estrellarse o perecer achicharrados por un relámpago. Por fin, derrotado por la naturaleza, detuvo el motor en un costado del camino, escondió la cara entre los brazos cruzados sobre el volante y maldijo su suerte en lenguaje de soldado, mientras Atila observaba el desastre desde su cojín rosado con tal expresión de desamparo, que a Indiana le dio risa. Pronto Miller se contagió y empezaron a reírse y reírse de la grotesca situación, cada vez más descontrolados, hasta que les corrían lágrimas por la cara, ante el desconcierto del perro, que no veía la gracia de estar atrapado en el vehículo en vez de corretear en el bosque.

Después, cuando cada uno se quedó a solas con el recuerdo del amor recién vivido, no sabría a qué atribuirlo, si al rugido de la tormenta sacudiendo el mundo, al alivio de la risa compartida o a la proximidad en la cabina de la camioneta, o si fue inevitable porque los dos estaban listos. El gesto fue simultáneo, se miraron, descubriéndose, sin subterfugios, como nunca lo habían hecho antes, y ella vio el amor en los ojos de él, un sentimiento tan sincero que le despertó el deseo reprimido y sublimado desde hacía años.

Indiana conocía a ese hombre mejor que nadie, el ancho y el largo de su cuerpo desde la cabeza hasta su único pie, la piel rojiza y brillante del muñón, los muslos firmes marcados de cicatrices, la cintura poco flexible, la línea de la columna, vértebra a vértebra, los músculos formidables de la espalda, el pecho y los brazos, las manos elegantes, dedo a dedo, el cuello duro como madera, la nuca siempre tensa, las orejas sensibles que ella no tocaba en el masaje para evitarle el bochorno de una erección; distinguía a ciegas su olor a jabón y sudor, la textura de su pelo cortado al rape, la vibración de su voz; le gustaban sus gestos particulares, la forma de conducir con una sola mano, de jugar con Atila como un muchacho, de usar los cubiertos en la mesa, de quitarse la camiseta, de ajustarse la prótesis; sabía que lloraba en el cine con las películas sentimentales, que su helado favorito era el de pistacho, que si estaba con ella nunca miraba a otras mujeres, que echaba de menos su vida de soldado, tenía el alma dolida y nunca, nunca se quejaba. En innumerables sesiones curativas había recorrido palmo a palmo ese cuerpo de hombre, más joven en apariencia de lo habitual a sus cuarenta años, admirando su ruda virilidad y su fuerza contenida, que a veces, distraídamente, comparaba con Alan Keller. Su amante, delgado y guapo, con su refinamiento, sensibilidad e ironía, era lo opuesto de Ryan Miller. Pero en ese momento, en la cabina de la camioneta, Keller no existía, no había existido jamás, lo único real para Indiana era su deseo vehemente por ese hombre que de pronto era un desconocido.

En esa larga mirada se dijeron todo lo que había por decir. Rodeándola con un brazo, Miller la atrajo, ella levantó la cara y se besaron sin vacilar, como si no fuera la primera vez, con una pasión que a él lo sacudía desde hacía tres años y ella no pensaba volver a sentir, porque se había acomodado en el amor maduro de Alan Keller. En los prolongados juegos eróticos con su antiguo amante, quien suplía con drogas, adminículos y destreza lo que le faltaba en vigor, ella obtenía placer y se divertía, pero no experimentaba la caliente urgencia con que en ese momento se aferraba a Ryan Miller, sujetándolo a dos manos, besándolo hasta perder el aliento, sorprendida de la suavidad de sus labios y el sabor de su saliva y la intimidad de su lengua, apurada, tratando de quitarse el chaquetón, el chaleco, la blusa, sin desprenderse del beso, y montársele encima en la estrechez de la cabina, con el volante de por medio. Tal vez lo habría conseguido si Atila no los hubiera interrumpido con un largo aullido de perro escandalizado. Lo habían olvidado por completo. Eso les trajo un soplo de cordura y pudieron separarse por unos instantes para decidir qué hacer con ese renuente testigo, y como no podían echarlo afuera en la tormenta, optaron por la solución más lógica: buscar un hotel.

Mientras Miller manejaba a ciegas en la lluvia a velocidad imprudente, Indiana lo acariciaba y le daba besos adonde le cayeran, bajo la mirada ofendida de Atila. Las primeras luces que divisaron correspondían al mismo pretencioso hotelito donde habían ido otros domingos a desayunar las mejores tostadas francesas con crema fresca de la región. No esperaban clientes en ese clima, pero les facilitaron la mejor habitación, un delirio de papel mural floreado, muebles de patas torneadas y cortinas con flecos, con una cama ancha de buena factura, capaz de resistir los embates del amor. Atila debió esperar varias horas en la camioneta, hasta que Miller se acordó de su existencia.

Martes, 7

A las ocho y cuarto de la noche la jueza Rachel Rosen estacionó su Volvo en el garaje del edificio donde vivía, sacó de la cajuela su pesado maletín con los documentos que pensaba estudiar esa noche y la bolsa del mercado con su cena y el almuerzo del día siguiente, un trozo de salmón, brócoli, dos tomates y un aguacate. Se había criado en un ambiente de austeridad y para ella cualquier gasto innecesario era un insulto a la memoria de sus padres, sobrevivientes de un campo de concentración en Polonia, que llegaron a América sin nada y con mucho esfuerzo alcanzaron una buena situación. Compraba lo justo para el día y no desperdiciaba nada; las sobras de la cena servían para el día siguiente, las llevaba en envases de plástico al Tribunal de Menores, donde almorzaba sola en su oficina. No vivía mal, pero se daba pocos lujos y ahorraba como una urraca con la esperanza de retirarse a los sesenta y cinco años y vivir de sus rentas. Había heredado los muebles de su familia y las modestas joyas de su madre, sin más valor que el sentimental, y era dueña de su ático, acciones de Johnson & Johnson, Apple y Chevron y una cuenta de ahorro de la que planeaba gastar hasta el último céntimo antes de morir, porque no deseaba que su hijo y su nuera recibieran los beneficios de su trabajo, no los merecían.

Salió apurada de ese garaje maloliente y poblado de sombras, el lugar menos seguro del edificio; había oído historias de asaltos en sitios como ése, asaltos a mujeres solas, mujeres viejas, como ella. Hacía tiempo que se sentía vulnerable y amenazada, ya no era la persona fuerte y decidida de antes, la que hacía temblar a los pandilleros más duros, respetada por la policía y por sus colegas. Ahora esa misma gente cuchicheaba a sus espaldas, le habían puesto un apodo, le decían la Carnicera, o algo así, claro que nadie se atrevía a decírselo a la cara. Estaba cansada, mejor dicho vivía cansada, ya ni siquiera podía trotar, apenas lograba dar la vuelta al parque caminando, había llegado el momento de jubilarse, le faltaban sólo unos meses para gozar de un merecido descanso.

Subió en el ascensor directamente a su apartamento, sin pasar por la conserjería a recoger su correo, porque el portero se retiraba a las siete de la noche y dejaba todo con llave. Se demoró un par de minutos en abrir los dos cerrojos de su puerta y al entrar se dio cuenta de que había olvidado conectar la alarma al salir, un imperdonable descuido que jamás había tenido antes. Quiso atribuirlo al exceso de trabajo de las últimas semanas, andaba distraída y había salido deprisa por la mañana porque iba atrasada, pero tenía una sensación persistente y fastidiosa de que estaba perdiendo la memoria. Enseguida la asaltó la preocupación de que alguien hubiera entrado; también había escuchado que ninguna alarma es segura, que ahora había unos dispositivos electrónicos que podían desarmarlas.

Rachel Rosen apreciaba muy poco su vivienda; la idea de comprar ese apartamento de techos altos, antiguo e inhóspito, había sido de su marido, nunca llegaron a remodelarlo, como alguna vez habían soñado, y se quedó tal como estaba treinta años antes, con un hálito frío de mausoleo. Pensaba venderlo apenas se jubilara y trasladarse a algún lugar con sol, donde no necesitara calefacción, como Florida. Agobiada por el largo día lidiando con abogados y delincuentes, encendió la luz del hall, dejó el maletín sobre la mesa del comedor, avanzó a tientas por el pasillo oscuro hasta la cocina, donde soltó la bolsa del mercado sobre la repisa y fue a su pieza a quitarse la ropa de trabajo y ponerse algo cómodo. Quince minutos más tarde regresó a la cocina a preparar su cena, en pijama, bata de franela y pantuflas forradas en piel de cordero. No alcanzó a vaciar la bolsa.

Primero lo sintió a sus espaldas, una presencia sigilosa, como un mal recuerdo, y no se movió, expectante, con la misma sensación de pavor que la asaltaba al bajarse del auto en el garaje. Hizo un esfuerzo por dominar la imaginación, no quería terminar como su madre, que pasó sus últimos años encerrada bajo llave en su apartamento, sin salir para nada, convencida de que agentes de la Gestapo la aguardaban al otro lado de la puerta. Los viejos se vuelven miedosos, pero yo no soy como mi madre, pensó. Le pareció escuchar el roce de algo como papel o plástico y se volvió hacia la puerta de la cocina. Una silueta se recortaba en el umbral, una vaga forma humana, inflada, sin rostro, lenta y torpe como un astronauta en la Luna. Lanzó un grito ronco y terrible, nacido en el vientre, que le subió por el pecho como una llamarada, vio avanzar a la espantosa criatura; el segundo grito se le atascó en la boca y el aire se le acabó.

Rachel Rosen retrocedió un paso, tropezó con la mesa y cayó de lado, protegiéndose la cabeza con los brazos. Se quedó en el suelo, murmurando súplicas de que no le hicieran daño, ofreciendo entregar el dinero y las cosas de valor que tenía en la casa, arrastrándose debajo de la mesa, donde se acurrucó temblando, negociando y llorando durante los tres eternos minutos en que tuvo consciencia. No había sentido el pinchazo en el muslo.

Era poco usual para el inspector Bob Martín encontrarse en cama a las siete y media de la mañana de un viernes, su jornada normal comenzaba al amanecer. Estaba tendido con los brazos detrás de la cabeza, su postura más cómoda, contemplando la tenue luz del día que se colaba por la persiana blanca de su pieza y luchando contra el impulso de fumar. Había dejado el cigarrillo hacía siete meses, llevaba un parche de nicotina y diminutas agujas que Yumiko Sato le ponía en las orejas, pero el anhelo de fumar seguía siendo casi irresistible. Ayani le había recomendado, en uno de sus encuentros, que ya no eran interrogatorios sino conversaciones, que probara con hipnotismo, uno de los recursos de la psicología que contribuyó a la fama de su marido, pero la idea no le gustaba. Creía que el hipnotismo se prestaba a abusos, como en esa película en que un mago hipnotiza a Woody Allen y lo obliga a robar joyas.

Acababa de hacer el amor con Karla por tercera vez en cinco horas, lo cual no era exactamente un récord, porque en total le había tomado veintitrés minutos, y ahora, mientras ella preparaba café en la cocina, él pensaba en la señora Ashton, en la fragancia dulce de su piel, que adivinaba, porque nunca había estado tan cerca de ella como para olfatearla, en su cuello largo, sus ojos color miel de párpados adormecidos, su voz lenta y profunda, como el caudal de un río o el motor de la secadora. Había pasado un mes desde la muerte de Ashton y él seguía inventando pretextos para ver a la viuda casi a diario. Eso provocaba comentarios sarcásticos de Petra Horr. Su asistente le estaba perdiendo el respeto. Eso pasaba por darle confianza, tendría que ponerla en su lugar.

Retozando con Karla en la oscuridad soñaba que lo hacía con

Ayani, las dos mujeres eran altas y delgadas, de huesos largos y pómulos pronunciados, pero el hechizo se hacía trizas apenas Karla abría la boca para lanzar una retahíla de obscenidades con acento polaco, que al principio lo excitaban y pronto empezaron a fastidiarlo. Ayani hacía el amor en silencio, estaba seguro, o tal vez ronroneaba como Salve-el-Atún, pero nada de cochinadas en lengua etíope. No quería pensar en Ayani con Galang, como había sugerido Petra, y mucho menos en la mutilación que sufrió esa mujer en la infancia. Nunca había visto una criatura tan extraordinaria como Ayani. El aroma del café le llegó a la nariz en el momento en que sonaba el teléfono.

—Bob, soy Blake. ¿Puedes venir a mi casa? Es urgente.

—¿Le ha pasado algo a Amanda? ¿A Indiana? —gritó el inspector, saltando de la cama.

—No, pero es grave.

—Voy.

Blake Jackson, tan poco alarmista, debía tener una poderosa razón para llamarlo. En dos minutos se echó un manotazo de agua en la cara, se vistió con lo primero que encontró a mano y corrió a su coche, sin despedirse de Karla, que se quedó desnuda en la cocina con los tazones de café en las manos.

Al llegar a Potrero Hill, encontró la camioneta rosada de las Cenicientas Atómicas estacionada en la puerta de su ex suegro y a él en la cocina con Elsa Domínguez y sus dos hijas, Noemí y Alicia. Eran jóvenes, bonitas de cara, cuadradas de cuerpo y enérgicas, sin nada de la ingenuidad y dulzura de su madre. Habían comenzado a limpiar casas en la escuela secundaria, después de las clases, para contribuir a la economía familiar, y en pocos años se convirtieron en empresarias. Conseguían clientes y estipulaban las condiciones del empleo, luego mandaban a otras mujeres a hacer aseo y a fin de mes ellas cobraban, pagaban los sueldos y compraban los materiales de limpieza. Las empleadas no corrían el riesgo de ser explotadas por patrones desalmados y los clientes se libraban de preguntar por la situación legal de esas mujeres o de traducir instrucciones al español, pues se entendían directamente con Noemí y Alicia, quienes eran responsables de la calidad del servicio y la honradez de su gente.

Las cenicientas atómicas se habían multiplicado en los años recientes, cubrían un área amplia de la ciudad y había una lista de espera para conseguirlas. Por lo general acudían a las casas una vez por semana, llegaban en equipos de dos o tres y se ponían manos a la obra con tal ímpetu, que en pocas horas dejaban todo soplado. Así lo habían hecho durante varios años con la jueza Rachel Rosen, en Church Street, hasta la mañana de ese viernes, cuando la encontraron colgada de un ventilador.

Alicia y Noemí le explicaron al inspector que Rachel Rosen ponía tantos inconvenientes para pagarles a tiempo, que finalmente, cansadas de lidiar con ella cada mes, decidieron suspenderle el servicio. Esa mañana fueron las dos a cobrarle los cheques de diciembre y enero y darle aviso de que las cenicientas no volverían. Llegaron a las siete, cuando el portero del edificio no estaba, porque comenzaba su jornada a las ocho, pero conocían la clave de la puerta principal y tenían llave del apartamento de su cliente. Encontraron el ambiente en penumbra y helado, la calefacción estaba apagada, y se extrañaron de la quietud, porque Rosen se levantaba temprano y a esa hora ya tendría que estar tomando té con las noticias de la televisión a todo volumen, en ropa de gimnasia y zapatillas para salir al parque Dolores. Su recorrido era invariable: cruzaba desde Church Street por el puente de peatones, caminaba a paso rápido una media hora, se detenía en la panadería Tartine, en la esquina de Guerrero con la calle 18, compraba un par de bollos y regresaba a su casa a ducharse y vestirse para ir al Tribunal. Las dos mujeres recorrieron la sala, el escritorio, el comedor y la cocina llamando a la señora, golpearon la puerta cerrada de su habitación y al no obtener respuesta se atrevieron a entrar.

—Estaba colgada del techo —dijo Alicia en un susurro, como si temiera ser oída.

—¿Se suicidó? —preguntó el inspector.

—Eso pensamos primero y miramos a ver si estaba viva y podíamos descolgarla, pero nos pareció que la habían matado, porque nadie se cubre la boca con cinta adhesiva para suicidarse, ¿no? Entonces nos asustamos y Alicia me dijo que saliéramos rápido. Nos acordamos de las huellas digitales y por eso limpiamos las puertas y todo lo que habíamos tocado —explicó Noemí, muy nerviosa.

—¡Contaminaron la escena! —exclamó el inspector.

—No contaminamos nada. Limpiamos con toallitas húmedas. Ya sabe, ésas que son desechables, siempre andamos con ellas, son desinfectantes.

—Llamamos a la mami desde la camioneta —agregó su hermana, señalando a Elsa, que lloraba silenciosa en su silla, aferrada a la mano de Blake.

—Yo les dije que se vinieran directo donde mister Jackson. ¿Qué otra cosa podían hacer? —dijo Elsa.

—Avisar al 911, por ejemplo —sugirió Bob Martín.

—Las muchachas no quieren líos con Inmigración, Bob. Ellas tienen permiso de trabajo, pero la mayoría de sus empleadas son indocumentadas —le aclaró Blake.

—Si ellas son legales no tienen nada que temer.

—Eso crees tú, que nunca has estado en la situación de un inmigrante con acento latino —replicó su ex suegro—. Rachel Rosen era muy desconfiada. Nadie la visitaba, ni siquiera su hijo tiene llave de su apartamento, sólo Alicia y Noemí, que iban a dejar a las mujeres de la limpieza todas las semanas. A ellas las van a tratar como sospechosas.

—A la señora nunca se le perdió nada, por eso al final nos entregó la llave. Al principio se quedaba para vigilar, contaba los cubiertos y cada pieza de ropa que iba a la máquina de lavar, pero después se relajó —explicó Alicia.

—Todavía no entiendo por qué no llamaron a la policía —insistió Bob Martín, echando mano de su celular.

—¡Espérate, Bob! —lo detuvo Blake.

—¡Llevamos tantos años trabajando en este país, somos personas honradas! Usted nos conoce, imagínese que nos echen la culpa por la muerte de esa señora —sollozó Elsa Domínguez.

—Eso se aclararía rápidamente, Elsa, no tema —le aseguró Bob Martín.

—Elsa está preocupada por Hugo, su hijo menor —intervino Blake—. Como sabes, el muchacho ha tenido problemas con la ley, a ti te tocó ayudarlo un par de veces, ¿te acuerdas? Estuvo en la cárcel por peleas y robo. Hugo tiene acceso a la llave de ese apartamento.

—¿Cómo así? —preguntó el inspector.

—Mi hermano vive conmigo —dijo Noemí—. Las llaves de todas las casas que servimos están colgadas en mi pieza en un llavero, con el nombre del cliente. Hugo tiene la cabeza hueca y se mete en líos, pero es incapaz de matar una mosca.

—Tu hermano pudo ir al apartamento de la Rosen a robar… —especuló el inspector.

—¿Te parece que iba a ahorcar a esa mujer? ¡Por favor, Bob! Ayúdanos, tenemos que mantener al muchacho fuera de esto —le rogó Blake.

—Imposible. Vamos a tener que interrogar a todo el mundo que haya tenido contacto con la víctima y el nombre de Hugo saldrá en la investigación. Voy a tratar de darle un par de días —dijo el inspector—. Me voy a la oficina. Dentro de diez minutos hagan una breve llamada anónima al 911 desde un teléfono público para avisar de lo que pasó. No es necesario que se identifiquen, sólo den la dirección de la Rosen.

El inspector se detuvo en una gasolinera a llenar el tanque y, tal como esperaba, la voz de Petra Horr lo alcanzó en su móvil para informarle del cadáver de Church Street. Se dirigió hacia allá mientras su asistente, con eficiencia militar, le entregaba los primeros datos de la víctima. Rachel Rosen, nacida en 1948, graduada de Hastings, ejerció como abogada en una firma privada, luego como fiscal pública y finalmente como jueza de menores, cargo que ejerció hasta el momento de su muerte.

—Tenía sesenta y cuatro años, iba a jubilarse el próximo año —añadió Petra—. Casada con David Rosen, se separaron pero no se divorciaron, tuvieron un hijo, Ismael, que vive en San Francisco y me parece que trabaja en una distribuidora de licores, pero debo confirmarlo. Todavía no ha sido notificado. Ya sé lo que está pensando, jefe: el primer sospechoso es el cónyuge, pero no nos sirve, porque David Rosen tiene una buena coartada.

—¿Cuál?

—Se murió de un paro cardíaco en 1998.

—Mala suerte, Petra. ¿Algo más?

—La Rosen no se llevaba bien con su nuera, eso la distanció del hijo y de los tres nietos. El resto de su familia consiste en un par de hermanos en Brooklyn, a quienes aparentemente no había visto en años. Era poco amistosa, una mujer amargada y de mal genio. En el Tribunal tenía reputación de severa, sus juicios eran temibles.

—¿Dinero? —preguntó Bob.

—Eso no lo sé, pero estoy investigando. ¿Quiere que le dé mi opinión, jefe? Era una vieja jodida, merece cocinarse en las pailas del infierno.

Cuando llegó Bob Martín a Church Street, frente al parque Dolores, media cuadra ya estaba acordonada y el tráfico desviado por la policía. Un oficial lo acompañó al edificio, donde el portero de turno, Manuel Valenzuela, un hispano de unos cincuenta años, de traje oscuro y corbata, le explicó que él no había llamado al 911. Se enteró de lo sucedido cuando aparecieron dos agentes y le exigieron que abriera el apartamento de Rachel Rosen con su llave maestra. Dijo que había visto a la señora por última vez el lunes, cuando ella recogió su correo, lo que no hizo el martes, miércoles ni jueves, por eso pensó que estaba de viaje. A veces se ausentaba por varios días, era parte de su trabajo. Esa mañana él la llamó pasadas las ocho, apenas comenzó su turno, para preguntarle si deseaba que le subiera la correspondencia acumulada y un paquete, que le había llegado el día anterior por la tarde, pero nadie contestó el teléfono. Manuel Valenzuela supuso que si la mujer había regresado de su viaje, podía estar en el parque. Antes de que alcanzara a inquietarse llegaron la policía y una ambulancia, con un escándalo que alteró a todo el barrio.

Bob Martín le ordenó al portero que esperara en su puesto y diera el mínimo de información a los otros habitantes del inmueble para evitar el pánico, luego confiscó la correspondencia y el paquete y se encaminó al piso de Rachel Rosen, donde lo esperaba el sargento Joseph Deseve, el primero en acudir a la llamada del 911. El inspector se alegró de verlo: era un hombre con años de experiencia, prudente, que sabía manejar una situación como ésa. «Limité el acceso al piso. A la escena sólo he entrado yo. Tuvimos que impedir a la fuerza la entrada a un reportero que se las arregló para subir hasta aquí. No sé cómo se entera la prensa antes que nosotros», le informó el sargento.

El ático de la víctima tenía ventanales frente al parque, pero la vista y la luz estaban bloqueadas por visillos y gruesas cortinas, que le daban al ambiente aspecto de funeraria. La dueña lo había decorado con muebles anticuados y en mal estado, alfombras de imitación persa, cuadros de paisajes bucólicos en colores pastel con marcos dorados, plantas artificiales y un aparador con puertas de cristal, donde exhibía un zoológico de animales de cristal Swarovski, que el inspector captó con el rabillo del ojo antes de dirigirse a la habitación principal.

El oficial que bloqueaba la puerta se hizo a un lado al verlos y Joseph Deseve se quedó en el umbral, mientras el inspector entraba con su pequeña grabadora para dictar sus primeras impresiones, que a menudo eran las más acertadas. Tal como habían dicho Noemí y Alicia, la jueza estaba en pijama, descalza, colgada del ventilador del centro de la pieza, amordazada con cinta adhesiva. Se fijó de inmediato en que alcanzaba a tocar la cama con los pies, eso significaba que podía haber tardado horas en morir, luchando instintivamente por sostenerse, hasta que la venció el cansancio o se desmayó y el peso del cuerpo la estranguló.

Se agachó a examinar la alfombra y verificó que la cama no había sido desplazada de su sitio, se empinó para observar el ventilador, pero no se subió a una silla o a la mesilla de noche porque antes debían tomar huellas digitales. Le extrañó que el ventilador no se hubiera desprendido del techo con los movimientos desesperados de la víctima.

El proceso de putrefacción estaba avanzado, el cuerpo hinchado, el rostro desfigurado, los ojos desorbitados, la piel marmórea con vetas verdes y negras. Por el aspecto del cadáver, Martín supuso que la muerte había ocurrido por lo menos treinta y seis horas antes, pero decidió no hacer conjeturas y esperar a Ingrid Dunn.

Salió del cuarto, se quitó la mascarilla y los guantes; después dio orden de volver a cerrarlo y poner vigilancia en la puerta. A continuación llamó a Petra para que diera aviso a la forense y al resto del personal necesario para examinar la escena, dibujar un boceto del contenido de la habitación, fotografiar y filmar antes de levantar el cuerpo. Se subió el cierre de la chamarra con un escalofrío y se dio cuenta de que tenía hambre, que le hacía falta el café con que despertaba por las mañanas. En un chispazo vio a Karla con dos tazones en las manos, desnuda, alargada como una garza, los huesos protuberantes de las caderas y las clavículas, los senos exagerados, que le habían costado los ahorros de tres años, una fabulosa criatura de otro planeta aparecida por error en su cocina.

Mientras el sargento Deseve bajaba a la calle a controlar a la prensa y los curiosos, Bob Martín hizo una primera lista de las personas que debía interrogar y luego revisó el último correo de Rachel Rosen, varias cuentas, un par de catálogos, tres periódicos y un sobre del Banco de América. El paquete contenía otro animal de cristal. Bob Martín llamó a la recepción y el portero le explicó que la señora Rosen recibía uno por mes desde hacía años.

Pronto llegó en masa el equipo forense, encabezado por Ingrid Dunn y acompañado por Petra Horr, que no tenía nada que hacer allí; a modo de pretexto le traía al inspector un café con leche tamaño gigante, como si le hubiera leído el pensamiento. «Perdone, jefe, pero no aguanté la curiosidad: tenía que verla con mis propios ojos», fue su explicación. Bob Martín recordó la historia que Petra le había contado una noche de celebración, que comenzó con mojitos y cerveza en el Camelot, el antiguo bar de la calle Powell, donde policías y detectives iban regularmente después de las horas de oficina, y terminó en la pieza de Petra con lágrimas y confidencias. Se habían juntado varios colegas a brindar por la condena de O.J. Simpson en Las Vegas —asalto a mano armada y secuestro, treinta y tres años de prisión— que aplaudieron como prueba fehaciente de la justicia divina. La admiración que todos sentían por las proezas del futbolista se había tornado en frustración siete años antes, cuando fue absuelto de los asesinatos de su ex mujer y un amigo de ésta, aunque las pruebas en su contra eran contundentes. La policía de todo el país se sintió burlada.

La noche del Camelot había sido en diciembre de 2008 y para entonces Petra llevaba algún tiempo en el Departamento. Bob Martín sacó la cuenta de los años que habían trabajado juntos y le sorprendió que ella no hubiera envejecido ni un día, seguía siendo el mismo duende de antes, la misma que se tomó tres mojitos, se puso sentimental y lo llevó a la pieza de servicio que alquilaba en una casa. En esa época Petra vivía como estudiante pobre, todavía estaba pagando las deudas que le dejó un marido transeúnte antes de irse a Australia. Ambos estaban libres de ataduras y ella necesitaba calor humano, por eso tomó la iniciativa y empezó a acariciarlo, pero Bob Martín resistía el alcohol mejor que ella y con la escasa lucidez disponible decidió rehusar su ofrecimiento con gentileza. Hubieran amanecido arrepentidos, de eso estaba seguro. No valía la pena arriesgar su estupenda relación de trabajo por unos besos ebrios.

Se tendieron vestidos sobre la cama, ella apoyó la cabeza en su hombro y le contó las tristezas de su corta existencia, que él escuchó a medias, luchando contra el sopor. A los dieciséis años Petra había sido condenada a dos años de cárcel por posesión de marihuana, en parte por la incompetencia del abogado de oficio, pero sobre todo debido a la legendaria severidad de la jueza Rachel Rosen. Los dos años se extendieron a cuatro porque otra joven presa fue a dar a la enfermería a raíz de un altercado con Petra. Según ella, la otra mujer resbaló, se cayó y se golpeó la cabeza contra un pilar de cemento, pero Rosen lo había considerado asalto con agravante.

Media hora más tarde, cuando descolgaron a Rachel Rosen del ventilador y la tendieron en una camilla, Ingrid Dunn le dio sus impresiones al inspector.

—A primera vista calculo que la muerte ocurrió hace por lo menos dos días, tal vez tres, la descomposición puede haber sido lenta porque este apartamento es un refrigerador. ¿No tiene calefacción?

—Según el portero, cada ocupante regula su calefacción y la paga de forma independiente. A Rachel Rosen no le faltaban medios, pero pasaba frío. La causa de la muerte parece obvia.

—Murió estrangulada, pero no por la cuerda que tenía en el cuello —dijo Ingrid.

—¿No?

La médica le señaló una delgada línea azul, diferente a la marca de la cuerda, y le explicó que fue hecha cuando la jueza estaba viva, porque produjo rotura y derrame de vasos sanguíneos. La otra marca era una hendidura en la carne sin moretón, a pesar de que soportó el peso del cuerpo, porque se produjo después de la muerte.

—A esta mujer la estrangularon y deben de haberla colgado por lo menos diez o quince minutos después, cuando el cadáver ya no desarrolla hematoma.

—Eso explicaría por qué no se desprendió el ventilador del techo —dijo Bob Martín.

—No te entiendo.

—Si la mujer hubiera luchado por su vida, sosteniéndose en la punta de los pies, como pensé al principio, el ventilador no habría resistido los tirones.

—Si estaba muerta, ¿para qué la colgaron? —preguntó la forense.

—Eso tendrás que decírmelo tú. Supongo que le taparon la boca para que no gritara, es decir, cuando estaba viva.

—Le quitaré la cinta adhesiva en la autopsia y lo sabremos con certeza, pero no me imagino para qué iban a amordazarla cuando ya estaba muerta.

—Por la misma razón que colgaron el cadáver.

Después de que se llevaron el cuerpo, el inspector le ordenó al equipo forense continuar con su trabajo y convidó a Ingrid Dunn y a Petra Horr a desayunar. Sería el único momento de relajo antes de que comenzara la vorágine de una nueva investigación.

—¿Creéis en la astrología? —le preguntó a sus acompañantes.

—¿En qué? —preguntó la médica.

—La astrología.

—Por supuesto —dijo Petra—. No me pierdo el horóscopo de Celeste Roko.

—Yo no creo en eso, ¿y tú Bob? —le preguntó Ingrid.

—Hasta ayer no creía, pero hoy empiezo a dudar —suspiró el inspector.

Por consideración a Elsa, que había criado a su hija y había estado en la familia desde hacía diecisiete años, el inspector citó a Hugo Domínguez en la vivienda de su hermana Noemí, en la zona del Canal, en el pueblo de San Rafael, en vez de interrogarlo en el Departamento de Policía, de acuerdo con el procedimiento usual. Llevó consigo a Petra Horr para que grabara las declaraciones. En el automóvil ella le informó que un setenta por ciento de los habitantes del Canal eran hispanos de bajos ingresos, muchos indocumentados, gente de México y Centroamérica, y que para costear la renta varias familias compartían una vivienda. «¿Ha oído hablar de camas calientes, jefe? Es cuando dos o más personas usan la misma cama por turno, en diferentes horarios», dijo Petra. Pasaron por «la parada», donde a las tres de la tarde todavía había una docena de hombres esperando que algún vehículo los recogiera para darles trabajo por algunas horas. El barrio tenía innegable sabor latino, con taquerías, mercados de productos del sur de la frontera y letreros en español.

El edificio donde vivía Noemí, uno de varios idénticos, resultó ser una mole de cemento pintada color mayonesa, con ventanas pequeñas, escaleras externas y puertas que daban a corredores techados, donde se juntaban los adultos a conversar y los niños a jugar. De las puertas abiertas salía el sonido de radios y televisores sintonizados con programas en español. Subieron dos pisos, observados por los inquilinos con hostilidad; desconfiaban de los extraños y podían oler de lejos a la autoridad aunque no llevara uniforme.

En el apartamento de dos habitaciones y un baño los aguardaban sus habitantes: Noemí y sus tres niños, una pariente adolescente con una panza como sandía, y Hugo, el hijo menor de Elsa, de veinte años. El padre de los hijos de Noemí se había hecho humo apenas nació el último, que acababa de cumplir cinco años, y ella tenía otro compañero nicaragüense, quien vivía con ellos cuando aparecía por el área de la bahía; pero estaba ausente casi siempre, porque manejaba un camión de transporte. «Mire la suerte mía, me conseguí un hombre bueno y con trabajo», lo definió Noemí. Un refrigerador, un televisor y un sofá ocupaban la sala.

La muchacha preñada trajo de la cocina una bandeja con vasos de horchata, chips y guacamole. Como su jefe le había advertido que no podía rechazar lo que le ofrecieran, porque sería ofensivo, Petra hizo un esfuerzo por probar ese brebaje blancuzco de aspecto sospechoso, que sin embargo le resultó delicioso. «Es una receta de mi madre, le ponemos almendras molidas y agua de arroz», le explicó Alicia, que llegaba en ese momento. Vivía con su marido y dos hijas a una cuadra de distancia, en un apartamento similar al de su hermana, pero estaba más holgada, porque no lo compartía.

Seis meses antes Bob Martín había asesorado a la policía del condado de San Rafael en control de pandillas y no se dejó engañar por el aspecto de Hugo Domínguez. Supuso que sus hermanas lo habían obligado a ponerse una camisa de mangas largas y pantalones, en vez de la remera sin mangas y los vaqueros abolsados, precariamente sujetos bajo el ombligo y con la entrepierna entre las rodillas, que usaban los chicos como él. La camisa tapaba los tatuajes y las cadenas del pecho, pero el corte del cabello, pelado en las sienes y largo atrás, las perforaciones y hierros en la cara y orejas, y sobre todo la actitud de soberbio desprecio, lo identificaban a las claras como pandillero.

El inspector conocía al muchacho de toda la vida y le tenía

lástima. Como él, que fue criado por abuela, madre y hermanas con carácter de acero, había crecido mangoneado por las mujeres fuertes de su familia. A Hugo lo tenían catalogado como flojo y medio tonto, pero él creía que el chico no era de mala índole y con un poco de ayuda se libraría de acabar en prisión. No quería ver al hijo de Elsa entre rejas. Sería uno más de los dos millones doscientos mil presos del país, más que en cualquier otro país del mundo, incluso en las peores dictaduras, un cuarto de la población penal del mundo, una nación encarcelada dentro de la nación. Le costaba imaginar a Hugo cometiendo un homicidio premeditado, pero se había llevado muchas sorpresas en su profesión y estaba preparado para lo peor. Hugo había abandonado la escuela en el primer año de la secundaria, había tenido problemas con la ley y era un joven sin confianza en sí mismo, sin papeles, trabajo ni futuro. Como tantos otros de su condición, pertenecía a la violenta cultura de la calle por falta de alternativa.

La policía llevaba décadas lidiando con pandillas de latinos en el área de la bahía: los Norteños, que eran los más numerosos, identificados con el color rojo y la letra N tatuada en el pecho y los brazos; los Sureños, con el color azul y la letra M, a la cual pertenecía Hugo Domínguez; los Border Brothers, asesinos mercenarios vestidos de negro, y la temible Mafia Mexicana, los MM, que controlaban el narcotráfico, la prostitución y las armas desde la prisión. Las pandillas latinas peleaban entre sí y se enfrentaban a las pandillas negras y asiáticas, disputándose el territorio, robaban, violaban y distribuían drogas, atemorizaban a la población de los barrios y desafiaban a la autoridad en una guerra interminable. Para un número alarmante de jóvenes la pandilla reemplazaba a la familia, ofrecía identidad y protección, y les proporcionaba la única forma de sobrevivir en prisión, donde estaban divididas por grupo étnico o nacionalidad. Después de cumplir su tiempo entre rejas, los pandilleros eran deportados a sus países de origen, donde se unían a otras bandas conectadas con las de Estados Unidos; de ese modo el tráfico de drogas y armas se había convertido en un negocio sin fronteras.

Hugo Domínguez había sufrido la iniciación necesaria para incorporarse a los Sureños: una paliza brutal que le dejó varias costillas rotas. Tenía una cicatriz de cuchillo en la espalda y una herida superficial de bala en un brazo, había sido arrestado varias veces, a los quince años fue a dar a una cárcel de menores, y a los diecisiete Bob Martín lo salvó de una prisión de adultos, donde habría tenido amplias oportunidades de refinar sus prácticas de maleante.

A pesar de esos antecedentes, el inspector dudaba que Hugo fuera capaz de un crimen tan rebuscado y tan lejos de su territorio como el de Rachel Rosen, pero no podía descartar esa posibilidad, ya que la jueza se había caracterizado por impartir largas condenas a los pandilleros menores de edad que le tocaba juzgar. Más de un joven sentenciado a varios años en prisión había jurado vengarse de ella y a Hugo podrían haberle encargado la misión de hacerlo como parte de su iniciación.

Bob Martín conocía el valor estratégico de hacer esperar a un sospechoso y no le echó ni una mirada a Hugo, se dedicó a los chips con guacamole y a conversar con las mujeres como si se tratara de una reunión social. Quiso saber cuándo nacería el bebé de la adolescente preñada, quién era el padre y si había acudido a control prenatal; después desgranó recuerdos del pasado con Noemí y Alicia, contó un par de anécdotas y bebió otra horchata, mientras los tres niños, de pie en el umbral de la cocina, lo observaban con seriedad de ancianos y Petra intentaba apurarlo con miradas impacientes. Hugo Domínguez fingía estar absorto enviando mensajes de texto en su móvil, pero le corrían gotas de sudor por la cara.

Por fin el inspector tocó el tema que a todos les interesaba. Noemí le explicó que conocía a Rachel Rosen desde hacía ocho años y al comienzo ella misma hacía la limpieza de su apartamento. Después, cuando ella y su hermana crearon la empresa de las Cenicientas Atómicas, la jueza suspendió el servicio porque no quiso admitir gente desconocida en su casa. Noemí la había olvidado, pero un día Rosen la llamó.

—Soy muy ordenada con mi clientela, tengo escrita la fecha exacta en que renovamos el servicio —dijo—. La señora Rosen regateó el precio, pero al fin nos pusimos de acuerdo. Pasó más de un año antes de que nos entregara la llave y saliera cuando llegaban las cenicientas a hacer la limpieza. Como era muy quisquillosa y desconfiada, siempre enviábamos a las mismas mujeres, que conocían las manías de la señora.

—Pero el viernes no fueron ellas, sino tú y tu hermana —dijo Bob.

—Porque estaba atrasada en dos meses, los pagos son quincenales y el último que ella hizo fue a comienzos de diciembre —le contestó Alicia—. Le íbamos a notificar que no podíamos seguir con el servicio, porque además de demorarse con el pago, trataba mal a las empleadas.

—¿Cómo?

—Por ejemplo, les prohibía abrir su refrigerador o usar sus excusados, creía que podían contagiarle una enfermedad. Antes de darnos el cheque se quejaba: que si había polvo debajo de la

cómoda, óxido en el lavaplatos, una mancha en la alfombra...
siempre encontraba algo mal. Una vez se quebró una tacita y nos
cobró cien dólares, dijo que era antigua. Coleccionaba unos animales de vidrio que no nos dejaba tocar.

—Le llegó uno el miércoles —dijo el inspector.

—Debe haber sido uno especial. A veces los compraba por
internet o en anticuarios. Los de la suscripción le llegaban siempre a fin de mes en una caja con el nombre de la tienda.

—¿Swarovski? —preguntó Martín.

—Eso es.

Mientras Petra grababa y tomaba notas, Noemí y Alicia le mos-
traron a Bob Martín el registro de clientes, la contabilidad y el llavero donde colgaban las llaves de las casas que limpiaban y que
sólo le entregaban a las empleadas más antiguas y de absoluta confianza.

—Nosotros tenemos la única llave de la señora Rosen —dijo
Alicia.

—Pero cualquiera tiene acceso al llavero —comentó el inspector.

—¡Yo nunca he tocado esas llaves! —estalló Hugo Domínguez,
sin poder contenerse por más tiempo.

—Veo que perteneces a los Sureños —dijo el inspector, exa-
minándolo de arriba abajo y tomando nota del pañuelo azul al
cuello, que por lo visto sus hermanas no habían conseguido que
se quitara—. Por fin te respetan, Hugo, aunque no precisamente
por tus jodidos méritos. Ahora nadie se atreve a meterse contigo,
¿verdad? Te equivocas, yo me atrevo.

—¿Qué quieres conmigo, jodido polizonte?

—Agradécele a tu madre que no te interrogo en el cuartel, mis
muchachos no son particularmente considerados con los tipos

como tú. Me vas a decir qué hiciste minuto a minuto desde las cinco de la tarde del martes hasta el mediodía del miércoles pasado.

—Es por la vieja esa, la que mataron. No sé ni cómo se llama, no tengo nada que ver con eso.

—¡Contesta mi pregunta!

—Estuve en Santa Rosa.

—Es cierto, no vino a dormir —interrumpió Noemí.

—¿Alguien te vio en Santa Rosa? ¿Qué estabas haciendo allá?

—No sé quién me vio, no ando pendiente de esas pendejadas. Fui de paseo.

—Tendrás que buscar una coartada mejor que ésa, Hugo, si no quieres terminar acusado de homicidio —le advirtió el inspector.

Lunes, 13

Petra Horr llevaba el pelo corto como un muchacho, no usaba maquillaje y se vestía siempre igual: botas, pantalones negros, blusa blanca de algodón, y en invierno una gruesa sudadera con el logotipo de una banda de rock en la espalda. Sus únicas concesiones a la vanidad eran unos mechones teñidos como cola de zorro y un barniz en colores llamativos en las uñas de pies y manos, que mantenía muy cortas por las artes marciales. Estaba en su cubículo pintándose las uñas de amarillo fluorescente, cuando llegó Elsa Domínguez vestida como para ir a misa, con tacones y un anticuado cuello de piel, preguntando por el inspector. La asistente le explicó, disimulando un suspiro de fastidio, que su jefe estaba dirigiendo una investigación y seguramente no volvería en el resto de la tarde.

En las últimas semanas su trabajo había consistido más que

nada en cubrirle las espaldas a Bob Martín, que desaparecía en horas de servicio con disculpas inverosímiles. Que lo hiciera en lunes ya era el colmo, pensaba Petra. No llevaba la cuenta de las mujeres que habían entusiasmado a Bob Martín en el tiempo que ella lo conocía, era una labor tediosa e inútil, pero calculaba que debían de ser entre doce y quince al año, más o menos una mujer cada veintiocho días, si no le fallaba la aritmética. Martín era poco selectivo en ese aspecto, cualquiera que le guiñara un ojo podía echárselo a la cartera, pero hasta que apareció Ayani no había sospechosas de homicidio en la lista de sus amiguitas y ninguna había logrado que descuidara su trabajo. Aunque como amante Bob Martín seguramente tenía serias limitaciones, pensaba Petra, como policía siempre había sido irreprochable, no en vano llegó a la cumbre de la carrera a una edad temprana.

La joven asistente admiraba a Ayani como podría admirar a una iguana —exótica, interesante, peligrosa— y entendía que algunos se dejaran embobar por ella, pero eso era imperdonable en el jefe del Departamento de Homicidios, quien poseía suficiente información no sólo para desconfiar de ella, sino también para arrestarla. En ese mismo momento, mientras Elsa Domínguez estrujaba un pañuelo de papel en su oficina, el inspector estaba una vez más con Ayani, probablemente en la cama que un mes atrás ella compartía con su difunto marido. Petra presumía de que Bob Martín no tenía secretos con ella, en parte por descuidado y en parte por vanidoso: le halagaba que ella supiera sus conquistas, pero si pretendía ponerla celosa, estaba perdiendo su tiempo, decidió, soplándose las uñas.

—¿Puedo ayudarla, Elsa?

—Es por el Hugo, mi hijo... Usted lo vio el otro día...

—Sí, claro. ¿Qué hay con él?

—El Hugo ha tenido problemas, para qué se lo voy a negar, señorita, pero no es nada violento. Esa pinta que tiene, con las cadenas y los tatuajes, eso es moda no más. ¿Por qué sospechan de él? —preguntó Elsa secándose las lágrimas.

—Entre otras razones, porque pertenece a una pandilla de pésima reputación, tenía acceso a la llave de la señora Rosen y carece de una coartada.

—¿De qué?

—Una coartada. Su hijo no ha podido probar que estuvo en Santa Rosa la noche del homicidio.

—Es que no estuvo allá, por eso no puede probarlo.

Petra Horr guardó el barniz de uñas en el cajón de su escritorio y tomó un lápiz y una libreta.

—¿Dónde estaba? Una buena coartada puede salvarlo de ir preso, Elsa.

—Ir preso es preferible a que lo maten, me parece a mí.

—¿Quién lo va a matar? Dígame en qué anda su hijo, Elsa. ¿Narcotráfico?

—No, no, sólo marihuana y un poco de cristal. El Hugo andaba en otra cosa el martes, pero no puede hablar de eso. ¿Sabe lo que le hacen a los soplones?

—Tengo una idea.

—¡Usted no sabe lo que le harían!

—Cálmese, Elsa, vamos a tratar de ayudar a su hijo.

—El Hugo no abrirá la boca, pero yo sí, siempre que nunca nadie sepa que yo le pasé el dato, señorita, porque entonces no sólo lo matarían a él sino también a toda mi familia.

La asistente condujo a Elsa a la oficina de Bob Martín, donde había privacidad, fue a la máquina dispensadora de café del pasillo, volvió con dos tazas y se instaló a escuchar la confesión de la mujer. Veinte minutos más tarde, cuando Elsa Domínguez se hubo ido, llamó por el móvil a Bob Martín.

—Perdone por interrumpirlo en el crucial interrogatorio de una sospechosa, jefe, pero mejor es que se vista y venga pronto. Tengo noticias para usted —le anunció.

Martes, 14

A las veinticuatro horas de haber terminado su relación con Indiana, Alan Keller se enfermó y estuvo más de dos semanas con las tripas revueltas y una cagatina comparable a la que había sufrido varios años atrás en un viaje al Perú, cuando temió que le hubiera caído encima una maldición de los incas por apoderarse de tesoros precolombinos en el mercado negro y sacarlos del país de contrabando. Canceló sus compromisos sociales, no pudo escribir su crítica de la exposición del Museo de la Legión de Honor —culto a la belleza en la era victoriana— y tampoco se despidió de Geneviève van Houte antes de que ella partiera a Milán a los desfiles de moda de la temporada. Bajó cuatro kilos y ya no se veía esbelto, sino demacrado. Su estómago sólo soportaba caldo de pollo y gelatina, andaba tambaleándose y sus noches eran un suplicio por el insomnio si no tomaba somníferos, o por horrendas pesadillas, si los tomaba.

Las pastillas lo dejaban en un estado agónico en que se veía atrapado en el tríptico del *Jardín de las Delicias* de Hieronymus Bosch, que lo había hipnotizado en el Museo del Prado en su juventud y había memorizado en detalle, porque fue tema de uno de sus mejores artículos para la revista *American Art*. Allí estaba él, entre las criaturas fantásticas del holandés, copulando con bestias ante la mirada hostil de Indiana, torturado con tenedores por su banquero, devorado de a poco por sus hermanos, ridiculizado sin piedad por Geneviève, hundido en excremento, escupiendo escorpiones. Cuando se le pasaba el efecto de las pastillas y lograba despertar, las imágenes del sueño lo perseguían durante el día. No tuvo dificultad para interpretarlas, eran obvias, pero eso no lo libró de ellas.

Cien veces se sorprendió con el teléfono en la mano para llamar a Indiana, con la certeza de que ella correría a socorrerlo, no por haberlo perdonado ni por amor, sino por su congénita necesidad de ayudar a quien lo necesitara, pero logró resistir el impulso. No estaba seguro de nada, ni siquiera de haberla amado. Aceptó el sufrimiento físico como una purga y una expiación, asqueado de sí mismo, de su cobardía para evitar riesgos, de su mezquindad con los sentimientos, de su egoísmo. Se examinó a fondo y a solas, sin poder recurrir a su psiquiatra, porque éste andaba de peregrinación por antiguos monasterios del Japón, y llegó a la conclusión de que había malgastado cincuenta y cinco años en frivolidades, sin comprometerse a fondo con nada ni con nadie. Se había farreado la juventud sin alcanzar ninguna madurez emocional, seguía examinándose el ombligo como un crío, mientras su cuerpo se deterioraba inexorablemente. ¿Cuánta vida le quedaba? Ya había consumido sus mejores años y los restantes, aunque fuesen treinta, serían de inevitable decadencia.

La mezcla de antidepresivos, somníferos, analgésicos, antibióticos y caldo de pollo finalmente surtió efecto y empezó a recuperarse. Todavía andaba tembloroso y con un resabio de huevo podrido en la boca, cuando su familia lo citó para tomar decisiones, como fue informado. Era una novedad de mal agüero, porque jamás lo consultaban para nada. Coincidió con la fiesta de San Valentín, día de los enamorados, que durante cuatro años él le había dedicado a Indiana y ahora no tenía con quién compartir. Supuso que la convocatoria se debía a sus deudas recientes, que de algún modo llegaron a oídos de su familia. Aunque había actuado con sigilo, su hermano supo que había mandado los cuadros de Botero a la galería Marlborough en Nueva York para venderlos. Necesitaba dinero; por eso había hecho evaluar sus jades y así descubrió que valían mucho menos de lo que pagó por ellos; de los mal habidos huacos de los incas ni hablar, sería muy arriesgado tratar de venderlos.

El consejo de familia se llevó a cabo en la oficina de su hermano Mark, en el último piso de un edificio en pleno distrito financiero, con vista panorámica de la bahía, un santuario de muebles macizos, alfombras peludas y grabados de columnas griegas, símbolos de la solidez marmórea de ese bufete de abogados, que cobraban mil dólares por hora. Vio a su padre, Philip Keller, tembloroso, encogido y con un mapa de manchas en la piel, vestido de capitán de yate, la sombra del patriarca autoritario que una vez fue; su madre, Flora, con la expresión de inmutable sorpresa que suele otorgar la cirugía plástica, pantalones de cuero acharolado, pañuelo de Hermés para disimular los pliegues del cuello y una sonajera inacabable de pulseras de oro; su hermana Lucille, elegante, flaca y con cara de hambre, como un perro afgano, acompañada por su marido, un tonto solemne que sólo abría la boca para asentir; y finalmente Mark, sobre cuyos hombros de hipopótamo descansaba el pesado fardo de la dinastía Keller.

Alan entendía perfectamente que su hermano mayor lo detestara: él era alto, guapo, con una desafiante cabellera salpicada de canas, atraía a las mujeres, era simpático y culto, mientras que al desafortunado Mark le tocaron los genes horrorosos de algún antepasado remoto. Por todo eso Mark lo odiaba, pero sobre todo porque se había partido el lomo trabajando durante una vida para incrementar el patrimonio familiar, ya que Alan lo único que había hecho era desangrarlo, como farfullaba cuando se le presentaba la ocasión.

En la sala donde se juntó la familia, en torno a una pomposa mesa de caoba pulida como espejo, flotaba un olor a desodorante ambiental de pino mezclado con el persistente perfume Prada de la señora Keller, que revolvió el estómago convaleciente de Alan. Para evitar dudas sobre su posición en la familia, Mark se instaló a la cabecera en un sillón de respaldo alto, con varias carpetas por delante, y puso a los demás en sillas menos dramáticas a ambos lados de la mesa, frente a sendas botellas de agua mineral. Alan pensó que los años, el dinero y el poder habían acentuado el aspecto simiesco de su hermano y ningún sastre, por excelente que fuese, podría disimularlo. Mark era el heredero natural de varias generaciones de hombres con visión financiera y miopía emocional, a quienes la dureza y falta de escrúpulos les marcaba la cara con arrugas de mal carácter y un gesto de permanente arrogancia.

En la infancia, cuando temblaba ante su padre y todavía admiraba a su hermano mayor, Alan quiso ser como ellos, pero esa idea desapareció en la adolescencia, apenas comprendió que estaba hecho de un material distinto y más noble. Años antes, en la fiesta de gala con que los Keller conmemoraron los setenta años de Flora, Alan aprovechó que ella había bebido más de la cuenta y se atrevió a preguntarle si Philip Keller era realmente su padre. «Puedo asegurarte que no eres adoptado, Alan, pero no me acuerdo de quién es tu papá», le contestó su madre, entre hipos y risillas sofocadas.

Mark y Lucille, hartos de soportar los caprichos del menor de la familia, se habían puesto de acuerdo antes de la reunión para apretarle las clavijas de forma definitiva a Alan —los padres fueron invitados sólo para hacer bulto— pero les flaqueó la resolución ante el estado lamentable en que éste se presentó, pálido, desgreñado y con ojeras de Drácula.

—¿Qué te pasa? ¿Estás enfermo? —le ladró Mark.

—Tengo hepatitis —respondió Alan, por decir algo y porque así de mal se sentía.

—¡Era lo que nos faltaba! —exclamó su hermana, elevando los brazos al cielo.

Pero como los hermanos no eran totalmente desalmados, les bastó intercambiar una mirada y levantar la ceja izquierda, un tic de familia, para decidirse a suavizar un poco su estrategia. El cónclave resultó humillante para Alan, no podía ser de otro modo. Mark comenzó por desahogarse acusándolo de ser una sanguijuela, un playboy, un mantenido que vivía de lo prestado, sin ética de trabajo ni dignidad, y advertirle que la paciencia y los recursos de la familia habían alcanzado su límite. «Basta», dijo, en tono terminante, con una elocuente palmada sobre las carpetas. Sus recriminaciones, intercaladas por intervenciones oportunas de Lucille, duraron unos veinte minutos, en los que Alan se enteró de que las carpetas contenían el detalle de cada céntimo malgastado por él, cada préstamo recibido, cada negocio frustrado, en orden cronológico y debidamente certificados. Por décadas Alan había firmado pagarés convencido de que eran mero formulismo y que Mark los olvidaría con la misma facilidad con que a él se le borraban de la cabeza. Subestimó a su hermano.

En la segunda parte de la reunión, Mark Keller expuso las condiciones que había improvisado con Lucille en el silencioso acuerdo de cejas levantadas. En vez de insistir en que Alan vendiera el viñedo para aplacar a sus acreedores, como era el plan original, admitió el hecho irrefutable de que el valor de la propiedad había disminuido drásticamente desde el colapso económico de 2009 y ése era el momento menos favorable para venderla. En cambio, él la reclamó como colateral para sacar a Alan de sus apuros por última vez. Antes que nada, dijo, Alan debía cancelar su deuda fiscal, que podía conducirlo a la cárcel, lo cual sería un escándalo absolutamente inaceptable para los Keller. Enseguida Mark anunció la intención de deshacerse de la propiedad de Woodside, lo cual sorprendió tanto a Philip y Flora Keller, que no alcanzaron a reaccionar para disentir. Mark explicó que una firma financiera deseaba edificar dos torres residenciales en ese terreno y, dado el desastroso estado del mercado de bienes raíces, no podían rechazar esa generosa oferta. Alan, que había intentado por años librarse de aquel vetusto caserón y echarse al bolsillo la parte correspondiente, escuchó de pie frente al ventanal, admirando el panorama de la bahía con fingida indiferencia.

La oveja negra de la familia captó plenamente el desprecio y el resentimiento profundo que sus hermanos sentían por él, así como el alcance de su condena: lo marginaban de la familia, un concepto nuevo e insospechado. Le arrebataban su posición y su bienestar económico, sus influencias, conexiones y privilegios; de un empujón lo relegaban a los palos inferiores del gallinero social. Esa mañana, en menos de una hora y sin que mediara una catástrofe, como una guerra global o el impacto de un meteorito,

él había perdido aquello que estimaba ser su derecho por nacimiento.

Alan notó, extrañado, que en vez de estar furioso con sus hermanos o angustiado por el futuro, sentía cierta curiosidad. ¿Cómo
sería formar parte de la inmensa masa humana que Geneviève van
Houte llamaba la gente fea? Recordó una cita que él mismo usó
en uno de sus artículos, refiriéndose a un aspirante a artista, uno
de ésos con gran ambición y poco talento: a cada uno le llega el
momento de alcanzar su nivel de incompetencia. Se le ocurrió
que al salir de la oficina de su hermano tendría que valerse solo y
aterrizaría de narices en su propio nivel de incompetencia.

En conclusión, estaba arruinado. La venta de Woodside podía
tardar un tiempo y, en todo caso, no le tocaría nada, porque su familia le descontaría el dinero que le había dado a lo largo de su
vida, que él llamaba adelantos a su herencia, pero el resto de los
Keller consideraba préstamos. Nunca había llevado la cuenta de
esas deudas, pero estaban inmortalizadas en las carpetas que en ese
momento Mark aplastaba con su gruesa mano de albañil. Supuso
que sobreviviría con la venta de sus obras de arte, aunque resultaba
difícil calcular cuánto tiempo, porque tampoco llevaba la cuenta
de sus gastos. Con suerte obtendría un millón y medio por los Boteros, considerando la comisión de la galería; los pintores latinoa-
mericanos estaban de moda, pero jamás convenía vender en un
apuro, como era su caso. Debía mucho dinero a los bancos —el
viñedo había sido un capricho caro— y a otros acreedores menores, desde su dentista hasta un par de anticuarios, sin contar las
tarjetas de crédito. ¿Cuánto sumaba todo eso? Ni idea. Mark le
aclaró que debía desocupar Woodside de inmediato y esa casa, que
una hora antes Alan detestaba, ahora le provocaba cierta nostalgia.
Pensó, resignado, que al menos no pasaría por la humillación de

pedir alojamiento a terceras personas, podía instalarse en el viñedo de Napa por unos meses, hasta que Mark se apoderara de él.

Besó a su madre y a Lucille en las mejillas y se despidió de su hermano y su padre con palmadas en los hombros. Al salir del ascensor y asomarse a la calle, Alan comprobó que en esa hora decisiva el invierno había retrocedido y brillaba en San Francisco un sol de otros climas. Se fue al Clock Bar del hotel Westin St. Francis a tomar un whisky, el primero desde que cayera enfermo, que mucha falta le hacía; el alcohol lo reanimó, despejando dudas y temores. Se peinó con los dedos, contento de tener tan buen pelo, y enderezó los hombros, sacudiéndose un tremendo peso de encima, porque ya no dependía de sus hermanos, había concluido el malabarismo con tarjetas de crédito, la obsesión por salvar las apariencias y el deber de velar por la respetabilidad de su apellido. Su castillo de naipes se había desmoronado y él pasaba a formar parte del montón, pero estaba libre. Se sintió eufórico, liviano y más joven. Sólo Indiana le hacía falta, pero ella también pertenecía al pasado, a lo que se llevó la tormenta.

Jueves, 16

Blake Jackson recibió la llamada de su nieta a media mañana. Estaba en la farmacia y tuvo que dejar lo que hacía en ese momento —contaba cápsulas para una receta— porque el tono de Amanda era alarmante.

—¿No estás en clase a esta hora? —le preguntó, inquieto.

—Te estoy llamando desde el baño. Es por Bradley —dijo ella y él percibió el esfuerzo que hacía para no llorar.

—¿Qué pasa?

—¡Tiene una novia, abuelo! —Y no pudo evitar un sollozo.

—Ay, mi preciosa, cuánto lo siento… ¿Cómo supiste?

—Lo puso en su Facebook. O sea, primero me traiciona y enseguida se burla de mí en público. También puso una foto, la tipa es campeona de natación, como él, tiene espaldas de hombre y cara de mala. ¿Qué voy a hacer, abuelo?

—No lo sé, Amanda.

—¿Nunca te ha pasado algo así?

—No me acuerdo. Estas cosas se olvidan…

—¡Se olvidan! ¡Yo jamás le voy a perdonar a Bradley! Le mandé un mensaje para recordarle que íbamos a casarnos y no me contestó. Debe de estar pensando qué disculpa me va a dar, los hombres son todos infieles, como Alan Keller y mi papá. No se puede confiar en ninguno —dijo la chica, llorando.

—Yo no soy así, Amanda.

—¡Pero tú eres viejo! —exclamó la nieta.

—Por supuesto que se puede confiar en los hombres, la mayoría son muy decentes. Tu papá es soltero, quiero decir, divorciado, y no le debe fidelidad a nadie.

—¿Me quieres decir que Bradley también es soltero y no me debe fidelidad, aunque íbamos a casarnos?

—A mí me parece que eso del matrimonio no estaba realmente estipulado, preciosa. Tal vez Bradley no sabía que tú pensabas casarte con él.

—No hables en pasado, todavía pienso casarme con él. Espérate a que vaya al MIT y saque a la estúpida esa del mapa.

—Así se habla, Amanda.

Su nieta lloró un par de minutos, mientras él esperaba en el teléfono sin saber cómo consolarla, luego la oyó sonarse la nariz estrepitosamente.

—Tengo que volver a clase —suspiró Amanda.

—Supongo que éste no es el momento apropiado para hablar de autopsias. Te llamaré esta noche —dijo Blake.

—¿Qué autopsia?

—La de Rachel Rosen. La médica forense cree que el asesino le inyectó una droga, porque el cuerpo tiene una punción en el muslo izquierdo. La amordazó, luego la estranguló, mejor dicho la agarrotó con hilo de pescar y un torniquete, y finalmente la colgó del ventilador.

—Un poco complicado, ¿no te parece, Kabel?

—Sí. En el examen de toxicología identificaron la droga. Se llama Versed, tiene muchos usos, entre otros sirve para tranquilizar a los pacientes antes de una operación; dependiendo de la dosis que le administraron, la Rosen debe de haber quedado prácticamente inconsciente en pocos minutos.

—Interesante —comentó la nieta, que parecía bastante repuesta del trauma amoroso.

—Vuelve a clase, preciosa. ¿Me quieres?

—No.

—Yo tampoco.

Viernes, 17

Para su penúltima sesión de la semana, Indiana se había preparado con un par de gotas de esencia de limón en las muñecas, que la ayudaba a enfocar la mente, y había encendido un palito de incienso ante la diosa Shakti pidiéndole paciencia. Era una de esas semanas en que Gary Brunswick necesitaba dos tratamientos y ella tenía que cambiar el horario de otros pacientes para acomodarlo en su agenda. En tiempos normales se reponía de una sesión difícil con dos o tres bombones de chocolate negro, pero desde que había terminado con Alan Keller éstos perdieron su efecto regenerativo y los inconvenientes de la vida, como Brunswick, la desarmaban. Necesitaba algo más fuerte que chocolate.

Brunswick no había acudido la primera vez a su consulta con intenciones veladas, como otros hombres que aparecían con el pretexto de males imaginarios a tentar suerte con ella. Indiana se había llevado chascos con algunos que se pavoneaban desnudos con la esperanza de impresionarla, hasta que aprendió a librarse de ellos, sin darles tiempo a convertirse en amenaza, pero en raras ocasiones tenía que pedirle ayuda a Matheus Pereira. El pintor había conectado un timbre debajo de la mesa de masaje para que ella lo llamara cuando no podía manejar la situación. Más de uno de aquellos atrevidos había regresado arrepentido a pedirle una segunda oportunidad, que ella se la negaba, porque para sanar debía concentrarse y cómo iba a hacerlo con una erección apuntándola bajo la sábana. Gary Brunswick no era de ésos, llegó remitido por Yumiko Sato, cuyas milagrosas agujas de acupuntura para combatir casi todos los males no habían logrado curarle los pertinaces dolores de cabeza, así que lo mandó donde su vecina de la oficina número 8.

Como nunca había visto a Indiana, Brunswick se sorprendió cuando ella le abrió la puerta y se encontró frente a una walkiria disfrazada de enfermera, muy distinta a la persona imaginada. Ni siquiera esperaba una mujer, creía que Indiana era nombre de hombre, como Indiana Jones, el héroe de las películas de su adolescencia. Antes de concluir la primera sesión estaba ahogado en un torrente de emociones nuevas difíciles de manejar. Se preciaba de ser un hombre frío, con control sobre sus acciones, pero la proximidad de Indiana, femenina, cálida y compasiva, el contacto de sus manos firmes y la mezcla sensual de aromas en el consultorio lo desarmaron y durante la hora que duró la sesión estuvo en el cielo. Por eso regresaba, como un suplicante, no tanto para curarse de sus migrañas, como para verla y volver a experimentar el éxtasis de la primera sesión, que nunca se había repetido con la misma intensidad. Cada vez necesita más, como un adicto.

Su timidez y torpeza le habían impedido expresarle a Indiana sus sentimientos con franqueza, pero sus insinuaciones iban aumentando peligrosamente en frecuencia. A otro hombre Indiana lo habría despachado sin contemplaciones, pero ése le parecía tan frágil, a pesar de sus botas de combate y su chaquetón de macho, que temía herirlo fatalmente. Se lo había comentado de pasada a Ryan Miller, quien había visto a Brunswick en un par de ocasiones. «¿Por qué no te deshaces de esa comadreja patética?», fue su respuesta. Precisamente por eso no podía hacerlo: porque era patético.

La sesión transcurrió mejor de lo esperado. Indiana lo notó nervioso al comienzo, pero se relajó cuando comenzó el masaje y se quedó dormido durante los veinte minutos dedicados al Reiki. Al concluir debió sacudirlo un poco para despabilarlo. Lo dejó solo para que se vistiera y lo esperó en la salita de recepción, donde ya se había consumido el incienso, pero persistía el olor a templo asiático. Abrió la puerta al pasillo para ventilar justamente en el momento en que llegaba Matheus Pereira a saludarla, salpicado de pintura y con una planta en un macetero, que le traía de regalo. Los días del pintor transcurrían entre largas siestas de marihuana y ataques de creatividad pictórica, que no afectaban a su capacidad de atención: nada se le escapaba del acontecer en North Beach y en especial de la Clínica Holística, que él consideraba su hogar. El acuerdo original con el dueño del inmueble consistía en mantenerlo informado del ir y venir de los inquilinos a cambio de una propina y vivir gratis en el ático, pero como rara vez sucedía algo digno de anotarse, su compromiso con el chino se había ido diluyendo. El hábito de recorrer los pisos, poner la correspondencia en los casilleros, atender quejas y oír confidencias se traducía en amistad con los ocupantes del edificio, su única familia, sobre todo con Indiana y Yumiko, quienes le aliviaban la ciática con masaje y acupuntura respectivamente.

Pereira notó que la floristería japonesa no había entregado el ikebana de los lunes y dedujo que algo había pasado entre Indiana y su amante. Lástima, pensó, Keller era un tipo culto que sabía de arte; cualquier día podía comprarle un cuadro, tal vez uno de los grandes, como el del matadero de reses, inspirado en los animales destripados de Soutine, su obra magna. Claro que, por otra parte, si Keller se había esfumado, él podía invitar a Indiana de vez en cuando a su ático, fumar un poco y hacer el amor livianamente, eso no pondría en peligro su creatividad, siempre que no se convirtiera en hábito. El amor platónico era un poco aburrido. Indiana agradeció la planta decorativa con un beso casto y lo despidió deprisa, porque su paciente, ya vestido, hizo su aparición.

Matheus Pereira desapareció por el pasillo, mientras Brunswick pagaba las dos sesiones de esa semana en efectivo, sin aceptar un recibo, como siempre hacía.

—Esa planta estaría mejor lejos de tu clientela, Indiana. Es marihuana. ¿Ese tipo trabaja aquí? Lo he visto varias veces.

—Es pintor y vive en la azotea. Los cuadros del hall son suyos.

—Me parecen espeluznantes, pero no soy un entendido. Mañana tendrán *cinghiale* en el Café Rossini… No sé… podríamos ir. Si quieres, claro —balbuceó Brunswick, con la vista en el suelo.

Ese plato no aparecía en el menú de la cafetería, se ofrecía sólo a los clientes habituales que estaban en posesión del secreto y el hecho de que Brunswick fuera uno de ellos probaba su tenacidad: había logrado en un plazo mínimo ser aceptado en North Beach. A otros les había llevado décadas. De vez en cuando el dueño del Café Rossini salía de caza por los alrededores de Monterrey y regresaba con el cadáver de un jabalí, que descuartizaba personalmente en su cocina, un proceso atroz, y preparaba, entre otras delicias, las mejores salchichas de la historia, el ingrediente fundamental de su *cinghiale*. Unas semanas antes Indiana había cometido el error de aceptar una invitación a comer de Brunswick y había pasado dos horas eternas luchando por mantenerse despierta, mientras él le daba una conferencia sobre formaciones geológicas y la falla de San Andrés. No pensaba repetir la experiencia.

—No gracias, Gary. Voy a pasar el fin de semana en familia, tenemos mucho que celebrar. A Amanda la han aceptado en el MIT, con una beca por la mitad de la matrícula.

—Tu hija debe de ser un genio.

—Sí, pero tú le ganaste una partida de ajedrez —comentó Indiana amablemente.

—Otras veces me ha ganado ella.

—¿Cómo? ¿Has vuelto a verla? —preguntó ella, alarmada.

—Hemos jugado en línea de vez en cuando. Me va a enseñar a jugar al go, es más difícil que el ajedrez. Es un juego chino que tiene más de dos mil años…

—Sé lo que es el go, Gary —lo interrumpió Indiana, sin disimular su disgusto; ese hombre se estaba convirtiendo en una peste.

—Pareces enojada, ¿pasa algo?

—No permito que mi hija tenga relación con mis pacientes, Gary. Te pido que por favor no sigas en contacto con ella.

—¿Por qué? ¡No soy un pervertido!

—Nunca he pensado eso, Gary —dijo Indiana, echando pie atrás, sorprendida de que ese tipo tan timorato fuera capaz de levantarle la voz.

—Comprendo que como madre debes proteger a tu hija, pero no tienes nada que temer de mí.

—Por supuesto, pero de todos modos…

—No puedo dejar de comunicarme con Amanda sin una explicación —la interrumpió Brunswick—. Al menos tengo que hablar con ella. Es más, si me lo permites, me gustaría tener una atención con ella. ¿No me dijiste que la niña quiere un gato?

—Eres muy gentil, Gary, pero Amanda ya tiene una gatita, se llama Salve-el-Atún. Se la dio una amiga mía, Carol Underwater, tal vez la has visto aquí.

—Entonces tendré que pensar en otro regalo para Amanda.

—No, Gary, de ninguna manera. Vamos a limitar nuestra relación a las cuatro paredes de este consultorio. No te ofendas, no es nada personal.

—No puede ser más personal, Indiana. ¿Acaso no sabes lo que siento por ti? —replicó Brunswick a borbotones, rojo de vergüenza y con expresión desolada.

—¡Pero si apenas nos conocemos, Gary!

—Si deseas saber más de mí, pregúntame, soy un libro abierto, Indiana. Soy soltero, sin hijos, ordenado, trabajador, buen ciudadano, una persona decente. Sería prematuro explicarte mi situación económica, pero puedo adelantarte que es muy buena. En esta crisis mucha gente ha perdido lo que tenía, pero yo me he mantenido a flote y hasta he ganado, porque conozco bien el mercado de valores. Llevo años invirtiendo y…

—Eso no tiene nada que ver conmigo, Gary.

—Sólo te pido que consideres lo que te he dicho, esperaré lo que sea, Indiana.

—Es mejor que desistas. Y también es mejor que busques a otra sanadora, yo no puedo seguir atendiéndote, no sólo por lo que acabamos de hablar, sino porque mis tratamientos han sido muy poco efectivos.

—¡No me hagas esto, Indiana! Sólo tú me puedes curar, gracias a ti estoy mucho mejor de salud. No volveré a molestarte con mis sentimientos, te lo prometo.

Tan desesperado parecía, que a ella le faltó valor para insistir en su decisión y, al verla vacilar, Brunswick aprovechó para despedirse hasta el martes siguiente, como si no hubiera registrado nada de lo dicho, y se fue deprisa.

Indiana cerró la puerta y echó la llave por dentro, sintiéndose manipulada como una novicia. Se lavó la cara y las manos para quitarse el enojo, pensando con nostalgia en el jacuzzi del hotel Fairmont. ¡Ah!, el agua perfumada, las grandes toallas de algodón, el vino frío, la comida deliciosa, las sabias caricias, el humor y el amor de Alan Keller. Una vez, después de ver *Cleopatra* en la televisión, tres horas de egipcios decadentes con los ojos pintados y romanos brutos con buenas piernas, ella comentó que lo mejor de la película había sido el baño de leche. Alan Keller saltó de la cama, se vistió, salió sin decir palabra y media hora más tarde, cuando ella estaba a punto de quedarse dormida, regresó con tres paquetes de leche en polvo, que disolvió en el agua caliente del jacuzzi para que ella se remojara como la faraona de Hollywood. El recuerdo la hizo reír y se preguntó, con una punzada de dolor en el centro del pecho, cómo haría para vivir sin ese hombre, que tanto placer le había dado y si llegaría a querer a Ryan Miller como había querido a Alan.

La atracción física que sentía por el ex soldado era tan fuerte que sólo podía compararla con la que le produjo Bob Martín en la escuela secundaria. Era como fiebre, un calor constante. Se preguntaba cómo había podido ignorar o resistir ese imperioso deseo sexual, que sin duda existía desde hacía tiempo, y la única respuesta posible era que el amor por Alan Keller había pesado más. Conocía su propio temperamento, sabía que no podía amar en serio a uno y acostarse a la ligera con otro, pero después de haber estado con Ryan en aquel hotelito azotado por la tormenta, comprendía mejor a quienes se abandonan a la locura del deseo.

En los doce días transcurridos desde entonces había estado con Ryan cada noche, menos el sábado y el domingo que pasó con Amanda, y en ese mismo momento, cuando aún no había atendido a su último paciente, esperaba ansiosamente abrazarlo en el *loft*, donde Atila, resignado, ya no manifestaba su descontento aullando. Pensaba con agrado en la espartana sencillez del lugar, las toallas ásperas, el frío que la obligaba a hacer el amor con suéter y calcetines de lana. Le gustaba la enorme presencia masculina de Ryan, la fortaleza que irradiaba, su actitud de guerrero heroico, que en sus brazos se tornaba en vulnerabilidad. En cierta forma también le gustaba su prisa de muchacho atolondrado, que atribuía al hecho de que Ryan no había tenido un amor significativo, nadie que se propusiera enseñarle a complacer a una mujer. Eso cambiaría cuando cediera la excitación del amor recién estrenado y tuvieran oportunidad de explorarse sin prisa, decidió. Ésa era una agradable perspectiva. Ryan era un hombre sorprendente, mucho más dulce y sentimental de lo que había imaginado, pero les faltaba historia juntos, todas las relaciones requieren historia, ya habría tiempo de conocerse mejor y de olvidar a Alan.

Puso orden en la pieza de los masajes, recogió la sábana y las toallas usadas y se preparó para la última sesión de la semana, el caniche, su cliente predilecto, el más cariñoso, un animalito color caramelo, viejo y patuleco, que se sometía a sus tratamientos con evidente agradecimiento. Como disponía de unos minutos, buscó el archivo de Brunswick, donde por desgracia no figuraba la hora del nacimiento, porque habría servido para una carta astral, y marcó el número de Celeste Roko para conseguir el nombre del tibetano que limpiaba el karma.

Sábado, 18

Pedro Alarcón y Ryan Miller con Atila pegado a los talones, tocaron puntualmente el timbre de Indiana a las ocho y media de la noche del sábado, seguidos a pocos pasos por Matheus Pereira, Yumiko Sato y su compañera de vida, Nana Sasaki. Indiana, quien los había reclutado a pedido de Danny D'Angelo, los recibió con un sobrio vestido negro de seda y tacones altos, obsequios de Alan Keller en la época en que intentaba convertirla en una dama, que provocaron silbidos admirativos de los hombres. Nunca la habían visto tan elegante y vestida de ese color; ella creía que el negro atraía energía negativa y lo usaba con cautela. Atila olfateó con deleite la mezcla de aceites esenciales que impregnaba el apartamento. El perro detestaba los aromas sintéticos, pero se rendía ante los naturales, eso explicaba su debilidad por Indiana, a quien distinguía entre los seres humanos. Miller atrapó a Indiana y la besó de lleno en la boca, mientras el resto de los invitados fingía no darse cuenta. Después la anfitriona abrió una botella de Primus, delicada mezcla de carmenere y cabernet, también regalo de Keller, ya que ella no podía permitirse una botella de vino que costaba más que su abrigo de invierno, y a Miller le sirvió su gaseosa favorita. Antes, el *navy seal* se jactaba de ser *connaisseur* de vinos, y después, cuando dejó de beber, se convirtió en catador de Coca-Cola, que prefería en botella pequeña —jamás en lata— importada de México, porque contenía más azúcar, y sin hielo.

El día anterior Danny había invitado a Indiana a su espectáculo del sábado. Se trataba de una ocasión especial, porque estaba de cumpleaños y la dueña del local, como homenaje a sus años sobre el escenario, le había asignado un papel principal, que él había preparado cuidadosamente. «¿De qué me sirve ser la estrella del show si a nadie le importa? Ven a verme, Indi, y trae a tus amigos para que me aplaudan.» Como Danny le había avisado con poca anticipación, a ella le faltó tiempo para arrear con una multitud, como hubiera deseado, y debió conformarse con esos cinco amigos fieles. Todos se vistieron para la ocasión, incluso Matheus, que llevaba sus eternos vaqueros manchados de pintura, pero se había puesto una camisa a rayas almidonada y un pañuelo al cuello. En North Beach había consenso general en que el pintor brasileño era el hombre más guapo del vecindario y él lo sabía. Muy alto y delgado, con un rostro marcado de arrugas profundas, como talladas a cincel, ojos verde-amarillos de felino, labios sensuales y pelo trenzado en rastas de africano. Llamaba tanto la atención que a menudo las turistas lo detenían en la calle para fotografiarse con él, como si fuera una atracción local.

Yumiko y Nana se habían conocido en la infancia en la prefectura de Iwate, en Japón, habían emigrado al mismo tiempo a Estados Unidos, vivían y trabajaban juntas y habían optado por vestirse igual. Esa noche llevaban su uniforme de salir: pantalón y chaqueta negros, blusa de seda blanca estilo Mao. Se habían casado el 16 de junio de 2008, el mismo día que se legalizó el matrimonio de parejas del mismo sexo en California, y esa noche celebraron la boda en la galería Oruga Peluda con *sushi*, sake y la asistencia de todos los médicos del alma de la Clínica Holística.

Matheus ayudó a Indiana a servir la cena, que consistió en varias delicias de un restaurante tailandés, en platos de cartón y con palillos. Los amigos se instalaron a comer en el suelo, porque la mesa servía de laboratorio para la aromaterapia. La conversación derivó, como todas las conversaciones de esos días, hacia la posibilidad de que Obama perdiera la elección presidencial y la película *Midnight in Paris* ganara el Oscar. Apuraron la botella de vino y de postre hubo helados de té verde que trajo la pareja japonesa, luego se distribuyeron en el auto de Yumiko y la camioneta de Miller, con Atila en el asiento delantero, que nadie se atrevió a usurparle.

Se dirigieron a la calle Castro y estacionaron, dejando al perro en el vehículo dispuesto a esperar horas con paciencia budista, y caminaron dos cuadras hasta el Narciso Club. A esa hora el barrio se animaba con gente joven, algunos turistas noctámbulos y homosexuales, que llenaban los bares y teatros frívolos. Por fuera, el local donde actuaba Danny era una puerta con el nombre en luces azules, que habría pasado inadvertida si no hubiera una cola para entrar y grupos de gays fumando y charlando. Alarcón y Miller aventuraron un par de comentarios jocosos sobre la naturaleza del club, pero siguieron mansamente a Indiana, quien saludó al bravucón a cargo de la puerta y presentó a sus acompañantes como invitados especiales de Danny D'Angelo. Por dentro el establecimiento era más amplio de lo que cabía suponer, sofocante, atiborrado de clientes, casi todos hombres. En los rincones más oscuros se distinguían figuras abrazadas o bailando lento, absortas en lo suyo, pero el resto del público se entremezclaba, hablando a gritos para hacerse oír, o se apiñaba en torno a la barra, donde consumían alcohol y tacos mexicanos.

En la pista de baile, que también servía de escenario, bajo luces parpadeantes se meneaban al ritmo estridente de la música cuatro coristas en biquini, coronadas de plumas blancas. Parecían cuatrillizas, todas de la misma altura, con pelucas, bisutería y maquillaje idénticos, las piernas bien torneadas, las nalgas firmes, los brazos cubiertos de largos guantes de satén y los senos desbordando sostenes bordados de pedrería. Sólo examinándolas de cerca y a la luz del día se habría podido descubrir que no eran mujeres.

Los amigos de Danny se abrieron paso a codazos entre la bullanguera concurrencia y un empleado los condujo junto al escenario a una mesa reservada para Indiana. Alarcón, Yumiko y Nana fueron a la barra a buscar tragos y una gaseosa para Miller, quien todavía no se daba cuenta de que el pintor y él llamaban la atención, creía que los parroquianos miraban a Indiana.

Poco después las coristas emplumadas dieron por concluida su coreografía, se apagaron las luces y el club se sumió en total oscuridad, que fue acogida con chirigotas y chiflidos. Así pasó un minuto completo, interminable, y entonces, cuando se hubieron callado los bromistas, la voz cristalina de Whitney Houston llenó el local con un largo quejido de amor, estremeciendo el alma de cada uno de los asistentes. El rayo amarillo de un foco alumbró el centro del escenario, donde el fantasma de la cantante, muerta siete días antes, aguardaba de pie, la cabeza gacha, el micrófono

en una mano y la otra sobre el corazón, el cabello corto, los párpados cerrados, con un vestido largo que resaltaba los senos y la
espalda descubierta. La aparición dejó al público sin aliento, paralizado. Lentamente, Houston levantó la cabeza, se llevó el micrófono a la cara y del fondo de la tierra se elevó la primera frase
de *I will always love you*. El público reaccionó con una ovación espontánea, seguida de reverente silencio, mientras la voz cantaba
su despedida, un torrente de caricias, promesas y lamentos. Era
ella, con su rostro inconfundible y sus manos expresivas, con sus
gestos, su intensidad y su donaire. Cinco minutos más tarde las
últimas notas de la canción quedaron vibrando en el aire en medio de un atronador aplauso. La ilusión resultó tan perfecta, que
a Indiana y sus acompañantes no se les ocurrió que esa célebre
mujer, resucitada y redimida por encantamiento, pudiera ser Danny D'Angelo, el esmirriado mozo del Café Rossini, hasta que se
encendieron las luces del club y Whitney Houston hizo una reve-
rencia y se quitó la peluca.

Ryan Miller había asistido a clubes como el Narciso Club en otros
países con sus camaradas de armas, que disimulaban con bromas
groseras la excitación que el espectáculo gay les producía. Le di-
vertían los travestis, que consideraba criaturas exóticas e inocuas,
como de otra especie. Se definía como hombre de criterio amplio, que había visto mundo y a quien nada podía escandalizar,
tolerante con las preferencias sexuales ajenas siempre que no
involucraran niños ni animales, como decía. No aprobaba la presencia de gays en las Fuerzas Armadas, porque temía que fuesen
elementos de distracción y se prestaran a conflicto, como las mujeres. No es que dudara de su valor, aclaraba, pero en el combate

se prueban la hombría y la lealtad, la guerra se hace con testosterona; cada soldado depende de sus compañeros y él no estaría tranquilo si su vida estuviera en manos de un homosexual o de una mujer. Esa noche en el Narciso Club, sin el respaldo de otros *navy seals*, su tolerancia fue puesta a prueba.

El ambiente cerrado, la sexualidad y seducción en el aire, el roce de los hombres apretujados a su alrededor, el olor a sudor, alcohol y loción de afeitar, todo le crispó los nervios. Se preguntó cómo reaccionaría su padre en esas circunstancias y, tal como ocurría cada vez que lo invocaba con el pensamiento, lo vio de pie a su lado, con el uniforme impecable, sus condecoraciones en el pecho, rígido, la mandíbula tensa, el ceño fruncido, desaprobando lo que él era y todo lo que él hacía. «¿Por qué un hijo mío se encuentra en este lugar asqueroso, entre estos maricones sinvergüenzas?», masculló su padre con esa manera de hablar que había tenido en vida, sin mover los labios, mordiendo las consonantes.

No pudo apreciar la actuación de Danny D'Angelo, porque para entonces se había dado cuenta de que las miradas cargadas de intención no iban dirigidas a Indiana, sino a él; se sentía violado por esa palpitante energía masculina, fascinante, peligrosa y tentadora, que le repugnaba y lo atraía. Sin pensar en lo que hacía echó mano del vaso de whisky de Pedro Alarcón y se empinó el contenido de tres largos tragos. El licor, que no había probado en varios años, le quemó la garganta y se extendió por sus venas hasta el último filamento, inundándolo con una ola de calor y energía que le borró pensamientos, recuerdos y dudas. No hay nada como este líquido mágico, decidió, nada como este oro derretido, ardiente, delicioso, esta agua de los dioses que te electriza, te fortalece, te inflama, nada como este whisky que no sé por qué ni cómo he evitado, qué imbécil he sido. Su padre retrocedió un par de pasos y la multitud se lo tragó. Miller se volvió hacia Indiana y se inclinó buscando su boca, pero el gesto murió en el aire y en vez de besarla le arrebató el vaso de cerveza sin que ella, hipnotizada por Whitney Houston, lo notara.

Miller no supo en qué momento se levantó de la mesa y se abrió paso a empujones furiosos hasta la barra, no supo cómo terminó el espectáculo ni cuántos tragos se tomó antes de perder por completo el control; no supo de dónde surgió la furia que lo cegó con un resplandor incandescente cuando un hombre joven le puso un brazo en los hombros y le sopló algo al oído, tocándolo con los labios; no supo en qué momento exacto se borraron los contornos de la realidad y sintió que se hinchaba, no le cabía el cuerpo en la piel, iba a reventar; no supo cómo comenzó la trifulca, contra cuántos arremetió a puñetazos sistemáticos, ni por qué gritaban Indiana y Alarcón, ni cómo se encontró esposado en un coche patrullero con la camisa ensangrentada y los nudillos machucados.

Pedro Alarcón recogió la chaqueta de Miller del suelo, sacó las llaves de la camioneta y siguió al carro en que se llevaron a su amigo hasta el cuartel de policía. Estacionó cerca y se presentó en el recinto, donde debió esperar hora y media antes de que un oficial lo atendiera. Le explicó lo sucedido, atenuando la participación de Miller, mientras el uniformado lo oía distraído, con la vista en su computadora.

—El lunes el detenido podrá alegar su caso ante un juez, entretanto aquí tiene una celda para reponerse de la intoxicación y tranquilizarse —dijo el policía en tono amable.

Alarcón le informó que Ryan Miller no estaba ebrio, sino medicado, porque había sufrido trauma cerebral en la guerra de Irak, donde también perdió una pierna, y sufría esporádicos episodios de conducta errática, pero no era peligroso.

—¿Que no es peligroso? Explíqueles eso a las tres personas que mandó a Emergencias.

—Es la primera vez que ocurre un incidente como el del Narciso Club, oficial. A mi amigo lo provocaron.

—¿En qué forma?

—Un hombre trató de manosearlo.

—¡No me diga! ¿En ese club? ¡Las cosas que a uno le toca oír! —se burló el policía.

Entonces Pedro Alarcón usó la carta reservada para última instancia y le anunció que Ryan Miller trabajaba para el gobierno y estaba en una misión confidencial; si el oficial dudaba de su palabra, podía revisar la billetera del detenido donde encontraría la identificación necesaria y si eso resultaba insuficiente, él le facilitaría una clave para comunicarse directamente con la oficina de la CIA en Washington. «Comprenderá que no nos conviene un escándalo», concluyó. El policía, que había cerrado la computadora y lo escuchaba con expresión escéptica, lo mandó de vuelta a su silla con instrucciones de esperar.

Pasó otra hora antes de que pudieran corroborar con Washington la información de Alarcón y otra más antes de que soltaran a Miller, después de hacerle firmar una declaración. En ese largo rato se le había despejado un poco la borrachera, pero todavía se tambaleaba. Salieron del cuartel cerca de las cinco de la madrugada, Alarcón desesperado por prepararse el primer mate del día, Miller con un dolor de cabeza monumental, y el desafortunado Atila, que había pasado la noche en la camioneta, ansioso por parar la pata en cualquier árbol disponible.

—Te felicito, Miller, le arruinaste su espectáculo a Whitney Houston —comentó Pedro Alarcón en el *loft*, mientras ayudaba a su amigo a quitarse la ropa, después de darle a Atila ocasión de orinar y tomar agua.

—Me va a reventar el cerebro —murmuró Miller.

—Muy merecido. Voy a preparar café.

Sentado al borde de su cama, con la cara entre las manos y el hocico de Atila pegado a su rodilla, Miller trató en vano de reconstruir los acontecimientos de la noche, agobiado por una vergüenza infinita, con la cabeza llena de arena, la boca partida, las manos y los párpados hinchados, y las costillas tan machucadas que le costaba respirar. Ésa había sido su única recaída; alcanzó a pasar tres años y un mes de total abstinencia, limpio de alcohol y drogas, salvo un pito de marihuana de vez en cuando. Lo hizo a lo macho, sin ayuda psiquiátrica a que tenía derecho como veterano, sólo con antidepresivos; si en la guerra era capaz de soportar más esfuerzo y dolor que cualquier mortal, porque para eso lo entrenaron, ¿cómo iba a vencerlo un vaso de cerveza? No comprendía qué le había pasado ni en qué momento bebió el primer trago y comenzó a resbalar hacia el abismo.

—Tengo que llamar a Indiana. Pásame el teléfono —le dijo a Alarcón.

—Son las cinco y cuarto del domingo. No es hora de llamar a nadie. Tómate esto y descansa, voy a pasear a Atila —respondió Alarcón.

Ryan Miller tragó a duras penas el café retinto con un par de aspirinas y corrió a vomitar al excusado, mientras su amigo procuraba en vano convencer a Atila de que se dejara poner el bozal y la correa. El animal no tenía intención de abandonar a Miller en tan mal estado y gemía sentado frente a la puerta del baño, con su única oreja parada y su único ojo alerta, aguardando instrucciones de su compañero de infortunio. Miller sumergió varios minutos la cabeza en el chorro de agua fría de la ducha, luego salió del baño en shorts, mojado, saltando con su única pierna y le dio permiso al perro para salir con Alarcón. Enseguida se dejó caer de bruces en la cama.

En la calle, el móvil de Alarcón repicó con un estrépito de instrumentos de viento: los acordes marciales del himno nacional del Uruguay. Luchando con los tirones del perro, rescató el teléfono del fondo de un bolsillo y oyó la voz de Indiana preguntando por Ryan. Lo último que ella supo de él fue que dos fornidos oficiales de policía lo llevaban a la rastra a un coche patrullero, mientras otros dos, ayudados por el gorila que vigilaba la puerta, procuraban restablecer orden en el club, donde algunos parroquianos, entusiasmados y bebidos, continuaban dándose golpes entre el griterío de las estrellas del espectáculo, que todavía vestían plumas. Danny D'Angelo, parapetado detrás de la barra, observaba el desastre con una media de nailon en la cabeza, la peluca de Whitney Houston en la mano y la pintura de los ojos chorreada de llanto. En su estilo lacónico, Alarcón puso al día a Indiana. «Voy para allá. ¿Puedes pagarme el taxi?», le pidió ella.

Treinta y cinco minutos más tarde Indiana se presentó en el *loft* con sus botas de reptil, un impermeable encima del vestido negro que llevaba en la noche y un ojo en tinta. Besó al uruguayo y al perro y se acercó a la cama de sus amores, donde Miller roncaba tapado con la frazada que Pedro le había tirado encima. Indiana lo sacudió hasta que sacó la cabeza de su refugio bajo la almohada y se incorporó a medias, tratando de enfocar la vista.

—¿Qué te pasó en el ojo? —le preguntó a Indiana.

—Traté de sujetarte y me cayó un tortazo.

—¿Yo te pegué? —exclamó Miller, completamente despierto.

—Fue un accidente, nada grave.

—¡Cómo he podido caer tan bajo, Indi!

—Todos fallamos de vez en cuando, nos caemos de bruces y después nos levantamos. Vístete, Ryan.

—No puedo moverme.

—¡Vaya con este valiente *navy seal*! ¡Arriba! Vas a venir conmigo.

—¿Adónde?

—Ya lo verás.

Domingo, 19

«Hola, me llamo Ryan, soy alcohólico y llevo seis horas sobrio.» Así se presentó, imitando a los otros que hablaron antes que él en aquella sala sin ventanas, y un aplauso cálido acogió sus palabras. Momentos antes, Pedro Alarcón lo había conducido con Indiana hasta un edificio coronado por una torre en la esquina de las calles Taylor y Ellis, en pleno Tenderloin.

—¿Qué clase de lugar es éste? —había preguntado Miller, cuando Indiana lo obligó a avanzar hacia la puerta, cogido de un brazo.

—La iglesia Glide Memorial. ¿Cómo puedes haber vivido años en esta ciudad sin conocerla?

—Soy agnóstico. No sé para qué estamos aquí, Indiana.

—Fíjate en la torre, ¿ves que no tiene cruz? Cecil Williams, un pastor afroamericano, fue el alma de Glide por muchos años, pero ya está retirado. En los años sesenta lo mandaron a este lugar, una iglesia metodista moribunda, que él transformó en el centro espiritual de San Francisco. Hizo quitar la cruz, porque es un símbolo de muerte y su congregación celebra la vida. Estamos aquí para eso, Ryan: celebrar tu vida.

Le explicó que Glide era una atracción turística por la música irresistible del coro y su política de brazos abiertos: todos eran bienvenidos, sin distinción de credo, raza o tendencia sexual, cristianos de cualquier confesión, musulmanes y judíos, adictos y mendigos, millonarios de Silicon Valley, *drag queens*, celebridades del cine y criminales sueltos, nadie era rechazado, y agregó que Glide contaba con cientos de programas para socorrer, hospedar, vestir, educar, proteger y rehabilitar a los más pobres y desesperados. Se abrieron paso a través de una fila ordenada de gente que aguardaba su turno para el desayuno gratuito. Miller se enteró de que Indiana hacía varias horas semanales ayudando en el servicio de desayuno, de siete a nueve, único horario posible para ella, y que la iglesia ofrecía tres comidas diarias cada día del año a miles de necesitados. Eso requería sesenta y cinco mil horas de trabajo voluntario. «Yo sólo aporto unas cien, pero hay tantos voluntarios, que tenemos que ponernos en lista de espera», le dijo.

A esa hora temprana todavía no empezaba a llegar la muchedumbre del servicio dominical. Indiana conocía el camino y llevó a Miller directamente a una pequeña sala interior, donde se reunía el primer grupo del día de Alcohólicos Anónimos. Ya había media docena de personas en torno a una mesa lateral con termos de café y platos de galletas, el resto fue llegando en los siguientes diez minutos. Se sentaron en sillas de plástico formando un círculo, quince en total, gente de diferentes razas, edades y pelajes, la mayoría hombres, casi todos deteriorados en alguna medida por la adicción y uno con huellas de una paliza reciente, como Miller. Indiana, con su aspecto saludable y su actitud alegre, parecía estar allí por error. Miller esperaba una clase o una conferencia, pero en vez de eso, un hombrecillo flaco, con lentes gruesos de miope, facilitó la reunión. «Hola, soy Benny Ephron y soy adicto. Veo algunos rostros nuevos. Bienvenidos, amigos», se presentó, y los demás, por turno, tomaron la palabra para dar sus nombres.

Ayudados por comentarios o preguntas de Ephron, varios contaron sus experiencias, cómo habían comenzado a beber, cómo perdieron el trabajo, la familia, los amigos, la salud, y cómo trataban de rehabilitarse en Alcohólicos Anónimos. Un hombre mostró, ufano, una ficha con el número dieciocho, por la suma de meses de sobriedad, y los otros aplaudieron. Una de las cuatro mujeres del grupo, desaliñada, con mal olor, pésima dentadura y mirada huidiza, confesó que había perdido la esperanza, porque había reincidido muchas veces, y a ella también la aplaudieron por el esfuerzo de presentarse ese día. Ephron le dijo que iba por buen camino, porque el primer paso es admitir que uno carece de control sobre su vida, y agregó que la esperanza se recupera cuando uno se pone en manos de un poder superior. «Yo no creo en Dios», dijo ella, desafiante. «Yo tampoco, pero confío en el poder superior del amor, el amor que puedo dar y el que recibo», dijo el flaco de lentes. «¡A mí nadie me quiere, nadie me ha querido nunca!», replicó la mujer, levantándose torpemente para irse, pero Indiana se le puso por delante y la abrazó. La mujer se debatió unos segundos, tratando de librarse, y enseguida se abandonó sollozando en los brazos de esa joven que la sostenía con firmeza de madre. Así estuvieron, en estrecho abrazo, por un tiempo que a Miller le pareció eterno, insoportable, hasta que la mujer se calmó y ambas volvieron a sus sillas.

Ryan Miller sólo abrió la boca para presentarse, escuchó los testimonios ajenos con la cabeza metida entre los hombros y los codos apoyados en las rodillas, luchando contra las náuseas y el dolor en las sienes. Compartía con esa gente más de lo que él mismo sospechaba hasta la noche anterior, cuando en un momento de distracción o de enojo se empinó el primer trago y volvió a ser por unos instantes el macho poderoso e invencible de sus fantasías juveniles. Como esos hombres y mujeres que lo rodeaban, él también vivía preso en su piel, aterrado del enemigo agazapado en su interior esperando la oportunidad de destruirlo, un enemigo tan sigiloso que casi lo había olvidado. Pensó en el color dorado del whisky, su brillo soleado, el sonido delicioso de los cubos de hielo en el vaso, pensó en el olor almizclado de la cerveza, su dulce efervescencia y la delicadeza de la espuma.

Se preguntó qué había fallado. Llevaba una vida entrenándose para la excelencia, fortaleciendo su disciplina, cultivando el dominio de sí mismo, manteniendo a raya sus debilidades, y entonces, cuando menos lo esperaba, el enemigo salía de su guarida y le saltaba encima. Antes, cuando no le faltaban excusas, como la soledad y el amor desesperanzado, para ceder a la tentación de perderse por un rato en el alcohol, se había mantenido sobrio. No comprendía por qué había cedido ahora, cuando tenía todo lo anhelado. Desde hacía dos semanas se sentía dichoso y completo. Ese domingo bendito en que pudo finalmente abrazar a Indiana cambió su vida, se había abandonado a la maravilla de amarla y del deseo consumado, al milagro de ser querido y estar acompañado, a la ilusión de creerse redimido y curado para siempre de todas sus heridas. «Me llamo Ryan Miller y soy alcohólico», repitió para sus adentros y sintió que le picaban los ojos de lágrimas retenidas y lo venció el impulso de salir escapando de ese lugar, pero la mano de Indiana en su hombro lo mantuvo en su sitio. A la salida, cuarenta y cinco minutos más tarde, algunos lo palmotearon en la espalda amigablemente, despidiéndolo por su nombre. No les contestó.

A mediodía Indiana y Ryan fueron de picnic al mismo parque de las secoyas, donde dos semanas antes una tormenta les había brindado el pretexto para hacer el amor. El clima estaba incierto, con momentos de llovizna suave y otros en que se desplazaban las nubes y aparecía el sol tímidamente. Él aportó un pollo crudo, limonada, carbón y un hueso para Atila; del queso, el pan y la fruta se encargó ella. Indiana tenía un canasto antiguo forrado en tela a cuadros blancos y rojos, uno de los pocos legados materiales de su madre, ideal para llevar comida, platos y vasos en esos picnics. No había un alma en el parque, que en verano se llenaba de gente, y pudieron instalarse en su sitio preferido, a pocos pasos del río. Sentados en un grueso tronco y arropados con ponchos, esperaron a que se calentara el carbón para asar el pollo, mientras Atila corría histérico persiguiendo ardillas.

La cara de Miller era una calabaza aporreada y el cuerpo un mapa de machucones negruzcos, pero estaba agradecido, porque de acuerdo con la primitiva justicia inculcada por el cinturón de su padre, el castigo redime la culpa. En su infancia las reglas eran claras: quien comete una maldad o una imprudencia debe pagarla, es una ley inevitable de la naturaleza. Si Ryan hacía alguna diablura sin que su padre se enterara, la exaltación de haber eludido la penitencia le duraba muy poco, pronto lo invadía una sensación de terror y la certeza de que el universo se vengaría. A fin de cuentas, era preferible expiar la falta con unos cuantos correazos, que vivir esperando que se materializara una amenaza pendiente. Maldad o imprudencia… Se preguntaba cuántos actos así había cometido en sus cuatro décadas de existencia y concluía que sin duda varios.

En sus años de soldado, joven, fuerte, en la efervescencia de la aventura o en el fragor de la guerra, rodeado de sus camaradas y amparado por el poder de las armas, nunca examinó su conducta, igual que no cuestionó la impunidad de la que gozaba. El juego sucio está permitido en la guerra, no tenía que rendir cuentas a nadie. Cumplía con honor su compromiso de defender a su país, era un *navy seal*, uno de los elegidos, los guerreros míticos. Se cuestionó más tarde, durante los meses hospitalizado o en rehabilitación, orinando sangre y aprendiendo a andar con los fierros en el muñón, y decidió que si era culpable de algo, había pagado de sobra al perder una pierna, a sus compañeros y su carrera militar. El precio fue tan alto —cambiar una vida heroica por una vida banal— que se sintió estafado. Se abandonó al consuelo ficticio de la bebida y las drogas duras para combatir la soledad y el asco de sí mismo, languideciendo en un deprimente condominio de Bethesda.

Entonces, cuando la tentación del suicidio se hizo casi irresistible, Atila le salvó la vida por segunda vez. Catorce meses después de aquel día en que salió de Irak amarrado a una camilla y atontado de morfina, el perro fue gravemente herido por una mina a quince kilómetros de Bagdad. Eso sacudió a Miller del letargo en que estaba sumido y lo puso de pie: tenía una nueva misión.

Maggie, su vecina en Bethesda, una viuda de setenta y tantos años con quien había hecho amistad jugando al póquer, acudió a echarle una mano. A ella le debía otro lema de su existencia: quien busca ayuda, siempre la encuentra. Era una vieja recia, con lenguaje y modales de corsario, que había pasado veinte años en prisión acusada de matar a su marido, después de que éste le rompió varios huesos. Esa mujerona, temida por el vecindario, fue la única persona a quien Miller soportaba en ese período turbio de su existencia y ella le respondió con su habitual rudeza y sorprendente bondad. Al principio, antes de que él pudiera valerse solo, le preparaba comida y lo llevaba en su coche a las citas médicas, más tarde lo recogía del suelo cuando lo encontraba empapado en licor o demente por las drogas y lo distraía jugando a las cartas y viendo películas de acción. Cuando supo lo ocurrido a Atila, Maggie decidió que el primer paso para conseguir al perro, si es que sobrevivía, era que Miller sentara cabeza, porque nadie le confiaría un animal heroico a un guiñapo humano como él.

Miller se había negado a recurrir a los programas de rehabilitación de adicciones del hospital militar, tal como había rechazado los servicios de un psicólogo especializado en síndromes postraumáticos y ella estuvo plenamente de acuerdo en que ésos eran recursos de maricas, había otros métodos más cortos y eficaces. Le vació las botellas en el lavabo, le tiró las drogas al excusado; después lo obligó a desnudarse y se llevó toda su ropa, su computadora, su teléfono y su prótesis. Se despidió de él con una señal optimista de los pulgares hacia arriba y lo dejó encerrado con llave, cojo y en pelotas. Miller debió soportar en frío la tortura de los primeros días de abstinencia, tiritando, alucinando, enloquecido de náuseas, angustia y dolor. Intentó en vano echar abajo la puerta a puñetazos y anudar las sábanas para descender por la ventana, pero estaba en un décimo piso. Golpeó la pared que lo separaba del apartamento de Maggie hasta romperse los nudillos y tanto le castañetearon los dientes, que uno se le quebró. Al tercer día cayó extenuado.

Maggie llegó por la noche a visitarlo y lo encontró encogido en el suelo, gimiendo quedamente y más o menos tranquilo. Lo hizo darse una ducha, le dio un plato de sopa caliente, lo metió en la cama y se instaló a vigilarle el sueño con el rabillo del ojo, mientras fingía ver televisión.

Así comenzó la nueva vida de Ryan Miller. Se volcó en la rutina de mantenerse sobrio y la campaña para recuperar a Atila, quien para entonces se había repuesto de sus heridas y había recibido su condecoración. Los trámites habrían desanimado a cualquiera que no estuviese impulsado por una gratitud obsesiva. Ayudado por Maggie escribió cientos de solicitudes a las autoridades militares, realizó cinco viajes a Washington a defender su caso y consiguió una cita privada con el secretario de Defensa, gracias a una carta firmada por sus hermanos del Seal Team 6. Salió de esa oficina con la promesa de que traerían a Atila a Estados Unidos y después de la cuarentena reglamentaria él podría adoptarlo. En esos meses de fastidiosa burocracia fue a Texas, dispuesto a gastar sus ahorros en las mejores prótesis del mundo, empezó a entrenarse para competir en triatlón y descubrió la forma de darle buen uso a los conocimientos adquiridos como militar. Era experto en comunicaciones y en seguridad, tenía conexiones con el alto mando, impecable hoja de servicio y cuatro condecoraciones como prueba de su carácter. Luego llamó a Pedro Alarcón a San Francisco.

La amistad de Miller con Alarcón había comenzado cuando tenía veinte años. Después de terminar la secundaria se presentó a los *navy seals* para probarle a su padre que podía ser tan hombre como él y porque se sentía incapaz de realizar estudios superiores, era disléxico y tenía problemas de atención. En la escuela no había manifestado el menor interés por los estudios, pero había destacado como deportista, era una masa compacta de músculos y creía tener aguante de sobra para cualquier tarea física; sin embargo fue eliminado de los *navy seals* durante la *hell week*, la semana más dura del entrenamiento, ciento veinte horas matadoras en las cuales se medía el temple de cada hombre para alcanzar la meta, costara lo que costase. Aprendió que el músculo más fuerte es el corazón y que cuando estaba seguro de haber alcanzado el límite de resistencia al dolor y la fatiga, recién estaba comenzando, podía dar más y más todavía, pero no lo suficiente. A la humillación de haber fracasado se sumó la actitud de profundo desprecio con que su padre recibió la noticia. Para ese hombre, hijo y nieto de militares, que se retiró de la Marina con rango de contralmirante, el que su hijo hubiera sido rechazado ratificaba la mala opinión que siempre tuvo de él. Miller y su padre nunca hablaron del tema, cada uno se encerró en un silencio taimado que habría de separarlos por casi una década.

En los cuatro años siguientes, Miller estudió computación, mientras entrenaba ferozmente para presentarse de nuevo a los *navy seal*; ya no se trataba de competir con su padre, sino de verdadera vocación, sabía lo que eso significaba y quería dedicarle su vida. En la universidad le fue bien, porque uno de sus profesores se interesó personalmente por él, lo ayudó a manejar la dislexia y su falta de atención y a superar su bloqueo con los estudios, le dio confianza en su capacidad intelectual y lo convenció de que se graduara antes de ingresar a la Marina. Ese hombre era Pedro Alarcón.

En 1995, cuando Miller logró su objetivo de ser un *navy seal* y el comandante le prendió al pecho su insignia en la Ceremonia del Tridente, a la primera persona que llamó para contárselo fue a su antiguo profesor. Había sobrevivido a la *hell week* y a eternos meses de duro entrenamiento en agua, aire y tierra, tolerando temperatura extremas, privado de sueño y descanso, forjado por la adversidad y el sufrimiento físico, fortalecido por lazos insolubles de camaradería, y había asumido el compromiso formal de vivir y morir como un héroe. En los dieciséis años siguientes, hasta que fue herido y dado de baja, vio muy poco a Alarcón, pero se mantuvieron en contacto. Mientras él andaba en misiones secretas en los sitios más peligrosos, el uruguayo fue contratado como profesor de Inteligencia Artificial en la Universidad de Stanford. Así se enteró Miller de que su viejo amigo era prácticamente un genio.

Pedro Alarcón aprobó entusiasmado la idea de su amigo de proveer de complejos sistemas de seguridad a las Fuerzas Armadas y opinó que para eso Miller necesitaría tener un pie en Washington y otro en Silicon Valley, único lugar donde se podía desarrollar ese tipo de tecnología. Miller alquiló una oficina a diez minutos del Pentágono, que habría de servirle de base, empacó sus escasas pertenencias y se trasladó con Atila a California. El uruguayo los esperaba en el aeropuerto de San Francisco, dispuesto a ayudarlo desde la sombra, ya que su pasado político era sospechoso.

Indiana conocía a grandes rasgos la historia de Miller, incluso la reconciliación con su padre, antes de que éste muriera, pero nada había oído de la misión en Afganistán, que él revivía en sus pesadillas. En el parque de las secoyas, vigilando el pollo, que se asaba con pasmosa lentitud en el aire húmedo del parque, él le contó los hechos de esa noche. Le explicó que matar de lejos, como en cualquier guerra moderna, es una abstracción, un juego de vídeo, no hay riesgo ni sentimientos, las víctimas carecen de rostro, pero en el combate en terreno se ponen a prueba el valor y la humanidad de cada soldado. La posibilidad real de morir o recibir horrendas heridas tiene consecuencias psicológicas y espirituales, es una experiencia única, imposible de transmitir con palabras, sólo la entiende quien ha vivido esa exaltación, mezcla de terror y regocijo. «¿Por qué peleamos? Porque es un instinto primitivo tan poderoso como el de supervivencia», le dijo Miller y agregó que después, en la vida civil, nada es comparable a la guerra, todo parece soso. La violencia no afecta sólo a las víctimas, también afecta a quien la inflige. Lo prepararon para morir y sufrir, podía matar, lo había hecho por años sin llevar la cuenta y sin remordimientos; también podía torturar si era necesario obtener información, pero prefería dejarle esa tarea a otros, a él le revolvía las tripas. Matar en la furia del combate o para vengar a un compañero era una cosa, en esos momentos no se piensa, se actúa a ciegas, impulsado por un odio tremendo, el enemigo deja de ser humano y nada tiene en común con uno. Pero matar civiles, mirándolos a la cara, mujeres, niños… eso era otra cosa.

A comienzos de 2006 los informes de Inteligencia señalaron que Osama bin Laden se ocultaba en la cadena de montañas de la frontera con Pakistán, donde Al-Qaida se había reagrupado después de la invasión americana. La región marcada en el mapa era demasiado vasta para intentar rastrillarla, cientos de cuevas y túneles naturales, inhóspitos montes habitados por grupos tribales, unidos por el islam y por el odio común a los americanos. Los marines habían realizado incursiones en ese paisaje abrupto y seco con pérdidas significativas, porque los combatientes musulmanes aprovechaban su conocimiento del terreno para emboscarlos.

¿Cuántos de esos humildes pastores de cabras, idénticos a sus antepasados de siglos atrás, eran en realidad combatientes? ¿En cuáles de esas casitas color tierra se ocultaban depósitos de armas?

¿Qué transportaban las mujeres bajo sus ropajes negros? ¿Qué sabían los niños? Mandaron a los *navy seals*, seguros de que Osama bin Laden estaba al alcance de la mano, con la misión secreta de matarlo, y si no lo hallaban, al menos impedir que la población siguiera ayudándolo y obtener información. El fin justificaba los medios, como siempre en la guerra. ¿Por qué esa aldea en particular? No le correspondía a Ryan Miller averiguarlo, sino cumplir la orden sin vacilar; los motivos o la legitimidad del ataque no le incumbían.

Lo recordaba en detalle, lo soñaba, lo revivía inexorablemente. Los *navy seals* y el perro avanzan sigilosos, las mandíbulas apretadas, con cuarenta y tres kilos a cuestas de protección corporal y equipo, incluyendo municiones, agua, comida para dos días, baterías, torniquetes y morfina, sin contar el arma ni el casco provisto de luz, cámara y audífonos. Llevan guantes y lentes de visión nocturna. Son los elegidos, destinados a las misiones más delicadas y peligrosas. Los habían lanzado de un helicóptero a tres kilómetros de distancia, respaldados por la fuerza aérea y un contingente de marines, pero en esos instantes están solos. Atila había saltado en su mismo paracaídas, abrazado a él mediante un arnés, con bozal, rígido, paralizado, ese salto al vacío es lo único que teme, pero apenas tocaron tierra estuvo listo para la acción.

El enemigo puede hallarse en cualquier parte, oculto en una de esas casas, en las cuevas de las montañas, detrás de ellos. La muerte puede llegar en muchas formas, una mina, un francotirador, un suicida con un cinturón de explosivos. Es la ironía de esta guerra: por una parte el ejército mejor entrenado y pertrechado del mundo, la fuerza aplastante del imperio más poderoso de la historia, y por otro unas tribus fanáticas dispuestas a defender su territorio como sea, a pedradas si faltan municiones. Goliat y David. El primero cuenta con insuperable tecnología y armamento, pero es un paquidermo trabado por el peso de todo lo que carga, mientras que su enemigo es liviano, ágil, astuto y conoce el país. Ésta es una guerra de ocupación, a la larga insostenible, porque no se puede someter a un pueblo rebelde indefinidamente. Es una guerra que se puede ganar a fuego en el terreno, pero destinada a fracasar en el aspecto humano y ambas partes lo saben, sólo es cuestión de tiempo. Los americanos evitan en lo posible el daño colateral, porque cuesta caro: con cada civil muerto y cada casa destruida aumenta el número de combatientes y el furor de la población. El enemigo es escurridizo, invisible, desaparece en las aldeas, mezclado con pastores y campesinos, demuestra un valor demente y los *navy seals* respetan el valor, también en ese enemigo.

Ryan Miller va adelante, con Atila a su lado. El perro lleva chaleco blindado, gafas especiales, audífonos para recibir instrucciones y una cámara en la cabeza para transmitir imágenes. Es un animal joven y juguetón, pero cuando tiene puesto el chaleco de servicio se transforma en una fiera acorazada, mitológica. No se sobresalta con el fuego de metralla, granadas o explosiones, sabe distinguir el ruido de las armas americanas de las del enemigo, el motor de un camión amigo y el de un helicóptero de rescate, está entrenado para detectar minas y emboscadas. No se mueve del lado de Miller, en caso de peligro inminente se apoya contra él para prevenirlo y si lo ve caer, lo protege a costa de la propia vida. Es uno de los dos mil ochocientos perros de combate del ejército americano en el Oriente Medio. Miller entiende que no debe tomarle afecto, Atila es un arma, es parte del material de combate, pero antes que nada es su camarada, se adivinan mutuamente el pensamiento, comen y duermen juntos. Miller lo bendice en silencio y le da un par de golpecitos en el cuello.

A Atila se le tensan los músculos del cuerpo, se le eriza el pelo, se le recoge el hocico y aparece entera su extraña dentadura con colmillos de titanio. Será el primero en cruzar el umbral, es carne de cañón. Avanza cauteloso y decidido, ahora sólo puede detenerlo la voz de Miller en los audífonos. Agachado, silencioso, invisible entre las sombras, Ryan Miller lo sigue abrazado a su M4, el arma más versátil en combate próximo. Ya no piensa, está preparado, su atención se fija en el objetivo, pero con los sentidos otea la periferia, sabe que sus compañeros se han dispersado en abanico en torno a la aldea para un asalto simultáneo. El enemigo, atacado por sorpresa, no alcanzará a darse cuenta de lo que ocurre, una acción relámpago.

La primera casa al sur le toca a Miller. En el resplandor pálido de la luna menguante la distingue apenas, chata, cuadrada, de tierra y piedra, integrada al terreno como una protuberancia natural del suelo. Lo sobresalta el balido de una cabra, que interrumpe por segunda vez la quietud de la noche. Está a diez metros de la puerta y se detiene, le parece oír el llanto de un niño, pero enseguida vuelve el silencio. Se pregunta cuántos terroristas se ocultan en esa vivienda de pastores, toma aire, llena los pulmones, le hace un gesto al perro, que lo mira atento detrás de sus gafas redondas, y ambos echan a correr hacia la casa. En el mismo instante sus compañeros irrumpen en la aldea entre gritos, estallidos, maldiciones. El *navy seal* suelta una ráfaga contra la puerta y enseguida la abre de una patada. Atila entra primero y se detiene, pronto a atacar, esperando instrucciones. Miller viene detrás, con sus lentes de visión nocturna, analiza la situación y calcula el es-

pacio, la distancia de las paredes, el techo tan bajo que debe aga-
charse, registra automáticamente el suelo de tierra compacta, un
brasero con restos de carbón, cacharros de cocina colgando encima de un fogón apagado, tres o cuatro taburetes de madera. La
vivienda tiene una sola habitación y a primera vista parece vacía.
Grita en inglés que no se muevan y Atila a su lado, gruñe. Todo
sucede tan rápido, que después el hombre no podrá reconstruir
lo ocurrido; en momentos inesperados surgirán imágenes dislo-
cadas en su memoria con el impacto de puñetazos, en sus pesadillas volverá a vivir los sucesos de esa noche una y mil veces. Nunca
podrá ordenarlos ni entenderlos.

El soldado vuelve a gritar en su idioma; percibe un movimiento
a su espalda, se vuelve, aprieta el gatillo, una ráfaga, alguien cae
con un gemido ahogado. Un súbito silencio sigue al estruendo
anterior, una pausa terrible en la cual el soldado se sube las gafas y
enciende su linterna, el rayo de luz barre la habitación, deteniéndose en un bulto en el suelo, Atila brinca hacia adelante y lo atrapa
en sus fauces. Miller se aproxima, llama al perro y debe repetir la
orden para que le obedezca y suelte a su presa. Patea ligeramente
el cuerpo para cerciorarse de que ha muerto. Una pila de trapos
negros, el rostro curtido de una mujer mayor, una abuela.

Ryan Miller maldice. Daño colateral, piensa, pero no está seguro:
algo salió mal. Se dispone a retirarse, pero con el rabillo del ojo
percibe algo en el otro extremo de la habitación, disimulado en
la sombra, se vuelve rápidamente y su linterna revela a alguien
agazapado contra la pared. Se enfrentan a pocos pasos de distancia, él le ordena a gritos que no se mueva, pero la persona se alza
con un sonido ronco, como un sollozo, y él ve que tiene algo en

la mano, un arma. No vacila, aprieta el gatillo y el impacto de las balas levanta al enemigo del suelo y su sangre le salpica la cara. Permanece inmóvil, esperando, con la sensación de hallarse muy lejos, observando la escena en una pantalla, indiferente. Y de pronto lo agobia una súbita fatiga y siente el sudor y el hormigueo en la piel que sigue a la descarga de adrenalina.

Por fin el soldado decide que ya no hay peligro, se acerca. Es una mujer joven. Las balas no le han tocado la cara, es joven y muy bella, con una masa de pelo ondulado y oscuro que se desparrama en torno a la cabeza, tiene los ojos abiertos, grandes ojos claros enmarcados por pestañas y cejas negras, viste una ligera túnica, parece ropa de dormir, está descalza y en el suelo, cerca de su mano abierta, hay un cuchillo ordinario de cocina. Bajo la túnica ensangrentada se distingue el vientre muy abultado y él comprende que está encinta. La mujer lo mira a los ojos y Miller ve que le quedan instantes de vida y que nada puede hacer por ella. Los ojos claros se nublan. El soldado siente la boca llena de saliva y se dobla tratando de controlar las náuseas.

Han transcurrido apenas dos o tres minutos entre el momento en que Miller pateó la puerta y todo concluyó. Debe seguir adelante, allanar el resto de la aldea, pero antes debe asegurarse de que no hay nadie más en la casa. Oye gruñir a Atila, lo busca con la linterna y se da cuenta que el perro está detrás del fogón, donde hay una pequeña cámara, un espacio sin ventanas, con paja en el suelo, que sirve de despensa de alimentos; ve trozos de carne seca ahumada colgando de unos ganchos, un saco de algún grano, tal vez arroz o trigo, un par de vasijas de aceite, y unos tarros de duraznos en almíbar, seguramente adquiridos de contrabando, porque son similares a los de la cantina de la base americana.

Atila está dispuesto a atacar y Miller le ordena retroceder, mientras examina con la luz las paredes irregulares de barro, luego separa con un pie la paja y comprueba que el suelo no es de tierra como el resto de la vivienda, sino de tablas. Supone que debajo puede haber cualquier cosa, desde explosivos hasta la entrada a una cueva de terroristas, y sabe que debe pedir refuerzos antes de seguir indagando, pero está alterado, y sin una intención clara pone una rodilla en el suelo y trata de soltar las tablas con una mano, aferrado a su M4 con la otra. No necesita forcejear mucho, tres de las tablas se desprenden juntas, es una portezuela.

Se levanta de un salto y apunta al hoyo, seguro de que alguien se oculta allí, gritando en inglés que salga, pero no hay respuesta; con el dedo en el gatillo dirige el rayo de la linterna y entonces los ve. Primero la niña, con un pañuelo amarrado en la cabeza, que lo mira con los mismos ojos de su madre, encogida en un hueco donde apenas cabe, luego al niño que sostiene en brazos, un bebé de uno o dos años, con un chupete en la boca. «Joder, joder, joder», murmura el soldado como una oración, y se arrodilla junto al hueco con una punzada en el pecho que apenas le permite respirar; adivina que la madre escondió a los niños y les ordenó quedarse quietos y mudos, mientras ella se preparaba para defenderlos con un cuchillo mellado de cocina.

El *navy seal* permanece de rodillas, atrapado en la mirada hipnótica de esa niña grave, que envuelve a su hermanito en un abrazo, protegiéndolo con su cuerpo. Ha oído toda clase de historias, el enemigo es despiadado, convierte a mujeres en terroristas suicidas y utiliza niños como escudos. Debe verificar si la niña y el bebé están bloqueando la entrada a un túnel o a un depósito de explosivos, debe obligarlos a salir del hoyo, pero no puede hacerlo. Por último se levanta, se lleva un dedo enguantado a los labios para indicarle a la niña que guarde silencio, cierra la tapa, la cubre con paja y sale tambaleándose.

La misión en la aldea de Afganistán fue un fracaso, pero aparte de los americanos y los afganos sobrevivientes, nadie se enteró. En el caso de que ese lugar remoto hubiera sido un nido de terroristas, alguien debió haberles avisado con tiempo y pudieron desmantelar las instalaciones y desaparecer sin dejar huellas. No se hallaron armas ni explosivos, pero el hecho de que sólo hubiera ancianos, mujeres y niños se consideró prueba suficiente de que las sospechas de la CIA eran justificadas. El asalto dejó un saldo de cuatro heridos afganos, uno de gravedad, y las dos mujeres muertas en la primera casa. Oficialmente el ataque a la aldea nunca ocurrió, no se llevó a cabo ninguna investigación y si alguien hubiera preguntado, la hermandad de los *navy seals* habría ofrecido una sola versión, pero nadie lo hizo. Ryan Miller habría de cargar solo con el peso de sus acciones; sus compañeros no le pidieron explicaciones, partiendo de la base que hizo lo indicado dadas las circunstancias y disparó en defensa propia o por precaución. «Los otros tomaron la aldea con un mínimo de daño, sólo yo perdí el control», le confesó Miller a Indiana. Sabía que el combate es caótico, los riesgos son inmensos. Podía ser herido, terminar con daño cerebral o inválido, morir peleando, ser apresado por el enemigo, torturado y ejecutado, carecía de ilusiones respecto a la guerra, no había entrado en esa profesión pensando en el uniforme, las armas y la gloria, sino por vocación. Estaba preparado para morir y matar, orgulloso de pertenecer a la nación más espléndida de la historia. Jamás había sentido flaquear su lealtad, tampoco había cuestionado las instrucciones recibidas ni los métodos empleados para obtener la victoria. Asumía que tendría que matar civiles, era inevitable, en cualquier guerra moderna perecían diez civiles por cada soldado; en Irak y Afganistán la mitad del daño colateral era causado por ataques terroristas y la otra mitad por fuego americano. Sin embargo, el tipo de misión que le había tocado a su equipo nunca había incluido enfrentamiento con mujeres y niños desarmados.

Después de esa noche en la aldea, Miller no tuvo tiempo de analizar lo ocurrido, porque de inmediato su grupo fue enviado en otra misión, esta vez en Irak. Barrió esos sucesos al rincón más polvoriento y olvidado de la mente y siguió con su vida. La niña de los ojos verdes no habría de penarle hasta un año más tarde, cuando despertó de la anestesia en un hospital de Alemania y ella estaba sentada en una silla metálica, silenciosa y seria, con su hermanito en el regazo, a pocos pasos de su cama.

Indiana Jackson lo escuchó tiritando bajo su poncho en la fría humedad del bosque, sin hacer preguntas, porque durante el relato ella también estuvo en esa aldea aquella noche, entró a la casa detrás de Miller y Atila, y una vez que ellos se fueron se metió en el hueco bajo las tablas y se quedó con los niños, abrazándolos hasta que terminó el asalto y vinieron otras mujeres, recogieron los cuerpos de la abuela y la madre, los llamaron y los buscaron hasta que dieron con ellos y pudieron extraerlos de su refugio y comenzar el largo duelo por los muertos. Todo ocurre simultáneamente, no existe el tiempo, no hay límites en el espacio, somos parte de la unidad espiritual que contiene las almas que se encarnaron antes, las de ahora y las de mañana, todos somos gotas del mismo océano, se repitió calladamente, como tantas veces lo había dicho y lo había sentido en la meditación. Se volvió hacia Miller, sentado a su lado en el tronco, con la cabeza gacha, y vio que tenía las mejillas húmedas con las primeras gotas de lluvia o tal vez de lágrimas. Estiró la mano para secárselas en un gesto tan íntimo y triste, que el hombre suspiró con un quejido.

—Estoy jodido, Indi, jodido por dentro y por fuera. No merezco el amor de nadie y menos el tuyo.

—Si crees eso, estás más jodido de lo que piensas, porque lo único que va a sanarte es el amor, siempre que le des cabida. Tú eres tu propio enemigo, Ryan. Empieza por perdonarte, si no te perdonas vas a vivir siempre prisionero del pasado, castigado por la memoria, que siempre es subjetiva.

—Lo que hice es real, no es subjetivo.

—Es imposible cambiar los hechos, pero puedes cambiar tu forma de juzgarlos —dijo Indiana.

—Te quiero tanto que me duele, Indi. Me duele aquí, en el centro del cuerpo, como si una lápida me aplastara el pecho.

—El amor no duele, hombre. Eso que te aplasta son heridas de guerra, remordimientos, culpa, todo lo que has visto y has tenido que hacer, nadie sale ileso de una experiencia así.

—¿Qué voy a hacer?

—De partida, vamos a dejar que los cuervos se coman este pollo, que sigue crudo, y nosotros nos iremos a la cama a hacer el amor. Eso siempre es buena idea. Estoy congelada y empieza a llover en serio, necesito estar arropada en tus brazos. Enseguida vas a dejar de correr, Ryan, porque no se puede escapar de ciertos recuerdos, siempre te alcanzan, debes reconciliarte contigo mismo y con la niñita de ojos verdes, llámala para que venga a oír tu historia, pídele perdón.

—¿Llamarla? ¿Cómo?

—Con el pensamiento. Y de paso puedes llamar también a su madre y su abuela, que deben de andar por aquí, flotando entre las secoyas. No sabemos cómo se llama esa niña, pero sería más fácil hablarle si tuviera nombre. Digamos que se llama Sharbat, como la muchacha de ojos verdes que salió en aquella famosa portada del *National Geographic*.

—¿Qué le puedo decir? Sólo existe en mi cabeza, Indi. No puedo olvidarla.

—Ella tampoco puede olvidarte a ti, por eso viene a visitarte. Imagínate lo que fue esa noche para ella, agazapada en un hoyo, temblando de terror ante un extraterrestre gigantesco y una fiera monstruosa dispuestos a destrozarla. Y después vio a su madre y su abuela ensangrentadas. Nunca podrá exorcizar esas imágenes terribles sin tu ayuda, Ryan.

—¿Cómo voy a ayudarla? Eso pasó hace varios años, al otro lado del mundo —dijo él.

—Todo está conectado en el universo. Olvídate de las distancias y del tiempo, haz cuenta que todo sucede en un presente eterno, en este mismo bosque, en tu memoria, en tu corazón. Habla con Sharbat, pídele perdón, explícale, dile que irás a buscarla a ella y a su hermanito y tratarás de ayudarlos. Diles que si no los encuentras, ayudarás a otros niños como ellos.

—Tal vez no pueda cumplir esa promesa, Indi.

—Si tú no puedes, entonces iré yo por ti —replicó ella y tomándole la cara a dos manos lo besó en la boca.

Lunes, 20

Para eludir a la policía, las peleas de perros se llevaban a cabo en diferentes localidades. Elsa Domínguez le había anunciado al inspector jefe que habría una el tercer lunes del mes, aprovechando el feriado del día de los Presidentes, pero no supo decirle dónde. Bob Martín consiguió que uno de sus informantes lo averiguara y llamó a sus colegas del Departamento de Policía de San Rafael para contarles lo que iba a suceder y ofrecerles su colaboración. A los agentes, que ya tenían suficientes problemas con otros delitos de las pandillas del Canal, no les interesó demasiado el asunto, aunque sabían que las peleas de perros se prestaban a apuestas, borracheras, prostitución y narcotráfico, hasta que Bob Martín les hizo ver la ventaja de que una noticia como ésa saliera en la prensa. El público se ponía más sentimental con los animales que con los niños. Una reportera y un fotógrafo del periódico local estaban dispuestos a acompañarlos en la redada, un incentivo que se le ocurrió a Petra Horr, porque conocía a la periodista y pensó que le interesaría ver lo que ocurría a pocas cuadras de su propia casa.

No todos los dueños de perros de pelea eran curtidos maleantes, algunos eran muchachos negros o inmigrantes latinos y asiáticos sin trabajo, que intentaban ganarse la vida con sus campeones. Para inscribir a un perro novato en una riña había que invertir trescientos dólares, pero una vez que éste se clasificaba, después de vencer a varios contrincantes, el dueño cobraba por hacerlo pelear y además ganaba con las apuestas. El «deporte», como llamaban a esa diversión clandestina, era tan sanguinario que la reportera casi vomitó cuando Petra le mostró un vídeo de una pelea y fotografías de los perros moribundos con las entrañas arrancadas a dentelladas.

Hugo Domínguez y otro muchacho de su edad tenían un prometedor mastín de cuarenta y cinco kilos, un bastardo de rottweiler, criado con carne cruda, sin contacto con otros animales ni afecto humano, al que entrenaban haciéndolo correr durante horas, hasta que las patas no lo sostenían, lo azuzaban para que atacara y lo enloquecían con drogas y chile picante en el recto. Mientras más sufriera el animal, más fiero se volvía. Sus dueños iban a los barrios más pobres de Oakland y Richmond, donde había perros sueltos, ataban a una hembra en celo a un árbol y esperaban a que, atraídos por el olor, se acercaran machos callejeros; entonces los cazaban con una red, los echaban en el maletero de un coche y se los llevaban para que hicieran de *sparrings* del rottweiler.

Ese lunes se conmemoró a George Washington, nacido en febrero de 1732, y por extensión a todos los presidentes de Estados Unidos, con rebajas en las tiendas, banderas, programas patrióticos en los medios de comunicación y carnavales para los niños en los parques. El día estuvo nublado, oscureció temprano y a las siete y media de la tarde, cuando Bob Martín se sumó a los agentes de San Rafael para iniciar la redada, ya era noche cerrada. Petra Horr iba con su amiga reportera y el fotógrafo, siguiendo de cerca a la caravana de cinco coches, tres de la policía de San Rafael y dos de la de San Francisco, que llegaron en silencio y sin luces a la zona industrial de la ciudad, vacía a esa hora.

Cerca de un antiguo depósito de materiales de construcción, en desuso desde hacía varios años, vieron vehículos estacionados a lo largo de la calle y Bob Martín comprendió que el dato de su informante era acertado. La mayoría de los éxitos de su carrera se los debía a los soplones; sin ellos su trabajo sería muy difícil y por eso los protegía y trataba bien. A una orden suya, dos oficiales tomaron las patentes de los coches, que más tarde podrían identificar, otros se distribuyeron sigilosamente alrededor del depósito, bloqueando las posibles salidas, mientras él encabezaba el grupo de ataque. Planeaban irrumpir por sorpresa, pero los organizadores de la riña tenían vigilancia exterior.

Se oyeron unos gritos de alarma en español y de inmediato se produjo una estampida de hombres que se abalanzaron hacia las salidas, sobrepasando en número y fuerza a la policía, seguidos por unas pocas mujeres jóvenes que chillaban y se defendían a arañazos y patadas. En cuestión de segundos se encendieron los focos de los coches patrulleros y empezó una algarabía de órdenes, insultos, bastonazos y hasta algunos tiros al aire. Aunque lograron detener a una docena de hombres y cinco mujeres, el resto logró escapar.

En una especie de hangar, donde todavía se veían algunas pilas de ladrillos y barras de hierros retorcidos, en una atmósfera densa de humo de cigarrillo, ladridos y olor a sudor humano, sangre y excrementos, había un improvisado ruedo de unos tres metros por tres, con planchas de madera aglomerada de metro veinte de altura, que separaban al público de los animales enrabiados. Para evitar que resbalaran las patas de los perros, una moqueta ordinaria cubría el piso del cuadrilátero, tan ensangrentada como la madera del cerco. En jaulas o atados con cadenas esperaban varios perros que aún no habían participado en las peleas y tirados en un extremo del depósito agonizaban dos animales vencidos. Bob Martín hizo intervenir a la Sociedad Protectora de Animales, que aguardaba con un vehículo y dos veterinarios para acudir a su llamado.

Hugo no intentó escapar de la policía, como si supiera que su suerte estaba echada. Sus sospechas habían comenzado cuando su madre y sus hermanas, que habían aprendido a no meterse en su vida, le rogaron que se quedara en casa esa noche. «Tengo un mal presentimiento», había dicho su madre, pero por el tono solapado y la mirada escurridiza, él supo que era más que un presentimiento, era una traición. ¿Qué sabían las mujeres de su familia? Lo suficiente para hundirlo, estaba seguro. Sabían del rottweiler y habían descubierto su maletín con las jeringas y el resto del equipo, que confundieron con instrumental para drogas y armaron tal escándalo que se vio obligado a explicarles que era material de primeros auxilios. Los dueños de los perros no podían llevar a los heridos a un veterinario, que hubiera identificado las mordeduras, tenían que aprender a coserlos, vendarlos, administrarles fluidos en las venas y antibióticos. Habían invertido tiempo y dinero en sus campeones, debían tratar de salvarlos si cabía esperanza, si no los tiraban al canal o los abandonaban en una autopista, para que parecieran atropellados. Nadie investigaba la muerte de un perro, por destrozado a mordiscos que estuviese. Lo que tal vez su madre y sus hermanas no sabían era que al informar a la policía lo condenaban a muerte a él y se condenaban ellas mismas, porque si los Sureños o los jefes del circuito de peleas de perros, un par de coreanos despiadados, se enteraban de la traición, todos pagarían el precio en sangre, incluso sus pequeños sobrinos. Y los jefes siempre se enteraban de todo.

El inspector encontró a Hugo Domínguez agazapado en un rincón, detrás de unos sacos de gravilla, esperando. Había decidido que la única forma de alejar las sospechas de sí mismo y su familia era que lo arrestaran. En la prisión estaba más seguro que en la calle, allí podía pasar inadvertido al mezclarse con otros latinos, no sería el primer Sureño que caía en San Quintín. Al final de su condena le esperaría la deportación. ¿Qué iba a hacer en Guatemala, un país desconocido y hostil? Unirse a otra pandilla, qué otra cosa podía hacer.

—¿Cuál es tu campeón, Hugo? —le preguntó Bob Martín, cegándolo con el rayo de su linterna.

El muchacho señaló a uno de los encadenados, un animal grande y pesado, marcado de cicatrices, con la piel del hocico recogida, como una quemadura.

—¿Ese perro negro?

—Sí.

—Hace dos semanas, el martes 7 de febrero, tu perro ganó una pelea importante. Te echaste dos mil dólares al bolsillo y los Sureños se llevaron otros tantos, después de pagar comisión a los coreanos.

—Yo no sé nada, polizonte.

—No necesito tu confesión. Las riñas de perros son un delito repugnante, Hugo, pero a ti te servirán de coartada para salvarte el pellejo por algo más serio, el homicidio de Rachel Rosen. Date vuelta y pon las manos atrás —le ordenó Bob Martín, con las esposas listas.

—Dígale a mi madre que nunca se lo perdonaré —dijo el muchacho, con lágrimas de ira.

—Tu madre no tuvo nada que ver con esto, mocoso malcriado. Le vas a partir el corazón a la pobre Elsa.

Viernes, 24

La casa de Celeste Roko era una de las «damas pintadas» del Haight-Ashbury, una de las cuarenta y ocho mil viviendas de estilo victoriano y eduardiano que brotaron como hongos en San Francisco entre 1849 y 1915, algunas traídas en piezas de Inglaterra y armadas como si fueran un rompecabezas. La suya era una reliquia de más de cien años, construida poco después del terremoto de 1906, que había pasado por estados alternos de gloria y decadencia. Durante las dos guerras mundiales sufrió la afrenta de ser pintada color buque con el excedente de pintura gris de la Marina, pero en 1970 fue remodelada, sus cimientos reforzados con hormigón y pintada en cuatro colores, azul Prusia de fondo, celeste y turquesa en los relieves decorativos, blanco para marcos de puertas y ventanas. La casa, sombría, incómoda, con un laberinto de cuartos pequeños y escaleras empinadas, había sido valorada recientemente en dos millones de dólares por ser parte del patrimonio histórico de la ciudad y una atracción turística. Roko la había adquirido por mucho menos con sus ahorros, fruto de buenas inversiones, gracias a sus pronósticos astrológicos de Wall Street.

Indiana Jackson subió los quince escalones del porche, tocó el timbre, un interminable carillón de regusto vienés, y pronto la madrina de su hija le abrió la puerta. Celeste Roko había sido escogida como madrina de Amanda por su amistad de muchos años con doña Encarnación Martín y por el hecho de ser católica observante, a pesar de que el Vaticano condenaba la práctica de la adivinación. Los abuelos de Celeste eran croatas y se conocieron y casaron en el barco que los dejó en Ellis Island, a fines del siglo XIX. La pareja se instaló en Chicago, bien llamada la segunda capital de Croacia, por el alto número de inmigrantes de ese país que llegó a la ciudad. La familia, que empezó trabajando en la construcción y en fábricas de ropa, se fue extendiendo a otros estados y prosperando en cada generación, especialmente la rama que llegó a California y se enriqueció con tiendas de comestibles. El padre de Celeste fue el primero en ir a la universidad y después ella se graduó de médico psiquiatra, profesión que ejerció por un tiempo corto, hasta que descubrió que la astrología era un sistema más breve y efectivo de ayudar al cliente que el psicoanálisis. La combinación de conocimientos académicos y astrológicos resultó tan exitosa que pronto se vio desbordada por los clientes, que debían esperar meses para una consulta. Entonces se le ocurrió el programa de televisión, que llevaba quince años en el aire.

Después empezó a promocionarse en internet secundada por un equipo de gente joven. Aparecía en la pantalla con traje oscuro de corte impecable, camisa de seda, collar de perlas grandes como huevos de tortuga, el pelo rubio recogido en un moño elegante en la nuca y lentes anticuados en forma de ojos de gato, que no se habían usado desde 1950. Su imagen correspondía a la de una psiquiatra jungiana algo pasada de moda, pero en su casa se vestía con quimonos comprados en Berkeley. El quimono, con su forma de T y sus mangas anchas, tan natural en una geisha, no favorecía a su cuerpo croata, pero ella lo llevaba con bastante donaire.

Indiana siguió a Celeste por otro tramo de escaleras hasta una salita hexagonal, donde se sentó a esperar a su anfitriona, que insistió en ofrecerle té. El ambiente de la vieja casa le parecía opresivo, con la calefacción demasiado alta, olor a alfombras mohosas y flores marchitas, con lámparas de loza y pantallas de pergamino amarillo, con la tenue presencia de los antiguos habitantes, que traspasaban las paredes y escuchaban las conversaciones desde los rincones.

Momentos más tarde volvió Celeste de la cocina, las mangas del quimono flameando como banderas, con una bandeja, dos tazas de porcelana china y una tetera de hierro negra. Levantó la tapa de la tetera para que Indiana aspirara el aroma del té francés Marco Polo, mezcla de frutas y flores, uno de los lujos que hacían placentera su vida de mujer sola. Sirvió el brebaje y se instaló con las piernas cruzadas como un faquir sobre uno de los sillones.

Mientras soplaba la taza, Indiana desahogó sus preocupaciones con la confianza adquirida en muchos años de relación familiar y de consultas zodiacales, sin entrar en detalles, porque la madrina ya estaba al tanto de lo ocurrido con Alan Keller. Indiana la había llamado por teléfono al día siguiente de recibir la revista que habría de acabar con cuatro años de amores felices. Celeste había tratado de minimizar la importancia de ese incidente, porque le preocupaba que Indiana siguiera soltera a los treinta y tantos años; la juventud pasa rápido y envejecer sola es aburrido, le dijo, pensando en que su propia vida sería más feliz junto a Blake Jackson, lástima que el hombre tuviera vocación de viudo. Para Indiana, sin embargo, la infidelidad era razón sobrada para despachar a su amante. A pedido suyo, Celeste acababa de hacer la carta astral de Ryan Miller, a quien no había visto jamás.

—Este Miller tiene un aspecto muy viril, ¿verdad?

—Sí.

—Sin embargo ocho de sus planetas están en lo femenino.

—¡No me digas que es gay! —exclamó Indiana.

Celeste le explicó que la astrología no indica la preferencia sexual de una persona, sólo su destino y su carácter, y el de Miller tenía fuertes rasgos femeninos: era servicial, cariñoso, protector, casi se podría decir maternal, condiciones ideales para un médico o un maestro, pero Miller estaba marcado por el complejo de héroe y había notables contradicciones en su carta astral, por eso no había hecho caso del mandato de las estrellas y de su propia naturaleza y vivía desgarrado entre sus sentimientos y sus actos. Se explayó en el padre autoritario y la madre depresiva, la necesidad de probar su hombría y su coraje, su talento para rodearse de compañeros leales a toda prueba, su tendencia a la adicción y su impulsividad, incluso señaló en la carta un momento crucial en su vida alrededor de 2006, pero no mencionó que hubiera sido soldado o que perdió una pierna y estuvo a punto de morir.

—Estás enamorada de él —concluyó Celeste Roko.

—¿Eso dicen los planetas? —se rió Indiana.

—Eso digo yo.

—Lo que se dice enamorada, tal vez no, pero me atrae mucho. Es un gran amigo, pero mejor ni pensar en el amor, trae demasiadas complicaciones. Y la verdad es que yo también tengo complicaciones, Celeste.

—Si te aferras a él sólo para olvidar a Alan Keller, le vas a partir el corazón a este buen muchacho.

—Le han pasado muchas cosas malas, es un nudo de remordimiento, culpa, agresividad, malos recuerdos, pesadillas, Ryan no cabe en su pellejo.

—¿Qué tal es en la cama?

—Bien, pero podría ser mucho mejor y comparado con Alan cualquier hombre se queda corto.

—¿Corto? —preguntó la Roko.

—¡No seas mal pensada! Quise decir que Alan me conoce, sabe tratarme, es romántico, imaginativo y refinado.

—Eso se puede aprender. ¿Este Miller, tiene sentido del humor?

—Más o menos.

—Qué pena, Indiana. Eso no se aprende.

Bebieron un par de tazas de té y quedaron en que una comparación entre las cartas astrales de Indiana y Miller aclararía algunos puntos. Antes de acompañarla a la puerta, Celeste le dio la dirección del monje que limpiaba el karma.

Sábado, 25

Una vez al año, Amanda incursionaba en la cocina con un propósito más serio que calentar una taza de chocolate en el microondas y emprendía la tarea de preparar una torta de hojaldre y dulce de leche para el cumpleaños de su abuela Encarnación, una bomba de yemas, mantequilla y azúcar. Era su único proyecto culinario, aunque en verdad la faena de galeote le tocaba a Elsa Domínguez: amasar los finos discos de hojaldre y hornearlos. Ella sólo se encargaba de hervir cuatro tarros de leche condensada en una olla para hacer el dulce, armar la torta y ensartar las velitas en el producto terminado.

Encarnación Martín, que seguía pintándose los labios de rojo y el cabello de negro, cumplía invariablemente cincuenta y cinco años desde hacía una década; eso significaba que había tenido su primer hijo a los nueve, pero nadie sacaba esas cuentas cicateras. A la madre de Encarnación tampoco se le calculaba la edad; la bisabuela había permanecido inmune al paso del tiempo, derecha como un álamo, con su moño apretado y sus pupilas de águila capaces de ver el futuro. El cumpleaños de Encarnación se celebraba siempre el último fin de semana de febrero con una parranda en el Loco Latino, una discoteca de salsa y samba, que se cerraba al público para recibir a los invitados de los Martín. La fiesta culminaba con la llegaba de un grupo de mariachis ancianos, miembros de la banda original de José Manuel Martín, el esposo fallecido hacía mucho. Encarnación bailaba hasta que no quedaba un solo hombre en pie para acompañarla, mientras la bisabuela vigilaba desde un trono elevado para que nadie, por borracho que estuviera, perdiese la decencia. A ella se le rendía pleitesía, porque con su fábrica de tortillas, fundada en 1972, prosperó la familia y habían subsistido varias generaciones de empleados, todos inmigrantes de México y Centroamérica.

La torta de dulce de leche, prácticamente indestructible, pesaba cuatro kilos sin contar la bandeja, alcanzaba para noventa personas, porque se cortaba en láminas transparentes, y duraba varios meses congelada. Doña Encarnación la recibía con grandes muestras de aprecio, aunque no comía dulces, porque era regalo de su nieta favorita, la luz de sus ojos, el ángel de su vida, el tesoro de su vejez, como la llamaba en sus arranques de inspiración. Se le solían olvidar los nombres de sus seis nietos varones, pero coleccionaba mechones de pelo y dientes de leche de Amanda. Nada complacía tanto a la matriarca como ver reunidos a sus siete nietos, sus hijos e hijas con sus respectivos cónyuges, incluyendo a Indiana y también a Blake Jackson, por quien sentía secreta debilidad; era el único hombre capaz de reemplazar a José Manuel Martín en su corazón de viuda y tenía la desgracia de que era su consuegro. ¿Incesto o sólo pecado? No estaba segura. Le había prohibido a su hijo Bob que apareciera con alguna de las pindongas con quienes se relacionaba, porque ante Dios todavía estaba casado con Indiana y lo seguiría estando a menos que consiguiera una dispensa del Vaticano. «¿No trajiste a La Polaca?», le preguntó Amanda a su padre en susurros cuando llegó al Loco Latino.

El desfile de platos mexicanos incontaminados por la influencia estadounidense comenzó temprano y a medianoche los invitados seguían comiendo y bailando. Amanda, aburrida con sus primos, unos bárbaros irremediables, logró arrancar a su padre de la pista de baile y a su abuelo de la mesa y llevárselos aparte.

—Los de *Ripper* estamos bastante avanzados en la investigación de los crímenes, papá —le informó.

—¿Qué nueva tontería se te ha ocurrido ahora, Amanda?

—Ninguna tontería. *Ripper* es un juego inspirado en uno de los misterios de la historia del crimen, Jack el Destripador, el legendario asesino de mujeres, que operaba en los barrios bajos de Londres en 1888. Existen más de cien teorías sobre la identidad del

Destripador, incluso se sospecha de un miembro de la familia real.

—¿Qué tiene eso que ver conmigo? —le preguntó su padre, sudando por la tequila y el baile.

—Nada. No es de ese Jack que quiero hablarte, sino del Destripador de San Francisco. Con los otros jugadores estamos atando cabos, ¿qué te parece?

—Pésimo, Amanda, ya te lo advertí antes. Eso le corresponde al Departamento de Homicidios.

—¡Pero tu Departamento no está haciendo nada, papá! Éste es un asesino en serie, hazme caso —insistió la chica, que había pasado la semana de vacaciones de invierno revisando minuciosamente la información de sus archivos y comunicándose a diario con los de *Ripper*.

—¿Qué pruebas tiene, señorita destripadora?

—Fíjate en las coincidencias: cinco asesinatos, Ed Staton, Michael y Doris Constante, Richard Ashton y Rachel Rosen, todos en San Francisco, en ninguno hubo señales de lucha, el autor entró sin violar cerraduras, es decir, tenía acceso fácil, sabía abrir varios tipos de cerraduras y posiblemente conocía a las víctimas, o al menos sus hábitos. Se dio tiempo para planear y ejecutar cada homicidio a la perfección. En cada caso llevó el arma del crimen, lo que demuestra premeditación: una pistola y un bate de béisbol, dos jeringas con heroína, un *táser* o tal vez dos, y el hilo de pescar.

—¿Cómo te enteraste del hilo de pescar?

—Por el informe preliminar de la autopsia de Rachel Rosen, que leyó Kabel. También revisó el informe de Ingrid Dunn sobre Ed Staton, el guardia que balearon en la escuela, ¿te acuerdas?

—Por supuesto que me acuerdo —replicó el inspector.

—¿Sabes por qué no se defendió y por qué recibió de rodillas el tiro de gracia en la cabeza?

—No, pero estoy seguro de que tú lo sabes.

—Los de *Ripper* pensamos que el asesino usó el mismo *táser* con que mató a Richard Ashton. Lo paralizó con una descarga, Staton cayó de rodillas y antes de que pudiera reponerse lo ejecutó con el revólver.

—Brillante, hija —admitió el inspector jefe.

—¿Cuánto rato dura el efecto paralizante del *táser*? —le preguntó Amanda.

—Depende. En un tipo del tamaño de Staton pueden ser unos tres o cuatro minutos.

—Tiempo sobrado para matarlo. ¿Staton estaría consciente?

—Sí, pero confundido, ¿por qué?

—Por nada… Abatha, la psíquica de *Ripper* asegura que el asesino siempre se da tiempo para hablar con las víctimas. Ella cree que tiene algo importante que decirles. ¿Qué te parece eso, papá?

—Es posible. A ninguna de las víctimas las mató por detrás ni de sorpresa.

—Eso de meterle el mango del bate por… ya sabes a qué me refiero, lo hizo después de que Staton muriera. Eso es muy importante, papá, es otra cosa que los crímenes tienen en común, el autor no torturó a sus víctimas en vida, sino que profanó los cadáveres: a Staton con el bate de béisbol, a los Constante marcándolos como ganado con un soplete, a Ashton con la esvástica y a Rosen colgándola como a un delincuente.

—No te adelantes, la autopsia de Rosen no está concluida.

—Faltan detalles, pero eso ya se sabe. Hay diferencias entre los crímenes, pero las similitudes señalan a un solo autor. Eso de la profanación post mórtem se le ocurrió a Kabel —dijo Amanda, acentuando el latinajo que había sacado de novelas policiales.

—Kabel soy yo —aclaró el abuelo—. Como dice Amanda, la

intención del asesino no fue martirizar a las víctimas, sino dejar un mensaje.

—¿Sabes la hora de la muerte de Rachel Rosen? —le preguntó Amanda a su padre.

—El cadáver estuvo colgado un par de días, seguramente murió el martes por la noche, pero no tenemos la hora exacta.

—Parece que todos los crímenes ocurrieron alrededor de la medianoche. Los de *Ripper* estamos investigando si hay otros casos similares sucedidos en los últimos diez años.

—¿Por qué ese plazo? —preguntó el inspector.

—Algún plazo tenemos que darnos, papá. Según Sherlock Holmes, me refiero a mi amigo de *Ripper*, no al personaje de sir Arthur Conan Doyle, sería una pérdida de tiempo examinar casos antiguos, porque si se trata de un asesino en serie, como creemos, y coincide con el perfil habitual, tiene menos de treinta y cinco años.

—No hay certeza de que lo sea y si lo fuera, éste no es típico. No hay rasgos comunes entre las víctimas —replicó el inspector.

—Estoy segura de que los hay. En vez de investigar los casos separadamente, ponte a buscar algo común entre las víctimas, papá. Eso nos dará el motivo. Eso es el primer paso de cualquier investigación y en estos casos evidentemente no se trata de dinero, como es lo usual.

—Gracias, Amanda. ¿Qué haría el Departamento de Homicidios sin tu valiosa ayuda?

—Ríete, si quieres, pero te advierto que en *Ripper* estamos tomando esto en serio. Vas a pasar una tremenda vergüenza cuando nosotros resolvamos los crímenes antes que tú.

A Alan Keller le cambió la vida aquel día en la oficina de su hermano, cuando se vio despojado de sus privilegios. Mark y Lucille Keller se hicieron cargo de su deuda fiscal y pusieron en marcha la venta de Woodside. Fue innecesario echarlo de la antigua casona, ya que él no veía la hora de escapar. Se había sentido preso durante años y en menos de tres días se trasladó al viñedo de Napa con su ropa, libros, discos, un par de muebles antiguos y sus preciosas colecciones. Lo consideró una solución temporal, porque Mark tenía el ojo puesto en esa tierra hacía tiempo y muy pronto se la quitaría, a menos que sucediera algo inesperado, como la muerte simultánea y repentina de Philip y Flora Keller, pero ésa era una posibilidad remota; sus padres no le harían el favor de morirse a nadie y menos a él. Se dispuso a gozar de su estadía en Napa mientras pudiera, sin angustiarse por el futuro; era la única de sus posesiones que realmente deseaba conservar, más que sus cuadros, jades, porcelanas y huacos de contrabando.

Esa semana de febrero hacía quince grados más en Napa que en San Francisco, los días eran tibios y las noches frías, nubes espectaculares navegaban por un cielo pintado de acuarela, el aire olía al humus de la tierra dormida, donde las viñas se preparaban para echar hojas en la primavera, y predominaba en los campos el amarillo luminoso de la flor de la mostaza. Aunque nada sabía de agricultura o de preparación del vino, Alan tenía pasión de terrateniente, amaba su propiedad, paseaba entre las rectas hileras de cepas, estudiaba las matas, recogía brazadas de flores silvestres, examinaba su pequeña bodega, contaba y volvía a contar las cajas y botellas, aprendía de los escasos trabajadores que estaban podando. Eran campesinos mexicanos itinerantes, habían vivido de la tierra durante generaciones, sus movimientos eran rápidos, precisos y tiernos, sabían cuánto debían podar y cuántos brotes dejar en las plantas.

Alan habría dado todo por salvar esa bendita propiedad, pero con lo que lograra obtener de sus obras de arte y colecciones apenas cubriría las deudas de las tarjetas de crédito, cuyos intereses se le habían ido acumulando a un costo de usura. Sería imposible defender su viñedo de la codicia de su hermano; cuando a Mark se le ponía algo entre ceja y ceja lo llevaba a cabo con salvaje tenacidad. Su amiga Geneviève van Houte, al enterarse de sus apuros, había ofrecido conseguirle socios capitalistas para convertir la viña en un negocio rentable, pero Alan prefería entregársela a Mark; así al menos quedaría en la familia y no a merced de desconocidos. Se preguntaba qué haría cuando la perdiera, dónde viviría. Estaba harto de San Francisco, siempre las mismas caras y fiestas, los mismos chismes demoledores y conversaciones banales, nada lo retenía en esa ciudad, sólo la vida cultural, a la que no pensaba renunciar. Acariciaba la ilusión de vivir en una casa modesta en uno de los pueblos tranquilos del valle de Napa, por ejemplo, en Santa Helena y trabajar, aunque la idea de buscar empleo por primera vez a los cincuenta y cinco años era risible. ¿En qué podría trabajar? Sus conocimientos y habilidades, tan celebrados en los salones, resultaban inútiles para ganarse la vida, él sería incapaz de cumplir un horario o recibir órdenes, tenía problemas con la autoridad, como decía livianamente cuando se tocaba el tema. «Cásate conmigo, Alan. A mi edad, un marido viste mucho más que un gigoló», le propuso Geneviève por teléfono entre carcajadas. «¿Tendríamos un matrimonio abierto o monógamo?», le preguntó Alan, pensando en Indiana Jackson. «¡Pluralista, por supuesto!», replicó ella.

En esa casa de campo, con sus gruesas paredes color calabaza y sus pisos de cerámica colorada, Alan encontraba la quietud de un convento, dormía sin somníferos, disponía de tiempo para redondear ideas, en vez de saltar de un pensamiento a otro en un incesante ejercicio de futilidad. Sentado en un sillón de mimbre en el corredor techado, con la vista perdida en las redondas colinas y los infinitos viñedos, con una copa en la mano y el perro de María, la empleada, echado a los pies, Alan Keller tomó la decisión más importante de su existencia, la que llevaba semanas apremiándolo despierto y soñando dormido, mientras los argumentos de su razón batallaban contra sus sentimientos. Marcó varias veces el número de Indiana sin obtener respuesta, y supuso que ella habría perdido de nuevo el móvil, por tercera vez en los últimos seis meses. Terminó su copa y avisó a María de que partía a la ciudad.

Una hora y veinte minutos más tarde, Keller dejó su Lexus en el estacionamiento subterráneo de Union Square y caminó media cuadra a la joyería Bulgari. No entendía el atractivo de la mayoría de las joyas, que costaban caras, había que guardar en una caja fuerte y le echaban años encima a la mujer que las llevaba puestas. Geneviève van Houte compraba joyas como inversión, pensando que en el próximo cataclismo global lo único que mantendría su valor serían los diamantes y el oro, pero se las ponía rara vez, estaban en la bóveda de un banco suizo, mientras ella usaba réplicas de bisutería. Una vez él la había acompañado en Manhattan a la tienda de Bulgari en la Quinta Avenida y había podido apreciar los diseños, la audacia para combinar gemas y la calidad artesanal, pero nunca había entrado al local de San Francisco. El guardia de seguridad, experto en reconocer la clase social de los clientes, le dio la bienvenida sin inquietarse por su aspecto desaliñado y sus zapatones encostrados de barro seco. Lo atendió una mujer vestida de negro, con el pelo blanco y maquillaje profesional.

—Necesito un anillo inolvidable —le pidió Keller, sin mirar nada de lo expuesto en los escaparates.

—¿Diamantes?

—Nada de diamantes. Ella cree que se obtienen con sangre africana.

—Los nuestros son de procedencia certificada.

—Trate de explicárselo a ella —replicó Keller.

La vendedora, como el guardia de la puerta, evaluó rápidamente la distinción del cliente, le pidió que esperara un momento y desapareció tras una puerta, para regresar momentos después con una bandeja negra forrada de seda blanca, donde descansaba un anillo ovalado, exquisito en su sencillez, que a Keller le recordó las austeras joyas del imperio romano.

—Este anillo es de una colección antigua, no encontrará nada parecido en las colecciones recientes. Es una aguamarina del Brasil, corte *cabochon*, poco usual en esta piedra, engastada en oro mate de veinticuatro quilates. Por supuesto, tenemos gemas mucho más valiosas, señor, pero a mí modo de ver, esto es lo más inolvidable que puedo mostrarle —dijo la vendedora.

Keller comprendió que iba a cometer una extravagancia imperdonable, algo por lo que su hermano Mark podría crucificarlo, pero una vez que su ojo de coleccionista se posó en ese delicado objeto ya no quiso ver otros. Uno de sus Boteros estaba a punto de venderse en Nueva York y con eso debía pagar parte de sus deudas, pero decidió que el corazón tiene sus prioridades.

—Tiene razón, es inolvidable. Me lo llevo, aunque este anillo es demasiado caro para un playboy arruinado como yo y demasiado fino para una mujer que no distingue entre Bulgari y bisutería, como ella.

—Puede pagarlo a plazos…

—Lo necesito hoy mismo. Para eso existen las tarjetas de crédito —replicó Keller con su más cálida sonrisa.

Como disponía de tiempo y conseguir un taxi era poco menos que imposible, se fue andando a North Beach, con la brisa fría en la cara y el ánimo alegre. Entró al Café Rossini rogando que Danny D'Angelo no estuviera de turno, pero éste le salió al encuentro con excesivas muestras de aprecio y reiteradas disculpas por haber vomitado en su Lexus.

—Olvídate, Danny, eso fue el año pasado —dijo Alan, procurando soltarse del abrazo.

—Pida lo que quiera, señor Keller, corre por mi cuenta —anunció Danny prácticamente a gritos—. Nunca podré pagarle lo que hizo por mí.

—Puedes pagarme ahora mismo, Danny. Escápate por cinco minutos y anda a llamar a Indiana. Creo que ha perdido el móvil. Dile que alguien la necesita, pero no le digas que soy yo.

Danny, hombre sin rencores, le había perdonado a Indiana el bochorno del Narciso Club, porque a los dos días ella se presentó arrastrando a Ryan Miller a pedirle disculpas por haber arruinado su noche triunfal. También perdonó al *navy seal*, pero aprovechó la oportunidad para informarle que la homofobia suele encubrir el miedo de reconocer la homosexualidad en uno mismo y que la camaradería de los soldados tiene toda suerte de connotaciones eróticas: viven en estrecha promiscuidad y contacto físico, unidos por vínculos de lealtad y amor y por la glorificación del machismo, excluyendo a las mujeres. En otras circunstancias Miller lo habría zamarreado por plantear dudas sobre su virilidad, pero aceptó el regaño, porque todavía tenía el cuerpo aporreado por la pelea en el club y el ánimo humilde por la reunión de Alcohólicos Anónimos.

D'Angelo partió con aire conspirador a la Clínica Holística y regresó al poco rato a decirle a Keller que Indiana vendría apenas terminara su última sesión. Le sirvió un café irlandés y un sándwich monumental, que éste no había pedido, pero atacó con hambre. Veinte minutos más tarde Alan Keller vio a Indiana cruzar la calle con el pelo en una cola, bata y zuecos, y el golpe de emoción lo dejó clavado en la silla. Le pareció mucho más hermosa de lo que recordaba, sonrosada, luminosa, un soplo prematuro de la primavera. Al entrar y verlo, ella vaciló, dispuesta a retroceder, pero Danny la pescó del brazo y la llevó hasta la mesa de Keller, quien para entonces había logrado ponerse de pie. Danny obligó a Indiana a sentarse y se apartó lo suficiente para darles sensación de privacidad, pero no tanto como para perderse lo que hablaran.

—¿Cómo estás, Alan? Te ves flaco —lo saludó ella, en tono neutro.

—Estuve enfermo, pero ahora me siento mejor que nunca.

En ese instante Gary Brunswick, el último paciente del martes, entró al Café tras los pasos de Indiana planeando invitarla a comer, pero al verla con otro hombre se detuvo desconcertado. Danny aprovechó la vacilación para empujarlo hacia otra mesa y soplarle en tono confidencial que los dejara solos, porque eso parecía a todas luces una cita de amor.

—¿Qué puedo hacer por ti? —le preguntó Indiana a Keller.

—Mucho. Por ejemplo, puedes cambiarme la vida. Cambiarme a mí, darme vuelta al revés como un calcetín.

Ella lo miró de reojo, desconfiada, mientras él buscaba la cajita de Bulgari, que había desaparecido en sus bolsillos, hasta que por fin la consiguió y se la puso por delante con torpeza de escolar.

—¿Te casarías con un viejo pobre, Indi? —le preguntó, sin reconocer su propia voz, y le contó los acontecimientos recientes a borbotones, tragando aire en el apuro, que estaba feliz de haber perdido todo, aunque eso era exagerado, todavía tenía suficiente, no era cosa de pasar hambre, pero estaba pasando por la peor crisis de su vida; dicen los chinos que crisis es peligro más oportunidad, ésa era su gran oportunidad de empezar de nuevo y hacerlo con ella, su único amor, ¿cómo no lo supo apenas la conoció?, era un imbécil, no podía seguir así, estaba harto de su existencia y de sí mismo, de su egoísmo y cautela. Iba a cambiar, se lo prometía, pero necesitaba su ayuda, no podía hacerlo solo, ambos habían invertido cuatro años en su relación, cómo iban a permitir que fracasara por un malentendido. Le habló de la casita en Santa Helena que iban a comprar, cerca de las termas de Calistoga, el lugar ideal para dedicarse a su aromaterapia, llevarían una existencia bucólica y criarían perros, más lógico que criar caballos. Y siguió desahogándose de lo que llevaba por dentro y tentándola con lo que harían juntos y pidiéndole perdón y rogándole, cásate conmigo mañana mismo.

Agobiada, Indiana estiró la mano a través de la mesa y le tapó la boca.

—¿Estás seguro, Alan?

—¡Nunca he estado más seguro de algo en mi vida!

—Yo no. Hace un mes habría aceptado sin vacilar, pero ahora tengo muchas dudas. Me han pasado algunas cosas que…

—¡A mí también! —la interrumpió Keller—. Algo se me abrió adentro, en el corazón, y me invadió una fuerza desordenada y estupenda. Me es imposible explicarte lo que siento, estoy lleno de energía, puedo vencer cualquier obstáculo. Voy a empezar de nuevo y salir adelante. ¡Estoy más vivo que nunca! Ya no puedo volver atrás, Indiana, éste es el primer día de mi nueva vida.

—Nunca sé si hablas en serio, Alan.

—Totalmente en serio, nada de ironía esta vez, Indi, sólo verdades de novela rosa. Te adoro, mujer. No hay otro amor en mi vida, Geneviève no tiene la menor importancia, te lo juro por lo más santo.

—No se trata de ella, sino de nosotros. ¿Qué tenemos en común, Alan?

—¡El amor, qué otra cosa va a ser!

—Voy a necesitar tiempo.

—¿Cuánto? Tengo cincuenta y cinco años, no me sobra tiempo, pero si eso es lo que quieres, tendré que esperar. ¿Un día? ¿Dos? Por favor, dame otra oportunidad, no te vas a arrepentir. Podríamos irnos al viñedo, que todavía es mío, aunque no por mucho tiempo. Cierra tu consulta por unos días y vente conmigo.

—¿Y mis pacientes?

—¡Por Dios, nadie se va a morir por falta de imanes o aromaterapia! Perdona, no quise insultarte, sé que tu trabajo es muy importante, pero ¡cómo no vas a poder tomarte unos días de vacaciones! Me voy a empeñar tanto en enamorarte, Indi, que tú misma me vas a rogar que nos casemos —sonrió Keller.

—Si llegamos a ese punto, entonces podrás entregarme esto —respondió Indiana y le devolvió la caja de Bulgari, sin abrir.

MARZO

Viernes, 2

Amanda estaba esperando a su padre en la minúscula oficina de su asistente, donde las paredes estaban tapizadas de fotografías de Petra Horr con pijama blanco y cinturón negro, en competiciones de artes marciales. La mujer medía un metro cincuenta y pesaba cuarenta y ocho kilos, pero podía levantar a un hombre del doble de su tamaño y lanzarlo lejos. Había tenido pocas oportunidades de usar esa habilidad desde que trabajaba en el Departamento de Homicidios, pero le había sido muy útil para defenderse en el patio de la cárcel, donde las peleas solían ser tan violentas como en las prisiones de hombres. Con veinte años, después de terminar la doble condena impuesta por Rachel Rosen, invirtió los siguientes treinta meses en recorrer el país en una motocicleta. En esos interminables caminos perdió cualquier ilusión que hubiera logrado salvar de una infancia de abandono y una adolescencia entre delincuentes. La única constante en su existencia de viajera errante eran las artes marciales, que le servían para protegerse y ganarse el sustento.

Al llegar a un pueblo, Petra buscaba un bar, segura de que lo habría, por pobre y remoto que fuese el lugar, y se sentaba en la barra haciendo durar una única cerveza. Pronto uno o varios hombres se le acercaban con un propósito obvio y, a menos que hubiera alguno francamente irresistible, lo cual ocurría muy rara vez, los disuadía con el argumento de que era lesbiana y enseguida desafiaba al más fornido a una lucha cuerpo a cuerpo. Sus reglas eran claras: todo estaba permitido, menos cualquier tipo de armas. Se formaba un corrillo, se hacían apuestas y salían al patio o a un callejón discreto, donde Petra se quitaba su chaqueta de cuero, flexionaba sus brazos y piernas de niñita, en medio de las risotadas masculinas, y anunciaba que podían comenzar. El hombre la atacaba un par de veces sin malicia, confiado y sonriente, hasta que se daba cuenta de que ella, embromándolo, se le escabullía como una comadreja. Entonces perdía la paciencia y, azuzado por las burlas de los mirones, se le iba encima en serio, dispuesto a demolerla de un puñetazo. Como la intención de Petra era ofrecer un espectáculo honrado que no defraudara al público, toreaba a su contrincante un buen rato, eludiendo los golpes, cansándolo, y por fin, cuando lo tenía enfurecido y sudando, le hacía una de sus llaves, aprovechando el impulso y el peso del hombre para inmovilizarlo en el suelo. En medio de respetuoso asombro recogía las apuestas, se ponía su chaqueta y su casco y partía rajada en la motocicleta, antes de que el derrotado se repusiera de la humillación y decidiera perseguirla. En una sola pelea podía ganar doscientos o trescientos dólares, que le alcanzaban para un par de semanas.

Regresó a San Francisco con un flamante marido en el asiento trasero de la motocicleta, dulce, guapo y drogadicto, se instalaron en una pensión insalubre y Petra se puso a trabajar en cualquier oficio que se le presentara, mientras él tocaba la guitarra en el parque y gastaba lo que ella producía. Tenía veinticuatro años cuando el marido la dejó y veinticinco cuando consiguió un empleo administrativo en el Departamento de Policía, después de vencer a Bob Martín con el método que había perfeccionado en su tiempo de luchadora errante.

Fue así: en el bar Camelot, donde se juntaban los policías fuera de las horas de trabajo a relajarse con un par de tragos, la clientela era tan fija, que una cara nueva llamaba la atención, especialmente la de esa muchacha que llegó dándose aires. El barman creyó que era menor de edad y le pidió la licencia antes de servirle una cerveza. Petra cogió su botella y se volvió para encarar a Martín y otros, que la medían de arriba abajo con ojo crítico. «¿Qué miran? ¿Tengo algo que quieran comprar?», les preguntó. Se las arregló para provocar en una pelea al más bravo, como dijo, que resultó ser Bob Martín por consenso general, pero en esa ocasión no consiguió que los hombres arriesgaran su hoja de servicios con apuestas ilegales y tuvo que hacer su demostración por puro afán deportivo. Lejos de ofenderse por la derrota y las burlas de sus compañeros, Bob Martín se levantó del suelo, sacudiéndose los pantalones y peinándose con los dedos, felicitó a la muchacha con un sincero apretón de mano y le ofreció empleo. Comenzó la vida sedentaria de Petra Horr.

—¿Mi papá anda con Ayani? —le preguntó Amanda.

—¡Qué sé yo! Pregúntaselo a él.

—Él lo niega, pero le brillan los ojos cuando se la menciono. Ayani me gusta mucho más que La Polaca, aunque no creo que sirva de madrastra. ¿La conoces?

—Vino aquí un par de veces a declarar, es bonita, no se puede negar, pero no sé qué haría tu papá con ella. Ayani tiene gustos caros y es muy complicada. Tu papá necesita una mujer sencilla, que lo quiera y no le dé problemas.

—¿Como tú?

—No seas atrevida. Mi relación con el inspector es estrictamente profesional.

—¡Qué pena! No me importaría que fueras mi madrastra, Petra. Cambiando de tema, ¿hablaste con Ingrid Dunn?

—Sí, pero no hay caso. Tu papá la haría pedazos si te dejara presenciar una autopsia.

—¿Para qué se lo vamos a decir?

—No me metas a mí en esto, arréglate directamente con Ingrid.

—Por lo menos podrías conseguirme copia de los informes de las autopsias de Richard Ashton y Rachel Rosen.

—Tu abuelo ya los vio.

—A él se le pasan cosas fundamentales, prefiero verlos con mis ojos. ¿Sabes si van a hacer exámenes de ADN?

—Sólo de Ashton. Si los hijos pueden probar que Ayani despachó a su marido, podrían echarle el guante al dinero. Respecto a la Rosen, resulta que tenía ahorrados trescientos mil dólares, pero no se los dejó a su hijo, sino a los Ángeles Guardianes.

—¿Quiénes son ésos?

—Una organización sin fines de lucro. Son voluntarios que patrullan las calles para prevenir el crimen, creo que empezó en Nueva York a finales de los años setenta, cuando esa ciudad era famosa por la inseguridad. Colaboran con la policía, andan de uniforme, chaqueta y boina roja, pueden arrestar sospechosos, pero no pueden portar armas. Ahora hay de esos Ángeles Guardianes en varios países y además de sus labores de vigilancia tienen programas de educación para jóvenes y talleres de prevención del delito.

—Es normal que una jueza quiera apoyar a un grupo que combate el crimen —opinó Amanda.

—Sí, pero el hijo se llevó una decepción. Estaba más afectado por haber perdido la herencia que por haber perdido a su madre. Tiene coartada, pasó la semana en una gira de negocios, ya lo comprobamos.

—Tal vez contrató a un matón para despacharla. Se llevaban mal, ¿no?

—Esas cosas pasan en Italia, Amanda. En California nadie asesina a su madre porque no se lleva bien con ella. Respecto a los Constante, resulta que las quemaduras del soplete, que a primera vista no significaban nada, en las fotos se ve que son letras.

—¿Qué letras?

—F y A. No hemos dado todavía con una explicación para eso.

—Debe de haberla, Petra. En cada caso el autor dejó una señal o un mensaje. Se lo dije a mi papá hace como diez días, pero no me hace caso: estamos frente a un asesino en serie.

—Sí te hace caso, Amanda. Tiene a todo el Departamento buscando conexiones entre los crímenes.

Domingo, 4

Como hacía cada primer domingo del mes, aunque le tocara pasar ese fin de semana con su padre, Amanda dedicaba una hora a cuadrar la primitiva contabilidad de su madre. El ordenador portátil de Indiana tenía seis años y ya era tiempo de modernizarlo o comprar otro, pero su dueña lo estimaba como a una mascota y pensaba usarlo hasta que pereciera de muerte natural, a pesar de que recientemente le daba disgustos. De repente, sin justificación alguna, aparecían al azar en la pantalla escenas de copulación y tortura, mucha carne expuesta, esfuerzo, sufrimiento y nada placentero a la vista. Indiana cerraba de inmediato esas imágenes perturbadoras, pero el problema se repetía tanto, que acabó por ponerle nombre al pervertido que habitaba en su disco duro o entraba por la ventana para inmiscuirse con el contenido de su computadora, lo llamó Marqués de Sade.

Amanda, que se había hecho cargo de la contabilidad desde los doce años y la mantenía al día con rigor de prestamista, fue la primera en comprender que los honorarios de su madre apenas le alcanzaban para mantenerse con una modestia monacal. Ayudar a otros a sanar era un proceso lento, que drenaba la energía y los recursos de Indiana, pero ella no cambiaría ese trabajo por ningún otro; en realidad, no lo consideraba trabajo, sino apostolado. Su objetivo era la salud de los pacientes, no la suma de sus ingresos, y podía vivir con poco, ya que no le interesaba el consumo y medía su felicidad con una fórmula elemental: «Un buen día más otro buen día igual a una buena vida». Su hija se había cansado de repetirle que debía subir sus precios —un inmigrante ilegal cosechando naranjas ganaba más por hora que ella— porque finalmente había entendido que su madre había recibido el mandato divino de mitigar el sufrimiento ajeno y debía obedecerlo, lo cual significaba, en términos prácticos, que siempre sería pobre, a menos que consiguiera un benefactor o se casara con un tipo rico, como Keller. Amanda opinaba que la miseria era preferible a eso.

Aunque no creía en la oración como método eficaz para resolver problemas de orden práctico, la chica había acudido a su abuela Encarnación, quien se mantenía en comunicación directa con san Judas Tadeo, para que sacara a Keller de la vida de su madre. San Judas obraba milagros por un precio justo, pagadero en efectivo en el santuario de Bush Street o mediante un cheque por

correo. En cuanto doña Encarnación recurrió a él había aparecido el artículo en la revista, que tantas lágrimas le costó a Indiana,
y Amanda creyó que se habían librado del hombre para siempre y
que éste sería reemplazado por Ryan Miller, pero la esperanza se
le acababa de esfumar con la escapada de su madre y su antiguo
amante a Napa. Su abuela tendría que renovar las negociaciones
con el santo.

Para doña Encarnación el divorcio era pecado y en el caso de
Indiana y su hijo Bob se trataba de un pecado innecesario, porque con un poco de buena voluntad podrían convivir como Dios
mandaba. En el fondo se amaban, puesto que ninguno de los dos
se había vuelto a casar, y ella esperaba que pronto se rendirían
ante esa evidencia y volverían a juntarse. Le parecía objetable que
Bob tuviera amigas de dudosa virtud, los hombres son criaturas
imperfectas, pero no podía aceptar que Indiana arriesgara su acceso al cielo y su reputación con relaciones extramatrimoniales.
Durante años fue víctima de una conspiración familiar para ocultarle la existencia de Alan Keller, hasta que Amanda, en un desatinado arranque de franqueza, se lo contó. La mujer sufrió un
disgusto épico, que le duró varias semanas, hasta que su corazón
de matriarca pudo más que sus reparos de católica y acogió de
vuelta a Indiana, porque errar es humano y perdonar es divino,
como le dijo. Le tenía cariño a su nuera, aunque había muchos
aspectos de la vida de esa joven que eran susceptibles de ser me-
jorados: no sólo su forma de criar a Amanda, su vestuario y pei-
nado, sino también su trabajo, que le parecía pagano, y hasta su
gusto en materia de decoración interior. En lugar de los muebles
de estilo, que ella tuvo a bien ofrecerle, Indiana había llenado su
apartamento con mesas, estanterías y armarios, probetas, pesas,
embudos, cuentagotas y cientos de frascos de diversos tamaños,

donde almacenaba sustancias desconocidas, algunas provenientes de países peligrosos, como Irán y la China. Su vivienda tenía el aspecto de un laboratorio clandestino, como esos de la televisión, donde cocinaban drogas. En un par de oportunidades había acudido la policía a golpear la puerta de su ex nuera, alarmada por el perfume excesivo que flotaba en el aire, como si hubiera muerto una santa. Su nieta había obligado a Blake Jackson —¡qué hombre tan agradable!— a instalar rejillas en las estanterías para evitar que en la eventualidad de un terremoto se desparramaran los aceites esenciales, intoxicando a su madre y posiblemente a los vecinos. Eso fue después de que leyó en un libro de relatos eróticos del Japón que una cortesana del siglo XV envenenó a su amante infiel con perfumes. Doña Encarnación opinaba que alguien debería controlar las lecturas de su nieta.

Amanda bendecía las leyes de la genética, porque el don de sanar de su madre no era hereditario. Ella tenía otros planes para su futuro, pensaba estudiar física nuclear o algo por el estilo, alcanzar el éxito profesional, llevar una vida holgada y de paso cumplir con la obligación moral de mantener a su madre y a su abuelo, quienes para entonces serían dos ancianos de unos cuarenta y setenta años respectivamente, si sus cálculos eran correctos.

Su madre gastaba poco, se movía en bicicleta, se cortaba el pelo ella misma dos veces al año con las tijeras de la cocina y se vestía con ropa de segunda mano, porque nadie se fijaba en lo que llevaba puesto, como decía, aunque eso no era cierto, porque a Alan Keller le importaba mucho. A pesar de su frugalidad, el dinero se le hacía poco a Indiana para terminar el mes y debía recurrir a su padre o a su ex marido para salir de apuros. Amanda lo consideraba normal, porque ellos eran de su familia, pero le chocaba que Ryan Miller saliera al rescate, como había ocurrido varias veces. Miller, pero nunca Keller, porque su madre decía que un amante, por generoso que fuera, acababa cobrando la deuda en favores.

Lo único más o menos rentable en la contabilidad de Indiana era la aromaterapia. Se había hecho un nombre con sus aceites esenciales, que compraba al por mayor, vertía en frasquitos oscuros etiquetados con primor y vendía en California y otros Estados. Amanda la ayudaba a envasarlos y los promocionaba por internet. Para Indiana la aromaterapia era un arte delicado, que debía practicarse con prudencia, estudiando las aflicciones y necesidades de cada persona antes de determinar la combinación de aceites más apropiada en cada caso, pero Amanda le había explicado que esa meticulosidad resultaba insostenible desde un punto de vista económico. Fue idea suya comercializar la aromaterapia en hoteles y spas de lujo para financiar la costosa materia prima. Esos establecimientos compraban los aceites más populares y los administraban de cualquier manera, una gota aquí, otra por allá, como si fueran perfumes, sin tomar las precauciones mínimas, averiguar sus propiedades ni leer las instrucciones, a pesar de las advertencias de Indiana de que mal administrados podían ser dañinos, como sería el caso de un epiléptico expuesto al hinojo y el anís, o una ninfómana al sándalo y el jazmín. Su hija opinaba que no había que preocuparse por eso: el porcentaje de epilépticos y ninfómanas en el total de la población era mínimo.

La chica podía nombrar todos los aceites esenciales de su madre, pero no le interesaban sus propiedades, porque la aromaterapia era un arte caprichoso y ella se inclinaba por las ciencias exactas. A su juicio, no existían pruebas suficientes de que el pachuli incitara al romance o el geranio estimulara la creatividad, como aseguraban unos textos orientales muy antiguos, de dudosa autenticidad. El neroli no le apagaba la ira a su padre ni la lavanda impartía sentido práctico a su madre, como debieran. Ella usaba melisa contra la timidez, sin resultado notable, y aceite de salvia para el malestar de la menstruación, que sólo surtía efecto combinado con los analgésicos de la farmacia de su abuelo. Deseaba vivir en un mundo ordenado, con reglas claras, y la aromaterapia, como el resto de los tratamientos de su madre, contribuía al misterio y la confusión.

Había terminado con las cuentas y estaba preparando su mochila para irse al internado, cuando regresó Indiana con un maletín de ropa sucia y un leve color bronceado gracias al sol anémico, pero persistente, del valle de Napa en invierno. La recibió con mala cara.

—¡A qué hora llegas, mamá!

—Perdona, hija, quería estar aquí para recibirte, pero había mucho tráfico y nos atrasamos. Necesitaba estos tres días de vacaciones, estaba muy cansada. ¿Cómo te fue con la contabilidad? Me imagino que me tienes malas noticias, como siempre… Vamos a la cocina y charlamos un rato, voy a hacer té. Todavía es temprano, tu abuelo no te llevará al colegio hasta las cinco.

Trató de besarla, pero Amanda la esquivó y se instaló en el suelo a llamar a su abuelo en el móvil para que se apurara en llegar. Indiana se sentó a su lado, esperó que terminara de hablar y le tomó la cara a dos manos.

—Mírame, Amanda. No puedes irte al colegio enojada conmigo, tenemos que hablar. Te llamé el miércoles para contarte que Alan y yo nos habíamos reconciliado y que íbamos a pasar unos días en Napa. Esto no fue una sorpresa para ti.

—¡Si vas a casarte con Keller, no quiero saberlo!

—Eso de casarnos está por verse, pero si decido hacerlo vas a ser la primera en saberlo, quieras o no. Tú eres lo más importante en mi vida, Amanda, nunca te voy a abandonar.

—¡Apuesto que no le dijiste a Keller lo de Ryan Miller! ¿Crees que no sé que te acostaste con él? Deberías ser más cuidadosa con tu correo.

—¡Has leído mi correspondencia privada!

—Tú no tienes nada privado. Puedo leer lo que se me antoje en tu ordenador portátil, para eso tengo tu contraseña: Shakti. Tú misma me la diste, tal como se la diste al abuelo, a mi papá y a toda California. Sé lo que hiciste con Ryan y leí tus estúpidos mensajes de amor. ¡Mentiras! Le llenaste la cabeza de ilusiones y después te fuiste con Keller. ¿Qué clase de persona eres? ¡No se puede confiar en ti! ¡Y no me digas que soy una mocosa y no entiendo nada de nada, porque sé perfectamente cómo se llama eso!

Por primera vez en su vida, Indiana sintió el impulso de darle una cachetada, pero no alcanzó a iniciar el gesto. Por hábito, trató de interpretar el mensaje, que a menudo las palabras tergiversan, y al ver la angustia de su hija enrojeció, turbada, porque sabía que hubiera debido dar una explicación a Ryan antes de partir con Alan, pero desapareció, ignorando los planes que había hecho para el fin de semana. Si quisiera a Ryan tanto como le hizo creer, o si al menos lo respetara como él merecía, jamás lo habría tratado de esa manera, habría sido franca con él, le habría explicado sus razones. No se atrevió a enfrentarlo y lo justificó con el argumento de que necesitaba tiempo para decidirse entre los dos hombres, pero se fue a Napa porque ya había escogido a Alan Keller, a quien la unía algo más que un amor de cuatro años. Fue con la intención de aclarar algunas cosas y regresó con un anillo en su cartera, que se quitó del dedo al bajarse del coche de Keller, para evitar que su hija lo viera.

—Tienes razón, Amanda —admitió, cabizbaja.

Siguió una larga pausa, ambas sentadas en el suelo, muy cerca, sin tocarse, hasta que la niña avanzó una mano para limpiar las lágrimas de la cara de su madre. Para Indiana, el horror de casarse con alguien a quien su hija detestaba iba aumentando minuto a minuto, y por su parte Amanda pensaba que si Keller iba a ser su padrastro, debía hacer el esfuerzo de tratarlo con cortesía.

En eso estaban cuando las sobresaltó el celular de Amanda. Era Carol Underwater, que recurría a la hija para localizar a la madre, con quien no lograba comunicarse desde el jueves. Indiana cogió el teléfono y le contó que había pasado unos días de relajo en la viña de Napa. En su habitual tono quejoso, Carol se manifestó complacida de que Indiana tuviera tanto a su favor: amor, vacaciones y salud, sobre todo salud, y le deseó de todo corazón que nunca le faltara, porque sin salud no valía la pena vivir, se lo decía por experiencia. Su última esperanza era la radioterapia. Quiso saber los detalles de los días en Napa y cómo la había convencido Keller de volver con él, después de lo que había pasado entre ellos; una traición como ésa era imposible de olvidar. Indiana terminó dándole explicaciones, como si se las debiera, y quedaron en verse el miércoles a las seis y media en el Café Rossini.

—Carol me llamó varias veces para saber de ti y casi alucina cuando le dije que estabas con Keller. Tú debes de ser su única amiga —comentó Amanda.

—¿Por qué tiene tu número de teléfono?

—Para preguntarme por Salve-el-Atún. Ha venido un par de veces a verla. ¿No te lo dijo el abuelo? Carol adora a los gatos.

Esmeralda participó en el juego de *Ripper* desde un hospital de Auckland. Al chico lo estaban sometiendo a un tratamiento con células madre embrionarias, otro paso en su determinación de volver a caminar.

Amanda, en su papel de maestra del juego, había hecho una lista con las claves disponibles de los cinco homicidios que los mantenían ocupados desde enero. Cada jugador tenía en su poder una copia y, después de estudiar los hechos bajo la lupa de su lógica irrefutable, Sherlock Holmes había llegado a ciertas conclusiones diferentes a las de Abatha, que se aproximaba a los problemas por los sinuosos senderos del reino esotérico, del coronel Paddington, que juzgaba la realidad con criterio militar, o de Esmeralda, una gitana callejera para quien no era necesario devanarse los sesos, porque casi todo se aclara solo, basta con hacer las preguntas pertinentes. Los jóvenes estaban de acuerdo en que se trataba de un malhechor tan interesante como Jack el Destripador.

—Comencemos por «el crimen del bate fuera de lugar». Adelante, Kabel —ordenó la maestra.

—Ed Staton estuvo casado brevemente en su juventud. Después no se le conocieron relaciones con mujeres; pero pagaba escoltas masculinas y veía pornografía gay. En la escuela y en su todoterreno no se encontraron ni la chaqueta ni el gorro de su uniforme, aunque los alumnos que estaban en el estacionamiento lo vieron salir y lo reconocieron por el uniforme.

—¿Quiénes eran esos escoltas? —preguntó Esmeralda.

—Dos jóvenes puertorriqueños, pero ninguno de ellos tuvo cita con él esa noche y sus coartadas son sólidas. Los testigos en el estacionamiento no vieron a otra persona en el automóvil en que se fue.

—¿Por qué Staton no usó su propio vehículo?

—Porque la persona que vieron no era Ed Staton —dedujo Sherlock—. Era el asesino, que se puso la chaqueta y el gorro del guardia y salió tranquilamente de la escuela, a plena vista de los tres testigos, a quienes saludó con la mano, se subió en el mismo automóvil en que llegó y se fue. El guardia nunca salió de la escuela, ya que a esa hora estaba muerto en el gimnasio. El asesino llegó a la escuela a la hora en que el estacionamiento estaba lleno de carros y nadie notó el suyo, entró por la puerta principal sin problemas, se escondió dentro y esperó a que todo el mundo se fuera.

—Agredió a Staton en el gimnasio cuando éste hacía su ronda para cerrar las puertas y poner la alarma. Estrategia convencional: atacar por sorpresa. Lo paralizó con un *táser* y lo ejecutó de un tiro en la cabeza —añadió el coronel Paddington.

—¿Hemos encontrado el enlace entre la Universidad de Arkansas y Ed Staton? —preguntó Esmeralda.

—No. El inspector Bob Martín investigó ese punto. Nadie en esa universidad o en sus equipos atléticos, los Lobos Rojos, conocía a Staton.

—¿Lobos Rojos? Tal vez no se trata de una conexión sino de un código o un mensaje —sugirió Abatha.

—El lobo rojo, *Canis rufus*, es una de las dos especies de lobos que existen, el otro es más grande, el lobo gris. En 1980 declararon extinta la especie de los rojos en la naturaleza, pero cruzaron a los pocos ejemplares que existían en cautiverio y se ha logrado establecer un programa de crías, se calcula que debe de haber unos doscientos en estado salvaje —les informó Kabel, que había estudiado el tema el año anterior, cuando a su nieta le dio por los licántropos.

—Eso no nos sirve de nada —replicó el coronel.

—Todo sirve —lo corrigió Sherlock Holmes.

La maestra del juego propuso pasar al «doble crimen del soplete» y Kabel mostró la fotografía que había obtenido de las quemaduras en las nalgas de las víctimas, Michael tenía la letra F y Doris la A. También presentó fotos de las jeringas, el soplete y la botella de licor y explicó que el Xanax con que el homicida durmió a los Constante estaba disuelto en un cartón de leche.

—Para que surtiera efecto en un par de tazas, el autor puso por lo menos diez o quince tabletas en el litro de leche.

—Es irracional poner la droga en la leche, porque normalmente se la toman los niños, no los adultos —intervino el coronel.

—Los niños estaban en una excursión en Tahoe. A modo de cena, la pareja siempre comía emparedados de jamón o queso y un tazón de café instantáneo disuelto en leche. Eso me contó Henrietta Post, la vecina que descubrió los cuerpos. El café disimuló el sabor del Xanax —explicó Kabel.

—Es decir, el asesino conocía los hábitos de la pareja —dedujo Sherlock.

—¿Cómo llegó ese licor al refrigerador de los Constante? —preguntó Esmeralda.

—Esa clase de vodka no existe en este país. A la botella le limpiaron prolijamente las huellas dactilares —le explicó Amanda.

—O bien fue manipulada con guantes, como las jeringas y el soplete, eso significa que fue colocada allí a propósito por el asesino —dijo Sherlock.

—Otro mensaje —lo interrumpió Abatha.

—Exacto.

—¿Mensaje de un ex alcohólico a otro? ¿de Brian Turner a Michael Constante? —preguntó Esmeralda.

—Eso es demasiado sutil para Brian Turner, el tipo es muy primitivo. Si hubiera querido dejar un mensaje habría vaciado un par de botellas de cerveza sobre los cuerpos, no habría buscado un licor desconocido de Serbia para poner en el refrigerador —dijo Kabel.

—¿Creen que el asesino es serbio?

—No, Esmeralda. Pero creo que en cada caso nos dejó una clave para identificarlo. Es tan arrogante y está tan seguro de sí mismo, que se permite jugar con nosotros —dijo el coronel, enojado.

—Mejor dicho, juega con la policía, porque a nosotros no nos conoce de nada —apuntó Amanda.

—Eso quise decir. Ya me entienden.

—No se ha encontrado ninguna conexión entre el sospechoso, Brian Turner, que tuvo una pelea con Michael Constante, y las otras víctimas. La noche de la muerte del psiquiatra, Turner estaba detenido en la cárcel de Petaluma por otra pelea, eso prueba su mal carácter y también prueba que no es nuestro sospechoso —dijo Amanda.

—La noche de la muerte… —balbuceó Abatha y no pudo concluir la frase, se le escabullían las ideas por el hambre y los medicamentos.

La maestra del juego explicó que en «el crimen del electrocutado» los principales sospechosos seguían siendo Ayani y Galang. Su padre había interrogado a las personas que tuvieron contacto con el psiquiatra durante las dos semanas previas a su muerte, especialmente aquellas que estuvieron en el estudio de su casa, estaba investigando si se había perdido un *táser* entre los policías u otras personas autorizadas para usarlo, y estaba buscando a quienes compraron uno o más de uno en California en los últimos tres meses, aunque el asesino podía haberlo obtenido de muchas otras maneras. El psicólogo criminalista, que estudió *El lobo estepario*, la novela que le llegó por correo a Ayani junto con los calcetines de su marido, encontró una docena de posibles pistas, pero todas acababan en callejones sin salida, porque es un libro muy complejo que se presta para mil interpretaciones. Había más de sesenta muestras de ADN en el estudio y sólo la de Galang coincidía con un ADN registrado, porque había estado seis meses preso en Florida, en 2006, por posesión de drogas, pero como el hombre trabajaba en la casa de Ashton, naturalmente había huellas suyas por todas partes.

—Y finalmente, en «el crimen de la ajusticiada» tenemos el informe final de la autopsia. La mujer fue agarrotada —dijo la maestra del juego.

—El garrote es un suplicio muy antiguo —les informó Paddignton. Consistía en estrangular a la víctima lentamente, para prolongar la agonía. Por lo general el instrumento era una silla con un poste como respaldo, donde amarraban al condenado con una cuerda, un alambre o una cincha metálica al cuello, que se apretaba con un torniquete por atrás. A veces tenía un nudo delante destinado a aplastar la laringe.

—Algo así usaron con la Rosen: un hilo de pescar de nailon con una bolita, posiblemente de madera —explicó Amanda.

—Una vez colocado, el garrote facilita el trabajo del verdugo, porque basta con dar vuelta al torniquete, no se requiere fuerza física ni destreza. Además la Rosen estaba drogada, no podía defenderse. Hasta una mujercita podría estrangular así a un gigante

—siguió Paddington, siempre dispuesto a demostrar sus conocimientos sobre esos temas.

—Una mujer… podría ser una mujer, ¿por qué no? —sugirió Abatha.

—Una mujer podría haber matado a Staton, Ashton y los Constante, pero se requiere fuerza para someter a la Rosen, levantar el cuerpo y colgarlo del ventilador —la rebatió Amanda.

—Depende. Una vez que la Rosen estuvo sobre la cama con la cuerda al cuello, el resto fue cuestión de izarla de a poco —dijo Paddington.

—Además, la mujer estaba drogada cuando la agarrotaron, por eso no se defendió.

—Hum… Garrote. Un método muy exótico… —murmuró Sherlock—. Las víctimas fueron ejecutadas. En cada uno de estos casos el asesino escogió una pena de muerte diferente: *coup-de-grace* para Staton, inyección letal para los Constante, electrocución para Ashton, garrote o la horca para Rosen.

—¿Creen que esas personas merecían un tipo particular de ejecución? —preguntó Esmeralda.

—Eso lo sabremos cuando tengamos el motivo y la conexión entre las víctimas —replicó Sherlock.

Viernes, 9

Pedro Alarcón llegó al *loft* de Miller pasadas las diez de la noche del jueves, después de haber intentado en vano comunicarse con él por teléfono. Al mediodía había recibido una llamada de Indiana, muy preocupada por Ryan, porque había hablado con él la noche anterior para decirle que iba a casarse con Alan Keller.

—Creí que querías a Ryan —le dijo Alarcón.

—Lo quiero mucho, es un gran tipo, pero llevo cuatro años con Alan y tenemos algo en común que no tengo con Ryan.

—¿Qué cosa?

—No es el caso hablar de eso, Pedro. Además, Ryan tiene que resolver algunos asuntos del pasado, no está listo para una relación seria.

—Eres su primer amor, eso me dijo. Iba a casarse contigo. Es típico de Miller llegar a esa decisión sin informar a la principal interesada.

—Me informó, Pedro. Todo esto es culpa mía, porque no fui clara con él. Supongo que yo estaba muy mal por haber roto con Alan y me aferré a Ryan como a un salvavidas. Tuvimos unas semanas ideales, pero mientras estaba con Ryan pensaba en Alan, era inevitable.

—¿Comparándolos?

—Tal vez… No lo sé.

—Me cuesta creer que Keller saliera ganando con la comparación.

—No es tan simple, Pedro. Hay otro motivo, pero no se lo dije a Ryan, porque no tiene nada que ver con él. Se indignó. Dijo que Alan me domina y manipula, que soy incapaz de tomar una decisión racional, que él iba a protegerme para impedir que hiciera una estupidez, empezó a gritar y me amenazó con arreglar este asunto a su manera. Se transformó, Pedro, se puso como loco, igual que en el club de Danny D'Angelo, sólo que anoche no había tomado alcohol. Ryan es como un volcán que de repente estalla y escupe lava ardiendo a borbotones.

—¿Qué quieres que haga yo, Indiana?

—Anda a verlo, habla con él, trata de hacerlo entrar en razón, a mí no quiso oírme y ahora no me contesta el teléfono ni el email.

Alarcón era la única persona a quien Miller le había dado llave de su *loft*, porque se hacía cargo de Atila cuando él viajaba; si se trataba sólo de una o dos noches, se quedaba con el perro en el *loft*, si la ausencia se prolongaba, se lo llevaba a su departamento. Alarcón tocó el timbre un par de veces y como no recibió respuesta, abrió la puerta de la antigua imprenta con la clave, subió en el enorme ascensor industrial hasta el único piso ocupado del edificio, usó la llave que le había dado Miller para destrabar las pesadas puertas metálicas y se encontró directamente en el gran espacio vacío que era la vivienda de su amigo.

Estaba oscuro, no oyó ladrar al perro y nadie contestó a su llamado. Tanteando la pared dio con el interruptor, encendió la luz y se apresuró en desconectar la alarma, el sistema de seguridad, que podía electrocutar al intruso que entrara sin invitación, y las cámaras que se activaban con cualquier movimiento y siempre estaban encendidas cuando Miller salía. La cama estaba hecha, no había ni un vaso sucio en el lavaplatos, imperaba orden y limpieza militar. Se sentó a leer un manual de las computadoras de Miller, mientras esperaba.

Una hora más tarde, después de intentar varias veces comunicarse con su amigo con el móvil, Alarcón fue a su coche a buscar la hierba mate y la novela latinoamericana que estaba leyendo y volvió al piso. Puso a tostar dos rebanadas de pan, calentó agua para su mate y volvió al sillón a leer, esta vez con una de las almohadas y la frazada eléctrica de Miller, porque el *loft* estaba helado y él no había logrado curarse del todo de una gripe persistente, que lo molestaba desde comienzos de enero. A medianoche, cansado, apagó la luz y se durmió.

A las seis y veinticinco de la mañana Alarcón despertó sobresaltado con el cañón de un arma en la frente. «¡Casi te mato, idiota!» En el amanecer de ese día brumoso la luz apenas se filtraba por las ventanas sin cortinas y la figura de Miller parecía gigantesca con el arma empuñada a dos manos, el cuerpo en actitud de ataque, la expresión determinada de un asesino. La imagen duró apenas un instante, hasta que Miller se enderezó y guardó su pistola en la cartuchera, que llevaba bajo la chamarra de cuero, pero se quedó fija en la mente de su amigo con el impacto de una revelación. Atila observaba la escena acechando desde el ascensor, donde sin duda Miller le había indicado que esperara.

—¿Dónde andabas, hombre? —preguntó el uruguayo, con fingida tranquilidad y el corazón en la boca.

—¡No vuelvas a entrar aquí sin avisarme! La alarma y la electricidad estaban desconectadas, pensé lo peor.

—¿Un mafioso ruso o un terrorista de Al-Qaida? Siento haberte defraudado.

—Te lo advierto en serio, Pedro. Ya sabes que aquí hay información de alta seguridad. No vuelvas a darme este susto.

—Te llamé hasta cansarme. Indiana también. Vine porque ella me lo pidió. Te repito la pregunta, ¿adónde fuiste?

—A hablar con Keller.

—¡Armado de una pistola! Excelente. Supongo que lo mataste.

—Me limité a zamarrearlo un poco. ¿Qué ve Indiana en ese mequetrefe? Podría ser su padre.

—Pero no lo es.

Miller le contó que había ido al viñedo de Napa dispuesto a entenderse de hombre a hombre con Keller. Durante tres años lo había visto tratar a Indiana como a una querida temporal y semiclandestina, una de tantas, porque salía con otras, como una baronesa belga con quien decían que iba a casarse. Cuando por fin Indiana le tomó el peso a la situación y rompió con él, Keller pasó semanas sin comunicarse con ella, prueba de lo poco que realmente le importaba esa relación.

—Pero apenas supo que ella estaba conmigo, llegó con un anillo a ofrecerle matrimonio, otra de sus tácticas para ganar tiempo. ¡Tendrá que pasar sobre mi cadáver! Voy a defender a mi mujer como sea.

—Los métodos de *navy seal* pueden ser inadecuados en este caso —le sugirió Alarcón.

—¿Tienes una idea mejor?

—Que te dediques a convencer a Indiana en vez de amenazar a Keller. Voy a prepararme otro mate antes de irme a la universidad. ¿Quieres café?

—No, ya desayuné. Voy a hacer mis ejercicios de Qigong y después voy a salir a correr con Atila.

Una hora más tarde el uruguayo estaba llegando a Palo Alto, conduciendo por la carretera 280 con la voz sensual de Cesária Évora acompañándolo, sin apuro, gozando del panorama de ondulantes cerros verdes, como había hecho a diario por años, siempre con el mismo efecto benéfico en su ánimo. Ese viernes no tenía clases, pero en la universidad lo esperaban dos investigadores con quienes estaba desarrollando un proyecto, un par de jóvenes genios que con audacia e imaginación alcanzaban rápidamente las mismas conclusiones que a él le costaban esfuerzo y estudio. El campo de la inteligencia artificial pertenece a las nuevas generaciones, que traen la tecnología incorporada en el ADN y no a un tipo como yo, que debería estar pensando en jubilarme, suspiraba Alarcón. Había pasado mala noche en el sofá de Miller y sólo tenía un par de mates en el cuerpo, necesitaba desayunar apenas llegara a Stanford, donde se podía comer como la realeza en cualquiera de sus cafeterías. Lo interrumpió su móvil con el himno nacional del Uruguay y contestó por el altavoz del coche.

—¿Indiana? Iba a llamarte para contarte de Miller, todo está bien…

—¡Pedro!¡Alan está muerto! —lo interrumpió Indiana y los sollozos no le permitieron continuar.

El inspector Bob Martín se puso en la línea y le informó que estaban llamando desde su coche, que veinte minutos antes Indiana había recibido una llamada del Departamento de Policía de Napa notificándole que Alan Keller había muerto en su viñedo. No quisieron darle detalles, excepto que no fue de muerte natural, le ordenaron que se presentara a reconocer el cadáver, aunque ya lo habían hecho los empleados de la casa, y le ofrecieron mandar a buscarla, pero él decidió llevarla personalmente, porque no deseaba que Indiana enfrentara la situación sin su apoyo. Su tono era seco y preciso y colgó antes de que Alarcón alcanzara a averiguar más.

Esa mañana Indiana salía de la ducha, desnuda y con el pelo empapado, cuando recibió el llamado de la policía de Napa. Pasó medio minuto antes de que reaccionara y bajara corriendo a la casa de su padre envuelta en una toalla, llamándolo a gritos. Blake Jackson cogió el teléfono y le pidió ayuda a la primera persona que vino a su mente en aquel trance: su ex yerno. En lo que tardaron Indiana y su padre en vestirse y colar café, Bob Martín se presentó con otro policía en un coche patrullero y partieron a la mayor velocidad posible, con la sirena encendida, a la autopista 101 norte.

Por el camino el inspector habló con su colega de Napa, el teniente McLaughlin, a quien no le cabía duda de que estaban frente a un homicidio, porque la causa de muerte no podía atribuirse a un accidente o un suicidio. Dijo que la llamada al 911 llegó a las siete diecisiete de la mañana de una persona que se identificó como María Pescadero, empleada doméstica de la residencia. Él fue el primero en llegar y procedió a verificar los hechos, hacer una somera inspección, sellar la escena e interrogar a los dos empleados, María y Luis Pescadero, mexicanos, legales, que habían trabajado en la viña durante once años, primero con el dueño anterior y luego con el difunto. Hablaban poco inglés, pero pronto llegaría uno de sus agentes que hablaba español y podría entenderse con ellos. Bob Martín le ofreció servir de intérprete, le pidió que limitara el acceso a toda la propiedad, no solamente la casa, y le preguntó quién iba a levantar el cuerpo. El teniente replicó que el suyo era un condado muy tranquilo, donde no se presentaban casos como ése y no disponían de un médico patólogo o forense, normalmente algún médico local, un dentista, un farmacéutico o el dueño de la funeraria local firmaban el certificado de muerte. Si existían dudas sobre la causa del fallecimiento y se requería una autopsia, llamaban a alguien de Sacramento.

—Cuente con nuestro apoyo, teniente —le dijo Bob Martín—. El Departamento de Homicidios de San Francisco está a su disposición. Tenemos todos los recursos necesarios. El señor Alan Keller pertenecía a una familia distinguida de nuestra ciudad y se encontraba temporalmente en la viña. Si le parece, daré orden de inmediato para que le manden a mi equipo forense a levantar el cuerpo y recopilar pruebas. ¿Ya avisó a la familia Keller?

—En eso estamos. Encontramos el nombre y el teléfono de la

señorita Indiana Jackson puestos con un imán en el refrigerador de la casa. Los Pescadero tenían instrucciones de llamarla en caso de emergencia.

—Vamos entrando a la carretera 29, teniente McLaughlin, pronto estaremos allá.

—Lo espero, inspector jefe.

Indiana explicó que Alan temía por su salud, se tomaba la presión a diario y creía que a su edad podía darle un ataque al corazón en cualquier momento, además acababa de pasar un gran susto por error de un laboratorio médico, por eso tenía su número de teléfono en la billetera y en el refrigerador. «De poco le habría servido, porque tu móvil o lo has perdido o está sin batería», comentó el inspector, pero comprendió que en esos momentos debía ser más delicado con Indiana, que no había dejado de llorar en todo el camino. Su ex mujer quería a Keller más de lo que el tipo merecía, concluyó.

En el viñedo los recibió el teniente McLaughlin, de unos cincuenta años, con aspecto de irlandés, el pelo canoso, la nariz roja de buen bebedor y una gran barriga que le colgaba por encima del cinturón. Se movía con la pesadez de una foca fuera del agua, pero era de mente rápida y tenía una experiencia de veintiséis años en la policía, en la que había ascendido con paciencia y sin brillo hasta ese puesto en Napa, donde podía cumplir con tranquilidad el tiempo que le quedaba para jubilarse. El asesinato de Keller era un problema, pero se puso a la tarea con la disciplina adquirida en su profesión. La presencia del inspector jefe de Homicidios de San Francisco no lo intimidó. A su vez, Bob Martín lo trató con gran deferencia, para evitar molestias.

McLaughlin ya había hecho marcar el perímetro de la casa, había colocado varios carros policiales en torno a la propiedad para impedir la entrada, y había dejado a Luis Pescadero en el comedor y a su mujer en la cocina, con el fin de interrogarlos por separado, sin que tuvieran ocasión de ponerse de acuerdo en las respuestas. Sólo le permitió a Bob Martín que lo acompañara a la sala donde estaba el cadáver, para evitarle ese espectáculo a la señorita, como dijo, como si hubiera olvidado que él mismo la había llamado. Debían esperar al equipo forense que había enviado Petra Horr y que ya estaba en camino.

Alan Keller estaba recostado en un confortable sillón color tabaco, con la cabeza apoyada en el respaldo, en la posición de alguien sorprendido durmiendo la siesta. Había que verle la cara con el labio roto y rastros de sangre y el pecho atravesado por una flecha para comprender que su muerte había sido violenta. Bob Martín observó el cuerpo y el resto de la escena, dictando sus primeras observaciones en su grabadora de bolsillo, mientras McLaughlin lo observaba desde el umbral con los brazos cruzados sobre la barriga. La flecha había penetrado profundamente, clavando el cuerpo contra el respaldo del sillón, lo que indicaba un tirador experto o un disparo desde muy cerca. Dedujo que los rastros de sangre en un puño de la camisa correspondían a la nariz y le extrañó que la herida de la flecha hubiera sangrado tan poco, pero no podía inspeccionar el cuerpo hasta que llegara el equipo forense.

En la cocina, María había preparado café para todos y acariciaba por turnos la cabeza de un labrador color vainilla y la mano de Indiana, quien apenas podía abrir los párpados hinchados de llanto. Indiana creía ser la última persona que vio a Alan Keller con vida, aparte del asesino. Habían cenado temprano en San

Francisco, él la había dejado en su casa y se habían despedido con planes de verse el domingo, después de que Amanda regresara al colegio. Keller había vuelto al viñedo, un viaje que no le pesaba, porque de noche no había tráfico y se acompañaba con audiolibros.

Bob Martín y el teniente McLaughlin interrogaron a María Pescadero a solas en la biblioteca, donde estaban las colecciones de huacos y jades en nichos empotrados en la pared, protegidos por gruesos cristales, bajo llave. María había desconectado la alarma para una primera inspección de McLaughlin, pero les advirtió que no tocaran los vidrios de las colecciones, que tenían un sistema de seguridad separado. Keller se confundía con los códigos y a menudo se le disparaba alguna alarma porque no alcanzaba a desconectarla, por eso no usaba las de la casa, sólo la de la biblioteca, donde también había detectores de movimiento y cámaras de televisión. En los vídeos de la noche anterior, que McLaughlin ya había visto, no figuraba nada anormal, nadie había entrado en esa sala antes de que María la abriera a la policía.

La mujer resultó ser uno de esos raros testigos con buena memoria y poca imaginación, que se limitan a responder las preguntas sin especular. Dijo que vivía con su marido en una casita dentro de la propiedad, a diez minutos a pie de la casa principal, ella corría con la cocina y otros aspectos domésticos y su marido se ocupaba del mantenimiento y hacía de cuidador, jardinero y chofer. Se llevaban muy bien con Keller, un patrón generoso y poco exigente en los detalles. El perro era suyo, había nacido y vivido siempre en la propiedad, pero nunca fue buen guardián, ya tenía más de diez años y le costaba un poco andar, dormía en su porche en el verano y dentro de su vivienda en invierno, de modo que no se enteró cuando el autor del homicidio entró a la casa grande. A eso de las siete de la tarde del día anterior, su marido llevó leña para la chimenea de la sala y de la habitación de Keller, luego cerraron la casa, sin conectar la alarma, y se fueron con el perro.

—¿Notó algo poco usual anoche?

—Desde nuestra casa no se ve la entrada a la viña ni a esta casa. Pero ayer por la tarde, poco antes de que llegara Luis con la leña, vino un hombre a hablar con el señor Keller. Le expliqué que no estaba, no quiso dejar su nombre y se fue.

—¿Usted lo conocía?

—Nunca lo había visto.

María explicó que esa mañana, a las siete menos cuarto, ella volvió a la casa grande, como todos los días, a preparar el café y las tostadas con que desayunaba su patrón. Se quedó en la cocina y le abrió la puerta al pasillo al perro, porque a Keller le gustaba despertar con el animal, que se subía con dificultad a su cama y se le echaba encima. Un instante más tarde, María escuchó los aullidos del labrador. «Fui a ver qué pasaba y vi al señor en el sillón de la sala. Me dio pena que se hubiera dormido allí, sin taparse, con la chimenea apagada, debía de tener mucho frío. Cuando me acerqué y vi… vi cómo estaba, volví a la cocina, llamé a Luis por el celular y enseguida al 911.»

Domingo, 11

El cuerpo de Alan Keller esperaba en el depósito para ser examinado por Ingrid Dunn, mientras los hermanos del difunto, Mark y Lucille, intentaban por todos los medios a su alcance acallar el escándalo de lo ocurrido, que olía a gángsteres y bajos fondos.

Quién sabe en qué andaba metido el artista de la familia. Indiana, más tranquila gracias a una combinación de aromaterapia, tisana de canela y meditación, comenzaba a planear una ceremonia conmemorativa para ese hombre que tanto había significado en su vida, ya que no habría un funeral en el futuro inmediato. Con ocasión del diagnóstico equivocado de cáncer de próstata, Keller había hecho un documento notarial especificando que no deseaba ser conectado a soporte vital, que quería ser incinerado y sus cenizas fueran dispersadas en el océano Pacífico. No se puso en el caso de pasar por el denigrante proceso de una autopsia y permanecer congelado en el depósito durante meses hasta que se aclararan definitivamente las circunstancias de su fallecimiento.

El equipo criminalista que el inspector Bob Martín puso a disposición del teniente McLaughlin se dejó caer en masa en Napa y recogió una cantidad inusual de evidencias en la escena del crimen y los alrededores. En la tierra blanda y húmeda del patio y el jardín encontraron marcas de neumáticos y zapatos, en la puerta recogieron pelos de animal que no coincidían con los del labrador de los Pescadero, en el timbre, la puerta y la sala había varias huellas dactilares, que una vez que fueran descartadas las de los habitantes de la casa, podrían ser identificadas. En el piso de cerámica las pisadas de calzado sucio habían dejado impresiones claras, que fueron identificadas como botas de combate muy usadas, del tipo que se podía adquirir en cualquier tienda de excedentes del ejército y estaban de moda entre los jóvenes. No hallaron signos de entrada forzada y Bob Martín dedujo que Keller conocía al asesino y le abrió la puerta. Las manchas indicaban que la mayor parte de la sangre en la camisa de la víctima provenía de la nariz, tal como suponía el inspector jefe, y había fluido por efecto de la gravedad cuando el hombre estaba vivo.

En su primera evaluación Ingrid Dunn indicó que Keller llevaba un buen rato muerto cuando recibió el flechazo, porque no había manchas de sangre proyectada. La flecha, o más bien el virote, había sido disparado de frente, a una distancia aproximada de un metro y medio, con una ballesta de pistola, como las que se usan para deporte y caza, un arma pequeña en comparación con otros modelos, pero difícil de ocultar por su forma. Si la víctima hubiera recibido ese impacto en vida, habría sangrado profusamente.

La descripción que hizo María Pescadero de la persona que llegó a la viña la tarde del crimen preguntando por Alan Keller le resultó tan familiar a Bob Martín como si le hubiera mostrado una fotografía de Ryan Miller, a quien no estimaba en absoluto, porque era evidente que estaba enamorado de Indiana. María mencionó una camioneta negra con suspensión alta y ruedas de camión, un extraño perro cubierto de peladuras y cicatrices, un hombre alto y fornido, con el pelo cortado a lo militar, que cojeaba. Todo coincidía.

Indiana reaccionó con absoluta incredulidad ante la sugerencia de que Miller hubiera estado en la casa de Keller, pero debió aceptar la evidencia y no pudo impedir que su ex marido consiguiera una orden de registro del *loft* y lanzara a la mitad de su Departamento a la caza del sospechoso, que había desaparecido. Según Pedro Alarcón y varios socios del Dolphin Club, que fueron interrogados, Ryan Miller viajaba con frecuencia por trabajo, pero no pudieron explicarle dónde había dejado a su perro o su camioneta.

Al enterarse de lo ocurrido, Elsa Domínguez se instaló en la casa de los Jackson a cuidar a la familia, cocinar platos reconfortantes y atender a las visitas que desfilaron para darle el pésame a

Indiana, desde sus colegas de la Clínica Holística hasta Carol Underwater, que llegó con una tarta de manzana y se quedó sólo cinco minutos. Opinó que Indiana no estaba en condiciones de volver a trabajar al día siguiente y se ofreció para avisarles por teléfono a los pacientes. Todos estuvieron de acuerdo con ella y Matheus Pereira quedó encargado de poner un aviso en la puerta de la oficina número 8 explicando que estaba cerrada por duelo y se reabriría la semana entrante.

Blake Jackson había acompañado a su ex yerno los últimos dos días y tenía material suficiente para alimentar el morbo de los participantes de *Ripper*, mientras su nieta padecía el suplicio de los remordimientos. Más de una vez la chica se había entretenido planeando una muerte lenta para el amante de su madre y había movilizado las fuerzas sobrenaturales de san Judas Tadeo para que lo eliminara, sin imaginar que el santo lo tomaría al pie de la letra. Estaba esperando al fantasma de Keller, que acudiría de noche a vengarse. También contribuía al peso de su culpa la inevitable excitación que ese nuevo crimen le provocaba, otro desafío para *Ripper*. Para entonces la nieta y el abuelo se sabían derrotados por la astrología: el baño de sangre profetizado por Celeste Roko era un hecho innegable.

Sábado, 17

Tan pronto se tranquilizaron los ánimos en su casa y cesó el llanto de su madre, que había asumido el dolor de una viuda sin haber tenido tiempo de casarse, Amanda convocó a los de *Ripper*. Lo menos que podía hacer para apaciguar al infeliz Keller, que andaba buscándola con una flecha ensartada en el pecho, era descubrir quién la disparó. Alan Keller había sido el gran amor de la vida de su madre, como le había dado a Indiana por decir entre lágrimas, y su trágico fin era una afrenta a su familia. Les contó a sus compinches lo que sabía sobre «el crimen del flechazo», y los conminó a atrapar al verdadero culpable como un favor personal a ella y para evitar que Ryan Miller pagara por un delito que no había cometido.

Sherlock Holmes propuso que revisaran la información disponible hasta ese momento y anunció que había descubierto algo de importancia después de estudiar al milímetro varias de las fotografías obtenidas por Kabel, ampliándolas en su computadora.

—La marca del licor encontrado en el refrigerador del ex alcohólico Michael Constante es Cher Byk, que significa lobo de nieve en serbio —dijo Sherlock—. El tema del lobo aparece en el libro que recibió por correo la mujer de Richard Ashton un par de días después del crimen. Los psicólogos de la policía buscaron claves en el contenido de la novela, pero creo que la clave está en el título, *El lobo estepario.* El logotipo del bate de béisbol en el caso de Ed Staton corresponde a los Lobos Rojos de la Universidad de Arkansas.

—Eso dijo Abatha, que era un mensaje —les recordó Amanda.

—No es un mensaje ni una clave, es la firma del asesino —aseguró el coronel Paddington—. La firma sólo tiene significado para él.

—En ese caso habría firmado todos los crímenes. ¿Por qué no lo hizo con la Rosen ni con Keller? —intervino Esmeralda.

—¡Momento! —exclamó Amanda—, Kabel, llama a mi papá y pregúntale sobre la figura de cristal que recibió la jueza después de su muerte.

Mientras los chicos continuaban con sus especulaciones, el abuelo se comunicó con su ex yerno, que siempre respondía a sus llamadas, excepto si estaba en el baño o en cama con una mujer, y éste le respondió que la figura de Swarovski era un perro. ¿Podría ser un lobo?, insistió Blake Jackson. Sí, podría serlo: parecía un pastor alemán con el cuello estirado como si estuviera aullando. Correspondía a una serie antigua, discontinuada desde 1998, lo que agregaba valor a la pieza, que seguramente la Rosen había comprado por internet, pero no se habían encontrado rastros de la transacción.

—Si es un lobo, tenemos la firma del autor en todos los casos, menos en el de Alan Keller —concluyó Amanda.

—Todos los crímenes tienen similitudes en el modus operandi, aunque a primera vista parezcan diferentes, menos el de Keller. ¿Por qué? —preguntó Esmeralda.

—No hay lobo en el de Keller y se llevó a cabo a cierta distancia de la bahía de San Francisco, el territorio definido por la profecía astrológica y el que había cubierto nuestro asesino hasta ahora. Keller es el único que fue golpeado antes de la muerte, pero como los demás, no se defendió —dijo Amanda.

—Tengo un presentimiento… el autor podría ser el mismo, pero el motivo podría ser diferente —insinuó Abatha.

—No tenemos el motivo en ninguno de los casos —apuntó Paddington.

—Pero debemos tener en cuenta lo que dice Abatha. Sus presentimientos casi siempre son acertados —les advirtió Amanda.

—Es porque me llegan mensajes del Más Allá. A mí me hablan los ángeles y los espíritus. Los vivos y los muertos estamos juntos, somos la misma cosa… —musitó Abatha.

—Si yo me alimentara de aire, también vería visiones y escucharía voces —la interrumpió Esmeralda, temiendo que la otra se perdiera en el ocultismo y precipitara el juego en una dirección errada.

—¿Por qué no lo haces? —le preguntó la psíquica, convencida de que la humanidad evolucionaría a un estado superior si dejara de comer.

—Basta, acuérdense de que están prohibidos los comentarios sarcásticos en *Ripper*. Vamos a atenernos a los hechos —ordenó la maestra del juego.

—Presentimientos no son hechos —masculló el coronel Paddington.

—Nuestro asesino se excedió con sus víctimas, como Jack el Destripador y otros criminales de leyenda que hemos estudiado, pero lo hizo después de matarlas. Eso es un mensaje. Tal como plantó su firma, plantó un mensaje —dijo Sherlock.

—¿Te parece?

—Elemental, Esmeralda. También la ejecución es un mensaje. El autor no escogió la forma de muerte al azar. Éste es un criminal organizado y ritualista.

—Planea cada paso y la retirada, no deja pistas, debe de tener entrenamiento militar, es un excelente estratega; sería un magnífico general —dijo el coronel con admiración.

—En vez de eso, este hombre es un asesino a sangre fría —dijo Amanda.

—Tal vez no es hombre. Soñé que era una mujer —intervino Abatha.

Kabel pidió permiso para hablar y, una vez concedido, puso al día a los jugadores sobre la investigación del caso de Alan Keller. Por el ángulo del golpe en la cara el equipo forense determinó que fue propinado de frente, con el puño cerrado, por una persona zurda, particularmente fuerte, que medía por lo menos un metro ochenta, posiblemente un metro ochenta y cinco de altura, lo que coincidía con el gran tamaño de las huellas de botas en la entrada de la casa y en el suelo de cerámica; eso descartaba a una mujer como autora del atentado. La autopsia reveló que el fallecimiento se produjo una media hora antes de que el cuerpo fuera atravesado por el virote de la ballesta. Por el color anormalmente rosado de la piel de Keller, se sospechó que la causa de la muerte fue cianuro, lo cual fue confirmado por la autopsia.

—Explícanos eso, Kabel —le pidió Amanda.

—Es complicado, pero voy a simplificar. El cianuro es un veneno metabólico rápido y efectivo que impide a las células usar oxígeno. Es como si de súbito todo el oxígeno del cuerpo fuera eliminado. La víctima no puede respirar, se marea, tiene náuseas o vomita, pierde la conciencia y puede sufrir convulsiones antes de la muerte.

—¿Por qué la piel se pone sonrosada?

—Por una reacción química entre el cianuro y las moléculas de hemoglobina en las células rojas de la sangre. El color de la sangre se vuelve rojo brillante, intenso, como pintura.

—¿Así era la sangre en la camisa de Keller? —preguntó Esmeralda.

—No toda. El hombre sangró de la nariz antes de ingerir el veneno. Hay algo de sangre posterior al cianuro, pero muy poca. No sangró por la herida, porque ya estaba muerto.

—Explícanos cómo le administraron el veneno, Kabel —pidió Sherlock.

—Se encontró cianuro en un vaso de agua cerca de la víctima, así como en otro vaso sobre la mesa de noche en su habitación. El homicida puso una pizca del polvo blanco, prácticamente invisible a simple vista, en el fondo del vaso para asegurarse de que si Alan Keller no ingería el veneno en el whisky, que normalmente bebía antes de acostarse, lo haría durante la noche.

—El cianuro es muy tóxico, basta una cantidad mínima para producir la muerte en un par de minutos. También se absorbe por la piel o aspirándolo, así es que el asesino tuvo que protegerse muy bien —explicó Sherlock Holmes.

—Los espías de las películas tienen cápsulas de cianuro para suicidarse en caso de que los vayan a torturar. ¿Cómo se consigue? —preguntó Esmeralda.

—Fácilmente. Se usa en metales, en la extracción de oro y plata, en galvanoplastia de esos metales y de cobre y platino. El homicida pudo comprarlo en una tienda de suministros químicos o por internet.

—El veneno es un arma femenina. Es un método cobarde. Los hombres no matamos con veneno, lo hacemos cara a cara —apuntó Paddington y una risotada general acogió su observación.

—Una mujer de más de metro ochenta, forzuda, con botas de soldado debe parecer campeona olímpica de levantamiento de pesas. Alguien así no necesita recurrir al veneno, podría haberle aplastado la cabeza a la víctima con otro puñetazo —insistió el coronel.

—¿Se han puesto en el caso de que la persona que le pegó a Keller no fuera la misma que lo mató? —sugirió Abatha.

—Muy rebuscado, muchas coincidencias, no me gusta —replicó el coronel.

—Es posible, pero debemos examinar la evidencia y tener en consideración lo que dice Abatha —intervino Sherlock Holmes.

Unos días antes, los dos jóvenes genios de Inteligencia Artificial de Stanford se quedaron esperando al profesor Pedro Alarcón, que no llegó a la reunión programada. Apenas recibió la llamada de Indiana anunciándole la muerte de Alan Keller, el uruguayo dio media vuelta y emprendió el regreso a San Francisco. Por el camino hizo varios intentos inútiles de comunicarse con Miller. Llegó al *loft* cuando Miller acababa de terminar de ducharse y vestirse, después de correr con Atila y conferenciar con un general del Pentágono en Washington. Se abrió la puerta metálica del ascensor y antes de que Miller alcanzara a preguntarle por qué estaba de vuelta, Alarcón le dio la noticia de sopetón.

—¡Qué dices! ¿Cómo murió Keller?

—Indiana me avisó hace una hora, pero no pudo hablar, su ex marido, el inspector Martín, cogió el teléfono y ella no alcanzó a decirme más. Iba en el coche de Martín. Sólo sé que no fue muerte natural. Podría jurar que Indiana me llamó para que yo te avisara. ¿Qué pasa con tu teléfono?

—Se me mojó, tengo que comprar otro.

—Si esto es un crimen, como sospecho, estás en un lío, Ryan. Estuviste con Keller anoche, fuiste a verlo armado con pistola y según tus palabras, lo zamarreaste un poco. Eso te coloca en el envidiable papel de principal sospechoso. ¿Dónde estuviste toda la noche?

—¿Me estás acusando de algo? —gruñó Miller.

—Vine a ayudarte, hombre. Quise llegar aquí antes que la policía.

Miller trató de controlar la rabia que lo quemaba por dentro. La muerte de su rival era muy oportuna y no la lamentaba, pero Pedro estaba en lo cierto, su situación era grave: él había tenido el motivo y la oportunidad. Le contó a su amigo que llegó al viñedo de Keller al atardecer del día anterior, debían de ser alrededor de las seis y media, pero no se había fijado en la hora, encontró el portón abierto, condujo por un camino de unos trescientos metros, vio la casa y una fuente redonda con agua, se detuvo frente a la puerta y se bajó con Atila, atado a su correa, porque el perro necesitaba orinar. Tocó la puerta como tres veces antes de que por fin le abriera una mujer hispana, secándose las manos en el delantal, quien le dijo que Alan Keller no estaba. No alcanzó a seguir hablando, porque apareció un perro detrás de ella, un labrador blancuzco moviendo la cola, parecía manso, pero al ver a Atila se puso a ladrar. A su vez Atila empezó a tironear de la correa, nervioso, y la mujer les cerró la puerta en la cara. Fue a dejar a Atila a la camioneta, volvió a tocar el timbre y esta vez ella abrió apenas y por la rendija le dijo en pésimo inglés que Keller volvería por la noche y si deseaba podía dejar su nombre; él le respondió que prefería llamarlo más tarde. Entretanto los dos perros ladraban, uno dentro de la casa y el otro en la camioneta. Decidió esperar a Keller, pero no podía hacerlo allí, la mujer no lo había invitado a entrar y le parecería raro que él se instalara a esperar en su vehículo, creyó más prudente hacerlo en la calle.

Miller había estacionado con las luces apagadas en un lugar desde donde podía ver claramente la entrada de la propiedad, iluminada por faroles antiguos.

—El portón permaneció abierto de par en par. Keller estaba clamando que lo asaltaran, no tomaba medidas de precaución, aunque tenía obras de arte y cosas valiosas, según parece.

—Sigue —dijo Alarcón.

—Hice un reconocimiento mínimo del lugar, hay diez metros de pared de adobe a cada lado del portón, más por decoración que por seguridad, el resto del cerco que limita la propiedad está compuesto de rosales. Me fijé en que ya había muchas flores, aunque recién estamos en marzo.

—¿A qué hora llegó Keller?

—Esperé unas dos horas. Su Lexus se detuvo en la entrada, Keller se bajó a sacar la correspondencia del buzón, luego entró con el auto y cerró el portón con un control remoto. Comprenderás que un cerco de rosas no iba a detenerme. Dejé a Atila en la camioneta, no quería asustar a Keller, y fui a la casa por el medio del camino, no creas que traté de esconderme o de sorprenderlo, nada de eso. Toqué el timbre y casi de inmediato me abrió el mismo Keller. Y esto no lo vas a creer, Pedro, ¿sabes lo que me dijo? Buenas noches, Miller, te estaba esperando.

—La mujer debió decirle que un rufián de tu catadura lo buscaba. Es fácil describirte, Miller, sobre todo si andas con Atila. Keller te conocía. También puede ser que Indiana le advirtiera que tú habías amenazado con resolver las cosas a tu manera.

—Entonces no me habría hecho entrar, habría llamado a la policía.

—Ya ves, no era tan mequetrefe, después de todo.

Miller le relató escuetamente cómo había seguido a Keller hasta la sala, se había negado a tomar asiento, rechazó un whisky que éste le ofreció y, de pie, le había dicho lo que pensaba de él, que perdió su oportunidad con Indiana, ahora ella estaba con él y más le valía no interponerse, porque las consecuencias serían muy desagradables. Si su rival se asustó, supo disimularlo bien y le contestó sin alterarse que esa decisión le correspondía sólo a Indiana. Que gane el mejor de los dos, dijo en tono burlón, y le mostró la puerta, pero como él no se movió, intentó tomarlo por un brazo. Mala idea.

—Mi reacción fue instintiva, Pedro. No me di ni cuenta cuando le mandé un puñetazo a la cara —dijo Miller.

—¿Le pegaste?

—No le di fuerte. Se tambaleó un poco y le salió sangre de la nariz, pero no se cayó. Me sentí pésimo. ¿Qué me pasa, Pedro? Pierdo los estribos por cualquier tontería. Yo no era así.

—¿Habías bebido?

—Ni una jodida gota, hombre, nada.

—¿Qué hiciste después?

—Le pedí disculpas, lo ayudé a llegar hasta un sillón y le serví agua. Había una botella de agua y otra de whisky sobre un aparador.

Keller se limpió la sangre con la manga de la camisa, recibió el vaso y lo puso sobre una mesa cerca del sillón, le señaló la puerta a Miller por segunda vez y le dijo que Indiana no tenía por qué enterarse de ese vulgar episodio. Según Miller, eso fue todo, volvió a su camioneta y enfiló de vuelta a San Francisco, pero estaba extenuado, empezaba a lloviznar y el reflejo de las luces en el pavimento lo cegaba, porque andaba sin los lentes de contacto que casi siempre usaba, y creyó más prudente descansar un rato en el vehículo. «No estoy bien, Pedro. Antes mantenía la sangre fría bajo metralla cerrada y ahora un altercado de cinco minutos me da dolor de cabeza», dijo. Agregó que salió del camino, detuvo la camioneta, se acomodó en el asiento y se durmió casi instantáneamente. Vino a despertar horas más tarde, cuando apenas comenzaba a aclarar con las luces del amanecer en un cielo nublado y Atila lo arañaba discretamente, desesperado por salir. Le dio oportunidad al perro de parar la pata en unos matorrales, siguió hasta el primer McDonald's que encontró abierto a esa hora, le compró una hamburguesa a Atila, desayunó y se fue a su *loft*, donde encontró a Alarcón esperándolo.

—Yo no lo maté, Pedro.

—Si creyera que lo has hecho, no estaría aquí. Dejaste un reguero de pistas, incluso tus huellas dactilares en el timbre, el vaso, la botella de agua y quién sabe dónde más.

—No tenía nada que ocultar, ¿por qué iba a pensar en mis jodidas huellas? Excepto un poco de sangre de nariz, Keller estaba perfectamente cuando me fui.

—Costará convencer de eso a la policía.

—No pienso intentarlo. Bob Martín me detesta y el sentimiento es mutuo, nada le daría tanto placer como culparme de la muerte de Keller y si puede, del resto de los recientes crímenes. Sabe que Indiana y yo somos amigos y sospecha que fuimos amantes. Cuando nos encontramos se electriza el aire y saltan chispas, a veces nos vemos en el polígono de tiro y se pica porque soy mucho mejor tirador que él, pero lo que más le revienta es que su hija me quiera. Amanda, que nunca ha tolerado a ningún pretendiente de su madre, estaba feliz cuando supo que ella estaba conmigo. Bob Martín no me lo perdona.

—¿Qué vas a hacer?

—Resolverlo a mi manera, como siempre he hecho. Voy a encontrar al asesino de Keller antes de que Martín me encierre y dé por resuelto el caso. Tengo que desaparecer.

—¿Estás demente? Escapar es prueba de culpabilidad, es mejor que busquemos un buen abogado.

—No me iré lejos. Necesito tu ayuda. Disponemos de varias horas antes de que identifiquen mis huellas y vengan por mí. Debo transferir el contenido completo de mis computadoras a un

USB y borrar los discos duros, porque será lo primero que confisquen y esa información es ultrasecreta. Me va a llevar tiempo.

Le pidió a su amigo que entretanto le consiguiera un bote con cabina y buen motor, pero que no se lo comprara a un distribuidor, porque sospecharía del pago en efectivo y podía informar a la policía; tenía que ser una embarcación usada y en perfectas condiciones. También necesitaba bidones de combustible para varios días y dos celulares nuevos para comunicarse, ya que el suyo no servía y Alarcón necesitaba otro sólo para hablar con él.

El *navy seal* abrió una caja fuerte disimulada en la pared y sacó varios fajos de billetes, tarjetas de crédito y licencias de conducir. Le pasó al uruguayo quince mil dólares en billetes de cien atados con un elástico.

—¡Jesús! Lo que siempre pensé: eres espía —exclamó Alarcón con un silbido admirativo.

—Gasto poco y me pagan bien.

—¿La CIA o los Emiratos Árabes?

—Ambos.

—¿Eres rico? —le preguntó Alarcón.

—No. Ni quisiera serlo. Lo que hay en la caja fuerte es casi todo lo que tengo. El dinero nunca me ha interesado, Pedro, en eso me parezco a Indiana. Me temo que juntos terminaríamos convertidos en una pareja de mendigos.

—¿Qué te interesa entonces?

—La aventura. Quiero que te lleves todo lo que hay en la caja fuerte, para que no lo confisque la policía. Vamos a tener algunos gastos. Si me pasa algo, le entregas el resto a Indiana, ¿de acuerdo?

—Ni hablar. Me quedaré con todo y nadie se va a enterar. Total, esto es dinero ilegal o falsificado.

—Gracias, Pedro, sé que puedo confiar en ti.

—Si algo te pasa, Ryan, será por arrogante. Te falta sentido de la realidad, te crees Superman. ¡Ajá! Veo que tienes cinco pasaportes con nombres distintos, todos con tu foto —dijo Alarcón, atisbando los documentos.

—Nunca se sabe cuándo pueden ser útiles. Es como las armas: aunque no las use, me siento más seguro teniéndolas. Soy arrogante, pero también precavido, Pedro.

—Si no fueras militar serías mafioso.

—Sin duda. Estaré en el muelle de Tiburón dentro de tres horas, te esperaré hasta las dos de la tarde. Es importante que no dejes huellas de la compra del bote. Después tienes que hacer desaparecer mi camioneta. Todo esto te convierte en cómplice. ¿Algún problema?

—Ninguno.

Lunes, 19

Dos semanas más tarde, cuando el largo brazo de la profecía astrológica alcanzó a su familia, el inspector Bob Martín se reprocharía no haber hecho caso de las repetidas advertencias de su hija. Amanda lo había puesto al día, paso a paso, de los descubrimientos de *Ripper*, que a su entender no era más que cinco niños y un abuelo divirtiéndose con un juego de rol, hasta que de mala gana debió darles la razón y aceptar que los espectaculares crímenes en San Francisco eran obra de un asesino en serie. Hasta la muerte de Alan Keller la labor del Departamento de Homicidios había consistido en analizar las pruebas y buscar una conexión entre los casos, a diferencia del método usual, que comenzaba por hallar el motivo. Había sido imposible adivinar las razones que impulsaban al criminal a escoger víctimas tan disímiles. Después del homicidio de Keller, sin embargo, la investigación había tomado otro cariz: ya no se trataba de dar con el culpable siguiendo pistas a ciegas, sino de probar que un determinado sospechoso era el culpable y arrestarlo. El sospechoso era Ryan Miller.

La orden de registro de la antigua imprenta, donde vivía Miller, tardó varios días, porque incluía hasta los menores resquicios legales. Eso garantizaba que la evidencia obtenida fuese válida en un juicio. Pocos jueces estaban dispuestos a firmar una orden tan extensa. El sospechoso era un ex *navy seal*, un héroe de guerra, que aparentemente trabajaba en proyectos secretos con el gobierno y el Pentágono; una equivocación en el aspecto legal podía ser grave, pero las consecuencias de impedir el arresto de un supuesto asesino lo eran todavía más. Por fin el juez cedió ante la presión sostenida del inspector jefe, quien apenas consiguió la orden encabezó el equipo de diez personas, que invadió el *loft* de Miller provisto de la más moderna tecnología.

El inspector se proponía corroborar que las pruebas en su poder se correspondían con las que iba a encontrar en el *loft*. Contaba con la descripción que había hecho María Pescadero del hombre y el perro que vio en la tarde del crimen, que calzaba como un guante con Ryan Miller y ese animal de pesadilla que siempre lo acompañaba. En la escena habían encontrado pelos de perro, identificados como de malinois belga, marcas de las botas en la entrada y en el piso de baldosa, huellas dactilares de Miller en la puerta, el timbre, la botella y el vaso de agua, fibras de un material sintético que correspondía a peluche rosado y varias muestras, como escamas de piel y vello, dejadas por el puñetazo que recibió Keller en la cara, que servían para identificación de ADN. En el registro del *loft* obtuvieron los mismos pelos de perro, fibras rosadas, huellas de botas en el piso, frascos a medio llenar de Xanax y Lorazepam, armas de fuego y un arco de tiro al blanco, modelo de competición, con un sistema de palanca de cuerdas y poleas. Las municiones de las armas eran diferentes a la bala en la cabeza de Ed Staton y las flechas tampoco eran como el virote que atravesó a Keller, pero su existencia indicaba que su dueño estaba familiarizado con su uso.

Las computadoras confiscadas fueron a dar al laboratorio correspondiente, pero antes de que los ingenieros de la policía pudieran abrirlas llegó una orden de Washington de sellarlas hasta que se tomara una decisión. Era muy probable que Miller hubiera instalado un programa de autodestrucción, pero de no ser así, sólo la autoridad correspondiente podía acceder al contenido. Al ser interrogado, Pedro Alarcón explicó que su amigo colaboraba con empresas de seguridad en Dubai y a veces se ausentaba por un par de semanas, pero nadie con el pasaporte de Ryan Miller había salido del país.

—Miller no es culpable, papá —le dijo Amanda cuando se enteró por Petra Horr del registro—. ¿Le ves cara de asesino en serie?

—Le veo cara de sospechoso de la muerte de Alan Keller.

—¿Por qué haría algo así?

—Porque está enamorado de tu madre —dijo Bob Martín.

—Nadie mata por celos desde Shakespeare, papá.

—Estás equivocada, son el principal motivo de homicidio entre parejas.

—Okey. Es posible que Miller tuviera un motivo en el caso de Keller, pero explícame su participación en los otros crímenes. No hay duda de que todos fueron cometidos por la misma persona.

—Fue entrenado para la guerra y para matar. No digo que todos los soldados sean asesinos en potencia, ni mucho menos, pero hay hombres trastornados que entran en las Fuerzas Armadas, donde reciben medallas por las mismas acciones que en la vida civil los conducirían a la cárcel o a un asilo de locos. Y también hay hombres normales que se trastornan en la guerra.

—Ryan Miller no está loco.

—Tú no eres una experta en el tema, Amanda. No sé por qué el tipo te cae bien. Es peligroso.

—A ti te cae mal porque es amigo de mi mamá.

—Tu madre y yo estamos divorciados, Amanda. Sus amigos no me interesan, pero Miller tiene un historial de trauma físico y emocional, depresión, alcoholismo, drogadicción y violencia. Está medicado con ansiolíticos y somníferos, la misma droga que noqueó a los Constante.

—Según mi abuelo, mucha gente toma esos remedios.

—¿Por qué lo defiendes, hija?

—Por sentido común, papá. En todos los crímenes el autor se cuidó mucho de dejar huellas, seguramente se cubrió con plástico desde la cabeza hasta los zapatos, limpió todo lo que tocó, incluso lo que mandó por correo, como el libro de Ashton y el lobo de cristal de Rosen. ¿Te parece que ese mismo hombre limpiaría sus huellas de la flecha y las dejaría por todos lados en la casa de Alan Keller, incluso en el vaso con agua envenenada? No tiene sentido.

—Hay casos en que el asesino pierde el control de su vida y empieza a sembrar pistas, porque en el fondo desea que lo detengan.

—¿Eso dicen tus psicólogos criminalistas? Ryan Miller se moriría de risa con esa teoría. Para manipular cianuro hay que usar guantes de goma. ¿Crees que Miller se los puso para verter el veneno y se los quitó para coger el vaso? ¡Ni que fuera imbécil!

—No sé todavía cómo sucedieron las cosas, pero tienes que

prometer que me vas a avisar de inmediato si Miller trata de ponerse en contacto con tu madre.

—No me pidas eso, papá, porque un hombre inocente podría terminar condenado a muerte.

—Amanda, no estoy para bromas. Miller tendrá ocasión de probar su inocencia, pero por el momento tenemos que considerarlo muy peligroso. Aunque no sea el autor de los otros crímenes, todo apunta a él en el caso de Keller. ¿Me has comprendido?

—Sí, papá.

—Prométemelo.

—Te lo prometo.

—¿Qué cosa?

—Que te avisaré si me entero de que Ryan Miller se pone en contacto con mi mamá.

—¿Tienes los dedos cruzados en la espalda?

—No, papá, no te estoy haciendo trampa.

Al prometerle a su padre que delataría a Ryan Miller, Amanda no tenía ninguna intención de cumplir su palabra, porque una promesa rota pesaría menos en su conciencia que arruinarle la vida a un amigo —de dos males debía escoger el menor—, pero para evitar el problema le pidió a su madre que no le dijera si el *navy seal* reaparecía entre sus pacientes o en su panorama sentimental. Algo debió ver Indiana en la expresión de su hija, porque se limitó a acceder, sin indagar más.

Indiana estaba al tanto de que la policía se había movilizado para arrestar a Miller como único sospechoso en la muerte de Alan Keller, pero ella, como Amanda, no lo creía capaz de cometer un crimen a sangre fría. Nadie deseaba más que ella atrapar al culpable, pero ese amigo, ese amante de dos semanas, ese hombre que ella conocía a fondo y había recorrido con sus manos de sanadora y sus besos de mujer encaprichada, no era culpable. Indiana se habría visto en apuros para dar una respuesta razonable si le hubieran preguntado cómo podía estar tan segura de la inocencia de Miller, un ex soldado que padecía ataques de cólera, había disparado contra civiles, incluso mujeres y niños, y torturado prisioneros para arrancarles confesiones, pero no se lo preguntaron y, aparte de Pedro Alarcón, nadie conocía el pasado del soldado. La certeza de Indiana se basaba en los mensajes de su intuición y en el juicio de los planetas, que en esas circunstancias le merecían más confianza que el criterio de su ex marido. A Bob nunca le cayó bien ninguno de los hombres que a ella le habían interesado desde que se divorciaron, pero a Ryan Miller le tenía un recelo particular, que Amanda resumía en pocas palabras: son dos machos alfa, no pueden compartir el territorio, son como orangutanes. Indiana, en cambio, celebraba las conquistas de su ex marido con la esperanza que de tanto probar mujeres encontrara la madrastra ideal para Amanda y sentara cabeza. El perfil astrológico hecho por Celeste Roko no señalaba tendencia homicida en Ryan Miller, un rasgo de carácter que sin duda aparecería en la carta astral de alguien que cometiese actos tan pavorosos.

Fue innecesario que Indiana le ocultara algo a Amanda ni que ésta le mintiera a su padre, porque si Ryan Miller no se comunicó con la madre, lo hizo indirectamente con la hija. Pedro Alarcón se presentó en el colegio de la chica a la salida de clase, esperó a que se fueran los buses y automóviles y pidió hablar con ella sobre un vídeo. Lo recibió la hermana Cecile, encargada de las internas, una escocesa alta y fuerte, que no representaba sus sesenta y seis años, con ojos azul cobalto capaces de detectar las travesuras de sus alumnas antes de que las cometieran. Una vez que lo relacionó con el proyecto de su alumna sobre el Uruguay, lo condujo a la Sala del Silencio, como llamaban a un pequeño anexo de la capilla. La política ecuménica del establecimiento pesaba más que su tradición católica y las niñas de otras religiones, así como las agnósticas, contaban con un espacio para sus prácticas espirituales y para estar a solas, una pieza desprovista de muebles, con piso de madera pulida, pintada de un apacible azul-gris, con varios cojines redondos de meditación y pequeños tapices enrollados en un rincón para las dos únicas alumnas musulmanas. A esa hora estaba vacía, casi en penumbra, apenas alumbrada por la luz de la tarde, que entraba en tenues pinceladas por dos ventanas. Contra los vidrios se recortaban las delgadas ramas de los alerces del jardín y el único sonido que llegaba hasta ese santuario eran los acordes de un piano lejano. Con una emoción que le cerró la garganta, Alarcón se vio transportado a otro tiempo y otro lugar, tan lejanos que ya estaban casi olvidados: su infancia, antes de que la guerrilla acabara con su inocencia, en la capilla de su abuela, en la estancia familiar de Paysandú, tierra de ganado, extensas planicies de pastizales salvajes contra un horizonte interminable de cielo color turquesa.

La hermana Cecile llevó un par de sillas plegables, le ofreció al visitante una botella de agua, fue a llamar a su alumna y después los dejó solos, pero mantuvo la puerta abierta y dio a entender que andaba cerca, porque Alarcón no estaba en la lista de personas autorizadas para visitar a la niña en el colegio.

Amanda se presentó con una cámara de vídeo, tal como habían acordado por correo electrónico, la instaló en un trípode y abrió su cuaderno de notas. Hablaron del Uruguay por quince minutos y otros diez se les fueron en ponerse de acuerdo en susurros respecto al fugitivo. En enero, cuando supo que los jugadores de *Ripper* habían comenzado a analizar los crímenes de San Francisco, Alarcón se interesó de inmediato, no sólo porque le intrigaba que cinco mocosos solitarios, introvertidos y sabiondos compitieran con el enorme aparato de investigación de la policía, sino porque las funciones del cerebro humano eran su especialidad. Inteligencia artificial, como les explicaba a sus alumnos el primer día de clases, es la teoría y desarrollo de un sistema de computación capaz de realizar las tareas que normalmente requieren inteligencia humana. ¿Existe diferencia entre la inteligencia humana y la artificial? ¿Puede una máquina crear, sentir emociones, imaginar, tener conciencia? ¿O sólo puede imitar y perfeccionar ciertas capacidades humanas? De esas preguntas derivó una disciplina académica que fascinaba al profesor, la ciencia cognitiva, cuya premisa, similar a la de la inteligencia artificial, es que la actividad mental humana es de naturaleza computacional. El objetivo de los científicos cognitivos es desvelar los misterios del aparato más complicado que conocemos: el cerebro humano. Cuando Alarcón decía que probablemente el número de estados de una mente humana era mayor que el número de átomos en el universo, cualquier idea preconcebida respecto a la inteligencia artificial que sus estudiantes tuvieran se desmoronaba. Los chiquillos de *Ripper* razonaban con una lógica que la máquina podía incrementar de forma inverosímil, pero contaban con algo privativo del ser humano, la imaginación. Jugaban con plena libertad, por el simple afán de divertirse, y así accedían a espacios interiores que por el momento la inteligencia artificial no alcanzaba. Pedro Alarcón soñaba con la posibilidad de cosechar ese esquivo elemento de la mente humana y aplicarlo a un ordenador.

Nada de todo eso sospechaba Amanda, quien había mantenido al día a Alarcón de los progresos de *Ripper* sólo porque era amigo de Miller y porque él y su abuelo eran los únicos adultos que habían mostrado algún interés en el juego, aparte de la hermana Cecile.

—¿Dónde está Ryan? —le preguntó Amanda al uruguayo.

—Moviéndose. Un blanco en movimiento es más difícil de cazar. Miller no es Jack el Destripador, Amanda.

—Lo sé. ¿Cómo puedo ayudarlo?

—Descubriendo pronto al asesino. Tú y los de *Ripper* pueden ser el cerebro de esta operación y Miller el brazo ejecutor.

—Algo así como el agente 007.

—Pero sin adminículos de espía. Nada de rayos mortales en la lapicera o motores a retropropulsión en los zapatos. Sólo tiene a Atila y su equipo de *navy seal*.

—¿En qué consiste?

—No sé, supongo que un bañador, para no tener que nadar desnudo, y un cuchillo, en caso de que lo ataque un tiburón.

—¿Vive en un bote?

—Eso es confidencial.

—Este colegio tiene cuarenta hectáreas de parque y bosque en estado salvaje. Hay coyotes, ciervos, mapaches, zorrillos y algún que otro gato montés, pero ningún humano anda por allí. Es un buen lugar para esconderse y yo le puedo llevar comida de la cafetería. Se come bien aquí.

—Gracias, lo tendremos en cuenta. Por el momento Ryan no puede comunicarse contigo ni con nadie, yo seré el enlace. Te daré un número secreto. Marca, déjalo repicar tres veces y corta. No dejes mensajes. Yo me las arreglaré para localizarte. Tengo que andar con cuidado, porque me vigilan.

—¿Quién?

—Tu papá. Es decir, la policía. Pero no es grave, Amanda, puedo despistarlos, pasé varios años de mi juventud burlando a la policía en Montevideo.

—¿Por qué?

—Por idealismo, pero me curé de eso hace tiempo.

—En la antigüedad era más fácil burlar a la policía que ahora, Pedro.

—Sigue siéndolo, no te preocupes.

—¿Sabes entrar en computadoras ajenas, como un *hacker*?

—No.

—Yo creía que eras un genio de la cibernética. ¿Acaso no trabajabas con inteligencia artificial?

—Las computadoras son a la inteligencia artificial como los telescopios a la astronomía. ¿Para qué necesitas un *hacker*? —le preguntó el uruguayo.

—Es un buen recurso para mi línea de investigación. A los de *Ripper* nos vendría muy bien un *hacker*.

—Si llega el momento, puedo conseguirte uno.

—Vamos a usar a mi esbirro como mensajero. Kabel y yo tenemos un código. Kabel es mi abuelo.

—Ya lo sé. ¿Es de confianza?

Amanda le respondió con una mirada de hielo. Se despidieron formalmente en la puerta del colegio observados de cerca por la hermana Cecile. La mujer le tenía especial afecto a Amanda Martín porque compartían el gusto por las novelas escandinavas de crímenes truculentos y porque en un arranque de confianza, que después lamentó, la chica le contó que estaba investigando el baño de sangre anunciado por Celeste Roko. Lo lamentó porque desde entonces la hermana Cecile, que habría dado oro por participar en el juego si los niños se lo hubieran permitido, insistía en seguir paso a paso el progreso de la pesquisa y costaba mucho ocultarle algo o engañarla.

—Muy agradable el caballero uruguayo —comentó en un tono que puso a Amanda en instantáneo estado de alerta—. ¿Cómo lo conociste?

—Es amigo de un amigo de mi familia.

—¿Tiene algo que ver con *Ripper*?

—¡Qué idea, hermana! Vino por mi trabajo para la clase de Justicia Social.

—¿Por qué cuchicheaban? Me pareció captar cierta complicidad…

—Deformación profesional, hermana. Sospechar es su trabajo, ¿no?

—No, Amanda. Mi trabajo es servir a Jesús y educar niñas —sonrió la escocesa con sus grandes dientes como fichas de dominó.

Sábado, 24

Durante la primera semana de su nueva vida como fugitivo de la justicia, Ryan Miller navegó por la bahía de San Francisco en la lancha que le consiguió Alarcón, un Bellboy de cinco metros de eslora, con media cabina, un poderoso motor Yamaha y licencia bajo nombre falso. Se detenía de noche en ensenadas, donde a veces descendía con Atila para correr unos cuantos kilómetros en la oscuridad, único ejercicio que podían hacer, fuera de nadar con la máxima discreción. Habría podido seguir flotando en esas aguas por años sin verse obligado a mostrar una licencia del bote y sin ser interceptado, siempre que no atracara en las marinas más populares, porque las embarcaciones de la Guardia Costera no podían navegar en aguas poco profundas.

Su conocimiento de la bahía, donde tantas veces había salido a remar, a pasear en velero y a pescar esturión y róbalo con Alarcón, facilitaba su vida de proscrito. Sabía que estaba a salvo en lugares como la Riviera Desdentada, apodo de un minúsculo puerto de botes destartalados y casas flotantes, donde los escasos moradores, cubiertos de tatuajes y con mala dentadura, apenas hablaban entre ellos y no mirarían a un extraño a los ojos, o en ciertos caseríos en la embocadura de los ríos, donde los residentes cultivaban marihuana o cocinaban metanfetamina y nadie deseaba atraer a la policía. Sin embargo, muy pronto la estrechez de la lancha se les hizo intolerable tanto al hombre como al perro y empezaron a ocultarse en tierra, acampando en los bosques. Miller tuvo poco tiempo para preparar la huida, pero contaba con lo indispensable, su computadora portátil, diferentes documentos de identidad, dinero en efectivo en una bolsa a prueba de agua y fuego, y parte de su equipo de *navy seal*, más por razones sentimentales que por la posibilidad de usarlo.

Se escondió con el perro tres días en Wingo, un pueblo fantasma de Sonoma, con un antiguo puente en desuso, corroído por el óxido, pasarelas de madera blanqueada por el sol y casas en ruinas. Se habrían quedado más tiempo, acompañados por patos, roedores, ciervos y la sigilosa presencia de las ánimas que le daban su reputación a Wingo, pero Miller temió que la proximidad de la primavera atrajera a pescadores, cazadores y turistas. En las noches, arropado en su saco de dormir, con el viento silbando entre las tablas y el calor de Atila pegado a su cuerpo, imaginaba que Indiana estaba a su lado, apretada contra él, la cabeza en su hombro, un brazo atravesado sobre su pecho, su cabello rizado rozándole la boca.

En su tercera noche en el pueblo abandonado, Miller se atrevió a llamar a Sharbat por primera vez. Ella tardó un poco en llegar, pero cuando lo hizo no era la imagen borrosa o ensangrentada de sus pesadillas, sino la niña de los recuerdos, intacta, con su expresión asustada, su pañuelo floreado y su hermanito en los brazos. Entonces pudo pedirle perdón y prometerle que atravesaría el mundo para buscarla, y en un interminable monólogo decirle aquello que nunca le diría a nadie, sólo a ella, porque nadie quiere conocer la realidad de la guerra, sólo la versión heroica depurada del horror, y nadie quiere oír a un soldado hablar de su tormento; contarle, por ejemplo, que después de la Segunda Guerra Mundial se descubrió que sólo uno de cada cuatro soldados disparaba a matar. Se cambió el entrenamiento militar para destruir esa repulsión instintiva y crear la respuesta automática de apretar el gatillo sin vacilar al menor estímulo, un reflejo grabado en la memoria muscular, y así se consiguió que el noventa y cinco por ciento de los soldados mataran sin pensar, un verdadero éxito; pero todavía no se ha perfeccionado el método para acallar los campanazos que repican en la conciencia más tarde, después del combate, cuando toca reincorporarse al mundo normal y hay pausas para reflexionar, cuando empiezan las pesadillas y la vergüenza que el alcohol y las drogas no logran mitigar. Y cuando no hay dónde descargar la rabia acumulada, unos terminan buscando camorra en bares y otros pegándole a la mujer y a los hijos.

Le contó a Sharbat que pertenecía a un puñado de guerreros especializados, los mejores del mundo. Cada uno de ellos era un arma letal, su oficio es la violencia y la muerte, pero a veces la conciencia puede ser más fuerte que el entrenamiento y todas las estupendas razones para la guerra —deber, honor, patria—, y algunos ven la destrucción que causan dondequiera que vayan a combatir, ven a los compañeros desangrándose por una granada enemiga y los cuerpos de civiles atrapados en la contienda, mujeres, niños, ancianos, y se preguntan por qué pelean, qué propósito tiene esa guerra, la ocupación de un país, el sufrimiento de gente igual a uno, y qué pasaría si tropas invasoras entraran con tanques a su barrio, aplastaran sus casas, y los cadáveres pisoteados fueran los de sus hijos y esposas, y también se preguntan por qué se le debe más lealtad a la nación que a Dios o al propio sentido del bien y del mal, y por qué siguen en ese afán de muerte y cómo van a convivir con el monstruo en que se han convertido.

La niña de ojos verdes lo escuchó callada y atenta, como si entendiera el idioma en que le hablaba y supiera por qué lloraba, y se quedó con él hasta que se durmió en su saco, agotado, con un brazo sobre el lomo del perro que vigilaba su sueño.

Cuando la fotografía de Ryan Miller apareció en los medios de comunicación pidiéndole al público que informara a la policía sobre su paradero, Pedro Alarcón se puso en contacto con su amiga Denise West, en cuya discreción confiaba sin reservas, y le expuso la necesidad de ayudar a un tránsfuga buscado por sospecha de homicidio premeditado, como le explicó en tono de broma, pero sin minimizar los riesgos. A ella le entusiasmó la idea de esconderlo, porque era amiga de Alarcón y Miller no tenía aspecto de criminal, y porque partía de la premisa de que el gobierno, la justicia en general y la policía en particular eran corruptos.

Acogió al *navy seal* en su casa, que Alarcón había escogido por la ventaja de hallarse en una zona de granjas agrícolas y en la proximidad del delta del río Napa, que desembocaba en la bahía de San Pablo, la parte norte de la bahía de San Francisco.

Denise tenía un huerto de verduras y flores de una hectárea y media para su deleite personal, así como un asilo de caballos ancianos, que sus dueños le entregaban en vez de sacrificarlos cuando ya no les servían, y una industria casera de conservas de frutas, pollos y huevos, que vendía en los mercados ambulantes y en las tiendas de productos orgánicos. Había vivido cuarenta años en la misma propiedad, rodeada de los mismos vecinos, tan poco sociables como ella, dedicada a sus animales y su tierra. En ese modesto refugio, creado a su medida y protegido del ruido y la vulgaridad del mundo, recibió a Ryan Miller y a Atila, quienes debieron adaptarse a una existencia rural muy distinta a la que llevaban antes, en una casa sin televisor ni aparatos electrodomésticos, pero con buena señal de internet, entre mascotas mimadas y caballos jubilados. Nunca habían vivido en compañía de una mujer y, sorprendidos, descubrieron que era menos terrible de lo que esperaban. Desde el comienzo Atila demostró su disciplina militar al resistir estoicamente la tentación de devorarse a los pollos, que andaban sueltos picoteando la tierra, y atacar a los gatos, que lo provocaban con obvio descaro.

Además de ofrecerle hospedaje, Denise se prestó para representar a Miller en *Ripper*, ya que él no podía mostrar la cara. Amanda le pidió que participara, porque lo necesitaba, y crearon a toda prisa un personaje para el juego, una investigadora con particular talento llamada Jezabel. Los únicos que conocían su identidad eran la maestra del juego y su fiel esbirro Kabel, pero ninguno de los dos sabía dónde se ocultaba el *navy seal* ni quién era la mujer madura con una larga trenza gris que posaba de Jezabel. Los otros jugadores de *Ripper* no fueron consultados respecto a ella, porque Amanda se había vuelto más despótica a medida que se complicaban los crímenes, pero quienes objetaron al principio, muy pronto pudieron comprobar que la nueva jugadora valía su peso en oro.

—He estado revisando los expedientes de la policía sobre los casos —anunció la maestra del juego.

—¿Cómo los obtuviste? —preguntó Esmeralda.

—Mi esbirro tiene acceso a los archivos y yo soy amiga de Petra Horr, la asistente del inspector jefe, que me mantiene informada. Le pasamos copia de todo a Jezabel.

—¡Nadie debe tener ventaja sobre los otros jugadores! —objetó el coronel Paddington.

—Cierto. Pido disculpas, no volverá a suceder. Veamos qué dice Jezabel.

—Encontré algo que se repite en todos los casos, menos el de Alan Keller. Las cinco primeras víctimas trabajaban con niños. Ed Staton era empleado del reformatorio en Arizona, los Constante se ganaban la vida con un hogar para niños remitidos por el Servicio de Protección de la Infancia, Richard Ashton estaba especializado en psiquiatría infantil y Rachel Rosen era juez del Tribunal de Menores. Puede ser una coincidencia, pero no lo creo. Keller, en cambio, nunca tuvo nada que ver con niños, ni siquiera quiso tener hijos.

—Esto es una clave muy interesante. Si la motivación del homicida tiene relación con niños, podemos suponer que no mató a Keller —dijo Sherlock Holmes.

—O lo mató por otro motivo —lo interrumpió Abatha, quien antes había sugerido esa posibilidad.

—No estamos hablando de niños comunes, sino de niños con problemas de conducta, huérfanos o de alto riesgo. Eso limita las opciones —dijo el coronel Paddington.

—El próximo paso es averiguar si las víctimas se conocían y por qué. Creo que debe de haber uno o varios niños que conectan los casos —dijo Amanda.

Lunes, 26

Los crímenes que tenían al inspector Bob Martín en ascuas alcanzaron alguna notoriedad en los medios de comunicación de San Francisco, pero no llegaron a alarmar a la población, porque la existencia de un asesino en serie no trascendió fuera del ámbito cerrado del Departamento de Homicidios. La prensa trató los crímenes separadamente, sin relacionarlos. En el resto del país no tuvieron repercusión. Al público, que escasamente se conmovía cuando un supremacista o un estudiante armado para el Apocalipsis se desmandaba matando inocentes, le interesaban muy poco seis cadáveres en California. El único que los mencionó un par de veces fue un célebre locutor de radio de extrema derecha, para quien los crímenes eran un castigo divino por la homosexualidad, el feminismo y la ecología en San Francisco.

Bob Martín esperaba que la indiferencia nacional le permitiera realizar su trabajo sin intervención de agencias federales y de hecho así fue hasta dos semanas después de que las sospechas recayeran en Ryan Miller, recién entonces se presentaron en su oficina dos agentes del FBI rodeados de tanto secreto, que cabía preguntarse si eran impostores. Por desgracia sus credenciales resultaron legítimas y él recibió instrucciones del Comisionado de darles las mayores facilidades, orden que cumplió a regañadientes. El Departamento de Policía de San Francisco había nacido en 1849, en tiempos de la fiebre del oro, y de acuerdo con un articulista de aquella época, estaba formado por bandidos más temibles que los ladrones, interesados en salvar a sus antiguos amigos de un merecido castigo y no de defender la ley; la ciudad era un caos y habrían de pasar muchos años antes de que se estableciera el orden. Sin embargo, el cuerpo de policía se enderezó en menos tiempo del previsto por el autor del artículo y Bob Martín se sentía orgulloso de pertenecer a él. Su Departamento tenía reputación de ser duro con el crimen e indulgente con ofensas menores y no se le podía acusar de brutalidad, corrupción e incompetencia como a la policía de otras partes, aunque recibía un exceso de quejas por supuesta mala conducta. Muy pocas de esas denuncias tenían fundamento. El problema, según Martín, no residía en la policía sino en las malditas ganas de desafiar a la autoridad que caracterizaban a la población de San Francisco; él confiaba plenamente en la eficiencia de su equipo; por eso lamentó la presencia de los federales, que sólo complicarían la investigación.

Los que se presentaron en la oficina de Bob Martín eran los agentes Napoleon Fournier III, afroamericano de Luisiana, que había trabajado en Narcóticos, Inmigración y Aduanas antes de ser asignado al servicio secreto, y Lorraine Barcott, de Virginia, una celebridad dentro de la Agencia, porque se había destacado por actos de heroísmo en una operación antiterrorista. La agente, con pelo negro y ojos castaños de largas pestañas, resultó ser mucho más atractiva en persona que en fotos. Bob Martín quiso engatusarla con su sonrisa de bigote viril y dientes albos, pero desistió cuando el apretón de mano de la Barcott casi le rompió los dedos; esa mujer había llegado con una misión determinada y no parecía dispuesta a distraerse admirándolo. Le retiró la silla con la galantería aprendida en su familia mexicana y ella se sentó en otra. Petra Horr, que observaba la escena desde el umbral, carraspeó para disimular la risa.

El inspector mostró a los visitantes las carpetas de los seis crímenes y los puso al día de la investigación y de sus propias conclusiones, sin mencionar las aportaciones de su hija Amanda y su ex suegro, Blake Jackson, porque a los recién llegados podía parecerles nepotismo. Eso del nepotismo se lo debía al difunto Alan Keller, a quien le intrigaba la relación incestuosa de la familia de Indiana; antes de oírsela a Keller y de buscarla en el diccionario, él no conocía esa palabreja.

Barcott y Fournier comenzaron por asegurarse de que nadie había metido mano en las computadoras de Ryan Miller, que estaban a buen recaudo en la cámara acorazada del Departamento, y después se encerraron a estudiar la evidencia en busca del detalle que revelara una conspiración de los enemigos habituales de Estados Unidos. La única explicación que le dieron a Bob Martín fue que el *navy seal* colaboraba con una compañía de seguridad privada al servicio del gobierno americano en el Oriente Medio; ésa era la información oficial y no convenía divulgar el resto. Su trabajo era confidencial y abarcaba ciertas áreas grises en las que resultaba necesario actuar al margen de las convenciones para garantizar la eficacia. En una situación tan engorrosa como la de esa región se debía poner en la balanza por una parte la obligación de proteger los intereses americanos y por otra parte los tratados internacionales, que limitaban más allá de lo razonable la capacidad de actuar. El gobierno y las Fuerzas Armadas no podían verse involucrados en ciertas actividades, que la Constitución no permitía y el público no aprobaría; por eso recurrían a contratistas privados. Estaba claro que Miller trabajaba para la CIA, pero esta Agencia no podía actuar en el territorio nacional, que correspondía al FBI. Al par de agentes federales no les interesaban en absoluto la seis víctimas de San Francisco, su tarea consistía en rescatar la información que poseía Ryan Miller antes de que cayera en manos del enemigo, y encontrar al *navy seal* para que respondiera algunas preguntas y retirarlo de circulación.

—¿Miller comete delitos a nivel internacional? —preguntó Bob Martín, admirado.

—Misiones, no delitos —replicó Fournier III.

—¡Y yo que creía que era sólo un asesino en serie!

—No tiene pruebas de eso y no me gusta su tono sarcástico, inspector Martín —le espetó la Barcott.

—En la carpeta de Keller hay pruebas contundentes contra él —le recordó el inspector jefe.

—Pruebas de que visitó a Alan Keller, pero no de que lo mató.

—Por algo ha escapado.

—¿Ha pensado en la posibilidad de que nuestro hombre haya sido secuestrado? —preguntó la mujer.

—No, francamente no se me había ocurrido —replicó el policía, disimulando a duras penas una sonrisa.

—Ryan Miller es un elemento valioso para el enemigo.

—¿De qué enemigo estamos hablando?

—No podemos revelarlo —dijo Lorraine Barcott.

De la oficina del FBI en Washington también mandaron a un especialista en alta computación a analizar los aparatos que se habían confiscado en la vivienda de Miller. El inspector Martín les había ofrecido a Fournier III y Barcott su propia gente para esa tarea, tan expertos como los de Washington, pero le respondieron que el contenido era confidencial. Todo era confidencial.

No habían pasado ni veinticuatro horas desde que llegaron los federales y a Bob Martín ya se le estaba agotando la paciencia. Fournier III demostró ser un tipo obsesivo, incapaz de delegar, que por el afán de enterarse de cada minúsculo detalle retrasaba el trabajo de los demás; con Lorraine Barcott se llevó mal desde el comienzo y sus intentos posteriores de congraciarse con ella fueron infructuosos, esa mujer era inmune a sus atractivos e incluso a la simple camaradería. «No se ofenda, jefe, ¿acaso no ve que la Barcott es lesbiana?», lo consoló Petra Horr.

El especialista en computación se dedicó a analizar los discos duros, tratando de rescatar algo, aunque suponía que Miller sabía muy bien cómo borrar todo el contenido. Entretanto Bob Martín procedió a darles a Fournier III y Barcott un recuento de las batidas que el Departamento de Homicidios venía realizando desde hacía doce días para dar con Miller. La primera semana se habían limitado a solicitar ayuda a la policía del área de la bahía y utilizar a los informantes habituales, pero luego publicaron la fotografía y descripción de Miller en los medios de comunicación y en internet. Desde entonces habían recibido docenas de denuncias de personas que vieron merodeando a un individuo cojo, con pinta de gorila, acompañado de una fiera, pero ninguna dio buen resultado. Por error, un par de mendigos con sus perros fueron detenidos en ocasiones diferentes y puestos en libertad de inmediato. Un veterano de la guerra del Golfo Pérsico se presentó en la comisaría de Richmond diciendo que Ryan Miller era él, pero no lo tomaron en serio porque su perro era de raza jack russell terrier y de sexo femenino.

Habían interrogado a la gente que tenía relación con el fugitivo, como Frank Rinaldi, el administrador del Dolphin Club donde Miller nadaba regularmente; el propietario del inmueble donde vivía; unos muchachos desfavorecidos a quienes entrenaba en natación; Danny D'Angelo del Café Rossini; los inquilinos de la Clínica Holística, y muy especialmente a su amigo más cercano, Pedro Alarcón. Bob Martín había hablado con Indiana, pero sólo se la mencionó de pasada a los del FBI, como una más entre los otros sanadores de la Clínica Holística; nada más lejos de su ánimo que llamar la atención de los agentes sobre alguien de su propia familia. Sabía que ella había tenido un romance breve con Miller, lo cual por algún motivo que él mismo no lograba entender, lo alteraba más que los cuatro años que ella pasó con Alan Keller. Estuvo rumiando qué virtudes de Miller podían atraer a Indiana y decidió que seguramente se acostó con él por lástima; dado su carácter, Indiana no podía rechazar a un mutilado. Había que ver lo tonta que era esa mujer. ¿Cómo sería hacer el amor con una pierna menos? Un acto de circo, las posibilidades eran limitadas, mejor no imaginarlo. Su determinación de aprehender al fugitivo era puro celo profesional, nada que ver con las cochinadas que podría haber hecho con la madre de su hija.

—¿Ese Alarcón es comunista? —preguntó Lorraine Barcott, que había tardado cuarenta segundos en encontrar al uruguayo en la base de datos del FBI de su móvil.

—No. Es profesor de la Universidad de Stanford.

—Eso no quita que pudiera ser comunista —insistió ella.

—¿Todavía quedan comunistas? Pensé que habían pasado de moda. A Alarcón le tenemos intervenido el teléfono y lo estamos vigilando. Hasta ahora, no hemos descubierto nada que lo relacione con el Kremlin y nada ilegal o sospechoso en su vida actual.

Los del FBI hicieron ver al inspector que el presunto fugitivo era un *navy seal* entrenado para sobrevivir en las más arduas condiciones —ocultarse, eludir al enemigo o enfrentarse a la muerte—, y sería muy difícil atraparlo. Lo único que se conseguía alertando a la población era crear pánico; convenía pues acallar el asunto en los medios de comunicación y continuar la pesquisa de manera discreta, con la ayuda indispensable que ellos le prestarían. Insistieron en la necesidad imperativa de que no se divulgara nada referente a las actividades de Ryan Miller y la empresa de seguridad internacional.

—Mi deber no es proteger los secretos del gobierno, sino continuar esta investigación, resolver los seis crímenes pendientes e impedir que se cometan otros —dijo Bob Martín.

—Por supuesto, inspector —replicó Napoleon Fournier III—. No pretendemos interferir con su trabajo, pero le advierto que Ryan Miller es una persona inestable, con un posible trastorno nervioso, que puede haber cometido los asesinatos que se le atribuyen en un estado mental alterado. En cualquier caso, para nosotros está quemado.

—Es decir, ya no les sirve, se ha convertido en un problema y no saben qué hacer con él. Miller es desechable. ¿Eso es lo que me está diciendo, agente Fournier?

—Usted lo está diciendo, no yo.

—Le recordamos que Miller está fuertemente armado y es violento —agregó Lorraine Barcott—. Ha sido soldado toda su vida, está acostumbrado a disparar primero y preguntar después. Le aconsejo que haga lo mismo, piense en la seguridad de sus agentes y de los civiles.

—No conviene que Miller sea detenido y empiece a hablar, ¿verdad?

—Veo que nos entendemos, inspector jefe.

—Creo que no nos entendemos, agente Barcott. Supongo que los métodos de su Agencia difieren de los nuestros —replicó Martín, picado—. Ryan Miller es inocente mientras no se pruebe lo contrario. Nuestra intención es detenerlo para interrogarlo como sospechoso y trataremos de hacerlo con el menor daño posible para él y para terceros. ¿Está claro?

A la salida de la reunión Petra Horr, que fisgoneaba desde su cubículo, como siempre, cogió al inspector de una manga, lo empujó detrás de la puerta y se empinó para besarlo en la boca. «¡Así se habla! ¡Estoy orgullosa de usted, jefe!» Bob Martín, sorprendido, no alcanzó a reponerse antes de que su asistente desapareciera como el duende que era. Se quedó pegado a la pared con el sabor de ese beso, goma de mascar de canela, y un calor tardío en el cuerpo.

Sábado, 31

La primera en alarmarse por la ausencia de Indiana fue su hija, porque conocía sus hábitos mejor que nadie y le extrañó que ese viernes no llegara a cenar con ella y su abuelo, una costumbre que se mantenía inmutable, con muy pocas excepciones, desde que ella entró en el internado, cuatro años antes. Madre e hija esperaban desde el lunes para verse, especialmente cuando a Amanda le tocaba pasar sábado y domingo con su padre. Sin Alan Keller en su vida, quien en contadas ocasiones la había reclamado un viernes, como para el viaje a Turquía o para asistir a algún espectáculo especial, Indiana carecía de pretextos para ausentarse a la hora de la comida. Terminaba con su último paciente, se montaba en la bicicleta, tomaba Broadway Street, con sus clubes de striptease y bares, seguía por Columbus Avenue, donde estaba la famosa librería City Lights, nido de los beatniks, pasaba frente al notable edificio revestido de cobre de Francis Ford Coppola, continuaba hasta la plaza Portsmouth, en los límites de Chinatown, donde se juntaban los viejos a hacer tai chi y apostar en juegos de mesa, y de allí al edificio de Transamérica, la característica pirámide del perfil de San Francisco. Era la hora en que cambiaba el aspecto del distrito financiero, porque cerraban las oficinas y empezaba la vida nocturna. Pasaba por debajo del Bay Bridge, que conectaba San Francisco con Oakland, frente al nuevo estadio de béisbol, y de allí a su barrio echaba menos de diez minutos. A veces se detenía a comprar alguna golosina para la cena y pronto estaba en casa lista para sentarse a la mesa. Como ella llegaba tarde y el abuelo y Amanda no cocinaban, dependían del repartidor de pizza o de la buena voluntad de Elsa Domínguez, quien por lo general les dejaba algo de comer en el refrigerador. Ese viernes el abuelo y la nieta aguardaron a Indiana hasta las nueve de la noche antes de resignarse a calentar la pizza, tiesa como cartón.

—¿Le habrá pasado algo? —murmuró Amanda.

—Ya llegará. Tu mamá tiene más de treinta años, es normal que de vez en cuando salga con unos amigos a tomarse un trago después de una semana de trabajo.

—¡Pero podría habernos llamado! Cualquiera de esos supuestos amigos podría prestarle un móvil.

El sábado amaneció con un cielo naranja y la primavera anunciándose en los brotes de magnolias y los picaflores suspendidos en pleno vuelo, como diminutos helicópteros, entre las fucsias del jardín. Amanda despertó sobresaltada, con un mal presagio, y se sentó en la cama, temblando por la resaca de una pesadilla en la que Alan Keller trataba de arrancarse la flecha del pecho. Su cuarto estaba iluminado por tenues rayos dorados que pasaban a través de la cortina y Salve-el-Atún, liviana como espuma, dormía su sueño de gata contenta enrollada en la almohada. La chica la tomó en brazos y hundió la nariz en su panza tibia, murmurando un encantamiento para desprenderse de las persistentes visiones nocturnas.

Descalza, con una camiseta de su abuelo por pijama, fue a la cocina a darle leche a la gata y calentarse una taza de chocolate, siguiendo el rastro del olor a café y pan tostado que flotaba en la casa. Blake ya estaba allí, viendo las noticias, con pantuflas y arropado en su vieja bata de franela, la misma que usaba cuando su mujer estaba viva, diecisiete años atrás. Amanda le colocó a la gata en el regazo y subió a la cueva de la bruja por la escalera de caracol, que la unía a la casa principal. Al minuto estaba de regreso en la cocina gritando que en la pieza de su madre no había nadie y la cama estaba sin usar. Era la primera vez desde que el abuelo y la nieta podían recordar que Indiana no iba a dormir sin haber avisado.

—¿Dónde puede haber ido, abuelo?

—No te preocupes, Amanda. Vístete tranquila, te voy a ir a dejar donde tu papá y después voy a pasar por la consulta de Indiana. Estoy seguro de que hay una explicación para esto.

Pero no la había. Al mediodía, después de buscarla en los sitios que ella frecuentaba y de comunicarse sin resultado con sus amigos cercanos, incluso con doña Encarnación, a quien no deseaba alarmar más de la cuenta, y con la temible Celeste Roko, que contestó el teléfono en medio de un masaje sólo porque vio el número del hombre con el cual pensaba casarse, Jackson llamó a Bob Martín y le preguntó si correspondía dar parte a la policía. Su ex yerno le recomendó esperar un poco, porque la policía no se moviliza por la presunta desaparición de un adulto que no va a dormir una noche, y agregó que él haría algunas indagaciones y lo llamaría apenas tuviera noticias. Ambos temían que Indiana estuviera con Ryan Miller. Conociéndola como ellos la conocían, podían enumerar varias razones para justificar ese temor, desde su desatinada compasión, que la impulsaría a socorrer a un fugitivo de la ley, hasta su corazón alborotado, que la haría perseguir otro amor para reemplazar el que acababa de perder. La posibilidad que ninguno de los dos se atrevía a considerar todavía era que Indiana estuviera con Ryan Miller contra su voluntad, en calidad de rehén. Bob Martín supuso que en ese caso lo sabrían muy pronto, cuando sonara el teléfono y el secuestrador planteara sus condiciones. Se dio cuenta de que estaba sudando.

El móvil secreto de Pedro Alarcón empezó a vibrar en el bolsillo de su pantalón cuando iba por la mitad de los seis kilómetros que corría diariamente en el parque Presidio, entrenándose para el triatlón en que habría participado con Ryan Miller, si a éste no se le hubiera complicado la agenda. Sólo dos personas podían llamarlo a ese número, su amigo fugitivo y Amanda Martín. Comprobó que era la chiquilla, cambió de dirección y siguió corriendo hacia el café Starbucks más próximo, donde compró un *frapuccino*, brebaje que no podía compararse a un buen mate, pero servía para despistar a quien lo hubiese seguido hasta allí, le pidió prestado el móvil a otro parroquiano y llamó a Amanda, quien puso a su abuelo al habla. La conversación con Blake Jackson consistió en cuatro palabras: cuarenta minutos, Dolphin Club. Alarcón se fue al trote hasta su coche y de allí al Parque Acuático, tuvo la suerte inesperada de encontrar un lugar donde estacionar y luego caminó al club con su bolsa al hombro y paso liviano, como hacía todos los sábados.

Jackson llegó en taxi hasta la plaza Ghirardelli y caminó al club, mezclado con los turistas y las familias que paseaban aprovechando el día soleado, uno de esos días en que la luz de la bahía es como la de Grecia. Alarcón lo esperaba en el oscuro vestíbulo del club, aparentemente absorto en la hoja cuadriculada donde los miembros del Club Polar anotaban cuánto habían nadado ese invierno. Le hizo una seña a Blake y éste lo siguió a los estrechos camerinos del segundo piso.

—¿Dónde está mi hija? —le preguntó al uruguayo.

—¿Indiana? ¿Cómo quiere que lo sepa?

—Está con Miller, estoy seguro. No ha vuelto a la casa desde ayer y tampoco ha llamado, esto nunca había pasado antes. La única explicación es que está con él y no se ha comunicado con nosotros por precaución, para protegerlo. Usted sabe dónde se esconde Miller, déle un recado de mi parte.

—Si puedo, se lo daré, pero podría jurarle que Indiana no está con él.

—Nada de juramentos, primero hable con su amigo. Usted es cómplice de un fugitivo, culpable de obstrucción a la justicia, etcétera. Dígale a Miller que si Indiana no me llama antes de las ocho de la noche, será usted quien pague las consecuencias.

—No me amenace, Blake. Estoy de su parte.

—Sí, sí, perdóneme, Pedro. Estoy un poco nervioso —balbuceó el abuelo, carraspeando para disimular la angustia que le cerraba la garganta.

—Será difícil hablar con Miller, siempre está moviéndose, pero lo voy a intentar. Espere mi llamada, Blake, lo llamaré desde un teléfono público apenas sepa algo.

Alarcón guió a Blake Jackson por el pasillo que conectaba el Dolphin con su club rival, el South End, para que saliera por una puerta diferente a la que él había usado, y luego se fue a la playa, donde podía hablar en paz. Llamó a su amigo para explicarle la situación y, tal como esperaba, Miller afirmó que no sabía nada de Indiana. Le dijo que la última vez que había hablado con ella fue desde su *loft*, el viernes 9 de marzo, el día en que fue descubierto el cadáver de Alan Keller. En los días que llevaba oculto había estado mil veces a punto de llamarla, incluso de arriesgarlo todo y presentarse ante ella en la Clínica Holística, porque ese extraño silencio que los separaba se le hacía cada día más intolerable; necesitaba verla, abrazarla, reiterarle que la amaba más que a nadie y a nada en su vida y que jamás renunciaría a ella. Pero no podía convertirla en su cómplice. No tenía nada que ofrecerle, primero debía atrapar al asesino de Alan Keller y limpiar su nombre. Le contó a Alarcón que después de destruir el contenido de sus computadoras y antes de abandonar su *loft*, llamó a Amanda, porque estaba seguro que Indiana había olvidado el móvil o lo tenía sin batería.

—Estaban juntas y pude hablar con Indiana y le expliqué que no maté a Keller, aunque es cierto que lo había golpeado, y que tendría que esconderme, porque eso me incriminaba.

—¿Qué te respondió?

—Que no le debía explicaciones, porque ella jamás había dudado de mí, y me rogó que acudiera a la policía. Me negué, por supuesto, y le hice prometer que no me delataría. Era el momento menos apropiado para mencionar nuestra relación, Keller llevaba pocas horas muerto, pero no pude evitarlo y le dije que la adoraba y una vez que se aclarara la situación iba a tratar por todos los medios de enamorarla. Nada de eso importa ahora, Pedro. Lo único que importa es rescatarla.

—Lleva ausente sólo unas horas…

—¡Está en grave peligro! —exclamó Miller.

—¿Crees que su desaparición está relacionada con la muerte de Keller?

—Sin duda, Pedro. Y por las características del homicidio de Keller, estoy seguro de que estamos frente al autor de los crímenes anteriores.

—No veo la relación entre Indiana y ese asesino en serie.

—Por el momento yo tampoco la veo, pero créeme, Pedro, esa relación existe. Tenemos que encontrar a Indiana de inmediato. Ponme en contacto con Amanda.

—¿Amanda? La chiquilla está muy alterada con lo que ha pasado, no sé cómo te puede ayudar.

—Ya lo verás.

ABRIL

Domingo, 1

El inspector jefe, vestido con la ropa que usaba para el gimnasio, y acompañado por su hija, que se negó a quedarse atrás y llevaba a Salve-el-Atún en su bolso, partió hacia North Beach. Desde el coche llamó a Petra Horr, le contó lo ocurrido, consciente de que los domingos su asistente estaba libre y no tenía obligación de atenderlo, y le pidió que le consiguiera los nombres y teléfonos de todos los sanadores de la Clínica Holística, así como los de los pacientes de Indiana y de Pedro Alarcón, que estaban registrados en el Departamento de Homicidios desde que empezó la búsqueda de Miller. Diez minutos más tarde estacionó en doble fila frente al edificio verde con ventanales color caca de pollo. Encontró la puerta principal abierta, porque varios practicantes atendían los fines de semana. Seguido por Amanda, que había retrocedido a la infancia —iba cabizbaja, chupándose el dedo, con la capucha de la parka metida hasta los ojos, a punto de echarse a llorar—, el inspector subió a saltos los dos pisos y trepó por la escalera de mano que conducía al ático de Matheus Pereira a pedirle la llave de la consulta de Indiana.

El pintor, que a todas luces había sido arrancado del lecho, se presentó desnudo, salvo una toalla deshilachada en la cintura para tapar sus vergüenzas; tenía las rastas de la cabeza disparadas como las serpientes de Medusa y la expresión vacía de quien ha fumado algo más que tabaco y no recuerda el año en que vive, pero el desaliño no le restaba gallardía a ese hombre de ojos líquidos, labios sensuales, bello como una escultura en bronce de Benvenuto Cellini.

El ático del brasileño habría podido estar sin llamar la atención en un barrio miserable de Calcuta. Pereira lo había alzado poco a poco sobre la azotea del inmueble, entre el depósito de agua potable y la escalera exterior de incendios, con la misma libertad con que producía sus obras de arte. El resultado era un organismo vivo, de formas cambiantes, compuesto básicamente de cartón, plástico, planchas de zinc y paneles de aglomerado, con piso de cemento en unas partes, de linóleo mal colocado en otras y algunas alfombras harapientas. Por dentro la vivienda era un enredo de espacios deformes, que cumplían diversos propósitos y podían modificarse en un abrir y cerrar de ojos quitando un trozo de hule, moviendo un biombo o simplemente reorganizando las cajas y cajones que constituían la mayor parte del mobiliario. Bob Martín la definió a la primera ojeada como una guarida de hippie, sofocante, inmunda y sin duda ilegal, pero debió admitir para sus adentros que tenía encanto. La luz del día, tamizada a través de las planchas de plástico azul, daba al ambiente un aspecto de acuario, los grandes cuadros de colores primarios, que en el hall del edificio resultaban agresivos, en ese ático parecían infantiles, y el desorden y la mugre, que en otra parte serían repulsivos, allí se aceptaban como una extravagancia del artista.

—Sujétese la toalla, Pereira, mire que ando con mi hija —le ordenó Bob Martín.

—Hola, Amanda —saludó el pintor, bloqueando el paso para que los visitantes no vieran la plantación de marihuana detrás de una división hecha con cortinas de ducha.

Bob Martín ya la había visto, tal como había olido el inconfundible tufillo dulzón que impregnaba el ático, pero no se dio por aludido, ya que se encontraba allí por otro asunto. Le explicó las razones de su intempestiva visita y Pereira le contó que había hablado con Indiana el viernes por la tarde, cuando ella salía.

—Me dijo que se iba a ver con unos amigos en el Café Rossini y se iría a su casa cuando hubiera menos tráfico.

—¿Mencionó el nombre de los amigos?

—No me acuerdo, la verdad es que le presté poca atención. Ella fue la última en salir del edificio. Cerré la puerta principal a eso de las ocho o tal vez eran las nueve… —replicó vagamente Pereira, poco dispuesto a darle información al policía, porque creía que Indiana debía andar en alguna travesura y él no pensaba facilitarle a su ex marido la tarea de encontrarla.

Pero la actitud del inspector indicaba que era mejor cooperar, al menos en apariencia, y se colocó sus eternos vaqueros, cogió un manojo de llaves y los condujo a la oficina número 8. Abrió la puerta y a pedido de Martín, que no sabía qué iba a encontrar adentro, se quedó esperando en el pasillo con Amanda. En la consulta de Indiana todo estaba en orden, las toallas en una pila, las sábanas limpias sobre la cama de masaje, los frascos de aceites esenciales, los imanes, las velas y el incienso listos para ser encendidos el lunes y la plantita que había llevado de regalo el brasileño en el marco de la ventana, con señales de haber sido regada recientemente. Amanda vio desde el pasillo la computadora portátil sobre la mesa de la recepción y le preguntó a su padre si podía abrirla, porque sabía la contraseña. Bob Martín le explicó que podían estropear las huellas dactilares y bajó a su coche a buscar guantes y una bolsa de plástico. En la calle se acordó de la bicicleta y se dirigió al costado del edificio, donde había una reja de hierro para estacionarla. Comprobó con un escalofrío que allí estaba, encadenada, la de Indiana. Sintió un sabor de bilis en la garganta.

Ese día Danny D'Angelo no trabajaba en el Café Rossini, pero Bob Martín pudo interrogar a un par de empleados, que no estaban seguros de haber visto a Indiana, porque la tarde del viernes el local había estado lleno. El inspector hizo circular una fotografía de Indiana, que Amanda tenía en el móvil, entre el personal de la cocina y los parroquianos que se deleitaban a esa hora con café italiano y la mejor pastelería de North Beach. Había varios clientes asiduos que la conocían, pero no recordaban haberla visto el viernes. Padre e hija estaban a punto de irse, cuando se les acercó un hombre de pelo rojizo con la ropa arrugada, que había estado escribiendo en un bloc amarillo en una de las mesas del fondo.

—¿Por qué buscan a Indiana Jackson? —les preguntó.

—¿La conoce?

—Digamos que sí, aunque no hemos sido presentados.

—Soy el inspector jefe de Homicidios, Bob Martín, y ésta es mi hija Amanda —dijo el policía mostrándole su insignia.

—Samuel Hamilton Jr., investigador privado.

—¿Samuel Hamilton? ¿Como el célebre detective de las novelas de Gordon? —preguntó el inspector.

—Era mi padre. No era detective sino periodista, y me temo que sus proezas fueron algo exageradas por el autor. Eso fue en los años sesenta. Mi viejo ya murió, pero por muchos años vivió del recuerdo de sus glorias pasadas, o mejor dicho, de sus glorias noveladas.

—¿Qué sabe usted de Indiana Jackson?

—Bastante, inspector, incluso sé que estuvo casada con usted y es la madre de Amanda. Permítame explicarle. Hace cuatro años me contrató el señor Alan Keller para vigilarla. Para mi desgracia, buena parte de mis ingresos provienen de personas celosas que sospechan de sus parejas, ése es el aspecto más tedioso y desagradable de mi trabajo. No pude darle ninguna información interesante al señor Keller, quien suspendió la vigilancia, pero cada tantos meses volvía a llamarme con otro ataque de celos. Nunca se convenció de que la señorita Jackson le era fiel.

—¿Sabe que Alan Keller fue asesinado?

—Sí, por supuesto, ha salido en todos los medios de comunicación. Lo siento por la señorita Jackson, que lo quería mucho.

—La estamos buscando, señor Hamilton. Está desaparecida desde el viernes. Parece que el último en verla fue un pintor que vive en la Clínica Holística.

—Matheus Pereira.

—El mismo. Dice que la vio por la tarde y que ella venía aquí a encontrarse con unos amigos. ¿Puede ayudarnos?

—Yo no estaba aquí el viernes, pero puedo darle una lista de las amistades que la señorita Jackson ha frecuentado en los últimos cuatro años. Tengo la información en mi casa, vivo cerca de aquí.

Media hora más tarde llegó Samuel Hamilton con una gruesa carpeta y su computadora portátil al Departamento de Policía, entusiasmado porque por primera vez en meses tenía algo interesante entre manos, algo más que perseguir gente que violaba la libertad bajo fianza, espiar parejas con un telescopio y amenazar a pobres diablos que no pagaban la renta o los intereses de un préstamo. Su trabajo era un fastidio, no tenía nada de poético ni novelesco, como el de los libros.

Petra Horr había renunciado a su día libre y se encontraba en la oficina tratando de animar a Amanda, que se había acurrucado en el suelo, muda y encogida a la mitad de su tamaño normal, abrazada al bolso de Salve-el-Atún. Esa mañana la asistente estaba en su baño tiñéndose el cabello de tres colores cuando recibió la llamada de su jefe y apenas se dio tiempo para enjuagárselo y vestirse de prisa antes de salir disparada en su motocicleta. Sin el gel que normalmente mantenía sus pelos erizados, y vestida con pantalones cortos, camiseta desteñida y zapatillas de gimnasia, Petra representaba unos quince años.

El inspector ya había citado al personal del laboratorio forense para que tomaran las huellas de la computadora de Indiana y después fueran a la Clínica Holística a recopilar pruebas. Amanda iba sumiéndose más y más en el refugio de su capuchón a medida que escuchaba las instrucciones de su padre, a pesar de que Petra Horr le explicó que eran medidas básicas para reunir información y no significaban que algo grave le había sucedido a su madre. Amanda le respondió con quejidos, chupándose el pulgar frenéticamente. Al comprobar que la chiquilla iba retrocediendo en edad con el paso de las horas y temiendo que terminara en pañales, Petra cogió el teléfono por iniciativa propia y llamó al abuelo. «No sabemos nada todavía, señor Jackson, pero el inspector jefe está dedicado por entero a buscar a su hija. ¿Podría venir al Departamento? Su nieta se sentiría mejor si usted estuviera aquí. Voy a mandar un coche patrulla a buscarlo. Hoy es la maratón del día de los Inocentes y el tráfico está cortado en muchas calles.»

Entretanto Samuel Hamilton había desplegado sobre el escritorio de Bob Martín el copioso contenido de su carpeta, que contenía el historial completo de la vida privada de Indiana: notas sobre sus idas y venidas, transcripciones de conversaciones telefónicas interceptadas y docenas de fotografías, la mayoría a cierta distancia, pero bastante claras al ser ampliadas en la pantalla. Allí figuraban los miembros de su familia, clientes de su consulta, incluido el caniche, amigos y conocidos. Bob Martín experimentó una mezcla de repulsión por la forma como ese hombre había espiado a Indiana, de desprecio por Alan Keller, que lo había contratado, de interés profesional por ese valioso material y de inevitable angustia al ver expuesta ante sus ojos la intimidad de esa mujer por quien sentía un afecto ferozmente protector. Las fotografías lo conmovieron hasta los huesos: Indiana en la bicicleta, atravesando la calle con su bata de enfermera, de picnic en un bosque, abrazada a Amanda, conversando, hablando por teléfono, comprando en el mercado, cansada, alegre, dormida en el balcón de su apartamento sobre el garaje de su padre, acarreando una torta descomunal para doña Encarnación, discutiendo con él en la calle, con los brazos en jarra, enojada. Indiana, con su aire de vulnerabilidad e inocencia, con su frescura de muchacha, le pareció tan bella como a los quince años, cuando él la sedujo detrás de las graderías del gimnasio de la escuela con la misma pachorra e inconsciencia con que hacía todo en aquella época, y se odió por no haberla amado y cuidado como merecía y por haber perdido la oportunidad de formar con ella un hogar amable, donde Amanda hubiera florecido.

—¿Qué sabe de Ryan Miller? —le preguntó a Hamilton.

—Aparte de que lo buscan por la muerte del señor Keller, sé que tuvo un romance con la señorita Jackson. Duró muy poco y sucedió cuando ella y el señor Keller habían roto, de modo que no fue una infidelidad y no se lo mencioné al señor Keller. Me cae bien la señorita, es una buena persona, no hay muchas de ésas en el mundo.

—¿Cuál es su opinión sobre Miller?

—El señor Keller tenía celos de medio mundo, pero de Miller en especial. Perdí cientos de horas vigilándolo. Sé algunas cosas sobre su pasado y conozco sus hábitos, pero la forma en que se gana la vida es un misterio. Estoy seguro de que cuenta con algo más que su pensión de veterano, vive bien y viaja fuera del país. Su apartamento está resguardado por medidas de seguridad extremas, posee varias armas, todas legales, y va dos veces por semana a ejercitar su puntería a un campo de tiro. No se separa nunca de su perro. Aquí tiene muy pocos amigos, pero está en contacto con sus camaradas, otros *navy seals* del mismo equipo, Seal Team 6. Rompió hace un par de meses con su amante, Jennifer Yang, chino-americana, soltera, treinta y siete años, ejecutiva de un banco, que se presentó en la consulta de Indiana Jackson y la amenazó con tirarle ácido a la cara.

—¿Cómo es eso? Indiana nunca me lo dijo —lo interrumpió Martín.

—En ese momento Indiana y Miller eran sólo amigos. Supongo que Miller le había mencionado a Indiana que tenía esa novia, por llamarla de alguna manera, pero no se la había presentado, de modo que cuando Jennifer Yang llegó a la consulta dando gritos destemplados, Indiana pensó que la mujer se había equivocado de puerta. Matheus Pereira bajó del ático al oír el escándalo y sacó a la Yang del edificio.

—¿Esa mujer tiene antecedentes policiales?

—Nada. Lo único raro en su conducta es que todos los años

participa en la feria sadomasoquista de la calle Folsom. Tengo un par de fotos de ella recibiendo azotes sobre el chasis de un Buick antiguo. ¿Le interesan?

—Sólo si volvió a molestar a Indiana.

—No. En su lugar, inspector, yo no perdería tiempo con Jennifer Yang. Sigamos con Ryan Miller, voy a resumir lo máximo que pueda. Su padre llegó muy alto en la Marina, donde tenía reputación de ser riguroso y hasta cruel con sus subalternos; su madre se suicidó con la pistola de servicio del padre, pero en la familia siempre se dijo que fue un accidente. Miller ingresó en la Marina siguiendo los pasos del padre, excelente hoja de servicio, medallas al valor, fue dado de baja porque perdió una pierna en Irak en 2007, recibió la condecoración correspondiente, pero pronto se perdió en drogas, alcohol… en fin, lo usual en estos casos. Se rehabilitó y trabaja para el gobierno y el Pentágono, pero no sabría decirle en qué, posiblemente espionaje.

—La noche del 18 de febrero Miller fue arrestado por violencia en un club. Tres personas terminaron en el hospital por culpa suya. ¿Lo considera capaz de haber matado a Keller?

—Podría haberlo hecho en un arrebato de cólera, pero no de esa forma. Es un *navy seal*, inspector. Se habría enfrentado a su rival y le habría dado oportunidad de defenderse, jamás habría usado veneno.

—Lo del veneno no se ha publicado, ¿cómo lo sabe?

—Es mi trabajo, sé muchas cosas.

—Entonces tal vez sabe dónde se esconde Miller.

—No me he puesto a buscarlo, inspector, pero si lo hago, seguramente lo encontraré.

—Hágalo, señor Hamilton, necesitamos toda la ayuda que podamos conseguir.

Bob Martín cerró la puerta de su oficina para que Amanda no lo oyera y confesó a Samuel Hamilton su sospecha de que Miller podía haber secuestrado a Indiana.

—Mire, inspector, desde que supe que la policía buscaba a Miller me dediqué a seguir a la señorita Jackson, por la posibilidad de que se encontraran. Tengo poco trabajo en este momento, me sobra tiempo. La he vigilado tantas veces que la considero casi una amiga. Miller está enamorado de ella y pensé que intentaría acercársele, pero que yo sepa, no se han comunicado —dijo Hamilton.

—¿Por qué lo dice?

—Usted conoce a la señorita mejor que yo, inspector: es transparente. Si estuviera ayudando a Miller no podría disimularlo. Además, sus hábitos no han variado. Tengo experiencia en esto, sé cuando una persona está ocultando algo.

Mientras Bob Martín revisaba los expedientes del detective privado, Blake Jackson llegó apurado y sin aliento a la pequeña oficina de Petra Horr, donde encontró a su nieta hecha un nudo en el suelo, con la frente en las rodillas, tan disminuida que parecía una pila de trapos. Se sentó a su lado, sin tocarla, porque sabía cuán inaccesible podía ser la chica, y esperó en silencio. Cinco minutos más tarde, que a Petra le parecieron horas, Amanda sacó una mano entre los pliegues de su ropa y tanteó en el aire buscando la de su abuelo.

—Salve-el-Atún necesita aire, comida y hacer sus necesidades. Vamos, preciosa, tenemos mucho que hacer —le dijo el abuelo en el tono de calmar a un animal asustado.

—Mi mamá…

—A eso me refiero, Amanda. Hay que encontrarla. Cité a los de *Ripper* para que nos juntemos dentro de dos horas. Todos están de acuerdo en que esto tiene prioridad y ya están en acción. Vamos, levántate, niña, ven conmigo.

El abuelo la ayudó a ponerse de pie, le acomodó un poco la ropa, cogió el bolso de la gata y en el momento en que se iba con ella de la mano, Petra, que estaba hablando por teléfono, los detuvo con un gesto.

—En el laboratorio ya tienen las huellas de la computadora y la van a traer en un momento.

Un agente subió la computadora portátil en la misma bolsa de plástico en que la había colocado Bob Martín unas horas antes y les entregó el informe del laboratorio; sólo figuraban las huellas dactilares de Indiana. El inspector retiró el aparato de la bolsa y todos se reunieron en torno a su escritorio, mientras Amanda, que estaba tan familiarizada con el contenido como su dueña, procedía a abrirlo con guantes de goma. Al sentirse útil había salido de la parálisis en que estaba atrapada y se había quitado el capuchón de la cara, pero su expresión desolada no cambió. Indiana, muy torpe en lo referente a aparatos mecánicos o electrónicos, usaba un porcentaje mínimo de la capacidad de su computadora para comunicarse, llevar el historial y los tratamientos de cada paciente, su contabilidad y muy poco más. Leyeron los correos de los últimos veintitrés días, desde la muerte de Alan Keller, y sólo encontraron correspondencia banal con los destinatarios habituales. Bob le pidió a Petra que los copiara, debían estudiarlos en busca de cualquier detalle revelador. De pronto la pantalla se volvió negra y Amanda masculló una maldición, porque ya le había tocado ese problema.

—¿Qué pasa? —preguntó el inspector.

—El Marqués de Sade. Es el pervertido personal de mi mamá. Prepárense, porque van a ver las porquerías que le manda este desgraciado.

No había terminado de decirlo cuando regresó la imagen a la pantalla, pero en vez de los turbios actos de crueldad y sexo que Amanda esperaba apareció un vídeo de un paisaje de invierno, iluminado por la luna, en algún lugar al norte del mundo, un claro en un bosque de pinos, nieve, hielo, y el sonido del viento. Segundos más tarde se destacó entre los árboles una figura solitaria, que al principio parecía sólo una sombra, pero al avanzar sobre la nieve se definió como la silueta de un perro grande. El animal husmeó el suelo, andando en círculos, luego se sentó, alzó la cabeza hacia el cielo y saludó a la luna con un interminable aullido.

La escena duró menos de dos minutos y los dejó a todos desconcertados, excepto a Amanda, quien se puso de pie tambaleándose, con los ojos desorbitados y un grito ronco atravesado en la garganta. «El lobo, la firma del asesino», alcanzó a balbucear antes de doblarse y vomitar sobre la silla ergonómica de su padre.

En más de una ocasión me has dicho que confías en tu buena suerte, Indiana, crees que el espíritu de tu madre vela por tu familia. Eso explica que no hagas planes para el futuro, no ahorres ni un céntimo, vivas al día, alegremente, como una chicharra. Incluso te has librado de las aprensiones de cualquier madre normal, das por supuesto que Amanda saldrá adelante por sus propios méritos o con la ayuda de su padre y su abuelo; hasta en eso eres irresponsable. Te envidio, Indiana. A mí no me favorece la suerte ni cuento con ángeles guardianes, me gustaría creer que el espíritu de mi madre me cuida, pero ésas son ni-

ñerías. Me cuido sin ayuda de nadie. Tomo precauciones, porque el mundo es hostil y me ha tratado mal.

Estás muy quieta, pero sé que me oyes. ¿Estás tramando algo? Olvídalo. La primera vez que despertaste, el sábado por la noche, estaba tan oscuro, húmedo y frío, y era tan absoluto el silencio, que pensaste que estabas muerta y sepultada. No estabas preparada para el miedo. Yo, en cambio, conozco bien lo que es el miedo. Habías dormido veinticuatro horas y estabas confundida, desde entonces creo que has tenido pocos momentos de lucidez. Te dejé gritar y gritar por un rato, para que comprendieras que nadie vendría a ayudarte, y cuando oíste el eco de tu voz rebotando en la inmensidad de esta fortaleza, el pánico te cerró la boca. Por precaución tengo que amordazarte cuando salgo, aunque no quisiera hacerlo, porque el pegamento de la cinta adhesiva te va a irritar la piel. Es posible que en mi ausencia recuperes la conciencia por momentos y vuelvas a perderla, es efecto del medicamento que te estoy dando para que estés cómoda, es por tu bien. Es sólo benzodiazepina, nada dañino, aunque tengo que darte una dosis alta. Las únicas complicaciones podrían ser convulsiones o un paro respiratorio, pero eso sucede rara vez. Eres fuerte, Indi, y yo sé mucho de esto, llevo años estudiando y experimentando. ¿Te acuerdas cómo llegaste hasta aquí? Seguramente no recuerdas nada. La ketamina que te administré el viernes produce amnesia, es normal. Es una droga muy útil, la CIA ha hecho experimentos con ella para interrogatorios, resulta menos problemática que la tortura. Personalmente aborrezco la crueldad, la vista de sangre me da mareos, ninguno de los malhechores ejecutados por mí sufrieron más de lo indispensable. En tu caso los somníferos son convenientes, te ayudan a pasar las horas, pero mañana empezaré a reducirte la dosis para evitar riesgos y para que podamos conversar. Todavía te oigo murmurar algo de un mausoleo, crees que estás enterrada, aunque te he explicado la situación. El dolor del vientre se te va a pasar, también te estoy dando

analgésicos y antiespasmódicos, me preocupo de tu bienestar. Te repi-
to que ésta no es una pesadilla, Indiana, tampoco estás loca. Es normal
que no sepas lo que te ha pasado en los últimos días, pero pronto recor-
darás quién eres y empezarás a echar de menos a tu hija, a tu padre, tu
vida anterior. La debilidad también es normal y pasará, ten paciencia,
pero no vas a mejorar si no comes. Debes comer un poco. No me obligues
a tomar medidas desagradables. Tu vida ya no te pertenece, tu vida es
mía y yo estoy a cargo de tu salud, yo decidiré cómo y cuánto vas a vivir.

Martes, 3

Gracias a *Ripper*, que la mantuvo ocupada, Amanda logró salir del
estado de terror en que la sumió la certeza de que El Lobo tenía
a su madre. Ningún argumento de su padre logró convencerla
de que la ausencia de Indiana no estaba relacionada con los crímenes anteriores, en realidad él tampoco creía en los razona-
mientos con que intentaba tranquilizar a su hija. El símbolo del
lobo era la única conexión que tenían entre Indiana y el asesino,
pero era demasiado clara como para ignorarla. ¿Por qué Indiana? ¿Por qué Alan Keller? El inspector jefe presentía que de nada
le servirían los conocimientos o la experiencia acumulados en
sus años de carrera y rogaba que no fuera a fallarle el olfato de
policía del que tanto se jactaba.

Como Amanda seguía con ataques de pánico, Blake Jackson
llamó al colegio para explicarle a la hermana Cecile el drama de
su familia y que su nieta no estaba en condiciones de volver a
clases. La religiosa autorizó a la niña para ausentarse por el tiempo necesario, dijo que junto a las otras hermanas rezaría por Indiana y pidió que la mantuvieran informada. Blake tampoco fue

a trabajar, dedicado por entero a cuidar a su nieta y participar en el juego, que había dejado de ser una diversión para convertirse en una espeluznante realidad. Los miembros de *Ripper* se enfrentaban a la «madre de todos los juegos», como apodaron a la búsqueda desesperada de Indiana Jackson.

Bob Martín concluyó que el asesino era un psicópata de excepcional inteligencia, metódico e implacable, uno de los criminales más complejos y diabólicos de que tuviera noticia. Sostenía que su trabajo rutinario era fácil, porque contaba con una red de soplones que lo mantenía informado del hampa, y porque la mayoría de los delincuentes comunes tiene ficha, son reincidentes, viciosos, adictos, alcohólicos, o simplemente estúpidos, porque dejan un reguero de pistas, tropiezan con su propia sombra, se traicionan y delatan unos a otros y al final caen por su propio peso; el problema eran los malhechores de alto vuelo, los que causan daño catastrófico sin ensuciarse las manos, escapan a la justicia y mueren de viejos en sus camas. Pero en sus años de servicio nunca le había tocado nadie como El Lobo, no sabía en qué categoría ponerlo, qué lo motivaba, cómo escogía sus víctimas y planeaba cada crimen. Sentía como si un puño le apretara en el estómago, creía que El Lobo estaba muy cerca, que era un enemigo personal. La muerte de Alan Keller había sido una advertencia y la desaparición de Indiana una afrenta dirigida a él; la espantosa posibilidad de que se ensañara con Amanda lo empapaba de sudor helado.

Desde la desaparición de Indiana el inspector jefe no había vuelto a su apartamento, comía en la cafetería o lo que le traía Petra, dormía en un sillón y se duchaba en el gimnasio del Departamento. El lunes Petra tuvo que ir a buscarle ropa limpia y llevar la usada a la lavandería. Ella tampoco se dio descanso, porque nunca lo había visto obsesionado hasta el punto de descuidar su apariencia y eso la preocupaba. Martín mantenía su físico de jugador de fútbol en las máquinas del gimnasio, olía a una colonia que costaba doscientos dólares, pagaba demasiado por el corte de pelo, se mandaba hacer las camisas a medida con lino egipcio, sus trajes y zapatos eran exclusivos. Si Bob Martín se lo proponía, lo que ocurría a cada rato, cualquier mujer se le rendía, menos ella, por supuesto. El martes muy temprano, cuando Petra llegó a la oficina y vio a su jefe, soltó una palabrota de alarma: el bigote, cultivado con prolijidad durante una década, había desaparecido.

—No tengo tiempo para ocuparme de pelos en la cara —masculló el inspector.

—Me gusta, jefe. Se ve más humano. El bigote le daba un parecido a Sadam Hussein. Veremos qué opina Ayani.

—¡Qué le va a importar a ella!

—Bueno, me imagino que debe de ser diferente con el cosquilleo del bigote… ya sabe lo que quiero decir.

—No, Petra. No tengo idea de lo que quieres decir. Mi relación con la señora Ashton se limita a la investigación de la muerte de su marido.

—Si es así, lo felicito, jefe. No le convenía estar enredado con una sospechosa.

—Sabes muy bien que ya no es sospechosa. La muerte de Richard Ashton está ligada a los otros casos, las semejanzas entre los crímenes son evidentes. Ayani no es una asesina en serie.

—¿Cómo lo sabe?

—¡Jesús, Petra!

—Bueno, no se enoje. ¿Puedo preguntarle por qué rompieron?

—No puedes, pero te voy a contestar. Nunca estuvimos juntos de la manera que tú crees. Y aquí termina este absurdo interrogatorio, ¿estamos?

—Sí, jefe. Una sola pregunta más. ¿Por qué no le resultó con Ayani? Simple curiosidad.

—Está traumatizada física y emocionalmente, tiene impedimentos para… para el amor. El día que vino Elsa Domínguez a hablar de las peleas de perros y tú me llamaste, yo estaba con Ayani. Habíamos cenado en su casa, pero después, en vez de tener un momento romántico, como yo esperaba, me mostró un largo documental sobre mutilación genital y me contó las complicaciones que ha sufrido por eso, incluso dos operaciones. Con Richard Ashton no mantenía relaciones íntimas, eso lo tenían estipulado en el contrato matrimonial. Ayani se casó para disponer de seguridad económica y él para lucirla como un objeto de lujo y provocar envidia.

—Pero seguramente en la convivencia Ashton no respetó las condiciones del contrato y por eso peleaban tanto —dedujo Petra.

—Eso creo, aunque ella no me lo dijo. Ahora entiendo el papel de Galang; es el único hombre que tiene acceso a la intimidad de Ayani.

—Se lo dije, jefe. ¿Quiere café? Veo que de nuevo ha pasado la noche aquí. Tiene ojeras de mapache. Vaya a descansar a su casa y si hay noticias le aviso de inmediato.

—No quiero café, gracias. He estado pensando en que el autor de los cinco crímenes cometidos en San Francisco no es el mismo que mató a Keller en Napa. Es sólo una corazonada, pero puede ser que Ryan Miller matara a Alan Keller por celos y copiara el método del Lobo para despistar. Amanda le puede haber contado los detalles que no han sido publicados. Mi hija está metida hasta el cuello en este asunto y le tiene simpatía a Miller, vaya a saber uno por qué, debe de ser por el perro ese.

—Si Amanda se comunicara con Miller ya nos habríamos enterado.

—¿Estás segura? Esa chiquilla es capaz de burlarse de todos nosotros.

—Dudo de que Miller despachara a Alan Keller de una forma tan poco característica de un soldado y que dejara la escena sembrada de pruebas en su contra. Es un hombre inteligente, entrenado para el sigilo y el secreto, con sangre fría para las misiones más difíciles de la guerra. No se incriminaría de esa manera tan burda.

—Eso opina Amanda —admitió el policía.

—Si no fueron El Lobo ni Miller, ¿quién mató a Keller?

—No lo sé, Petra. Tampoco sé quién es responsable de la desaparición de Indiana. Miller sigue siendo el sospechoso más obvio. Puse a Samuel Hamilton a averiguar algo que me sugirió Amanda: Staton, los Constante, Ashton y Rosen trabajaban con niños. Esa pista nos puede conducir al Lobo.

—¿Por qué recurrió a Hamilton? —le preguntó Petra.

—Porque puede investigar sin utilizar los servicios del Departamento, que están copados, y porque tiene experiencia. Ese hombre me inspira confianza.

Los jugadores de *Ripper*, incluida Jezabel, habían abandonado sus rutinas y actividades normales para dedicarse de lleno a estudiar los casos, cada uno con sus habilidades particulares. Se mantenían en contacto permanente con los móviles y se juntaban en videoconferencia apenas descubrían una nueva pista, a menudo en mitad de la noche. Ante la urgencia de esa tarea, Abatha empezó a comer para que no le faltara energía y sir Edmond Paddington se atrevió a salir de su pieza, donde llevaba años encerrado, para hablar en persona con un viejo policía irlandés de New Jersey, ya retirado, experto en asesinos en serie. Entretanto, Esmeralda y Sherlock Holmes, uno en Auckland, Nueva Zelanda, y el otro en Reno, Nevada, analizaban la información disponible una vez más, partiendo de cero. Y fue Abatha quien encontró la llave para abrir la caja de Pandora.

—Tal como nos explicó Sherlock Holmes en un juego anterior, todos los cuerpos, menos el de Rachel Rosen, que fue encontrado tres días después de su muerte, presentaban rígor mortis, eso permite calcular la hora del crimen. Sabemos con certeza que cinco víctimas murieron alrededor de la medianoche y podemos asumir que lo mismo ocurrió con la Rosen —dijo Jezabel, en representación de Miller y Alarcón.

—¿De qué nos sirve eso? —preguntó Esmeralda.

—Significa que el asesino sólo actúa de noche.

—Puede que trabaje de día —dijo Sherlock Holmes.

—Es por la luna —intervino Abatha.

—¿Cómo por la luna? —preguntó Esmeralda.

—La luna es misteriosa, indica los movimientos del viaje del alma de una reencarnación a otra, representa lo femenino, fertilidad, imaginación y las cavernas oscuras del inconsciente. La luna afecta la menstruación y las mareas —explicó la psíquica.

—Córtala, Abatha, vamos al grano —la interrumpió sir Edmond Paddington.

—El Lobo ataca con la luna llena —concluyó Abatha.

—Explícate, Abatha, estás divagando.

—¿Puedo hablar? —preguntó Kabel.

—Esbirro, te ordeno que de ahora en adelante hables cuando tengas algo que decir, no necesitas pedir permiso —dijo la maestra del juego, impaciente.

—Gracias, maestra. ¿Se han fijado que hay un asesinato por mes? Tal vez Abatha tiene razón —sugirió el esbirro.

—Todos los crímenes ocurrieron en luna llena —dijo Abatha con más firmeza de lo habitual, porque había comido media rosquilla.

—¿Estás segura? —preguntó Esmeralda.

—Veamos. Aquí tengo los calendarios de 2011 y 2012 —intervino Jezabel.

—El Lobo cometió los asesinatos el 11 de octubre y 10 de noviembre del año pasado, 9 de enero, 7 de febrero y 8 de marzo de este año —dijo Sherlock Holmes.

—¡Luna llena! ¡En todos los casos era noche de luna llena! —exclamó Jezabel.

—¿Creen que estamos frente a un ser mitad humano y mitad bestia que se transforma en las noches de luna llena? —sugirió Esmeralda, entusiasmada ante esa posibilidad.

—Mi abuelo y yo estudiamos a los licántropos cuando nos aburrimos de los vampiros, ¿te acuerdas, Kabel? —dijo Amanda.

—El hombre lobo es el más inteligente y agresivo de los licántropos —recitó el abuelo—. Tiene tres formas de licantropía: humana, híbrida y lobo. No es sociable, vive solo, actúa de noche. En su forma híbrida o de lobo es carnívoro y muy salvaje, pero en su forma humana no se distingue de otras personas.

—Eso es fantasía y ya no estamos jugando, esto es real —les recordó el coronel Paddington.

—En el hospital donde me internaron el año pasado había un tipo que se convertía en el hombre araña. Lo tenían amarrado para impedirle salir volando por la ventana. Nuestro asesino se cree el hombre lobo —insistió Abatha.

—Quieres decir que está loco —dijo Amanda.

—¿Loco? No sé. También dicen que yo estoy loca —replicó Abatha.

Se produjo un silencio largo mientras los jugadores digerían esa información, que fue interrumpido por una de las típicas preguntas de Esmeralda.

—¿Qué pasó en la luna llena de diciembre?

El inspector jefe tuvo un momento de pánico cuando Amanda lo llamó a las cinco de la madrugada con el cuento del hombre lobo y la luna llena; su hija era mucho más extraña de lo que todos suponían y había llegado el momento de recurrir a un psiquiatra clínico. Sin embargo, al comparar momentos más tarde las fechas de los crímenes con las fases de la luna, que ella le explicó a borbotones, aceptó revisar los hechos policiales del 10 de diciembre del año anterior, noche de luna llena, y del resto de esa semana. El asunto tenía un cariz tan insensato, que no se atrevió a delegarlo en uno de sus detectives que, por lo demás, estaban ocupados con las investigaciones pendientes y con el par de agentes del FBI, que habían alterado el ritmo del Departamento de Homicidios, así que se lo encargó a Petra Horr. Treinta y cinco minutos más tarde la asistente colocó lo solicitado sobre su escritorio.

La noche en cuestión hubo varios fallecimientos por causas no naturales en San Francisco, riñas, accidentes, suicidio y sobredosis; en fin, las desgracias rutinarias, pero sólo un caso mereció la atención del inspector y su asistente, un accidente ocurrido en el único terreno de camping de la ciudad, en Rob Hill, y descrito en el escueto lenguaje de los informes policiales. El 11 de diciembre por la mañana, las pocas personas que acampaban en el Rob

Hill Camp Ground se quejaron al administrador de que había olor a gas cerca de uno de los tráilers. Como nadie respondió cuando tocaron a la puerta, el administrador procedió a forzar la entrada y encontraron los cuerpos de una pareja de turistas, Sharon y Joe Farkas, provenientes de Santa Bárbara, California, asfixiados con monóxido de carbono. No se realizaron autopsias, ya que la causa de la muerte parecía obvia: un accidente producido porque la pareja estaba ebria y no se fijó en un escape de gas butano de la cocinilla. Había una botella de ginebra medio vacía en el tráiler. La policía localizó a un hermano de Joe Farkas en Eureka, el cual se presentó dos días más tarde a identificar los cuerpos. El hombre quiso llevarse el tráiler, pero éste fue confiscado por la policía hasta que se cerraran los expedientes del caso.

Bob Martín asignó a un detective la tarea de buscar al hermano de Joe y hablar con la policía de Santa Bárbara para averiguar sobre las víctimas, y le ordenó a su equipo de investigadores forenses peinar el tráiler de los Farkas en busca de cualquier cosa que pudiera ser útil. Enseguida llamó a su hija para agradecerle la pista que le había dado e informarla sobre la pareja fallecida en la luna llena de diciembre.

—Es otra ejecución, como las anteriores, papá. El tráiler fue la cámara de gas de los Farkas.

—Alan Keller fue envenenado.

—También es una forma de ejecución. Acuérdate de Sócrates.

—¿De quién?

—Un griego que ya está muerto hace tiempo. Le obligaron a beber cicuta. También los nazis ejecutaron con cianuro a varios generales que cayeron en desgracia. Pero nada de esto nos ayuda a encontrar a mi mamá.

—El secuestro es un crimen federal. Toda la policía del país está buscándola, Amanda. Enciende la televisión y verás la fotografía de Indiana en todos los canales —le dijo el inspector.

—Ya la vi, papá. Varias personas han llamado para darnos condolencias y Elsa vino a quedarse con nosotros hasta que aparezca mi mamá. ¿Interrogaste a sus pacientes?

—Por supuesto, es de rutina, pero nadie sabe nada. Ninguno cae en la categoría de sospechoso. Contéstame con toda franqueza, hija. ¿Crees que Indiana se fue con Ryan Miller? Los dos han desaparecido.

—¡La tiene El Lobo! ¿Cómo no lo entiendes?

—Ésa es sólo una teoría, pero la estoy considerando muy seriamente.

—Faltan tres días para la luna llena, papá. El Lobo atacará de nuevo —dijo la niña y un sollozo le cortó la voz.

Bob Martín prometió mantenerla al tanto de cada paso de la investigación. Cuando ella le respondió que buscaría a su madre por su cuenta, él imaginó que se refería al juego de *Ripper* y sintió una vaga sensación de alivio, como si el cielo le hubiera enviado ayuda mágica. Empezaba a tomar en serio a esos niños.

Miércoles, 4

Cumpliendo lo prometido, el inspector jefe llamó a su hija a las siete de la mañana para revelarle los resultados de las investigaciones de Samuel Hamilton. El guardia de seguridad, Ed Staton, que había sido acusado en varias ocasiones de abusar físicamente de los niños a su cargo en Boys Camp y que fue despedido por la muerte de un chico en 2010, poco después consiguió trabajo en una escuela de San Francisco gracias a una carta de recomendación de la jueza Rachel Rosen.

La mujer, apodada «la Carnicera» por sus draconianas sentencias a los jóvenes que pasaban por su tribunal, recibía frecuentes invitaciones para dar conferencias en reformatorios, algunos con cientos de denuncias por maltratos a los internos. Sus honorarios por cada charla eran de diez mil dólares. California, que cargaba con una creciente población penal, subcontrataba los servicios correccionales para menores en otros estados y, gracias a Rosen, Boys Camp y otros establecimientos privados semejantes contaban con un flujo ininterrumpido de clientes. No se la podía acusar de recibir comisiones o sobornos, sus beneficios aparecían en forma de pago por sus conferencias y de regalos: entradas al teatro, cajas de licor, vacaciones en Hawái, cruceros por el Mediterráneo y el Caribe.

—Otra cosa que te va a interesar, Amanda, es que Rachel Rosen y Richard Ashton se conocían profesionalmente. El psiquiatra realizaba la evaluación psicológica de niños y jóvenes sometidos a los tribunales y al Servicio de Protección de la Infancia —dijo el inspector jefe.

—Y supongo que el hogar de los Constante recibía niños que les enviaba la Rosen.

—Eso no le corresponde al juez, sino al Servicio de Protección de la Infancia, pero se puede decir que había una relación indirecta entre ellos —le explicó su padre—. Escucha esto, Amanda. En 1997 hubo una denuncia contra Richard Ashton, rápidamente acallada, por emplear electrochoques y drogas experimentales en el tratamiento de un menor. Los métodos de Ashton eran dudosos, por decir lo menos.

—Hay que investigar a los Farkas, papá.

—En eso estamos, hija.

Deberías estar más despierta, Indi, veo que eres muy sensible a los me-
dicamentos. Podrías demostrarme un poco de gratitud, trato de darte
el máximo de comodidades, dadas las circunstancias. Aunque no va-
mos a comparar esto con el hotel Fairmont, cuentas con una cama de-
cente y comida fresca. La cama estaba aquí, es la única, el resto son
camillas para los heridos, dos palos y una lona. Te traje otra caja de
apósitos y un antibiótico para la fiebre. Esta fiebre complica un poco
mis planes, ya sería tiempo de que despertaras, porque no estás real-
mente drogada, sólo te estoy dando un cóctel de analgésicos, sedantes
y somníferos para mantenerte tranquila, son dosis adecuadas, nada
que justifique tu estado de postración.

Haz un esfuerzo por volver al presente. ¿Cómo va tu memoria?
¿Te acuerdas de Amanda? Es una niña curiosa. La curiosidad es la
madre de todos los pecados, pero también de todas las ciencias. Sé mu-
cho de tu hija, Indiana; por ejemplo, sé que en este momento está dedi-
cada a buscarte y si es tan lista como todos creen, descubrirá las cla-
ves que le he dado, pero jamás las descubrirá a tiempo. Pobre Amanda,
la compadezco, pasará el resto de su vida culpándose por eso.

Deberías apreciar lo limpia que estás, Indiana. Me he dado el traba-
jo de darte baños de esponja y si cooperaras un poco, podría lavarte el
pelo. Mi madre decía que la virtud empieza por la higiene: cuerpo limpio,
mente limpia. Incluso en los períodos en que vivíamos en un automóvil
o en una camioneta se las arreglaba para que pudiéramos darnos una
ducha diaria, para ella eso era tan importante como la alimentación.
Aquí tenemos cien tambores de agua, sellados desde la Segunda Guerra
Mundial y, no lo vas a creer, también hay un hermoso mueble de madera
tallada con un espejo de cristal biselado, intacto, sin una rayadura. Las
frazadas también son de ese tiempo, es admirable que estén limpias y en

buen estado, se ve que no hay polillas. Confía en mí, no voy a permitir que tengas piojos o cojas una infección, también te protejo de los insectos, supongo que en este lugar debe de haber toda clase bichos asquerosos, especialmente cucarachas, aunque fumigué a fondo este cuartito antes de traerte. No podía fumigar todo, por supuesto, este recinto es enorme. Ratas no hay, porque las lechuzas y los gatos se encargan de eliminar- las, hay cientos de lechuzas y gatos, que han vivido aquí durante gene- raciones. ¿Sabías que afuera también abundan los pavos salvajes?

Después de lavarte te puse tu camisa de dormir elegante, la que te regaló Keller y tenías reservada para una ocasión especial. ¿Qué más especial que ésta? Tuve que tirar tus pantalones a la basura, esta- ban ensangrentados y no puedo ponerme a lavar ropa. ¿Sabías que tengo llave de tu apartamento? Las prendas interiores que desapare- cieron de tu clóset están en mi poder, quería tener un recuerdo tuyo y las saqué sin imaginar que ahora nos iban a servir. ¡Las vueltas que da la vida! Puedo entrar cuando quiera a tu apartamento, la alar- ma que instaló tu ex marido es un juguete; de hecho, estuve allí el domingo y bajé a la casa de tu padre, le eché una mirada a Aman- da, que dormía abrazada a su gata, y me pareció que se veía bien, aun- que sé que ha estado muy nerviosa y por eso no ha ido al colegio, no es para menos, pobre chiquilla. También tengo llave de tu oficina y la contraseña de tu computadora, te la pedí para comprar entradas al cine por internet y me la diste sin vacilar, eres muy descuidada, pero también es cierto que no tenías por qué sospechar de mí.

Voy a tener que amordazarte de nuevo. Trata de descansar, yo vol- veré esta noche, porque no puedo entrar y salir a cualquier hora. Aun- que no lo creas, fuera es de mañana. Las paredes de este cuarto son cortinas de un extraño material, como goma negra o lona recauchada, pesadas, pero más o menos flexibles, impermeables, por eso te parece que siempre es de noche. El techo se ha hundido en algunas partes de

la fortaleza y en el día pasa algo de luz, pero no llega hasta aquí. Com-
prenderás que no puedo dejarte una lámpara, sería peligroso. Sé que
las horas se te hacen eternas y que me esperas ansiosa. Seguramente
temes que te olvide, o que me pase algo y no pueda regresar, entonces
morirías de inanición amarrada a la cama. No, Indi, nada me va a
pasar, volveré, te lo prometo. Te voy a traer comida y no quiero tener que
dártela a la fuerza. ¿Qué te gustaría comer? Pídeme lo que quieras.

El reloj de pared del inspector jefe era una reliquia de los años
cuarenta, que el Departamento de Homicidios conservaba por razones históricas y por su infalible precisión suiza. Bob Martín, que
lo tenía frente a su escritorio junto a varias fotografías de cantan-
tes mexicanos, entre ellos su padre con su grupo de mariachis,
sentía que le subía la presión a medida que las manecillas metálicas marcaban el paso del tiempo. Si Amanda estaba en lo cierto
—y seguramente lo estaba— disponía hasta el viernes por la noche, sólo dos días y unas cuantas horas, para encontrar a Indiana
con vida. Su hija lo había convencido de que hallar a su madre
también significaba atrapar al psicópata sanguinario que andaba
suelto en su ciudad, aunque él no lograba establecer una relación
entre Indiana y ese criminal.

A las nueve de la mañana recibió una llamada de Samuel Hamilton, que el día anterior se había dedicado a comparar la lista
de amistades de la computadora portátil de Indiana con la suya.
A las nueve y cinco el inspector se puso la chaqueta, le ordenó a
Petra Horr que lo acompañara y se fue a North Beach en un coche patrulla.

En la Clínica Holística ya todos habían visto la fotografía de
Indiana Jackson en la televisión o en los periódicos y varios de sus

colegas estaban comentando el hecho en el pasillo del segundo piso, frente a la puerta de la consulta número 8, sellada con cinta amarilla de la policía. Petra Horr se quedó con ellos, tomándoles los datos, mientras el inspector subía corriendo al tercer piso y trepaba con agilidad de simio por la escalerilla que conducía a la azotea. No golpeó la destartalada puerta, la abrió de una patada y entró bufando de impaciencia hasta la cama sobre la cual Matheus Pereira dormía, completamente vestido y con las botas puestas, el dulce sueño de su pipa. El pintor despertó suspendido en el aire por las manazas de jugador de fútbol americano de Bob Martín, que lo sacudían como un pelele.

—¡Me vas a decir con quién se fue Indiana el viernes!

—Ya le dije todo lo que sé… —replicó Pereira, que todavía no despertaba por completo.

—¿Quieres pasar los próximos diez años en prisión por tráfico de drogas? —lo increpó el inspector a pocos centímetros de su cara.

—Se fue con una mujer, no sé cómo se llama, pero la he visto varias veces por aquí.

—Descríbela.

—Si me suelta, se la puedo dibujar —le propuso el brasileño.

Cogió un carboncillo y en un par de minutos le pasó al inspector el retrato de una babushka rusa.

—¿Me estás tomando el pelo, desgraciado? —rugió Martín.

—Ésta es, se lo prometo.

—¿Se llama Carol Underwater? —le preguntó el inspector. Era el nombre que le había dado Samuel Hamilton y que no figuraba en los correos electrónicos de Indiana, que Petra había copiado antes de que la computadora fuera guardada junto al resto de la evidencia.

—Sí, estoy casi seguro de que se llama Carol —asintió Pereira—. Es amiga de Indiana. Se fueron juntas, yo estaba abajo, en el hall, y las vi salir.

—¿Te dijeron algo?

—Carol me dijo que iban al cine.

El policía bajó al segundo piso e hizo circular el dibujo entre los inquilinos de la Clínica Holística, que todavía estaban en el pasillo con Petra; varios confirmaron que en algunas oportunidades habían visto a la mujer en compañía de Indiana. Yumiko Sato agregó que Carol Underwater padecía cáncer y había perdido el pelo por la quimioterapia; eso explicaba el pañuelo de campesina rusa en la cabeza.

Al llegar a su oficina, el inspector jefe pegó el bosquejo hecho por Matheus Pereira en el tablero de la pared frente a su escritorio, donde había desplegado el resto de la información que podía guiarlo en la búsqueda del Lobo y de Indiana. De ese modo, teniéndola ante los ojos en todo momento, se le ocurriría algo. Sabía, porque le había sucedido en varias ocasiones, que el exceso de datos y la presión de resolver un problema en un plazo corto solían impedirle razonar con claridad. En este caso se sumaba a la angustia que sentía. Se comparaba a un cirujano forzado a practicar una operación grave en un ser querido: de su habilidad dependía la vida de Indiana. Sin embargo, confiaba en su instinto de cazador, como llamaba a esa parte de su cerebro que le permitía descubrir pistas invisibles, adivinar los pasos que había dado y daría su presa, saltar a conclusiones sin fundamento lógico y casi siempre acertadas. El tablero en la pared le servía para relacionar los diversos aspectos de la investigación, pero sobre todo para estimular ese instinto de cazador.

Desde que su hija comenzó a hablar de un asesino en serie, se había reunido varias veces con los psicólogos forenses de su Departamento para estudiar casos similares ocurridos en los últimos veinte años, en especial los de California. Esa forma de asesinato sistemático no era una conducta espontánea, respondía a fantasías recurrentes que iban gestándose por años, hasta que algo desencadenaba la decisión de actuar. Algunos pretendían escarmentar a homosexuales o a prostitutas, a otros los impulsaba el odio racial o algún tipo de fanatismo, pero las víctimas del Lobo eran tan disímiles que parecían escogidas al azar. Se preguntó qué convicciones y qué imagen tenía de sí mismo El Lobo, si acaso se creía víctima o justiciero. Todos somos héroes de nuestra propia historia. ¿Cuál era la del Lobo? Para atraparlo, el inspector debía pensar como él, debía convertirse en El Lobo.

A mediodía Petra Horr le anunció que no habían encontrado ni un solo indicio de que Carol Underwater existiera. No había licencia de conducir, vehículo, propiedad, tarjeta de crédito, cuenta de banco, teléfono o empleo bajo ese nombre, tampoco aparecía registrada como paciente de cáncer en ningún hospital ni clínica en el área de la bahía de San Francisco y sus alrededores. ¿Cómo se comunicaba con Indiana? Podría ser que alguien con acceso a la computadora portátil hubiera borrado los correos, de la misma forma en que había introducido la escena del lobo, o que hablaran sólo por teléfono. Como no hallaron el móvil de Indiana, Bob Martín pidió de inmediato una orden judicial para que la compañía de teléfono rastreara las llamadas de ese número, pero eso tardaría un par de días. Por el momento Carol Underwater, a quien tantas personas habían visto en los últimos meses, era un fantasma.

Nadie tuvo la cortesía de avisarle a Celeste Roko de que Indiana había desaparecido. Se enteró varios días más tarde por una llamada histérica de su amiga Encarnación Martín, quien ya había negociado con san Judas Tadeo para que encontrara a la madre de su nieta. «¿No viste a Indiana en la tele? ¡Mi pobre Amanda! ¡No sabes cómo le ha afectado esto a la niña! Está medio desquiciada, cree que a su mamá la secuestró un hombre lobo», le contó Encarnación.

Celeste, que un par de semanas antes había visto la fotografía de Ryan Miller en la televisión, se presentó en el Departamento de Homicidios determinada a hablar con el inspector jefe y cuando Petra Horr trató de impedírselo, la aplastó contra la pared de un empujón. El enorme respeto que le inspiraba la astrología, le impidió a la asistente utilizar sus conocimientos de artes marciales para detenerla. La Roko irrumpió en la oficina de Bob Martín blandiendo una carpeta a milímetros de su nariz, que contenía dos cartas astrales y un resumen de la lectura comparativa de ambas, que acababa de realizar. Le explicó que en sus largos años dedicados al estudio de los astros y de la psicología humana según la escuela de Carl Gustav Jung, nunca le había tocado ver a dos personas más compatibles psíquicamente que Indiana Jackson y Ryan Miller. Habían estado juntos en vidas anteriores. Sin ir más lejos recientemente habían sido madre e hijo, y estaban destinados a encontrarse y separarse hasta que pudieran resolver su conflicto espiritual y psíquico. En esta reencarnación tenían una verdadera oportunidad de romper ese ciclo.

—¡No me digas! —replicó el policía, indignado por la interrupción.

—Así es. Te lo advierto, Bob, porque si Indiana y Ryan han escapado juntos, como debe de haber ocurrido, porque está escrito en la configuración de los astros, y tú tratas de separarlos, vas a ensuciar gravemente tu karma.

—¡Que se joda mi karma! Estoy tratando de hacer mi trabajo y tú vienes a molestarme con esas idioteces. ¡Indiana no se fugó con Miller, la secuestró El Lobo! —gritó Bob Martín fuera de sí.

Por primera vez en mucho tiempo Celeste Roko, pasmada, no supo qué contestar. Cuando pudo reaccionar colocó las cartas astrales en la carpeta, recuperó su cartera de cuero de cocodrilo y retrocedió equilibrándose en sus tacones altos.

—¿No sabrás a qué signo zodiacal pertenece ese hombre lobo, por casualidad? —le preguntó tímidamente desde la puerta.

Abre los ojos, Indi, trata de poner atención a lo que te digo. Mira, esta licencia de conducir del año 1985 es la única fotografía de mi madre; si existieron otras, ella las destruyó, era muy cuidadosa con su privacidad. Tampoco hay fotos mías anteriores a los once años. Esta foto es pésima, todo el mundo parece delincuente en la licencia de conducir, mi mamá se ve gorda y desaliñada, aunque ella no era así. Tenía varios kilos de más, es cierto, pero nunca tuvo esta cara de demente y siempre andaba impecable, sin un solo cabello fuera de lugar, en eso era obsesiva y además su trabajo se lo exigía. Los hábitos inculcados por ella guían mi vida: limpieza, ejercicio, comida sana, nada de fumar ni beber alcohol. De chica yo no podía salir a hacer deporte, como otros niños, debía permanecer dentro de casa, pero ella me enseñó los beneficios de la gimnasia y todavía eso es lo primero que hago cuando me despierto. Pronto tendrás que hacer un poco de ejercicio, Indiana, debes moverte, pero vamos a esperar a que dejes de sangrar y hayas recuperado el equilibrio.

Tuve la mejor madre que se puede tener, completamente dedicada a mí, me adoraba, me cuidaba, me protegía. ¿Qué habría sido de mí sin esa santa mujer? Ella fue madre y padre para mí. Por las noches, después de comer y revisar mis tareas, me leía un cuento, rezábamos y luego me arropaba en la cama, me besaba en la frente y me decía que yo era su niña linda y buena. Por la mañana, antes de irse a trabajar, me indicaba lo que debía estudiar, se despedía con un abrazo apretado, como si temiera que no volviéramos a vernos, y si yo no lloraba, me daba un caramelo. «Voy a volver pronto, mi amor, pórtate bien, no le abras la puerta a nadie, no contestes el teléfono y no hagas ruido, porque los vecinos ya empiezan a cuchichear, ya sabes lo malévola que es la gente.» Las medidas de seguridad eran por mi propio bien, afuera existían innumerables peligros, crímenes, violencia, accidentes, gérmenes, no se podía confiar en nadie, eso me enseñó. El día se me hacía largo. No me acuerdo de cómo pasaba las horas en mis primeros años, parece que me dejaba en un corral o me ataba a un mueble con una cuerda en la cintura, como un perrito, para evitar que me hiciera daño, y me dejaba juguetes y comida al alcance de la mano, pero apenas tuve uso de razón eso ya no fue necesario, porque aprendí a entretenerme sola. En su ausencia yo limpiaba el apartamento y lavaba la ropa, pero no cocinaba porque ella temía que me cortara o me quemara. También veía la televisión y jugaba, pero antes de nada hacía mis tareas. Estudiaba en la casa, mi mamá era buena maestra y yo aprendía rápido, así es que cuando finalmente fui a la escuela, estaba mejor preparada que los otros niños. Pero eso fue más tarde.

¿Quieres saber cuánto tiempo llevas aquí, Indiana? Apenas cinco días y seis noches, que en el lapso de una vida no es nada, sobre todo si los has pasado durmiendo. Tuve que ponerte pañales. Al principio era mejor que durmieras, porque la alternativa habría sido mantenerte con un capuchón en la cabeza y esposada, como los presos de Guantánamo y Abu Ghraib. Los militares saben hacer las cosas. El capuchón es asfixiante, hay gente que enloquece con eso, y las esposas son muy incómodas, se hinchan las manos, los dedos se ponen

morados, el metal se incrusta en las muñecas y a veces las heridas se infectan. Total: un lío. Tú no estás en condiciones de soportar nada de eso y no pretendo hacerte sufrir más de lo necesario, pero tienes que cooperar conmigo y portarte bien. Es lo más conveniente.

Te estaba hablando de mi madre. Dijeron que era paranoica, que sufría de manía persecutoria, que por eso me mantenía encerrada y vivíamos escapando. No es cierto. Mi mamá tenía buenas razones para hacer lo que hacía. Me encantaban esos viajes: las gasolineras, los sitios donde parábamos a comer, las eternas autopistas, los paisajes diferentes. A veces dormíamos en moteles, otras veces acampábamos. ¡Qué libertad! Viajábamos sin un plan, deteniéndonos en cualquier parte; si un pueblo nos gustaba, allí nos quedábamos por un tiempo, nos instalábamos como podíamos, dependiendo del dinero que tuviéramos, primero en un cuarto y después, apenas ella encontraba empleo, nos mudábamos a algo mejor. A mí me daba igual dónde estuviéramos, todos los cuartos se parecían. Mi madre siempre conseguía trabajo, le pagaban bien y era muy ordenada, gastaba poco, ahorraba, así siempre estaba preparada cuando debíamos irnos a otro lado.

En esos mismos momentos, los participantes de *Ripper* se planteaban nuevos interrogantes. La maestra del juego les había informado de cada detalle de la investigación policial y lo último que tenían entre manos era el misterio de Carol Underwater, a quien Amanda debía nada menos que Salve-el-Atún.

—Me pareció curioso que hubiera una denuncia contra Richard Ashton por maltrato de un niño en 1997 y otra contra Ed Staton en 1998. Mandé a mi esbirro a hacer ciertas averiguaciones —dijo Amanda.

—No quise molestar al inspector jefe, que está desbordado,

pero me ayudó Jezabel, que tiene acceso a toda clase de información. No sé cómo lo haces, Jezabel, debes de ser una experta *hacker*, una pirata informática de primer orden…

—¿Eso tiene algo que ver con el tema en discusión, esbirro? —preguntó Esmeralda.

—Perdón. La maestra del juego pensó que había conexión entre las dos denuncias y gracias a Jezabel confirmó que sí la hay. Además, existe una conexión con la jueza Rachel Rosen. Ambas denuncias fueron hechas al Tribunal de Menores por una asistente social y corresponden al mismo niño, un tal Lee Galespi.

—¿Qué se sabe de él? —preguntó Esmeralda.

—Era huérfano —dijo Denise West en su papel de Jezabel, leyendo el papel que le había dado Miller—. Pasó por varios hogares de acogida, pero en todos tenía problemas, era un chico difícil, con diagnóstico de depresión, fantasías delirantes, incapaz de socializar. Le asignaron a Richard Ashton como psiquiatra, quien lo trató por un tiempo, pero la asistente social lo denunció por usar electrochoque. Galespi era un niño tímido, traumatizado, víctima de los chicos crueles de la escuela, esos brutos que nunca faltan. A los quince años fue acusado de provocar un incendio en un baño de la escuela, donde estaban los chicos que lo molestaban. Nadie sufrió daño, pero a Galespi lo mandaron a un reformatorio.

—Supongo que fue Rachel Rosen quien lo condenó y que el reformatorio era el Boys Camp en Arizona, donde estaba Ed Staton —intervino Sherlock Holmes.

—Bien pensado —dijo Jezabel—. La misma asistente social denunció a Ed Staton por abusar sexualmente de Lee Galespi, pero la Rosen no lo sacó del Boys Camp.

—¿Podemos hablar con esa asistente social? —preguntó Esmeralda.

—Se llama Angelique Larson, está jubilada y vive en Alaska, donde consiguió empleo como maestra —les informó Jezabel.

—Para eso existe el teléfono. Esbirro, consigue el número de esa señora —ordenó la maestra.

—No será necesario, ya lo tengo —anunció Jezabel.

—Estupendo, ¿por qué no la llamamos? —preguntó Esmeralda.

—Porque no va a contestar las preguntas de un grupo de chiquillos como nosotros. Sería distinto si llamara la policía —dijo el coronel Paddington.

—Nada se pierde con intentarlo, ¿quién se atreve? —preguntó Abatha.

—Yo me atrevo, pero creo que la voz de mi abuelo, digo, la voz de Kabel suena más convincente. Adelante, esbirro, llama y dile que eres de la policía, trata de hablar con tono de autoridad.

Blake Jackson, renuente a hacerse pasar por policía, lo que tal vez era ilegal, se presentó como escritor, una mentira a medias, porque ya estaba planeando en serio cumplir el sueño de su vida y convertirse en novelista. Por fin tenía tema: El Lobo, como le sugirió su nieta. Angelique Larson resultó ser una persona tan abierta y amable que el esbirro lamentó haberla engañado, pero era tarde para retractarse. La mujer recordaba muy bien a Lee Galespi, porque lo tuvo varios años a su cargo y su caso fue de los más interesantes de su carrera. Conversó durante treinta y cinco minutos con Blake Jackson, le contó lo que sabía de Galespi y le dijo que no había oído nada de él desde 2006, pero que antes de esa fecha siempre se comunicaban por Navidad. Angelique y Blake se despidieron como viejos amigos. Ella se ofreció para volver a hablar cuando él quisiera y le deseó suerte con su novela.

Angelique Larson recordaba en detalle su primera impresión de Lee Galespi y la repasaba a menudo en su mente, porque ese niño había llegado a representar la síntesis de su trabajo de asistente social, con todas sus frustraciones y sus escasos instantes de satisfacción. Cientos de criaturas como Galespi eran rescatadas por el Servicio de alguna situación espantosa y al poco tiempo regresaban en peores condiciones, más dañadas y con menos esperanza, cada vez más inaccesibles, hasta que cumplían dieciocho años y perdían la escasa protección que habían recibido y eran arrojados a la calle. Para Angelique, todos esos niños se fundían con Galespi y pasaban por etapas similares: timidez, angustia, tristeza y terror, que con el tiempo se tornaba en rebeldía y rabia, y finalmente en cinismo o frialdad; entonces ya no había nada que hacer, tenía que despedirse de ellos con la sensación de soltarlos a las fieras.

Larson le explicó a Blake Jackson que en el verano de 1993 una mujer sufrió un ataque al corazón en una parada de autobús y en la conmoción que hubo en la calle, antes de que acudieran la policía y una ambulancia, alguien le arrebató la cartera. Fue ingresada en el Hospital General de San Francisco inconsciente, en estado de gravedad y sin documentos. La mujer estuvo en coma tres semanas antes de morir de un segundo infarto masivo. Recién entonces intervino la policía y pudieron identificarla como Marion Galespi, sesenta y un años, enfermera temporal del hospital Laguna Honda, residente de Daly City, en el sur de San Francisco. Dos agentes se presentaron en su dirección, un modesto edificio para gente de bajos ingresos, y como nadie respondió al timbre, llamaron a un cerrajero, que no pudo abrir la puerta porque estaba atrancada con dos cerrojos por dentro. Varios vecinos se asomaron al pasillo a ver lo que ocurría y así se enteraron de la muerte de la mujer que había ocupado ese apartamento. No la habían echado de menos, dijeron, porque Marion Galespi llevaba pocos meses en el edificio, no era amistosa y casi no saludaba cuando se la topaban en el ascensor. Uno de los curiosos preguntó dónde estaba la hija y le explicó a los policías que allí también vivía una niña, a quien nadie había visto, porque no salía a ninguna parte. Según su madre, la chica sufría de problemas mentales y una enfermedad en la piel que se agravaba con el sol, por eso no iba a la escuela y estudiaba en la casa; era muy tímida y obediente, se quedaba tranquila mientras ella iba al trabajo.

Una hora más tarde los bomberos instalaron una escalera telescópica desde la calle, rompieron una ventana, entraron al apartamento y le abrieron la puerta a los policías. La modesta vivienda consistía en una sala, un dormitorio pequeño, una cocina empotrada en un muro y un baño. Contenía un mínimo de muebles; en cambio había varias maletas y cajas, y no había objetos personales, salvo una imagen a color del Sagrado Corazón de Jesús y una estatuilla de yeso de la Virgen María. Olía a encierro y parecía deshabitado, de modo que no se explicaba que la puerta estuviera atrancada. En la cocina encontraron restos de envases de cereales, latas de conserva, dos botellas de leche y una de jugo de naranja, todas vacías. Las únicas señales de la existencia de la niña eran ropa y cuadernos escolares; no encontraron un solo juguete. Los policías estaban dispuestos a irse, cuando a uno se le ocurrió echar una última mirada en el clóset, separando la ropa colgada. Allí estaba la niña, oculta debajo de una pila de trapos, agazapada como un animal. Al ver al hombre, la criatura empezó a gemir tan aterrorizada, que él no quiso arrancarla de su refugio a la fuerza y pidió ayuda. Pronto llegó una mujer policía, quien después de un buen rato de suplicarle logró convencer a la chica que saliera. Estaba inmunda, desgreñada, flaca y con expresión de enloquecida. Antes de que alcanzara a dar tres pasos, la mujer tuvo que sostenerla, porque se desvaneció en sus brazos.

Angelique Larson vio a Lee Galespi por primera vez en el hospital, tres horas después de su dramático rescate del apartamento en Daly City. Estaba en una camilla de emergencia, conectada a un gotero de suero, medio adormecida, pero atenta a cualquiera que se aproximara. La médica residente que la había recibido dijo que parecía famélica y deshidratada, había devorado galletas, natillas, gelatina, todo lo que le pusieron por delante, pero lo vomitó de inmediato. A pesar de su estado de debilidad, se defendió como gata rabiosa cuando intentaron quitarle el vestido para examinarla y la doctora decidió que no valía la pena violentarla; era preferible esperar que hiciera efecto el tranquilizante que le había suministrado. Le comentó a Larson que la niña chillaba si se le acercaba un hombre. La asistente social le tomó la mano a Lee, le explicó quién era, por qué estaba allí, le aseguró que nada tenía que temer y que ella se quedaría a su lado por el tiempo necesario, hasta que llegara su familia. «Mi mamá, quiero a mi mamá», repetía la niña y Angelique Larson no tuvo corazón para decirle en ese momento que su madre había muerto. Lee Galespi dormía profundamente cuando la desvistieron para que la doctora pudiera examinarla. Entonces comprobaron que era un niño.

Galespi fue internado en el Departamento de Pediatría del hospital, mientras la policía procuraba en vano localizar a algún pariente; Marion Galespi y su hijo parecían haber salido de la nada, carecían de familia, pasado y raíces. El niño sufría de eccema de origen alérgico y alopecia nerviosa, necesitaba tratamiento dental, aire, sol y ejercicio, pero no presentaba indicio alguno de enfermedad física ni mental, como creían sus vecinos en Daly City. Su certificado de nacimiento, firmado por un tal doctor Jean-Claude Castel, con fecha 23 de julio de 1981, indicaba que el parto había sido en casa, en Fresno, California, sexo masculino, raza caucásica, pesaba 3,2 kilos y medía 50 centímetros.

En enero de 1994 el doctor Richard Ashton entregó al Tribunal de Menores su primera evaluación psiquiátrica de Lee Galespi. El niño tenía el desarrollo físico adecuado a la pubertad, un coeficiente intelectual algo superior a lo normal, pero estaba limitado por serios problemas emocionales y sociales, padecía de insomnio y adicción a tranquilizantes, con los que su madre lo mantenía sedado para que soportara el encierro. Había costado una batalla que se cortara el pelo y usara ropa masculina, insistía en que era una niña y que «los niños eran malos». Echaba de menos a su madre, se orinaba en la cama, lloraba con frecuencia, parecía siempre atemorizado, sobre todo de los hombres, debido a lo cual la relación terapeuta-paciente era conflictiva y hubo que recurrir a hipnosis y drogas. Su madre lo había criado encerrado en casa y vestido de niña, le enseñó que la gente era peligrosa y el mundo se iba a acabar en un futuro próximo. Se cambiaban de residencia constantemente, el niño no recordaba o no sabía en qué ciudades había vivido, sólo podía decir que su madre trabajaba en hospitales o en residencias geriátricas y cambiaba de empleo «porque tenían que irse». Para concluir, el psiquiatra indicaba que, dados los síntomas, el paciente Lee Galespi requería terapia electroconvulsiva.

La asistente social le explicó al Tribunal que la psicoterapia resultaba contraproducente, porque el niño le tenía terror al doctor Ashton, pero Rachel Rosen no pidió una segunda opinión, ordenó continuar el tratamiento y que Galespi fuera colocado en un hogar de acogida y asistiera a la escuela. En un informe de 1995, Angelique Larson indicó que el chico era buen estudiante, pero carecía de amigos, se burlaban de él por afeminado y los maestros lo consideraban poco cooperativo. A los trece años fue a dar a la casa de Michael y Doris Constante.

Sé que tienes sed, Indi. En premio por lo bien que te estás portando te voy a dar jugo de naranja. No trates de levantarte, chupa la pajilla. Así. ¿Más? No, con un vaso basta por el momento, antes de irme te daré más, siempre que te comas lo que te traje, son frijoles con arroz, necesitas reponer fuerzas. Estás tiritando, debes de estar helada, este lugar es muy húmedo, hay partes inundadas, porque se filtra el agua del suelo. Quién sabe cuántas horas llevas medio muerta de frío. Te dejé bien arropada con varias mantas y hasta te puse calcetines de lana, pero empezaste a moverte y conseguiste destaparte, tienes que quedarte quieta cuando yo no estoy, no sacas nada con menearte, las correas son firmes y por mucho que lo intentes, no podrás soltarte. No puedo vigilarte todo el tiempo, tengo una vida allá afuera, como puedes imaginar. Te he explicado la situación varias veces, pero no me haces caso o se te olvida. Te repito que aquí no viene nadie, estamos en un descampado y este lugar está abandonado desde hace muchos años, la propiedad está cercada y es impenetrable, si no estuvieras amordazada podrías gritar hasta desgañitarte y nadie te oiría. Tal vez no necesitas la mordaza, porque veo que estás muda, como un conejo, pero no quiero correr riesgos. ¿Qué piensas? Más vale que deseches cualquier ilusión de escapar, si eso es lo que estás pensando, porque en el caso improbable de que pudieras tenerte en pie, es imposible salir de aquí. Las paredes de este compartimento son cuatro paños negros, pero está en un enorme subterráneo de hormigón armado y pilares de hierro. La puerta también es de hierro y yo controlo el candado.

Estás demasiado aturdida, tal vez estás más enferma de lo que imagino, podría ser por la pérdida de sangre. ¿Qué te pasa, Indiana? ¿Acaso ya no tienes miedo? ¿Te has resignado? Me molesta tu silencio, porque el propósito de tenerte aquí es que podamos conversar y lleguemos a entendernos. Pareces uno de esos monjes tibetanos que se escapan del mundo meditando; dicen que algunos pueden controlar el pulso, la presión, los latidos del corazón, incluso pueden morir a voluntad. ¿Será cierto? Ésta es tu oportunidad de poner en práctica los métodos que les recomiendas a tus pacientes: meditar, relajarse, en fin, la jerigonza New Age que tanto te gusta. Puedo traerte imanes y aromaterapia, si quieres. Y ya que estás meditando, aprovecha para pensar en las razones por las cuales estás aquí, en lo caprichosa y malvada que eres. Estás arrepentida, lo sé, pero es tarde para echar pie atrás, puedes prometerme que comprendes tus errores y vas a enmendarte, puedes prometerme lo que se te antoje, pero yo tendría que ser idiota para creerte. Y te aseguro que no lo soy.

Jueves, 5

Después de escuchar el resto de la historia de Lee Galespi, los jugadores de *Ripper* decidieron por unanimidad informar de su descubrimiento al inspector jefe. A primera hora Amanda marcó el móvil de su padre y al no obtener respuesta, llamó a Petra Horr, quien le explicó que los agentes del FBI habían citado a todo el Departamento a una reunión.

—Creen que los estamos saboteando en el asunto de Miller.

Han perdido el tiempo sin conseguir nada. Yo les aconsejé que aprovecharan para hacer turismo y lo tomaron a mal. Son muy pesados —dijo Petra.

—Tal vez Miller se fue a Afganistán. Siempre hablaba de una deuda de honor pendiente en ese país —sugirió Amanda con la intención de despistarla.

—Pretenden que busquemos a Miller, como si no tuviéramos nada más que hacer. ¿Por qué no lo encuentran ellos? Para eso vigilan a todo el mundo. Ya no existe nada privado en este jodido país, Amanda, cada vez que compras algo, usas tu teléfono, internet o una tarjeta de crédito, cada vez que te suenas los mocos, dejas un rastro y el gobierno se entera.

—¿Estás segura? —le preguntó Amanda, alarmada, porque si el gobierno y su padre se enteraban de que ella estaba jugando a *Ripper* con Ryan Miller, iba a terminar presa.

—Completamente.

—Dile a mi papá que apenas salga de la reunión me llame, es urgente.

Bob Martín llamó a su hija veinte minutos más tarde. En los últimos días había dormido a ratos en el sofá de su oficina, se había alimentado de café y emparedados y no había tenido tiempo de ir al gimnasio, sentía el cuerpo rígido, como en una armadura, y estaba tan irritable que la reunión había terminado a gritos. Odiaba a Lorraine Barcott, esa mujer amargada, y el Napoleon ese lo volvía loco con sus manías. La voz de Amanda, que todavía tenía el poder de conmoverlo como cuando era chica, le calmó un poco el mal humor.

—¿Querías decirme algo? —le preguntó a su hija.

—Primero dame tus noticias.

—Tenemos el tráiler de los Farkas en depósito desde diciembre, pero nadie lo había revisado, hay otras prioridades en el Departamento. Analizamos el contenido de la botella de ginebra que había dentro y resulta que está drogada con Xanax. ¿Y sabes que otra cosa hallamos, Amanda?

—Un lobito de peluche —replicó ella.

—Un álbum con fotos turísticas de los lugares donde los Farkas estuvieron; viajaron por varios estados antes de establecerse en California. Había una tarjeta postal interesante firmada por el hermano de Joe, con fecha 14 de noviembre del año pasado, invitándolos a verse en San Francisco en diciembre.

—¿Qué tiene de interesante?

—Dos puntos. Primero: la imagen de la tarjeta es un lobo. Segundo: el hermano de Joe asegura que nunca la envió.

—O sea, El Lobo los citó para matarlos.

—Seguramente, pero como prueba, esa tarjeta es insuficiente, no resistiría el menor escrutinio.

—Agrégale el Xanax y la luna llena.

—Digamos que El Lobo se presentó en el tráiler con alguna disculpa, seguramente les llevó la botella de licor de regalo, porque sabía que eran bebedores. La ginebra contenía la droga. Esperó que eso los noqueara, una media hora, y abrió la válvula de gas antes de irse. Dejó la botella para que pareciera el típico accidente de un par de borrachos y eso es exactamente lo que supuso la policía.

—Eso no nos acerca al Lobo, papá. Nos quedan treinta y nueve horas para salvar a mi mamá.

—Lo sé, hija.

—Yo también te tengo novedades —le dijo Amanda en ese tono exaltado que en las últimas semanas él había aprendido a respetar.

Las novedades de su hija no defraudaron al inspector jefe. De inmediato le dio una llamada a la directora del Servicio de Protección de la Infancia y ésta le envió con un mensajero el expediente de Lee Galespi que Angelique Larson había recopilado en los siete años que estuvo a cargo del muchacho.

En una hoja suelta escrita a mano, la asistente social reflexionaba que Lee Galespi había sufrido mucho y el Servicio, como el resto de la gente que debió ayudarlo, le había fallado una y otra vez; ella misma sentía que había podido hacer muy poco por él. Lo único bueno que le había sucedido a Lee en su desgraciada existencia era el seguro de vida por doscientos cincuenta mil dólares que le dejó su madre. El Tribunal de Menores estableció un fondo fiduciario y él podría cobrar su dinero a los dieciocho años.

Para levantarte el ánimo te he traído chocolates, los mismos que te regalaba Keller. Extraña mezcla, chocolate con chile. El azúcar es dañino y engorda, aunque a ti no te preocupan los kilos, tienes la idea de que son sensuales, pero te advierto que a los cuarenta años se convierten en simple gordura. Por el momento tus kilos te hacen gracia. Eres muy bonita. No me extraña que los hombres pierdan la chaveta por ti, Indiana, pero la belleza no es un don, como en los cuentos de hadas, es una maldición, acuérdate del mito de Elena de Troya, que provocó una cruenta guerra entre griegos. Casi siempre la maldición se vuelve contra la bella, como Marilyn Monroe, símbolo sexual por excelencia, depresiva y drogadicta, que murió abandonada y pasaron tres días antes de que alguien reclamara su cadáver. Yo sé mucho de esto, las mujeres fatales me fascinan y repelen, me atraen y me dan miedo, como los reptiles. Estás tan acostumbrada a llamar la atención, a ser admirada y deseada, que ni cuenta te das del sufrimiento que causas. Las mujeres coquetas como tú andan

sueltas por el mundo provocando, seduciendo y martirizando a otras
personas sin ningún sentido de la responsabilidad o del honor. No hay
nada más terrible que el amor rechazado, te lo digo por experiencia, es
un suplicio atroz, una muerte lenta. Piensa, por ejemplo, en Gary Bruns-
wick, ese buen hombre que te ofrecía un amor desinteresado, o Ryan
Miller, a quien descartaste como basura, y para qué hablar de Alan
Keller, que murió por ti. No es justo. Tienes que pagar por eso, Indiana.
En estos días te he estudiado con atención, primero tu carácter, pero sobre
todo tu cuerpo, que conozco al detalle, desde tu cicatriz en la nalga,
hasta los pliegues de tu vulva. Incluso te he contado los lunares.

Lee Galespi permaneció dos años con los Constante, hasta que en
un examen de salud se descubrió que el chico tenía quemaduras
de cigarrillo. Aunque Galespi se negó a decir lo que había sucedido, Angelique Larson concluyó que ése debía de ser el método
didáctico de los Constante para enseñarle a no orinarse en la
cama y retiró de allí al niño, pero no logró que la licencia a los
Constante fuera revocada. Poco después Galespi fue enviado por
un año al Boys Camp de Arizona. Angelique Larson le rogó a la
jueza Rachel Rosen que reconsiderara su decisión, porque ese
establecimiento con disciplina paramilitar, conocido por su brutalidad, era lo menos adecuado para un niño vulnerable y traumatizado como Galespi, pero la Rosen ignoró sus argumentos.

En vista de que las contadas cartas que recibió del chico estaban censuradas con marcador negro, la asistente decidió ir a verlo
a Arizona. En el Boys Camp no aceptaban visitas, pero ella consiguió una autorización del Tribunal. Lee se veía pálido, delgado y
retraído, presentaba magulladuras y cortes en brazos y piernas,
que de acuerdo al consejero, un ex soldado llamado Ed Staton,

eran normales, porque los muchachos hacían ejercicio al aire libre, y además Lee se peleaba con sus compañeros, que lo detestaban por ser quejumbroso y llorón, un marica. «Pero como que me llamo Ed Staton, yo lo voy a hacer hombre», añadió el consejero. Angelique exigió que le permitieran hablar a solas con Lee, pero no pudo sonsacarle nada, a todas sus preguntas él respondía como autómata que no tenía quejas. Interrogó a la enfermera del reformatorio, una mujer gruesa y antipática, por quien se enteró de que Galespi se había declarado en huelga de hambre, que no era el primero en ir con esos trucos, pero había desistido rápidamente al comprobar cuán desagradable era recibir alimento a la fuerza por un tubo en la garganta. En su informe, Larson escribió que Lee Galespi estaba en pésimas condiciones, «parecía un zombi», y recomendaba retirarlo de inmediato del Boys Camp. Nuevamente Rachel Rosen hizo oídos sordos a su petición, entonces ella formalizó una denuncia por su cuenta contra Ed Staton, que tampoco sirvió de nada. Lee Galespi cumplió su sentencia de un año en el infierno.

Cuando regresó a California, Larson lo colocó en el hogar de Jane y Edgar Fernwood, una familia evangélica que lo acogió con la compasión que él ya no esperaba de nadie. Edgar Fernwood, que trabajaba en la construcción, lo convirtió en su ayudante y el muchacho empezó a aprender un oficio; por fin parecía haber encontrado un lugar seguro en el mundo. Durante los dos años siguientes, Lee Galespi sacó buenas notas en la secundaria y trabajó con Fernwood. Era de rostro agradable, pelo rubio, bajo y delgado para un chico americano de su edad, tímido y solitario, se entretenía con cómics, videojuegos y películas de acción. En una ocasión Angelique Larson le preguntó si todavía creía que «los chicos eran malos y las chicas eran buenas», pero Galespi no supo a qué se refería; había bloqueado de su memoria la época en que quiso ser niña.

En el expediente existían varias fotografías de Lee Galespi, la última tomada en 1999, cuando cumplió dieciocho años y el Servicio de Protección de la Infancia dejó de tenerlo a su cargo. Rachel Rosen decidió que, dados los problemas de conducta que había presentado, no recibiría el dinero del seguro que le dejó su madre hasta que cumpliera veintiuno. Ese año Angelique Larson se jubiló y se fue a vivir a Alaska.

El inspector jefe puso a su gente a buscar a Lee Galespi, Angelique Larson y los Fernwood.

Te he traído Coca-Cola, necesitas tomar mucho líquido y un poco de cafeína te vendrá bien. ¿No quieres? Vamos, Indi, no te pongas difícil. Si te niegas a comer y beber porque crees que te estoy dando drogas, piensa un poco: puedo inyectártelas, como hice con el antibiótico. Fue una buena medida, te bajó la fiebre y sangras menos, pronto podrás dar unos pasos.

Voy a seguir con mi historia, porque es importante que me conozcas y comprendas mi misión. Este recorte de periódico es del 21 de julio de 1993. El título dice: «Niña casi muere de hambre encerrada por su madre» y luego hay dos párrafos plagados de mentiras. Dice que una mujer sin identificación murió en el hospital sin revelar la existencia de su hija y un mes más tarde la policía descubrió a una niña de once años, que había sido mantenida prisionera bajo llave durante toda su vida y... Dice que se encontraron con una escena macabra. ¡Mentiras! Yo estaba allí y te aseguro que todo estaba limpio y en orden, no había nada macabro. Además no fue un mes, sólo tres semanas, y mi pobre madre no tuvo la culpa de lo ocurrido. Le falló el corazón y nunca recuperó el co-

nocimiento, ¿cómo iba a explicar que yo me había quedado sola? Me acuerdo muy bien de lo que pasó. Ella salió por la mañana como siempre, me dejó listo el almuerzo y me recordó que le pusiera los dos cerrojos a la puerta y no le abriera a nadie por ningún motivo. Cuando no regresó a la hora habitual, pensé que se había atrasado en el trabajo, comí un plato de cereal con leche y me quedé viendo la televisión hasta que me dormí. Desperté muy tarde y ella todavía no había vuelto, entonces empecé a asustarme, porque mi mamá jamás me dejaba sola por tanto tiempo y nunca había pasado una noche afuera. Al otro día la esperé pendiente del reloj, rezando y rezando, llamándola con el corazón. Yo tenía instrucciones suyas de nunca responder al teléfono, pero decidí hacerlo en caso que repicara, porque si algo le había ocurrido a mi mamá, sin duda me llamaría. Pero no me llamó y tampoco volvió por la noche ni a la mañana siguiente; así fueron pasando los días, que yo contaba uno a uno en el calendario que teníamos pegado en el refrigerador. Se me terminó toda la comida, al final empecé a comer la pasta de dientes, el jabón, papel remojado, en fin, lo que pudiera echarme a la boca. Los últimos cinco o seis días me mantuve sólo con agua. Estaba desesperada, no podía imaginar por qué mi mamá me había abandonado. Se me ocurrieron toda suerte de explicaciones: se trataba de una prueba para medir mi obediencia y mi fortaleza; mi mamá había sido atacada por bandidos o detenida por la policía; era un castigo por algo malo que yo había hecho sin querer. ¿Cuántos días más podría resistir? Calculaba que muy pocos, que el hambre y el miedo acabarían conmigo. Rezaba y llamaba a mi mamá. Lloré mucho y le dediqué mis lágrimas a Jesús. En esa época yo era muy creyente, como mi mamá, pero ya no creo en nada; he visto demasiada maldad en este mundo como para tener fe en Dios. Después, cuando me encontraron, todos me preguntaban lo mismo: ¿por qué no saliste del apartamento?, ¿por qué no pediste ayuda? La verdad es que no había a quién recurrir. No teníamos parientes ni amistades, no conocíamos a los vecinos. Yo sabía que en una emergencia se debe llamar al 911, pero nunca había usado el teléfono y la idea de hablar con un extraño me resultaba aterradora.

Finalmente, veintidós días más tarde, acudió ayuda. Sentí los golpes en la puerta y los gritos de que abriera, que era la policía. Eso me asustó más todavía, porque mi mamá me había machacado que lo más temible de todo era la policía, que jamás, bajo ninguna circunstancia, hay que acercarse a alguien con uniforme. Me escondí en el clóset, que había convertido en mi guarida, allí me había hecho un nido con ropa. Entraron por la ventana, rompieron un vidrio, invadieron el apartamento... Después me llevaron a un hospital, me trataron como a un animal de laboratorio, me hicieron exámenes humillantes, me obligaron a vestirme de niño, nadie se compadeció de mí. El más cruel fue Richard Ashton, que hizo experimentos conmigo: me daba drogas, me hipnotizaba, me confundía la mente y después diagnosticaba que yo estaba loca. ¿Sabes qué es la terapia electroconvulsiva, Indi? Algo espantoso, indescriptible. Es justo que Ashton lo sufriera en carne propia, por eso fue ejecutado con electricidad.

Estuve en varios hogares, pero no aguanté en ninguno, porque estaba acostumbrada al cariño de mi mamá y me había criado sola; los otros niños me molestaban, eran sucios y desordenados, me quitaban mis cosas. El hogar de los Constante fue el peor. En esa época Michael Constante todavía bebía y cuando estaba ebrio era temible; había seis niños a su cargo, todos más fregados que yo, pero a mí me tenía una rabia particular, no me podía ni ver, si supieras cómo me castigaba. Su mujer era tan mala como él. Ambos merecían la pena de muerte por sus crímenes, así se lo dije. Estaban drogados, pero conscientes, me reconocieron y supieron qué les iba a suceder. Cada uno de los ocho condenados tuvo tiempo de oírme y a cada uno le expliqué por qué iba a morir, menos a Alan Keller, porque el cianuro fue muy rápido.

¿Sabes qué día es hoy, Indiana? Jueves 5 de abril. Mañana será Viernes Santo y los cristianos conmemoran la muerte de Jesús en la cruz. En tiempos de los romanos la crucifixión era una forma común de ejecución.

Blake Jackson, que no había ido a trabajar en varios días, pasó volando por la farmacia a verificar que todo estuviera en orden; contaba con empleados de confianza, pero siempre era necesario el ojo del jefe. En un momento de inspiración decidió llamar de nuevo a Angelique Larson, con quien había sentido una rara afinidad. No era hombre de impulsos románticos, sentía verdadero pavor por los enredos sentimentales, pero con Angelique no había el menor peligro: los separaban más o menos cinco mil kilómetros de variada geografía. La imaginaba forrada en pieles enseñando el alfabeto a niños Inuit, con su trineo tirado por perros a la entrada del iglú. Se encerró en su pequeña oficina y marcó el número. La mujer no demostró extrañeza de que el supuesto escritor la llamara dos veces en pocas horas.

—Estaba pensando en Lee Galespi… —dijo Blake, furioso consigo mismo por no haber preparado alguna pregunta inteligente.

—¡Es una historia tan triste! Espero que le sirva para la novela.

—Será la columna vertebral de mi libro, Angelique, se lo aseguro.

—Me alegra haber contribuido con algo.

—Pero debo confesarle que todavía no he escrito el libro, estoy en la etapa de planear el contenido.

—¡Ah! ¿Ya tiene título?

—*Ripper.*

—¿Es una novela policial?

—Digamos que sí. ¿Le gusta ese género?

—Prefiero otros, para serle franca, pero leeré su libro de todos modos.

—Se lo mandaré apenas salga. Dígame, Angelique, ¿se acuerda de algo más sobre Galespi que pueda servirme?

—Mmm… Sí, Blake. Hay un detalle que tal vez no tiene importancia, pero se lo cuento de todos modos. ¿Está grabando?

—Estoy tomando notas, si no le importa. ¿Cuál es ese detalle?

—Siempre tuve dudas de que Marion Galespi fuera la madre de Lee. Cuando murió, Marion tenía sesenta y un años y el niño tenía once, eso significa que dio a luz a los cincuenta años, a menos que hubiera algún error en los certificados de nacimiento.

—Puede suceder, ahora existen tratamientos de fertilidad. En California se ven a cada rato mujeres de cincuenta años empujando un cochecito con trillizos.

—Aquí en Alaska no. En el caso de Marion, me parece poco probable que hiciera un tratamiento de fertilidad, porque tenía mala salud y era soltera. Además, la autopsia reveló una histerectomía. Nadie averiguó dónde ni cuándo le hicieron la operación.

—¿Por qué no expuso sus sospechas, Angelique? Podrían haberle hecho un examen de ADN al niño.

—Por lo del seguro de vida. Pensé que si existían dudas sobre la identidad del beneficiario, Lee podía perder el dinero que le dejó Marion. La última vez que hablé con Lee, en la Navidad de 2006, le dije que Marion era obesa, sufría de diabetes, presión alta y problemas cardíacos, y que a menudo esas condiciones son hereditarias. Me aseguró que él tenía muy buena salud. Le mencioné de pasada que Marion lo tuvo a una edad en que la mayoría de las mujeres han dejado atrás la menopausia y le pregunté por la histerectomía. Me contestó que no sabía nada de eso, pero que a él también le llamaba la atención que su madre fuera tan mayor.

—¿Tiene una buena fotografía del chico, Angelique?

—Tengo varias, pero la mejor es una que me mandaron los Fernwood el día en que Lee pudo cobrar el cheque del seguro de vida. Se la puedo mandar ahora mismo. Déme su correo electrónico.

—No es preciso que le diga cuánto me ha ayudado, Angelique. ¿Podría volver a llamarla si tengo alguna pregunta?

—Por supuesto, Blake. Es un placer hablar con usted.

El abuelo colgó y llamó a su ex yerno y a su nieta. Para entonces Bob Martín ya tenía encima de su escritorio el primer informe sobre los Farkas y mientras escuchaba iba comparando lo que le decía Blake Jackson con lo que sabía de los Farkas. Sin soltar el teléfono escribió el nombre de Marion Galespi y la ciudad de Tuscaloosa, seguido de un signo de interrogación, y se lo pasó a Petra Horr, quien se conectó con la base de datos. El inspector le contó a su ex suegro que los Farkas eran de Tuscaloosa, Alabama, que habían tenido problemas menores con la ley —posesión de drogas, hurto, conducción bajo los efectos del alcohol— y que vivieron temporalmente en varios estados. En 1986, en Pensacola, Florida, se les murió una hija de cinco semanas, asfixiada con una frazada, mientras ellos estaban en un bar; habían dejado sola a la niña. Cumplieron un año de cárcel por negligencia. Se trasladaron a Del Río, Texas, donde vivieron tres años, luego a Socorro, Nuevo México, donde estuvieron hasta 1997. Joe obtenía empleo esporádico de obrero y Sharon de mesera. Siguieron trasladándose hacia el oeste, quedándose aquí y allá por poco tiempo, hasta que se instalaron en Santa Bárbara en 1999.

—Y fíjate en esto, Blake: en 1984 les raptaron a un hijo de dos años en circunstancias sospechosas —agregó el inspector—. El niño fue internado tres veces en el hospital, primero a los diez meses por un brazo quebrado y moretones, los padres dijeron que se había caído. Ocho meses más tarde tuvo neumonía, llegó a Emergencias con fiebre y muy desnutrido. La policía interrogó a los padres, pero no hubo cargos contra ellos. La tercera vez el chico tenía dos años y presentaba una lesión en el cráneo, magulladuras y costillas quebradas; según los padres, lo atropelló una moto que se dio a la fuga. Tres días después de salir del hospital, el niño desapareció. Los Farkas parecían muy afectados y aseguraban que su hijo había sido raptado. Nunca lo encontraron.

—¿Qué sugieres, Bob? ¿Que ese niño podría ser Lee Galespi? —le preguntó Blake Jackson.

—Si Lee Galespi es El Lobo, y los Farkas también fueron sus víctimas, como creemos, debe haber un nexo entre ellos. Espérate un momento, aquí viene Petra con algo sobre Marion Galespi.

Bob Martín le echó una mirada rápida al par de páginas que le pasó su asistente y le leyó la parte relevante a Blake Jackson: En 1984 Marion Galespi trabajaba como enfermera en el Departamento de Pediatría del Hospital General de Tuscaloosa. Ese año renunció súbitamente a su trabajo y se fue de la ciudad. No se supo de ella hasta su muerte, en 1993, en Daly City, cuando aparece como madre de Lee Galespi.

—Para qué buscamos más, Bob —dijo Blake Jackson—. Marion se robó al niño para salvarlo del abuso de los padres. Madura, soltera, sin hijos, creo que esa criatura se convirtió en su razón de vida. Se cambiaba de residencia y lo crió como niña encerrado en la casa para esconderlo. La compadezco, me imagino que vivía temerosa de que en cualquier momento las autoridades le echaran el guante. Estoy seguro de que quería mucho al niño.

En las horas siguientes el inspector jefe comprobó que encontrar a Lee Galespi era tan difícil como a Carol Underwater. Los Fernwood, como Angelique Larson, no habían tenido noticias de él desde 2006. Ese año Lee invirtió la mitad del dinero que obtuvo del seguro en una casa en mal estado en la calle Castro, que arregló en cuatro meses y se la vendió a una pareja gay, con más de cien mil dólares de ganancia. En el último mensaje de Navidad anunció que se iría por un tiempo a tentar suerte en Costa Rica. Sin embargo en Inmigración no existía registro de un pasaporte con ese nombre. Pudieron rastrear una licencia de constructor e inspector de propiedades con fecha de 2004, que todavía sería válida, pero no hallaron contratos firmados por él, fuera de los de la casa en la calle Castro.

Estarás de acuerdo conmigo, Indiana, en que los padres no son quienes te engendran, sino quienes te crían. A mí me crió Marion Galespi, ella fue mi única madre. Los otros, Sharon y Joe Farkas, nunca se portaron como padres, eran un par de vagabundos alcohólicos, que dejaron morir a mi hermanita por negligencia y a mí me golpeaban tanto, que de no ser por Marion Galespi, que me salvó, me habrían matado. Los busqué hasta encontrarlos y luego esperé. Me puse en contacto con ellos el año pasado, cuando tenía todo listo para cumplir mi misión. Entonces me presenté ante ellos. ¡Si vieras lo emocionados que estaban ante el hijo perdido! No sospechaban la sorpresa que yo les tenía preparada.

¿Qué clase de bestia le pega a un bebé? Tú eres madre, Indiana, conoces el amor protector que inspiran los hijos, es un impulso biológico, sólo seres desnaturalizados, como los Farkas, maltratan a sus hijos. Y ya que hablamos de hijos, quiero felicitarte por Amanda, esa chica es

muy inteligente, te lo digo con admiración y respeto. Tiene mente analítica, como yo. Le gustan los desafíos intelectuales; a mí también. No temo a Bob Martín y su gente, son ineptos, como todos los policías, resuelven sólo uno de cada tres homicidios y eso no siempre significa que arresten y condenen al verdadero culpable. Es mucho más fácil burlar a la policía que a tu hija.

Te aclaro que yo no encajo en el perfil de psicópata, como me han calificado. Soy una persona racional, culta y educada, leo, me informo y estudio. He planeado esta misión por muchos años y una vez cumplida volveré a hacer una vida normal lejos de aquí. En realidad, la misión debería haber concluido en febrero, con la ejecución de Rachel Rosen, la última condenada de la lista, pero tú complicaste mis planes y me vi obligada a quitar del medio a Alan Keller. Ésa fue una decisión de última hora, no pude preparar las cosas con el mismo cuidado que puse en los otros casos. Lo ideal hubiera sido que tu amante muriera en San Francisco, a la hora exacta que le correspondía. Si quieres saber por qué le tocó morir, la respuesta es que tú tienes la culpa: murió porque tú volviste con él. Durante meses tuve que escucharte hablar de Keller y después de Miller, tus líos sentimentales y tus confidencias íntimas me revolvían el estómago, pero los memorizaba porque me iban a servir. Eres el tipo de mujerzuela que no puede estar sin un hombre: apenas terminaste con Keller corriste a los brazos de Miller. Me has defraudado por completo, Indiana, me das asco.

Era el soldado quien debía morir para que tú quedaras libre, pero se salvó porque lo dejaste plantado sin explicación. Podrías haberle dicho la verdad. ¿Por qué no le dijiste que estabas embarazada de Keller?, ¿cuál era tu plan?, ¿abortar? Sabías que Keller nunca quiso tener hijos. ¿O pensabas convencer a Miller de que el crío era suyo? No creo que alcanzaras a contárselo, pero se me ocurre que eso no lo habría disuadido;

se habría hecho cargo del crío de otro hombre, como corresponde a su complejo de héroe. Me divertí mucho con la carta astral que le hizo Celeste Roko.

Conociéndote, Indiana, creo que tu plan era ser madre soltera, como te aconsejó tu padre. Sólo dos personas estábamos al tanto del secreto, tu padre y yo, y ninguno de los dos previmos la reacción de Keller. Cuando te pidió que te casaras con él en el Café Rossini, él no sabía nada del embarazo y tú acababas de descubrirlo. Dos días más tarde, cuando se lo anunciaste, el hombre se puso a lloriquear ante la perspectiva de ser padre, algo que nunca pensó que pudiera ocurrirle. Era como un milagro. Te convenció de que aceptaras su anillo. ¡Qué escena tan grotesca debió ser!

Nunca tuve intención de inducirte un aborto, Indiana, fue accidental. Una sola dosis de ketamina para que me siguieras hasta aquí habría sido inofensiva, pero después tuve que mantenerte drogada unos días y seguramente eso provocó un aborto. Me diste un susto tremendo. El lunes, cuando vine a verte, te encontré en un charco de sangre y casi me desmayo, no soporto ver sangre. Temí lo peor, que te las habías ingeniado para suicidarte, pero entonces me acordé del embarazo. A tu edad el porcentaje de abortos espontáneos es de diez a veinte por ciento y es un proceso natural que rara vez requiere intervención. La fiebre me preocupó, pero la resolvimos con el antibiótico. Te he cuidado bien, Indi, comprenderás que no voy a permitir que te mueras desangrada, tengo otros planes.

Al examinar la fotografía de Lee Galespi, que Angelique Larson le mandó a su abuelo, Amanda sintió una garra en el estómago y un sabor metálico en la boca, sabor a sangre. Estaba segura de que conocía a esa persona, pero no podía situarla. Después de barajar varias posibilidades se dio por vencida y recurrió a su abuelo, quien a la primera mirada opinó que se parecía a la señora con cáncer que les había regalado a Salve-el-Atún. Sin pensarlo más, ambos se fueron al Café Rossini, porque sabían que Carol Underwater pasaba horas allí leyendo, mientras hacía tiempo para sus tratamientos en el hospital o esperando a Indiana.

Danny D'Angelo, siempre teatral en sus reacciones, los recibió con grandes muestras de afecto. No había olvidado que Blake Jackson lo cuidó en su propia casa cuando estuvo enfermo. Vertió lágrimas de congoja por la tragedia que los afectaba a todos. No podía ser que Indiana se hubiera hecho humo, raptada por extraterrestres, qué otra explicación cabía... Amanda lo interrumpió poniéndole la foto ante los ojos.

—¿Quién es éste, Danny? —le preguntó.

—Yo diría que es la Carol esa, la amiga de Indiana, cuando era joven.

—Éste es hombre —le dijo Blake.

—La Carol también. Es obvio, cualquiera se da cuenta.

—¿Hombre? ¡Mi mamá no se dio cuenta y nosotros tampoco! —exclamó Amanda.

—¿No? Pensé que Indiana lo sabía. Tu mamá anda en la luna, querida, no se fija en nada. Esperen, tengo una foto de Carol, la tomó Lulu. ¿Conocen a Lulu Gardner? Seguramente la han visto, siempre anda por aquí. Es una viejita extravagante que se dedica a tomar fotos en North Beach.

Se fue deprisa en dirección a la cocina y regresó minutos más tarde con una Polaroid en color en que figuraban Indiana y Carol en una mesa cerca de la ventana y Danny posando asomado detrás.

—Esto del transformismo es un arte delicado —les explicó Danny—. Hay hombres vestidos de mujer más bellos que una modelo, pero son raros, en general se nota mucho. Carol no trata de verse guapa, le basta con sentirse femenina. Escogió un estilo desaliñado, pasado de moda, que disimula mejor el cuerpo. Cualquiera puede vestirse de fea. ¡Ay! Yo no debiera hablar así de una persona con cáncer. Aunque en realidad eso la ayuda, porque uno le perdona la peluca y los pañuelos que se pone en la cabeza. También puede ser que no tenga cáncer, que se lo haya inventado para desempeñar su papel de mujer o para llamar la atención. Eso de fingir enfermedades tiene un nombre…

—Síndrome de Munchausen —intervino Blake, que como farmacéutico había visto de todo.

—Eso mismo. Para un transformista disimular la voz es un problema, por lo de las cuerdas vocales, que son más gruesas en un hombre que en una mujer. Por eso Carol habla en susurros.

—Mi mamá cree que es por la quimioterapia.

—¡Qué va! Es un truco del oficio, todas hablan como la difunta Jacqueline Kennedy.

—El tipo de la foto tiene ojos claros y los de Carol son oscuros —dijo Amanda.

—No sé para qué se pone lentes de contacto café, le quedan pésimo, se le ven los ojos salidos.

—¿Has visto a Carol por aquí?

—Ahora que me lo preguntas, Amanda, parece que no la he visto en varios días. Si viene le diré que te llame.

—No creo que aparezca, Danny.

No me había vestido de mujer en mucho tiempo, Indi, y lo hice sólo por ti, para ganarme tu confianza. Tenía que acercarme al inspector Martín, necesitaba obtener detalles de la investigación, porque lo poco que publican los medios es por lo general inexacto, y supuse que ibas a servirme para eso. Tú y Bob Martín son un par de extraños divorcia-

dos; hay pocas parejas de casados tan amigables como ustedes. Pero ése
no fue el único motivo: esperaba que llegarías a quererme y a depender
de mí. ¿Te has fijado en que no tienes amigas? Casi todas tus amis-
tades son hombres, como ese soldado cojo; necesitabas una amiga. El
cáncer fue una idea genial, admítelo, porque en tu afán de ayudarme
bajaste tus escasas defensas. ¡Cómo ibas a desconfiar de una desdicha-
da con cáncer terminal! Fue fácil sonsacarte información, pero no ima-
giné que tu hija también me ayudaría; si creyera en la suerte, diría que
fue un regalo del cielo, pero prefiero creer que mi estrategia dio frutos.
Con el pretexto de tener noticias de Salve-el-Atún —qué nombre más
raro para una mascota— visité a tu hija algunas veces y hablábamos
por teléfono. Siempre fui muy prudente, para no alarmarte, pero en la
conversación comentábamos su juego Ripper *y ella me mantenía al*
día de lo que iba descubriendo. No sabía el favor que me hacía.

Del Café Rossini, el abuelo y la nieta se fueron deprisa al Departamento de Homicidios con la foto de Carol Underwater que Danny les había facilitado. Era tanta la ansiedad de Amanda, imagi-
nando cuánto esa persona sabía de su madre, que apenas podía
hablar, así que Blake tomó la palabra para explicarle a Bob Martín que Carol era Lee Galespi. El inspector convocó de urgencia
a sus detectives y a los dos psicólogos criminalistas del Departamento y llamó a Samuel Hamilton, que llegó en quince minutos.
Todo apuntaba a Lee Galespi como autor de los homicidios y responsable de la desaparición de Indiana. Dedujeron que Galespi
alimentó durante años la idea de vengarse de las personas que lo
habían maltratado, pero no se decidió a actuar hasta que Angelique Larson le planteó la duda de que Marion Galespi, el único
ser que realmente lo había querido en su vida, no era su madre.

Buscó a sus padres biológicos y cuando logró identificarlos se enteró de que sus desgracias habían empezado el mismo día de su nacimiento, entonces abandonó el trabajo y a sus amistades, desapareció legalmente y dedicó los años siguientes a prepararse para aquello que a sus ojos constituía un deber de justicia: librar al mundo de esos seres depravados y evitar que se ensañaran con otros niños. Vivía frugalmente y había cuidado su dinero, podía mantenerse hasta terminar su cometido, planeando a tiempo completo cada uno de los homicidios, desde obtener drogas y armas, hasta encontrar la forma de realizarlos sin dejar huellas.

—Galespi se borró a sí mismo del mundo y reapareció el año pasado para matar a Ed Staton —dijo el inspector.

—Convertido en Carol Underwater —agregó Blake Jackson.

—No creo que cometiera los homicidios con una identidad femenina. En la infancia recibió el mensaje de Marion Galespi de que «las niñas son buenas y los niños son malos». Es probable que los cometiera con una identidad masculina —aventuró uno de los psicólogos.

—Entonces, ¿por qué se vestía de mujer?

—Es difícil saberlo. Puede que sea un transformista.

—O bien lo hizo para conseguir la amistad de Indiana. Carol Underwater, o mejor dicho Lee Galespi, está obsesionado con mi hija —explicó Blake Jackson—. Creo que fue Galespi, vestido de Carol, quien le hizo llegar la revista en que Alan Keller aparecía con otra mujer, lo que rompió la relación entre ambos.

—Tenemos la venganza como motivo en todos los homicidios menos el de Keller —dijo el inspector.

—Es el mismo asesino, pero con diferente motivo. A Keller lo mató por celos —dijo el otro psicólogo.

Blake explicó que Indiana confiaba en Carol y le había dado

acceso a su intimidad. A veces Carol/Lee la esperaba en la recepción de la consulta, mientras ella atendía a sus pacientes. No le faltaron oportunidades de entrar en su computadora, leer la correspondencia, ver su agenda y plantar los vídeos sadomasoquistas y el del lobo.

—Las vi juntas muchas veces en el Café Rossini —agregó Samuel Hamilton—. El jueves 8 de marzo Indiana le debe haber contado a Carol que iba a cenar con Alan Keller en San Francisco, igual que le contaba otros detalles de su vida. Carol/Lee dispuso de toda la tarde para ir a Napa, introducirse en la casa de Keller y envenenar los dos vasos con cianuro, después se ocultó para esperarlo, cerciorarse de que estaba muerto y dispararle la flecha.

—Pero no esperaba que se presentara Ryan Miller a hablar con Keller. Debió de haberlo visto, o por lo menos haberlo oído desde su escondite —aventuró Amanda.

—¿Cómo sabes cuándo fue Miller a esa casa? —le preguntó su padre, que llevaba tres semanas con la sospecha de que su hija le ocultaba algo; tal vez había llegado el momento de intervenirle la computadora y el teléfono.

—Es cosa de lógica —interrumpió el abuelo rápidamente—. Miller encontró a Keller vivo, discutieron, lo golpeó y se fue, dejando sus huellas por todas partes. Muy conveniente para el asesino. Después Keller se tomó el agua envenenada y murió instantáneamente. Pero no entiendo por qué le disparó un flechazo al cadáver.

—Para Lee Galespi también se trataba de una ejecución —explicó uno de los psicólogos—. Alan Keller le hizo daño, le quitó a Indiana, y debía pagarlo. La flecha al corazón es un mensaje claro: Cupido convertido en verdugo. Es similar al acto de sodomizar el cadáver de Staton, una referencia a lo que ese hombre le hizo a él en Boys Camp, y de quemar a los Constante, como ellos lo quemaron a él con cigarrillos cuando se orinaba en la cama.

—Matheus Pereira es la última persona que vio a Indiana y Carol el viernes por la tarde —dijo Samuel Hamilton—. Hablé con Pereira, porque hay algo que me da vueltas en la cabeza.

—¿Qué? —preguntó el inspector.

—Carol le dijo al pintor que iban al cine, pero según el señor Jackson, Indiana siempre cenaba en casa los viernes.

—Para ver a Amanda cuando llegaba del colegio. El señor Hamilton tiene razón, Indiana no iría al cine un viernes —confirmó el abuelo.

—Indiana es alta y fuerte, Carol no podría llevarla a la fuerza —intervino el inspector.

—A menos que le hubiera administrado esas drogas que eliminan por completo la voluntad y producen amnesia, las que se usan para violar, por ejemplo —replicó Hamilton—. A Pereira no le llamó la atención ver a las dos amigas, pero cuando le planteé la posibilidad de que Indiana hubiera sido drogada, me confirmó que parecía un poco ausente, que no le contestó cuando él la saludó y que Carol la llevaba cogida del brazo.

A las once y cuarto de la noche todos estaban cansados y hambrientos, pero nadie pensó en comer algo ni dormir. Amanda no necesitaba mirar el reloj de la pared en la oficina de su padre, llevaba dos años practicando para adivinar la hora: a su madre le quedaban veinticuatro horas y cuarenta y cinco minutos de vida.

Ryan Miller tampoco descansó esa noche. Estuvo enfrascado en su computadora, buscando la punta del hilo que le permitiría desenredar la madeja de incógnitas que tenía entre manos. Contaba con los programas que utilizaba en su trabajo, que le daban acceso a cualquier información del mundo entero, desde lo más secreto hasta lo más trivial. Podía averiguar en pocos minutos qué había sucedido en la reciente reunión de los directores de Exxon Mobil, Petro China y Saudi Aramco, o cuál había sido el menú del almuerzo del Ballet Bolshoi. El problema no estaba en conseguir la respuesta, sino en formular la pregunta precisa.

Denise West había sacrificado uno de sus pollos para hacerle un suculento estofado, que le dejó en la cocina con una hogaza de pan integral, para que pasara la noche. «Que tengas suerte, hijo», le dijo, besándolo en la frente, y Ryan, que llevaba dos semanas con ella, pero todavía no se acostumbraba a la ternura espontánea, enrojeció. En el día se notaba la tibieza de la incipiente primavera, pero las noches todavía estaban frías y con los bruscos cambios de temperatura las maderas de la casa se quejaban, como una anciana artrítica. Las únicas fuentes de calor eran la chimenea de la sala, que servía de poco, y una estufa de gas, que Denise arrastraba consigo de pieza en pieza, según donde se instalara; Ryan Miller, habituado a su gélido *loft*, no la necesitaba. La mujer se fue a la cama y lo dejó absorto en su computadora, con Atila echado a los pies. Como el perro sólo podía ejercitarse dentro de la hectárea y media de Denise, porque más allá llamaba demasiado la atención, había engordado, y desde que compartía su espacio con dos chuchos falderos y varios gatos, por primera vez en su ruda existencia de guerrero movía la cola y sonreía como un perdiguero vulgar.

A las dos de la madrugada Miller terminó el estofado de pollo, que compartió con el perro. Había hecho sus ejercicios de Qigong, pero no lograba centrarse. Su mente saltaba de una cosa a otra. No podía pensar, las ideas se le embrollaban y la imagen de Indiana interrumpía el curso de cualquier razonamiento. Le ardía la piel, tenía ganas de gritar, de arremeter contra las paredes a puñetazos; quería acción, necesitaba instrucciones, una orden terminante, un enemigo visible. Esa espera sin un propósito determinado era mucho peor que el fragor del más cruento combate. «Tengo que calmarme, Atila. En este estado no sirvo para nada.» Con la tremenda pesadez de la derrota, se echó en el sofá para obligarse a descansar. Hizo un esfuerzo por respirar como le había enseñado Indiana, fijándose en cada inhalación, en cada exhalación, y de relajarse como había aprendido de su maestro de Qigong. Transcurrieron veinte minutos sin que lograra dormirse.

Entonces, en el tenue resplandor rojizo de las últimas brasas de la chimenea, vio dos siluetas, una niña de unos diez años con falda larga y un chal sobre la cabeza, y tomado de su mano, un niño menor. Ryan Miller permaneció inmóvil, sin parpadear, sin respirar para no asustarlos. La visión duró un tiempo imposible de medir, tal vez sólo escasos segundos, pero fue tan clara como si los niños hubieran venido desde Afganistán a visitarlo. Los había visto anteriormente tal como eran durante la guerra, en 2006, escondidos en un hoyo: una niñita de cuatro años y un bebé. Pero esa noche en casa de Denise West no fueron fantasmas del pasado quienes acudieron, sino ellos, Sharbat y su hermano, como eran en ese momento, seis años más tarde. Cuando los niños se retiraron, con su misma discreción de siempre, el soldado sintió que se soltaba la garra que había aprisionado su corazón durante esos seis años y empezó a sollozar de alivio y de agradecimiento porque Sharbat y su hermano estaban vivos, se habían salvado de los horrores de la guerra y del dolor de la orfandad, estaban esperándolo, llamándolo. Les prometió que iría a buscarlos tan pronto cumpliera su última misión de *navy seal*: rescatar a la única mujer a la que podía amar.

El sueño sorprendió a Miller un minuto después. Se durmió con las mejillas húmedas de lágrimas.

Espero que me perdones por haberte engatusado en mi papel de Carol, ya te expliqué que fue una humorada sin malicia. Lo único que pretendía era acercarme a ti. Más de una vez pensé que te habías dado cuenta de que Carol era hombre y simplemente aceptabas la situación, como aceptas casi todo, pero la verdad es que nunca tuviste interés en mirarme, en conocerme a fondo. Para ti lo nuestro fue una amistad superficial, pero para mí era tan importante como mi misión.

Como comprenderás, Indiana, eliminar a Ed Staton, los Farkas, los Constante, Richard Ashton y Rachel Rosen no podía pasar inadvertido, era fundamental que el público se enterara. Podría haberlo hecho de manera que pareciera accidental, nadie se habría tomado el trabajo de investigar y yo no tendría de qué preocuparme, pero mi propósito siempre fue escarmentar a otros seres perversos como ellos, que no tienen derecho a vivir en la sociedad. Debía ser absolutamente evidente que mis víctimas fueron juzgadas, condenadas a muerte y ejecutadas. Lo he logrado en todos los casos, aunque estuve a punto de fracasar con los Farkas, porque la policía no analizó el contenido de la ginebra, a pesar de que dejé la botella en el tráiler a propósito. Me acabo de enterar de que por fin tu ex marido descubrió que el licor estaba drogado. ¡Tres meses más tarde! Eso te prueba la incapacidad de la policía.

Mi plan contaba con ser noticia en los medios y alarmar a quienes tienen la conciencia sucia, pero los periodistas son perezosos y el público es indiferente. Tenía que encontrar la forma de llamar la atención. En septiembre del año pasado, cuando faltaba menos de un mes para la primera ejecución, la de Ed Staton, vi en la televisión a Celes-

te Roko con el horóscopo del día. La mujer es excelente, hay que decir-
lo, logró cautivarme, aunque no creo en la astrología; con razón su
programa es tan popular. Se me ocurrió utilizarla para dar la debida
publicidad a mi misión y le mandé cinco mensajes breves diciéndole
que habría un baño de sangre en San Francisco. Supongo que ella des-
cartó el primero como una broma; el segundo, como el acto de un de-
mente, pero debió de haberle puesto atención a los siguientes y, si es tan
profesional como dice ser, estudió las estrellas.

Ten en cuenta la sugestión, Indiana, que es un factor muy podero-
so. La Roko buscó en la astrología lo que deseaba encontrar: la eviden-
cia del baño de sangre anunciado en las misivas que había recibido.
Y la encontró, por supuesto, tal como tú ves aciertos en tu horóscopo.
Los pronósticos son muy vagos y quienes creen en la astrología, como
tú, los interpretan de acuerdo a sus deseos. La Roko tal vez vio la pro-
fecía escrita con sangre en el firmamento y decidió advertir al público,
tal como yo esperaba. Bien, Indiana, te concedo, por el gusto de argu-
mentar, que tal vez no fue así.

¿Qué está primero, el huevo o la gallina? Tal vez mi misión real-
mente ha sido determinada por la posición de los planetas. Es decir,
estaba escrita desde mi nacimiento. Yo me limité a cumplir mi destino,
era inevitable. Nunca lo sabremos, ¿verdad?

Viernes, 6

A las cuatro de la madrugada, cuando al fin Amanda se había dormido en la cama de su abuelo, envuelta en su chaleco, tomada de
su mano y con Salve-el-Atún sobre la almohada, sonó su móvil,
que había dejado enchufado en la mesa de noche. Blake, que no
había logrado dormir y estaba sentado en la oscuridad, atento al

paso del tiempo en los números luminosos del reloj, se sobresaltó, primero con la loca esperanza de que fuera su hija, libre al fin, y enseguida con la angustia de que fueran malas noticias.

Sherlock Holmes tuvo que repetir su nombre para que el abuelo comprendiera de quién se trataba. Eso no había ocurrido nunca, una de las reglas tácitas era que no había contacto unilateral entre los jugadores de *Ripper*.

—¡Soy Sherlock Holmes! ¡Necesito hablar con la maestra! —exclamó el chico en Reno.

—Soy Kabel, ¿qué pasa?

Amanda despertó al oír la voz de su abuelo y le arrebató el teléfono de la mano.

—Maestra, tengo una pista —dijo Sherlock.

—¿Cuál? —preguntó Amanda, completamente despierta.

—He averiguado algo que puede ser importante: Farkas quiere decir «lobo» en húngaro.

—¿Qué me dices?

—Lo que has oído. Busqué la traducción de lobo en varios idiomas y descubrí que en húngaro es *farkas*.

—¡Eso no nos indica dónde tiene a mi mamá!

—No, pero significa que si el asesino adoptó el símbolo del lobo, es porque está relacionado con Sharon y Joe Farkas. Lo sabía antes de cometer el primer homicidio, el de Ed Staton, y dejó la firma del Lobo o de *farkas*, en cada escena del crimen.

—Gracias, Sherlock. Espero que esto sirva de algo.

—Buenas noches, maestra.

—¿Buenas noches? ¡Ésta es la peor noche de mi vida…!

Después de cortar con Sherlock, Amanda y su abuelo sopesaron ese nuevo dato calculando cómo podían utilizarlo para resolver el rompecabezas.

—¿Cómo se llamaba el niño que se les perdió a los Farkas? —preguntó la chica, tan nerviosa que le castañeteaban los dientes.

—Por favor, preciosa, cálmate y trata de descansar, ya has hecho demasiado, ahora le toca a la policía.

—¿Sabes cómo se llamaba o no? —le gritó ella.

—Creo que se llamaba Anton. Eso dijo tu papá.

—Anton Farkas, Anton Farkas... —repitió Amanda, andando en círculos por el cuarto.

—Ése es el nombre del hermano de Joe Farkas, el que fue a reconocer los cuerpos. ¿Crees que...? —dijo el abuelo.

—¡Son las letras quemadas en los traseros de los Constante! ¡Las iniciales! —lo interrumpió la nieta.

—F en Michael y A en Doris —le recordó Kabel.

—Dependiendo de cómo estaban colocados los cuerpos en la cama, son A y F. Anton Farkas.

—La tarjeta que encontraron en el tráiler estaba firmada con ese nombre. Era una invitación a encontrarse en el camping de Rob Hill el 10 de diciembre del año pasado. Pero el hermano de Joe Farkas negó haberla enviado, por lo menos eso declaró a la policía.

—Es cierto, abuelo, nunca la envió. La tarjeta era de otro Anton Farkas, era del hijo de Sharon y Joe. ¿Entiendes, Kabel? Los Farkas viajaron a San Francisco para encontrarse con su hijo, no con el hermano de Joe. La persona que recibieron en su tráiler era el hijo que habían perdido.

—Hay que llamar a tu papá —decidió Blake Jackson.

—Espera. Dame un minuto para pensar... También tenemos que avisar de inmediato a Ryan. Mejor hacerlo por teléfono.

Blake Jackson marcó el número del móvil secreto que le había dado Alarcón. El aparato repicó sólo dos veces, como si el uruguayo hubiera estado aguardando la llamada.

—¿Pedro? Perdone la hora —dijo Blake y le pasó el móvil a su nieta.

—Tienes que darle un mensaje de inmediato a Ryan. Dile que Farkas quiere decir «lobo» en húngaro. El hijo de los Farkas se llamaba Anton. Lee Galespi sabía su nombre, y quiénes eran sus padres cuando hizo la lista de las personas que iba a matar. Creo que no hay rastro de Lee Galespi o de Carol Underwater porque usa su nombre verdadero. Dile a Ryan que Anton Farkas es El Lobo. Tenemos que encontrarlo en las próximas veinte horas.

Enseguida Amanda llamó a su padre, que había ido a su apartamento por primera vez en la semana y se había desmoronado sobre su cama vestido y con zapatos. También respondió al teléfono de inmediato y Amanda le repitió el mensaje.

—¡Tienes que arrestar a Anton Farkas, papá, y obligarlo a decir dónde tiene a mi mamá! Arráncale las uñas, si es necesario, ¿me oíste?

—Sí, hija. Pásame a Blake.

—Aquí estoy, Bob —dijo el abuelo.

—Ahora este asunto está en mis manos, Blake. Pondré a toda la policía de San Francisco y la del resto de la bahía a buscar a todos los Anton Farkas que existan y voy a alertar a los federales. Creo que Amanda está a punto de sufrir una crisis nerviosa, ya no da más. ¿Puedes darle un tranquilizante?

—No, Bob. Necesitamos que esté lúcida en las próximas horas.

A las diez de la mañana Miller se puso en contacto con los participantes de *Ripper* por Skype sin imagen, porque no contaba con

Denise para que diera la cara por él. Era día de mercado y ella había salido muy temprano con sus cajas de huevos frescos, sus pollos y frascos de conservas y no regresaría hasta la tarde.

—¿Qué pasa con la cámara de tu computadora, Jezabel? —preguntó Amanda, que estaba junto a su abuelo en la cocina, los dos en la misma computadora.

—No sé, no tengo tiempo para arreglarla ahora. ¿Me oyen bien? —dijo Miller.

—Perfectamente, pero tienes la voz rara —dijo el coronel Paddington.

—Estoy con laringitis.

—Éstas son las últimas noticias del día, jugadores. Adelante Kabel —ordenó la maestra del juego.

Blake hizo un resumen de lo que se había discutido en la reunión del Departamento de Homicidios. Los chicos ya habían sido informados de que Carol Underwater era Lee Galespi y que la policía no había podido localizarlo. El abuelo agregó el descubrimiento de Amanda sobre Anton Farkas.

—Esta madrugada llamé a Jezabel para que buscara a Anton Farkas, es la mejor investigadora que tenemos —dijo Amanda, sin aclarar que ya habían hablado un par de veces esa misma mañana.

—¡Quedamos en que nadie debe tener ventaja sobre los demás! —reclamó Paddington, de mal humor.

—No tenemos tiempo para formalidades, coronel. La batalla ha comenzado. Faltan unas cuantas horas para la medianoche y no sabemos dónde está mi mamá. Puede que ya esté muerta… —dijo Amanda, con la voz estrangulada.

—Está viva, pero su energía es muy débil —recitó Abatha en su tono monótono de sonámbula—. Está en un lugar muy grande, frío, oscuro, se oyen gritos, chillidos. También siento la presencia de espíritus del pasado que protegen a la mamá de la maestra.

—¿Qué has descubierto, Jezabel? —la interrumpió Sherlock Holmes.

—Antes que nada, debemos darles las gracias a Sherlock y Amanda. Gracias a ellos creo que estamos muy cerca de resolver esto —dijo Jezabel.

Enseguida procedió a explicarles que afortunadamente Anton Farkas no era un nombre común. Había encontrado sólo a cuatro personas con ese nombre en California: el hermano de Joe Farkas en Eureka, un anciano en una casa de reposo en Los Ángeles, otro hombre en Sacramento y el último en Richmond. Llamó al primer número y recibió una respuesta automática: «Éste es Anton Farkas, constructor licenciado, inspección y evaluación de propiedades, deje su mensaje y le llamaré lo antes posible». Llamó al segundo número y escuchó exactamente la misma grabación. Es decir, se trataba de la misma persona.

—¡Esto es lo más importante que tenemos! —exclamó el coronel Paddington.

—No existe una dirección postal de Farkas en ninguna de las dos ciudades, sólo casillas de correo —dijo Jezabel.

Amanda y Blake ya lo sabían, no sólo porque Miller se lo había dicho, sino porque también lo había hecho Bob Martín. La dirección de las personas que alquilaban casillas de correo era confidencial, se requería una citación para obtenerla. Agregó que él no tenía jurisdicción en esas ciudades, sólo en San Francisco, pero al saber lo que ocurría, los dos agentes federales, que no necesitaban citación, se prestaron de inmediato para ayudar. En ese mismo momento Lorraine Barcott estaba en Richmond y Napoleon Fournier III en Sacramento. Lo que el abuelo y la nieta aún no sabían era que Ryan Miller y Pedro Alarcón acababan de averiguar algo más.

—¿Has dicho que ese Anton Farkas es inspector de propiedades? —le preguntó Esmeralda a Jezabel.

—Sí, por eso se me ocurrió echarle un vistazo a las inspecciones recientes que han sido firmadas por Anton Farkas en Sacramento y Richmond, donde seguramente trabaja. Existe un registro de esas inspecciones. Hay una que salta a la vista y coincide con la descripción de Abatha: Winehaven. Se trata de un antiguo lagar en Point Molate, donde hacían vino hasta 1919, cuando dejó de operar. Durante la Segunda Guerra Mundial fue ocupado por la Marina. Ahora pertenece a la ciudad de Richmond —replicó Miller, en su papel de Jezabel.

—Muy interesante —opinó Paddington.

—El edificio es enorme y está abandonado. La Marina usó las casas de los trabajadores para albergar oficiales, convirtió las famosas bodegas en acuartelamientos y construyó un refugio antiaéreo.

—¿Te parece adecuado para esconder a una persona secuestrada? —preguntó Esmeralda.

—Sí, es perfecto, como hecho a medida. La Marina se retiró en 1995 y desde entonces Winehaven está desocupado. Nadie sabe qué hacer con el edificio; existió un vago proyecto de convertirlo en casino, pero no prosperó. Todavía existen las casas de los empleados del lagar. El edificio, que parece una fortaleza medieval color rojo, no está abierto al público, pero se puede ver desde el ferry de Vallejo, que pasa cerca sin detenerse, y desde el puente de San Rafael. La ciudad de Richmond contrató a Anton Farkas en marzo para hacer una inspección de la propiedad.

—Anton Farkas, o Lee Galespi, o Carol Underwater, como

quieran llamar al Lobo, puede tener a mi mamá en cualquiera de esas casas abandonadas o en la fortaleza. ¿Cómo vamos a encontrarla sin ayuda de un equipo de operaciones especiales? —preguntó Amanda.

—Si yo fuera El Lobo y tuviera un rehén, escogería el refugio antiaéreo, porque debe de estar más protegido. Es estrategia básica —dijo el coronel Paddington.

—Las casas están tapiadas y se encuentran muy cerca del camino. No se prestan para esconder a un rehén. Concuerdo con el coronel en que El Lobo escogería el refugio antiaéreo. Como recientemente Anton Farkas estuvo encargado de la inspección, sabe cómo entrar.

—¿Cuál es el paso siguiente? —preguntó Esmeralda.

—¡Avisar a mi papá! —exclamó Amanda.

—¡No! —la rebatió Jezabel—. Si Anton Farkas tiene a tu mamá en Winehaven, no podemos alertar a la policía, porque caería encima de la fortaleza como una estampida de búfalos y jamás recuperaríamos a tu mamá a tiempo.

—Estoy de acuerdo con Jezabel. Debemos actuar por nuestra cuenta y cogerlo por sorpresa —aprobó el coronel Paddington.

—No cuenten conmigo, estoy en silla de ruedas en Nueva Zelanda —les recordó Esmeralda.

—Propongo que le pidamos ayuda a Ryan Miller —intervino Jezabel.

—¿A quién? —preguntó Esmeralda.

—Al tipo acusado de matar a Alan Keller.

—¿Por qué a él?

—Porque es un *navy seal*.

—Miller debe de estar al otro lado del mundo, no será tan imprudente como para haberse quedado cerca de la escena del crimen, justamente donde lo andan buscando —dijo Sherlock Holmes.

—No cometió ninguno de los crímenes, eso ya lo sabemos —intervino Abatha.

—Puede haberse quedado en el área de la bahía para encontrar al Lobo, creo que no confía en la eficacia de la policía —sugirió Kabel, haciéndole señas mudas a su nieta para que tuviera cuidado con lo que decía.

—¿Cómo vamos a ubicar al *navy seal*? —preguntó Esmeralda.

—Yo me encargo de eso. Por algo soy la maestra del juego —les aseguró Amanda.

—Ese hombre nos ayudará, lo siento aquí, en el medio de la frente, en el tercer ojo —dijo Abatha.

—Siempre que esté disponible —dijo Paddington, lamentando hallarse en New Jersey, porque la situación requería la presencia de un estratega militar de su altura.

—Supongamos que la maestra encuentre a Ryan Miller. ¿Cómo va a entrar en Winehaven? —insistió Esmeralda.

—Los *navy seal* invadieron el refugio de Bin Laden en Pakistán. No creo que Miller tenga dificultad para entrar en un lagar abandonado en la bahía de San Francisco —dijo el coronel.

—Lo de Bin Laden fue planeado durante meses, el ataque lo llevó a cabo un grupo de *navy seals* en helicópteros, respaldado por aviones. Entraron decididos a matar. Ésta sería una operación improvisada por un solo hombre y con el fin de salvar a una persona, no de matarla. Lo más difícil es rescatar a rehenes con vida, eso está probado —les advirtió Sherlock Holmes.

—¿Tenemos alternativa? —preguntó Esmeralda.

—No. Pero esto es un juego de niños para un *navy seal* —dijo Jezabel y enseguida se arrepintió, porque jactarse antes de la acción traía mala suerte, como más de un soldado había podido comprobar.

—Volveremos a comunicarnos a las seis de la tarde, hora de California. Entretanto yo trataré de localizar a Miller —ordenó Amanda.

Cuatro participantes de *Ripper* se retiraron de sus Skypes, mientras que la maestra del juego y su esbirro se quedaron con Jezabel, es decir Miller, escuchando su plan de acción. El *navy seal* les explicó que Winehaven consistía en varios edificios y que el más grande, que albergaba las antiguas bodegas de vino, tenía tres pisos y un sótano, donde la Marina construyó el refugio antiaéreo. Las ventanas estaban protegidas por rejas metálicas, la puerta que daba al refugio, por el lado de la bahía, estaba clausurada con un par de barras cruzadas de acero y el terreno estaba cercado, por temor a que fuese usado para un ataque terrorista contra la cercana refinería de petróleo de Chevron. Un guardia de seguridad hacía un par de rondas por la noche, pero nunca entraba a los edificios. No había electricidad y según la última inspección, la de Anton Farkas, el lugar era muy inseguro, se inundaba con frecuencia durante las tormentas o cuando subía el agua de la bahía, las tablas del piso estaban sueltas, había escombros por los derrumbes del techo y huecos profundos entre los pisos.

—¿Sabes cómo es el refugio? —le preguntó Blake.

—Más o menos, no está muy claro en los planos. El sótano es enorme. Antes había un ascensor, que ya no existe, pero debe de haber una escalera. Según el plano de la Marina, el refugio tiene capacidad para albergar a todo un contingente de soldados y oficiales, además de un hospital de campaña.

—¿Cómo piensas entrar? —le preguntó Amanda.

—Hay una puerta en la segunda planta que se ve desde el camino —dijo Miller—. Pedro está en Point Molate y me acaba de llamar; dice que desde la reja logró fotografiar la puerta con su lente telescópica. Es de hierro y tiene dos candados industriales, que según él son muy fáciles de abrir. Claro que para él cualquier candado es pan comido.

—Pedro irá contigo, supongo —dijo Amanda.

—No. Pedro no tiene mi entrenamiento, sería un estorbo. Además, debe andar con cuidado, porque tu papá puso un detective a seguirlo, no sé cómo lo despistó para ir a Point Molate ni cómo se las va a arreglar para hacerme llegar lo que necesito.

—¿Puede enseñarte a abrir los candados?

—Sí, pero se trata de una de esas puertas metálicas que se enrollan. Si intento abrirla o rompo una ventana habrá mucho ruido. Debo buscar otra entrada.

Me complace que al fin estés despierta, Indi. ¿Cómo te sientes? Estás débil, pero puedes caminar, aunque no necesitas hacerlo. Fuera luce un día precioso, no hace frío, el agua está clara, el cielo despejado y hay brisa, ideal para los deportistas. Se ven cientos de veleros en la bahía y nunca faltan los locos del kite surfing, que vuelan sobre el agua. También hay muchas gaviotas, ¡qué pájaros tan chillones! Eso significa que la pesca está buena y vendrán los abuelos chinos a pescar en los alrededores. Estamos cerca de una antigua estación ballenera, en desuso desde hace cuarenta años, la última que quedaba en Estados Unidos. Traían las ballenas del Pacífico y hace un siglo todavía quedaban algunas en la bahía. El fondo de la bahía está sembrado de huesos; dicen que en su época, un equipo de cuarenta hombres podía reducir una jibosa a aceite y carne para forraje en una hora y que el olor llegaba hasta San Francisco.

¿Sabes que estamos a pocos metros del agua? ¡Qué digo! Cómo vas a saberlo si no has tenido oportunidad de tomar aire. No tenemos playa y la propiedad es inaccesible desde la bahía. Esto fue un depósito de combustible de la Marina durante la Segunda Guerra Mundial y todavía hay polvorientos manuales de instrucción, equipos sanitarios y los barriles de agua que te mencioné el otro día. Datan de 1960.

Tu hija me divierte, es una chiquilla astuta, jugar contra ella es muy estimulante: yo le he planteado algunas claves y ella las ha ido descubriendo casi todas. Estoy seguro de que a ella se le ocurrió que El Lobo es Anton Farkas, por eso ahora la policía anda tras él, pero sólo hallarán unas casillas de correo y unos teléfonos, un truco de ilusionista, en eso soy un maestro. Cuando supe que buscaban a Farkas comprendí que tarde o temprano Amanda relacionaría a ese inspector de propiedades con esta fortaleza. Pero nunca lo hará a tiempo y de todos modos estoy preparado.

Por fin ha llegado el Viernes Santo, Indi, hoy termina tu cautiverio, que no he prolongado con ánimo de castigarte, ya sabes que la crueldad me repele, produce confusión, suciedad y desorden. Hubiera preferido ahorrarte molestias, pero no quisiste entrar en razón, te negaste a cooperar conmigo. La fecha de hoy no fue determinada por capricho o improvisación, sino por el calendario lunar. Las fechas son importantes y también los rituales, porque les dan significado y belleza a los actos humanos y ayudan a fijar los eventos en la memoria. Yo tengo mis rituales. Por ejemplo, mis ejecuciones son siempre a medianoche, la hora misteriosa en que se descorre el velo que separa la vida y la muerte. Es una lástima que en la vida moderna existan tan pocos rituales seculares, todos son religiosos. Los cristianos, por ejemplo, están celebrando la Semana Santa con ritos solemnes. Son tres días de duelo, se conmemora el calvario de Cristo, todos sabemos eso, pero pocos saben en qué consiste

exactamente la crucifixión, un suplicio atroz, una muerte lenta. El
condenado es atado o clavado en dos maderos, uno vertical y otro trans-
versal, ésa es la imagen más conocida, pero hay cruces de otras formas.
La agonía puede durar horas o días, según el método y el estado de sa-
lud de la víctima, y la muerte resulta por extenuación, septicemia, paro
cardíaco, deshidratación o una combinación de cualquiera de esas cau-
sas; también por pérdida de sangre, en caso de que existan heridas o que
le hayan quebrado las piernas al condenado, como solía hacerse anti-
guamente para acelerar el proceso. Existe una teoría según la cual la
posición de los brazos extendidos, resistiendo el peso del cuerpo, dificulta
la respiración y la muerte llega por asfixia, pero no está comprobada.

La primavera era evidente en el día soleado y el estallido de colores en los puestos del mercado, entre los que circulaba una multitud con ropa ligera y ánimo festivo comprando frutas, verduras,
flores, carnes, pan y comida preparada. A la entrada había una
muchacha ciega, con el vestido campesino largo y la toca de las
mujeres menonitas, cantando con voz angelical y vendiendo ce-
dés con sus canciones; cien metros más allá una banda de músicos bolivianos, con su vestimenta tradicional y sus instrumentos
del altiplano, deleitaba al público.

A mediodía, Pedro Alarcón, en shorts, sandalias y sombrero
de pajilla se acercó al toldo blanco bajo el cual Denise West vendía los productos de su gallinero y su cocina. El detective del Departamento de Homicidios que seguía a Pedro desde hacía varios
días se había quitado la chaqueta y se abanicaba con un panfleto
ecológico que alguien le puso en la mano. Desde una distancia
de pocos metros, disimulado entre la gente, observó al uruguayo
que compraba huevos y coqueteaba con la vendedora, una mujer

449

madura y atractiva, vestida de leñador, con una trenza gris que le colgaba a la espalda, pero no vio cómo le pasaba la llave de su coche. Después, sudando, siguió a Pedro Alarcón en su paseo de puesto en puesto comprando una zanahoria por aquí y un ramo de perejil por allá, con una lentitud irritante. No supo que entretanto Denise West fue al estacionamiento, sacó un paquete del coche de Pedro y lo puso en su camión. Al detective no le extrañó que antes de irse del mercado, Pedro pasara a despedirse de la mujer con quien antes había estado mariposeando, y ni cuenta se dio cuando éste recuperó su llave.

Denise West cerró su venta temprano, desmontó su toldo, colocó sus bártulos en el camión y se fue en la dirección que le había dado Pedro Alarcón, cerca de la desembocadura del río Petaluma, una vasta extensión de canales y pantanos. Le costó encontrar el sitio, porque esperaba algo así como una tienda de deportes acuáticos, pero resultó ser una casa en tan mal estado, que parecía abandonada. Detuvo su pesado vehículo en un lodazal y no se atrevió a seguir, por temor a quedarse atascada en el barro. Tocó la bocina varias veces y de pronto surgió por encantamiento, a menos de un metro de su ventanilla, un viejo barbudo armado de un fusil. El hombre le gritó algo incomprensible apuntándola con el arma, pero Denise no había llegado hasta allí para retroceder al primer obstáculo. Abrió la puerta, descendió con alguna dificultad, porque le dolían los huesos, y encaró al hombre con los brazos en jarra.

—Baje ese fusil, mister, si no quiere que se lo quite. Pedro Alarcón le avisó que yo vendría. Soy Denise West.

—¿Por qué no me lo dijo antes? —gruñó el hombre.

—Se lo digo ahora.

—¿Tiene lo mío?

Ella le pasó el sobre que le había dado Alarcón y el hombre contó lentamente los billetes y una vez satisfecho se metió dos dedos a la boca y lanzó un estridente chiflido. Momentos más tarde llegaron dos mocetones con un par de grandes bolsas de lona, que echaron sin ceremonias en la parte de atrás del vehículo. Tal como Denise temía, el camión estaba empantanado y los tres hombres no se atrevieron a negarse cuando les exigió que empujaran para poder salir.

Denise llegó a su casa al atardecer, cuando Ryan Miller ya había preparado cuidadosamente su equipo, tal como había hecho para cada misión en sus tiempos de *navy seal*. Se sentía confiado, como entonces, aunque no contaba con sus hermanos del Seal Team 6 ni con la variedad de armas, más de cuarenta, que antes había a su disposición. Había memorizado los planos del interior de Winehaven. El lagar nació después del terremoto de 1906 en Point Molate, donde en aquella época sólo había unas cuantas familias chinas de pescadores de camarones, que fueron expulsadas. Las uvas llegaban de los viñedos de California en grandes barcazas y eran procesadas por más de cuatrocientos trabajadores permanentes, que producían medio millón de galones de vino al mes, para abastecer la enorme demanda en el resto del país. El negocio terminó bruscamente en 1919 con la prohibición de alcohol en Estados Unidos, que habría de durar trece años. La fortaleza estuvo desocupada por más de veinte años, hasta que fue transformada por la Marina en una base militar, cuyos planos Miller había obtenido sin dificultad.

Denise y él bajaron las dos bolsas del camión y las abrieron en el patio; la primera contenía el esqueleto y la segunda la cubierta de un kayak Klepper, descendiente directo de las canoas de los Inuit, pero en vez de madera y piel de foca, estaba construido con una armadura plegable de aluminio y plástico y cubierta con tela impermeable. Nada había tan silencioso, liviano y práctico como ese Klepper, ideal para el plan de Miller, quien lo había usado a menudo en sus tiempos en la Marina, en aguas mucho más encrespadas que las de la bahía.

—Pedro te mandó esto —le dijo Denise, entregándole el paquete que había sacado del coche del uruguayo.

Era un arnés de lona para Atila y el suéter de cachemira beige que Alan Keller le había regalado a Indiana varios años atrás. Alarcón lo encontró en la camioneta de Miller y decidió guardarlo, antes de cumplir el encargo que éste le hiciera de deshacerse del vehículo. Había dejado la camioneta en un garaje clandestino, disimulado entre los astilleros abandonados de Hunter's Point, donde una pandilla de ladrones especializados la transformaría para venderla en México. Había llegado el momento de darle uso al suéter.

—Ya sabes lo que pienso de esto —dijo Denise.

—No te preocupes, tendré buena visibilidad —replicó Miller.

—Hay mucho viento.

—A mi favor —dijo Miller, pero se abstuvo de mencionar otros posibles inconvenientes.

—Esto es una fanfarronada, Ryan. ¿Por qué vas a ir solo a meterte en la boca del lobo? Literalmente.

—Por machismo, Denise.

—¡Qué bruto eres! —suspiró ella.

—No, mujer. La verdad es que ese desalmado tiene a Indiana y la única forma de rescatarla con vida es pillarlo por sorpresa, sin darle tiempo de reaccionar. No se puede hacer de otra manera.

—Puedes estar equivocado y que tu amiga no esté secuestrada en ese lugar, como crees, o puede ser que El Lobo la mate apenas te acerques, si es que no lo ha hecho ya.

—Eso no va a pasar, Denise. El Lobo es ritualista, va a esperar hasta la medianoche, como hizo en todos los casos. Esto va a ser fácil.

—¿Comparado con qué?

—Es un hombre solo, un loco delirante, y su arsenal se reduce a un *táser*, narcóticos, veneno y flechas. Dudo que sepa usar un rifle de perdigones. ¡Y además se viste de mujer!

—Así será, pero ha cometido ocho homicidios.

A las seis de la tarde la maestra del juego les informó a los del *Ripper* que había ubicado al *navy seal* y les contó el plan a grandes rasgos, que fue aprobado con entusiasmo por sir Edmond Paddington y con dudas por Sherlock Holmes. Abatha estaba más incoherente de lo usual, desgastada a nivel psíquico por el esfuerzo vehemente de restablecer comunicación telepática con la madre de Amanda. Había interferencias y los mensajes eran muy vagos, explicó. En los primeros días la visualizaba flotando en la noche sideral y podían hablar, pero el espíritu de Indiana ya no navegaba libremente. La culpa también era suya, admitió, culpa de las quinientas calorías ingeridas el día anterior, que le dejaron el aura rayada como cebra y la panza en llamas.

—Tu mamá todavía está viva, pero desesperada. En esas condiciones no puedo entrar en su mente —agregó.

—¿Está sufriendo? —le preguntó Amanda.

—Sí, maestra, mucho —dijo Abatha y Amanda respondió con un sollozo.

—¿Han pensado qué pasará si Miller fracasa? —interrumpió Esmeralda.

Por un largo minuto nadie le respondió. Amanda no podía plantearse la posibilidad de que Miller fallara, porque no habría una segunda oportunidad. Al acercarse la noche sus dudas crecían, avivadas por su abuelo, quien estaba considerando seriamente llamar a Bob Martín y confesarle todo.

—Ésta es una misión de rutina para un *navy seal* —les dijo Denise West en su rol de Jezabel, sin gran convicción.

—Desde el punto de vista militar, el plan es bueno pero arriesgado y debe ser monitorizado desde tierra —dijo Paddington con firmeza.

—Pedro Alarcón, un amigo de Miller, lo hará con un móvil y un GPS. Estará a un kilómetro de distancia, listo para intervenir. La maestra y yo nos mantendremos en contacto con él —aclaró Kabel.

—¿Y cómo podemos ayudar nosotros? —preguntó Esmeralda.

—Rezando, por ejemplo, o mandando energía positiva a Winehaven —sugirió Abatha—. Yo voy a insistir en la telepatía. Tengo que decirle a la mamá de Amanda que aguante y tenga valor, que pronto llegará ayuda.

Las últimas horas de la tarde transcurrieron con pavorosa lentitud para todos, en particular para Ryan Miller, que observaba con un catalejo el festival de veleros en la bahía contando los minutos para que se retiraran a sus muelles. A las nueve de la noche, cuando cesó por completo el tráfico de botes y pasó el último ferry en dirección a Vallejo, Denise West lo dejó con Atila y el kayak en el Sonoma Creek, uno de los afluentes del río Napa. Era una noche sin estrellas, con la luna llena, un magnífico disco de plata pura, elevándose lentamente sobre los cerros del este. La mujer ayudó a Miller a echar el Klepper al agua y se despidió sin aspavientos, deseándole suerte. Ya le había dicho todo lo que pensaba al respecto. El *navy seal* se sentía bien preparado, tenía la pistola más adecuada para su propósito, una Glock semiautomática de manufactura australiana. Había dejado colgadas en la pared de su *loft* armas más letales, pero no las echó de menos, porque no le habrían servido tan bien como la Glock para rescatar a Indiana. También llevaba su cuchillo de servicio Ka-Bar, el mismo modelo que se usaba desde la Segunda Guerra Mundial, y su estuche estándar de primeros auxilios, más por superstición que por otra cosa, ya que un torniquete había evitado que se desangrara en Irak, el resto lo hizo Atila. A Denise le había encargado que le comprara las mejores gafas de visión nocturna, que le costaron la friolera de mil dólares; dependería de ellas por completo dentro de Winehaven. Se había vestido de negro —pantalón, camiseta, sudadera y zapatillas—, y se pintó la cara con betún de zapatos del mismo color. De noche era prácticamente invisible.

Había calculado que cruzar la bahía desde ese punto hasta Point Molate le tomaría un par de horas, a una velocidad de cuatro o cinco nudos. Eso le dejaba un buen margen de tiempo antes de la medianoche. Confiaba en la fuerza de sus músculos, su experiencia remando y su conocimiento de la bahía. Pedro Alarcón había inspeccionado los alrededores de Winehaven y le advirtió que no había playa ni embarcadero, tendría que trepar un muro de rocas para acceder a la propiedad, pero no era muy empinado y creía que Atila podría hacerlo también, incluso en la oscuridad. Una vez en el antiguo lagar tendría que actuar con sigilo y rapidez o perdería su ventaja. Volvió a repasar en su mente el plano de Winehaven mientras remaba en las aguas tranquilas del canal. Sentado en el kayak, erguido y atento, Atila oteaba el horizonte como buen marinero.

Quince minutos más tarde, el kayak entró en la bahía de San Pablo y se dirigió al sur. El hombre no necesitaba brújula, se guiaba por las luces de ambas orillas de la ancha bahía y por las boyas iluminadas, que señalaban los tramos navegables para botes y barcazas de carga. El kayak podía navegar en muy poca profundidad, eso le permitía enfilar en línea recta hacia Point Molate, sin temor a encallar, como habría ocurrido con su bote a motor. La agradable brisa del día se había convertido en viento del norte, que a él le daba en la espalda, pero no lo ayudaba, porque estaba subiendo la marea, muy fuerte en la luna llena, y el viento chocaba contra la dirección del agua, provocando oleaje. Eso lo obligaba a remar con más esfuerzo del requerido normalmente en ese tramo. La única embarcación que vio en la hora siguiente fue una barcaza de carga que se alejaba hacia el Golden Gate y el océano Pacífico.

Miller no pudo ver un par de peñones donde anidaban las gaviotas, que marcaban el punto donde la bahía de San Pablo se convertía en la de San Francisco, pero adivinó dónde se encontraba porque las aguas se encresparon aún más. Avanzó otro tramo y vio al frente las luces del puente de Richmond-San Rafael —que parecía mucho más cercano de lo que realmente estaba— y que habrían de servirle para orientarse, y las del antiguo faro, convertido en pintoresco hotelito para turistas aventureros, en uno de los islotes llamados Dos Hermanos. Encontraría Winehaven a su izquierda, poco antes de llegar al puente, y como estaba sin luces, debería navegar muy cerca de la orilla para no pasar de largo. Siguió remando contra el oleaje, indiferente al esfuerzo de los músculos de los brazos y la espalda, sin perder el ritmo acompasado de sus movimientos. Se detuvo sólo un par de veces para secarse el sudor que le empapaba la ropa y beber de una botella de agua. «Vamos bien, compañero», le aseguró a Atila.

El hombre sentía la conocida excitación que precede al combate. Cualquier ilusión de que tenía control de la situación y que había previsto todos los posibles peligros desapareció al despedirse de Denise West. Era un soldado fogueado, sabía que escapar ileso en un combate es cuestión de suerte, hasta el más experto puede perecer por una bala perdida. En sus años de guerra siempre tuvo consciencia de que en cualquier momento podía morir o ser herido; cada amanecer despertaba agradecido y se dormía preparado para lo peor. Esto, sin embargo, no se parecía a la guerra tecnológica, abstracta e impersonal, a la que estaba acostumbrado; esto sería una lucha a corta distancia y esa posibilidad aumentaba su entusiasmo y ansiedad. Lo deseaba: quería ver al Lobo cara a cara. No lo temía. En realidad, no conocía a nadie en la vida civil a quien temer, estaba mejor preparado que cualquiera, se había mantenido en buena forma y esa noche se enfrentaría a un hombre solo, de eso estaba seguro, porque ningún asesino en serie cuenta con cómplices o ayudantes. El Lobo era un personaje novelesco, absurdo, deschavetado, ciertamente no era un contrincante digno de un *navy seal*. «Dime, Atila, ¿crees que estoy subestimando al enemigo? A veces peco de soberbio y presumido.» El perro no podía oírlo; estaba inmóvil en su puesto, con su único ojo fijo en la meta. «Tienes razón, compañero, estoy divagando», dijo Miller. Se concentró sólo en el presente, en el agua, el ritmo de sus brazos, el plano de Winehaven, la esfera luminosa de su reloj, sin anticipar la acción, sin repasar los riesgos, sin invocar a sus hermanos del Seal Team 6 ni ponerse en el caso de que Indiana no estuviera en el refugio antiaéreo de la antigua base naval. Debía sacarse a Indiana de la mente, esa distracción podía ser fatal.

La luna estaba ya muy alta en el cielo cuando el kayak atracó frente a Winehaven, una enorme mole de ladrillo, con gruesas murallas, parapetos almenados y torreones. Parecía un incongruente castillo del siglo XIV en la plácida bahía de San Francisco, que bajo el resplandor blanco de la luna daba una impresión amenazante y de mal agüero. Estaba construido en la ladera de la colina, de modo que desde la perspectiva de Miller era muy alto, pero la parte frontal tenía la mitad de altura. La entrada principal, por el lado del camino, daba directamente al segundo piso; había un piso más arriba, otro más abajo y el subterráneo.

El *navy seal* saltó al agua, que le llegaba al pecho, amarró la frágil embarcación a una roca, se pertrechó con su arma, municiones y el resto de su equipo, se puso las zapatillas, que llevaba colgadas del cuello, y le hizo una señal a Atila para que lo siguiera. Empujó al perro para que subiera las rocas resbaladizas y una vez en tierra firme corrieron los cuarenta metros que separaban el agua del edificio. Eran las doce menos veinticinco. La travesía había durado más de lo calculado, pero si El Lobo se ceñía a sus hábitos, disponían de tiempo de sobra.

Miller esperó un par de minutos pegado al muro, para asegurarse de que todo estaba en calma. Sólo percibió el grito de una lechuza y el movimiento de pavos salvajes en el pasto, que no lo sobresaltaron porque Pedro le había advertido que había bandadas de esos torpes pajarracos en los alrededores. Avanzó a la sombra de la fortaleza, rodeó el torreón de la derecha y enfrentó la pared del lado sur, que había visto en una de las fotografías de Pedro y que escogió porque era invisible desde el camino, por donde podía pasar el guardia. En su parte más baja, la pared medía entre quince y dieciocho metros de altura y contaba con un tubo de hierro para el desagüe del techo. Al colocarle el arnés a Atila, un improvisado chaleco de lona con cuatro aberturas para pasar las patas, con un gancho en el lomo, sintió el temblor nervioso del animal. Comprendió que Atila recordaba la experiencia de llevar un arnés semejante. «Tranquilo, compañero, esto va a ser mucho más fácil que saltar en paracaídas», le susurró, como si el perro pudiera oírle, y le acarició la cabeza. «Espérame aquí y no se te ocurra perseguir a los pavos.» Enganchó la cuerda que llevaba en la cintura al arnés y le hizo una señal al perro de esperar.

Rogando para que la cañería lo sostuviera, Miller comenzó su ascenso impulsándose con los músculos del torso y los brazos y estabilizando el cuerpo con su única pierna, como hacía cuando nadaba; la pierna con la prótesis era inútil en ese momento. La cañería estaba firmemente adherida, crujió pero no cedió con su peso y rápidamente llegó al tejado. Desde allí pudo apreciar la enorme superficie del edificio y la vista espectacular de la bahía iluminada por la luna, con las luces del puente a su izquierda y al frente el resplandor remoto de la ciudad de San Rafael. Le dio un tirón breve a la cuerda, para avisar a Atila, y enseguida comenzó a izarlo lentamente, cuidando de no golpearlo. Apenas lo tuvo a su alcance lo pasó en brazos por encima del muro y desenganchó la cuerda, pero no le quitó el arnés. En ese breve trayecto vertical Atila recuperó el espíritu valiente que le valió su medalla: ya no daba muestras de nerviosismo, estaba atento a las órdenes, lleno de energía, con una expresión de feroz expectativa que

Miller no le había visto en años. Se felicitó por haber continuado entrenándolo con el mismo rigor de antaño, cuando combatían juntos. Atila había mantenido intacta su disciplina de soldado.

En la gran terraza de la azotea, cubierta de gravilla, Miller vio tres cúpulas de vidrio, una por cada cuerpo del edificio. Debía entrar por la primera, deslizarse hasta el piso superior de Winehaven y encontrar el conducto del ascensor que unía todos los pisos y terminaba en el refugio antiaéreo. Agradeció la minuciosidad de Alarcón, que le envió fotos del exterior, incluso de las claraboyas. Quitar un par de delgadas planchas metálicas de ventilación, en la base de la cúpula de vidrio, resultó fácil, porque estaban oxidadas y flojas. Se asomó para alumbrar el hueco con su linterna, que había decidido usar lo menos posible, y calculó una distancia de unos cinco metros. Marcó el número de Alarcón y le habló en susurros.

—Todo bien. Estoy en la azotea con Atila, vamos a entrar.

—Tienes más o menos quince minutos.

—Veinte.

—Cuídate. Buena suerte.

El *navy seal* le colocó a Atila las gafas caninas de visión nocturna que llevaba en la guerra y que él había conservado de recuerdo, sin sospechar que llegaría a darles uso. Lo notó incómodo, pero como el perro las había usado antes, las soportó en silencio; le servirían de poco, porque veía mal, pero las iba a necesitar. Miller enganchó la cuerda al arnés, acarició al noble animal, le hizo una señal y procedió a bajarlo al espacio oscuro que se abría ante él.

Apenas sintió que Atila tocaba el suelo, Miller ató el otro extremo de la cuerda al marco de hierro de la claraboya y la usó para descender. «Ya estamos dentro, amigo», murmuró, colocándose sus gafas nuevas. Le costó unos segundos acostumbrar la vista a las imágenes fantasmagóricas y movedizas en verde, rojo y amarillo. Encendió la luz infrarroja que llevaba en la frente y pudo hacerse una idea de la vasta sala donde se encontraba, como un hangar de avión. Le quitó el arnés al perro, inútil a partir de ese momento, porque la cuerda quedó colgando de la claraboya; en adelante tendría que confiar en la precisión de los planos dibujados en 1995, en su experiencia y en la buena suerte.

Las gafas le permitían avanzar de frente, pero carecía de visión periférica. El perro, con su instinto y excelente olfato, le advertiría si había peligro. Se adentró, evitando los escombros del suelo, y unos diez metros más adelante distinguió el gran cubo de rejilla metálica en el que antes hubo un ascensor de carga, similar al de su *loft*. Junto al pozo encontró una escalerilla de hierro tal como había imaginado. Supuso que El Lobo no tendría su guarida en la planta donde se hallaba ni en la que había inmediatamente debajo, porque durante el día recibían algo de luz, que entraba por las claraboyas, el hueco del ascensor y las rendijas en las ventanas tapiadas. Se dio cuenta de que no había cobertura para el móvil y no podría comunicarse con Alarcón. Habían previsto esa posibilidad, pero maldijo entre dientes porque ahora no tenía más respaldo que su perro.

Atila vaciló ante la empinada y angosta escalera, pero a una señal comenzó a descender cautelosamente. Al prepararse en casa de Denise, Miller había pensado minimizar el ruido forrándole las patas, pero decidió que eso iba a trabarlo y se limitó a cortarle las uñas. No se arrepintió, porque Atila no habría podido maniobrar en esa escalera sin agarrarse.

La vasta planta principal se extendía a lo largo y ancho de los tres edificios que componían la fortaleza. Miller desistió de la idea de explorarla. No había tiempo para eso, tenía que jugar todas sus cartas a una sola posibilidad: el refugio subterráneo. Se detuvo, escuchando en la oscuridad, con Atila pegado a su pierna. En la absoluta quietud imperante, creyó oír las palabras de Abatha, la niña anoréxica que había descrito acertadamente ese lugar fantástico desde una clínica en Montreal. «Espíritus del pasado protegen a la mamá de Amanda», había dicho Abatha. «Espero que así sea», murmuró Miller.

El siguiente tramo de escalera resultó algo más ancho y sólido que el primero. Antes de bajar abrió la bolsa de plástico que llevaba debajo de la camiseta, sacó el suéter beige de Indiana y se lo puso ante las narices a Atila. Sonrió ante la idea de que incluso él mismo podría seguir el rastro de ese aroma que la caracterizaba, una combinación de aceites esenciales que Amanda llamaba «olor a magia». El perro olisqueó la lana y levantó la cabeza para mirar a su compañero a través de las gafas, indicando que había comprendido. Miller puso el suéter en la bolsa, para no confundir al perro, y se lo metió bajo la camiseta. Atila pegó la nariz al suelo y descendió cautelosamente a la siguiente planta. El *navy seal* esperó y cuando estuvo seguro de que el perro no había tropezado con nada alarmante, lo siguió.

Se encontró en un piso de techo más bajo, con suelo de cemento, que posiblemente fue utilizado como bodega para guardar primero toneles de vino y luego pertrechos militares y combustible. Sintió frío por primera vez y recordó que tenía la ropa mojada. Hasta donde alcanzaba a ver con las gafas había escombros, bártulos, toneles, enormes cajones sellados, armazones circulares de madera para enrollar mangueras o cuerdas, un refrigerador antiguo, varias sillas y escritorios. Indiana podía estar secuestrada en cualquier rincón de esa planta, pero la actitud de Atila le indicó claramente que no debían perder tiempo allí; estaba agachado, con la nariz en la escalera, esperando instrucciones.

La luz infrarroja mostró un hueco y los primeros peldaños de una escalera torcida y decrépita, que según los planos debía conducir al refugio. Le dio en las narices una fetidez a encierro y agua estancada. Se preguntó si Atila sería capaz seguir el rastro de Indiana en ese ambiente contaminado y la respuesta le llegó de inmediato: el perro tenía el lomo erizado y los músculos tensos, listo para la acción. Era difícil adivinar qué iba a encontrar en el refugio antiaéreo, porque el plano sólo mostraba cuatro gruesos muros, el hueco donde había estado el ascensor y la situación de los pilares de hierro. En el extremo opuesto, se accedía a la única salida al exterior por otra escalera, sin uso desde hacía muchos años, que tal vez ya no existía. En uno de los informes de la Marina figuraban divisiones provisionales destinadas al hospital, oficinas y cuartos de los oficiales, lo cual complicaría mucho las cosas; lo último que deseaba el soldado era perderse en un laberinto de lonas.

Ryan Miller comprendió que finalmente estaba, como había dicho Denise West, en la boca del lobo. En el ominoso silencio de la fortaleza podía escuchar los latidos de su corazón como el tictac de un reloj. La entrada a la escalera era un hoyo de medio metro de ancho. Tendría que doblarse por la mitad y pasar por debajo de una barra metálica antes de enfrentarse con los peldaños de metal oxidado. No podría hacerlo con gracia, pensó, calculando su tamaño y el inconveniente de la pierna artificial. El rayo de luz infrarroja no alcanzaba a alumbrar el fondo y no quiso delatarse encendiendo su linterna. Dudaba entre bajar con prudencia, procurando no hacer ruido o simplemente lanzarse al abismo a la desesperada para ganar tiempo. Inhaló a fondo, llenando de aire el pecho, y barrió todo pensamiento de su mente. A partir de ese momento se movería por instinto, impulsado por el odio contra el hombre que tenía a Indiana en su poder, guiado por la experiencia y el conocimiento grabados a sangre y fuego en la guerra, la respuesta automática que su instructor en *hell week* llamaba la memoria muscular. Exhaló el aire retenido, le quitó el seguro a la pistola y le dio un par de golpecitos en el lomo a su compañero.

Atila inició el descenso.

Si el *navy seal* pretendía atacar por sorpresa, el sonido de las pezuñas de Atila reverberando en las profundidades del sótano lo hizo desistir. Contó las pisadas del perro para hacerse una idea de la altura y apenas sintió que Atila llegaba abajo, se agachó para sortear el obstáculo de la barra y se dejó caer en el pozo de la escalera, sin cuidarse del ruido que hacía, con la pistola en la mano. Alcanzó a pisar tres peldaños, pero el cuarto cedió con estrépito y su prótesis se incrustó en el metal oxidado. En una ráfaga comprendió que si hubiera sido la pierna, el filo le habría arrancado la piel de cuajo. Tiró para desprenderse, pero estaba atascado, y debió valerse de una mano para destrabar el pie de fibra de carbono, atrapado entre los trozos del peldaño. No podía dejar la prótesis, la necesitaba. Había perdido unos segundos preciosos y la ventaja de la sorpresa.

Llegó abajo de cuatro saltos y se agachó, girando el cuerpo en círculo para examinar el espacio hasta donde llegaba la visión nocturna de las gafas, empuñando la Glock a dos manos. Al primer vistazo le pareció que estaba en un recinto más pequeño que los otros pisos, pero enseguida se dio cuenta de que a lo largo de las paredes había lonas oscuras: las divisiones que temía. No tuvo tiempo de evaluar ese obstáculo, porque vio claramente la silueta de Atila tirado en el suelo. Lo llamó, con la voz ahogada, sin imaginar qué le había sucedido. Podría haber recibido un tiro que él no oyó por el accidente del peldaño roto o bien le dispararon con silenciador. El animal no se movía, estaba tirado de costado, la cabeza hacia atrás en una posición inusual y las patas tiesas. «¡No! —exclamó Miller—. ¡No!» Venciendo el impulso de correr en su dirección, se agazapó, inspeccionando lo poco que lograba ver a su alrededor, buscando a su enemigo, que sin duda estaba muy cerca.

Se hallaba al pie de la escalera, cerca de la gran caja de malla metálica del ascensor, expuesto por todos lados; podía ser atacado desde cualquier ángulo. El escenario no podía ser peor: la parte central del refugio era un gran espacio vacío, pero el resto estaba dividido, era un laberinto para él y el escondite perfecto para El Lobo. Al menos tenía la certeza de que Indiana estaba cerca, Atila había identificado su olor. No se había equivocado al suponer que Winehaven era la guarida del Lobo y que allí mantenía prisionera a Indiana. Como su luz infrarroja, capaz de detectar el calor de un cuerpo, no le reveló nada, dedujo que el hombre estaba resguardado detrás de la lona de uno de los espacios. Su única protección era la oscuridad y su ropa negra, siempre que el otro no tuviera gafas de visión nocturna como él. Era un blanco demasiado fácil, debía abandonar a Atila por el momento y cubrirse de alguna manera.

Corrió agachado hacia la derecha, porque la posición en que cayó Atila permitía suponer que había recibido el impacto desde la izquierda, donde seguramente estaba su enemigo. Alcanzó la primera mampara y con una rodilla en tierra y la espalda contra la lona inspeccionó el campo de batalla, pensando en el próximo paso. Revisar las carpas una por una sería una imprudencia garrafal, le llevaría tiempo y no podía hacerlo dispuesto a disparar, porque tal vez El Lobo lo aguardaba en cualquiera de ellas preparado para usar a Indiana como escudo. Con Atila habría ido seguro, el perro lo habría guiado con el olfato. Entre los múltiples riesgos que imaginó al planear su estrategia en Winehaven, no estuvo la posibilidad de perder a su fiel compañero.

Por primera vez se arrepintió de su decisión de enfrentarse solo al asesino. Pedro Alarcón le había advertido más de una vez que la arrogancia sería su perdición. Esperó durante interminables minutos, atento al menor sonido o alteración en la temible quietud del refugio. Necesitaba ver la hora y calcular cuánto faltaba para la medianoche, pero no podía descubrir su reloj, tapado por la manga de la sudadera, porque los números brillarían como un faro verde en las tinieblas. Decidió llegar hasta el muro del fondo para distanciarse del Lobo, que debía de estar cerca de la escalera, donde le había disparado a Atila, y luego obligarlo a mostrarse. Estaba seguro de su puntería, podía acertar fácilmente con su Glock a un blanco en movimiento a veinte metros, incluso con la escasa visibilidad de sus gafas. Siempre había sido buen tirador, de ojo certero y pulso firme, y desde que se retiró del ejército entrenaba rigurosamente en un campo de tiro, como si hubiera adivinado que un día volvería a necesitar esa habilidad.

Se deslizó pegado a las lonas, consciente de que podría haber apostado mal y su enemigo podía estar tras una de ellas y matarlo por la espalda, pero no se le ocurrió algo mejor. Avanzó lo más rápido y sigilosamente que su pierna artificial le permitía, con todos los sentidos alerta, deteniéndose cada dos o tres pasos para evaluar el peligro. Se negó a pensar en Indiana y en Atila, concentrado en la acción y en su cuerpo: estaba empapado con el sudor de la adrenalina, le picaba la cara por el betún de zapatos y le apretaban las cinchas que sujetaban las gafas y la linterna en la cabeza, pero tenía las manos secas. Se sintió en pleno control de su arma.

Ryan Miller había logrado avanzar nueve metros, cuando percibió al final del subterráneo el parpadeo de un fuerte resplandor que no logró identificar. Se subió las gafas a la frente, porque multiplicaban la luz, y trató de ajustar sus pupilas. Un instante después distinguió de qué se trataba y un grito ronco le brotó del vientre. A la distancia, en el enorme espacio negro, había un círculo de velas, cuyas llamas vacilantes alumbraban un cuerpo crucificado. Estaba colgando en la intersección de un pilar y una viga, con la cabeza inclinada sobre el pecho. La reconoció por el cabello dorado: era Indiana. Olvidando toda precaución, corrió hacia ella.

El *navy seal* no sintió el impacto del primer balazo en el pecho y dio varios pasos más antes de caer de rodillas. El segundo le pegó en la cabeza.

¿Puedes oírme, Indiana? Soy Gary Brunswick, tu Gary. Todavía respiras, mírame. Estoy aquí, a tus pies, como he estado desde que te vi por primera vez el año pasado. Aún ahora, en esta hora de agonía, eres tan bella… La camisa de seda te asienta mucho, ligera, elegante, sensual. Keller te la regaló para hacer el amor y yo te la puse para que expiaras tus pecados.

Si levantas la cara podrás ver a tu soldado. Es ese bulto en el suelo que estoy apuntando con mi linterna. El perro cayó más lejos, al pie de la escalera, no puedes verlo desde aquí; el golpe de electricidad fue mortal para su tamaño, el táser acabó con ese espantoso animal en un segundo. El soldado apenas se distingue, está vestido de negro. ¿Alcanzas a verlo? No importa, ya no puede inmiscuirse en nuestro amor. Éste ha sido un amor trágico, Indiana, pero podría haber sido un amor maravilloso, si te hubieras rendido. En esta semana que hemos pasado juntos llegamos a conocernos como si hubiéramos estado casados por largo tiempo. Te di la oportunidad de escuchar mi historia completa, sé que me comprendes: tenía que vengar al bebé que fui, Anton Farkas, y al niño que fui, Lee Galespi. Era mi deber, un deber moral, ineludible.

¿Sabes que no he sufrido de migraña desde hace tres semanas? Podríamos decir que finalmente tus tratamientos dieron resultados, pero hay otro factor que no podemos descartar: estoy libre del peso de la venganza. He cargado con esa responsabilidad por muchos años, imagínate el daño que eso le hizo a mi sistema nervioso. Sufrí esas terribles migrañas, que tú conoces mejor que nadie, desde que comencé a planear mi misión. Las ejecuciones me producían un estado de exaltación maravilloso, me sentía liviano, eufórico, parecía que tuviera alas, pero a las pocas horas me empezaba la jaqueca y creía que me iba a morir de dolor. Creo que ahora, cuando por fin he cumplido, estoy curado.

Te confieso que no esperaba visitas tan pronto; Amanda es más lista de lo que pensé. No me extraña que el soldado haya venido solo, creyó que podía vencerme fácilmente y quería lucirse rescatando a su dama en apuros. Cuando llegue tu ex marido con su manada de ineptos, yo estaré lejos. Ellos seguirán buscando a Anton Farkas, pero en algún momento Amanda se dará cuenta de que El Lobo es Gary Brunswick. Es observadora, reconoció a Carol Underwater en una fotografía mía de la época en que yo era Lee Galespi, creo que seguirá pensando en esas fotografías y va a terminar por sumar dos más dos y comprender que Carol Underwater es también Gary Brunswick, el amigo con quien jugaba al ajedrez en línea.

Te repito lo que te dije ayer, Indi, que una vez cumplida mi misión de justicia pensaba contarte toda la verdad, explicarte que tu amiga Carol y tu más fiel cliente, Gary Brunswick, eran la misma persona, que mi nombre de nacimiento es Anton Farkas, y que bajo cualquier identidad, hombre o mujer, Underwater, Farkas, Galespi o Brunswick, te habría amado igual, si me hubieras dejado. Soñaba con irnos a Costa Rica. Es un país hospitalario, cálido y pacífico, donde habríamos sido felices, podríamos haber comprado un hotelito en la playa y vivir del turismo. Te ofrecí más amor que todos los hombres que has tenido en tus treinta y tres años. ¡Vaya! Acabo de darme cuenta de que tienes la edad de Cristo. No había pensado en esa casualidad. ¿Por qué me rechazaste, Indi? Me has hecho sufrir, me humillaste. Yo quería ser el hombre de tu vida; en cambio he tenido que resignarme a ser el hombre de tu muerte.

Falta muy poco para la medianoche y entonces terminará tu calvario, Indi, sólo dos minutos. Ésta debe ser una muerte lenta, pero como no podemos esperar, estamos apurados, voy a ayudarte a morir, aunque ya sabes que la sangre me pone mal. Nadie podría acusarme de sanguinario. Quisiera ahorrarte el inconveniente de estos últimos dos minutos, pero la luna determina la hora exacta de tu ejecución. Será muy rápido, un tiro al corazón, nada de clavarte una lanza en el costado, como hacían los romanos con los condenados que tardaban demasiado en la cruz...

Ryan Miller volvió de la muerte con los lengüetazos de Atila en la cara. El perro había recibido de lleno el golpe del *táser* al pisar el último peldaño de la escalera, donde Brunswick lo aguardaba. Estuvo inconsciente un par de minutos, completamente paralizado otros tantos y le tomó un rato más ponerse de pie con dificultad, sacudirse la confusión en que lo sumió la electricidad y recordar dónde se hallaba. Entonces respondió a su instinto más notable: la lealtad. Sus gafas habían quedado en el suelo, pero el olfato lo guió hasta el cuerpo postrado de su compañero. Miller sintió los cabezazos con que Atila intentaba reanimarlo y abrió los ojos, aturdido, pero con el vívido recuerdo de lo último que vio antes de caer: Indiana crucificada.

Hacía cinco años, desde que volvió de la guerra, que Miller no tenía necesidad de echar mano de la extraordinaria determinación que le permitió convertirse en *navy seal*. El músculo más poderoso es el corazón, lo había aprendido en la semana infernal de su entrenamiento. No tenía miedo, sino una gran claridad. La herida de la cabeza debía de ser superficial, si no estaría muerto, pensó, pero la del pecho era grave. Esta vez no hay torniquete que valga, pensó, estoy jodido. Cerró la mente al dolor y la sangre que perdía, se sacudió de encima la debilidad extrema que lo invitaba a descansar, a abandonarse como hacía en los brazos de Indiana después de hacer el amor. «Espérate un poco», le dijo a la muerte, empujándola a un lado. Ayudado por el perro se irguió sobre los codos, buscando su arma, que no pudo hallar; supuso que la había soltado al caer, no había tiempo de encontrarla. Se limpió la sangre de los ojos con una manga y vio a unos quince metros de distancia la escena del Gólgota, que tenía grabada en la retina. Junto a la cruz había un hombre que no reconoció.

Por primera vez Ryan Miller le dio a Atila una señal que jamás le había indicado en serio, pero que habían ensayado a veces jugando o entrenando. Le dio un fuerte apretón con la mano en el cuello y le señaló al hombre a lo lejos. Era la orden de matar. Atila vaciló un momento, dividido entre el deseo de proteger a su amigo y la obligación de cumplir la orden. Miller repitió la señal. El perro se lanzó hacia adelante con la velocidad y dirección de una flecha.

Gary Brunswick oyó el galope y presintió lo que ocurría, se volvió y disparó sin apuntar, en la oscuridad, contra la fiera que ya estaba en el aire lista para caerle encima. La bala se perdió en el inmenso sótano y las fauces del perro se cerraron en el brazo que sostenía el arma. Con un alarido, Brunswick dejó caer la pistola y trató desesperadamente de librarse, pero Atila lo aplastó con su peso en el suelo. Entonces le soltó el brazo y de inmediato le dio un mordisco en la nuca, atravesándolo con los colmillos de titanio y sacudiéndolo hasta desgarrarlo. Gary Brunswick quedó tirado, con el cuello destrozado a dentelladas, la sangre brotando de la yugular a borbotones cada vez más débiles.

Entretanto Miller se había arrastrado impulsándose con los brazos y su única pierna, ya que para eso la prótesis de poco le servía, y se había acercado a Indiana con terrible lentitud, llamándola, llamándola, mientras su voz se iba apagando. Perdía el conocimiento por algunos segundos y apenas lo recuperaba se arrastraba un poco más. Sabía que iba dejando un reguero de sangre en el piso de cemento. Hizo el último tramo ayudado por Atila, que lo tiraba de la ropa. El Lobo no había podido clavar a la mujer en la cruz, porque el pilar y la viga eran de hierro, y optó por atarla con correas de las muñecas, con los brazos extendidos, colgando a medio metro del suelo. Ryan Miller siguió llamándola, «Indiana, Indiana», sin obtener respuesta. No intentó comprobar si aún estaba viva.

Con un esfuerzo sobrehumano, el *navy seal* logró ponerse de rodillas y se levantó, apoyado en el pilar, sosteniéndose en su pierna de fibra de carbono, porque la otra se le doblaba. Volvió a limpiarse los ojos con la manga, pero comprendió que no era sólo sangre y sudor lo que le nublaba la vista. Desenvainó su cuchillo, su Ka-Bar, el arma primitiva que todo soldado lleva siempre consigo, y procedió a cortar una de las correas que sujetaban a Indiana. Mantenía el cuchillo afilado como una navaja y sabía usarlo, pero le tomó más de un minuto cortar la tira de cuero. El cuerpo inerte de Indiana le cayó encima y pudo sostenerlo, porque todavía colgaba de una muñeca. La sujetó con un brazo por la cintura, mientras atacaba la otra correa. Por fin, con las últimas fuerzas, logró cortar la ligadura.

El hombre y la mujer quedaron de pie. De lejos habrían parecido abrazados, ella entregada a la languidez del amor y él apretándola contra su pecho en un gesto tan posesivo como tierno, pero la ilusión habría durado sólo un instante. Ryan Miller se deslizó al suelo lentamente, sin soltar a Indiana, porque su último pensamiento fue protegerla de una caída.

Epílogo

Sábado, 25 de agosto de 2012

Amanda Martín convocó por última vez a los participantes de *Ripper* para dar por terminado el juego y despedirse. Al cabo de dos días ella estaría en el MIT, dedicada de lleno a reconquistar a Bradley y en sus ratos libres a estudiar; no tendría tiempo para juegos de rol.

—Ayer fui con Kabel a dejar a mi mamá en el aeropuerto. Se fue a Afganistán a tratar de encontrar a dos niños en una aldea —dijo la maestra del juego.

—¿Para qué? —preguntó Esmeralda.

—Tiene que cumplir una promesa que le hizo a Ryan Miller. No sabe los nombres de los niños ni de la aldea, sólo sabe que está cerca de la frontera con Pakistán, pero cuenta con la ayuda de un grupo de *navy seals* que fueron compañeros de Ryan.

—Entonces los encontrará —aseguró el coronel Paddington, para quien los *navy seals* eran semidioses.

—Esos niños están esperando a Ryan Miller desde hace seis años —dijo Abatha.

—¿Cómo sabes? ¿Puedes leerles el pensamiento? —preguntó Esmeralda.

—No lo he intentado. Lo sé porque la maestra nos contó su historia. Ustedes tienen mala memoria —replicó la psíquica.

—Mi mamá sueña con Ryan casi todas las noches. Está más enamorada ahora que cuando él estaba vivo, ¿verdad Kabel? —dijo Amanda.

—Cierto. Indiana ya no es la misma persona. Creo que nunca se va a reponer de la muerte de Alan Keller, Ryan Miller y todo el horror que vivió en Winehaven. Y yo nunca me perdonaré por lo ocurrido, podríamos haberlo evitado —dijo el abuelo.

—Yo tampoco me perdonaré. Si le hubiera avisado a mi papá un poco antes, Ryan estaría vivo. La policía llegó diez minutos tarde. ¡Sólo diez minutos! —exclamó Amanda.

—El *navy seal* alcanzó a salvar a tu madre y murió como un héroe. Decidió correr riesgos innecesarios y no aceptó ayuda de nadie. Tal vez deseaba morir —sugirió Sherlock Holmes.

—¡No! Ryan quería vivir, quería casarse con mi mamá, quería volver a ver a los niños de Afganistán. ¡No tenía ninguna gana de morir! —le aseguró Amanda.

—¿Qué va a pasar con el perro cuando te vayas al MIT? —le preguntó Esmeralda.

—Yo me quedaré con él —intervino el abuelo—. Atila nos tolera a Salve-el-Atún y a mí, pero ése es otro a quien le va a costar mucho reponerse. Se queda inmóvil por horas, con la vista fija en la pared, parece embalsamado.

—También está de duelo. El espíritu del soldado no puede irse, porque Indiana y Atila lo retienen aquí, tienen que soltarlo —aseguró Abatha.

—Puede ser que cuando mi mamá cumpla la promesa pendiente, Ryan se despida de nosotros y siga su viaje —aventuró Amanda.

474

—¿Volveremos a jugar a *Ripper* algún día? —preguntó Esmeralda.

—Podríamos reunirnos en las vacaciones de invierno —propuso sir Edmond Paddington.

—A menos que antes de eso tengamos algo espeluznante que investigar —agregó Sherlock Holmes.

—Y entretanto Kabel va a escribir nuestra historia: la novela de *Ripper* —se despidió la maestra del juego.

Agradecimientos

Este libro nació el 8 de enero de 2012 porque mi agente, Carmen Balcells, nos sugirió a Willie Gordon, mi marido, y a mí, que escribiéramos una historia de crimen a cuatro manos. Lo intentamos, pero a las veinticuatro horas fue evidente que el proyecto terminaría en divorcio, de modo que él se dedicó a lo suyo —su sexta novela policial— y yo me encerré a escribir a solas, como siempre. Sin embargo, este libro no existiría sin Willie, él me ayudó con la estructura y el suspenso y me sostuvo cuando flaqueaba. También hay otros colaboradores a quienes estoy muy agradecida:

Ana Cejas es la bruja buena que inspiró el personaje de Indiana Jackson.

Robert Mitchell es el *navy seal* del libro, aunque tiene dos piernas y la conciencia limpia.

Sarah Kessler fue mi magnífica investigadora.

Nicolás Frías, mi hijo, revisó el texto para corregir mis frecuentes errores de lógica, que mis lectores atribuyen al realismo mágico.

Andrea Frías, ni nieta, me inició en los misterios de *Ripper*, el juego de rol.

El doctor D. P. Lyle, experto forense, respondió a mis preguntas sobre homicidios, armas, drogas y venenos sin agobiarme de advertencias morales.

Lawrence Levy, psicólogo, contribuyó al desarrollo del personaje más importante: el villano.

El capitán Sam Moore me instruyó sobre las aguas de San Francisco.

Lori, mi nuera, y Juliette, mi asistente, me defendieron del mundo mientras escribía.